ullstein

Schon als Kind verfügte INGE LÖHNIG über so viel Fantasie, dass ihre Geschichten noch heute in der Familie legendär sind. Neben dem Beruf als Grafik-Designerin war Schreiben lange ein Hobby. Erst mit dem Erscheinen der Reihe um den Münchner Kommissar Konstantin Dühnfort wurde daraus die neue Profession. Die Kriminal-Romane von Inge Löhnig sind ebenso regelmäßig auf der Bestsellerliste zu finden, wie die spannenden Familien-Romane, die sie unter dem Pseudonym Ellen Sandberg veröffentlicht. Die Autorin lebt mit ihrer Familie in der Nähe von München.

Von Inge Löhnig sind in unserem Hause bereits erschienen:

Kriminalromane um Kommissar Dühnfort:

Der Sünde Sold

In weißer Stille

So unselig schön

Schuld währt ewig

Verflucht seist du

Deiner Seele Grab

Nun ruhet sanft

Sieh nichts Böses

Kriminalromane um Gina Angelucci:

Gedenke mein

Unbarmherzig

Außerdem:

Mörderkind

INGE LÖHNIG

ICH BIN DEIN TOD

Kriminalroman

Ullstein

Besuchen Sie uns im Internet:
www.ullstein.de

MIX
Papier
FSC® C083411

Originalausgabe im Ullstein Taschenbuch
1. Auflage Juli 2020
3. Auflage 2020

Umschlaggestaltung: bürosüd GmbH, München
Titelabbildung: © DEEPOL/plainpicture
Gesetzt aus der Quadraat Pro powered by Pepyrus.com
Druck und Bindearbeiten: CPI books GmbH, Leck
ISBN 978-3-548-29096-6

Prolog

Sie schlurfte hinter ihm her durch die verwahrloste Wohnung, als hätte sie Angst, dass er etwas von dem Müll klaute, der überall herumlag. Vor der Tür blieb er stehen, um sich zu sammeln. Dahinter wartete das Grauen.

»He, es kostet was, wenn du dich da umsehen willst.«

Er beachtete sie nicht und trat ein. Der Raum lag im Halbdunkel. Durch die Ritzen der Jalousie fiel das Nachmittagslicht direkt auf eine fleckige Matratze am Boden.

Dort also war sie gestorben.

Überall Spuren des Notarzteinsatzes. Einwegverpackungen, Kanülen, ein Latexhandschuh, eine Klebeelektrode. Die Heizung lief auf Hochtouren. Die Luft war heiß und stickig. Wie geronnen. Es stank nach Schweiß und Blut, nach Kotze und Pisse, nach Elend und Tod. Ein Raum, wie geschaffen zum Verrecken. Das Vorzimmer zur Hölle. Er atmete durch und ließ die Bilder nicht zu, die in ihm entstehen wollten.

»Zwanzig Euro, und du kannst hier eine halbe Stunde tun, was du willst. Fotos machen, Videos, dir einen runterholen. Interessiert mich nicht.« Fordernd streckte sie ihm die Hand entgegen. Einstichstellen und Hämatome in der Armbeuge. Verfluchte Junkies!

Er wollte ungestört sein und zog einen Schein aus der Hosentasche. »Und jetzt raus!«

»Zwanzig Minuten. Taxameter läuft.«

Er baute sich vor ihr auf. »Verschwinde!«

»Ist ja gut.« Sie schloss die Tür hinter sich, und er sah sich um.

Neben der Matratze gab es einen Polstersessel, der einst gelb gewesen war und jetzt ein Camouflagemuster an Flecken aufwies. Kein Tisch, kein Schrank. Nur noch ein Stuhl, auf dem ein verfilzter Pullover lag, für den die da draußen nichts bekommen würde. Alles andere hatte sie offenbar schon vertickt. Auf dem Boden lag eine kleine Geschenkbox aus Lackpapier und daneben eine Karte mit einem handschriftlichen Gruß: *Bye, Prinzessin!*

Hinter dem Sessel fand er einen billigen Nylonrucksack und leerte den Inhalt auf die Matratze. Ein Schlüsselbund. Ein zerfleddertes Portemonnaie, in dem nicht ein Cent war. Kein Ausweis, keine EC-Karte, nichts. Alles, was sich zu Geld machen ließ, war weg. Im hinteren Fach steckte ein Familienfoto. Zweifach geknickt und mit abgestoßenen Ecken. Das steckte er ein und tastete den Rucksack ab. Mehr war da nicht.

Weiter ging es mit der Matratze. Nichts darunter. Nichts darin. Er inspizierte die Fußbodenleisten auf der Suche nach einer losen, sah unters Fensterbrett und hinter den Heizkörper, untersuchte die Lampe und die Bodendielen. Eine war locker. Mit dem Taschenmesser hebelte er sie heraus. Im Hohlraum darunter lag eine zusammengeknautschte Plastiktüte. Ein Smartphone mit glitzernder rosa Hülle steckte darin.

Auf etwas Persönliches von ihr hatte er gehofft, nicht aber auf ihr Handy. Das war eine Überraschung. Wieso hatte sie es versteckt? Er schaltete es ein. Der Startbildschirm erschien, und er wurde aufgefordert, die PIN einzugeben.

Eine Weile überlegte er, dann probierte er es. Schon der zweite

Versuch war erfolgreich. In den Tiefen des Systems suchte er nach der letzten Aktivität und fand ein Video, das sie in einem Ordner mit elf anderen gespeichert hatte. *Mein verpfuschtes Leben. Eine große Liebe. Und der restliche Shit.* Er startete es.

Ihr Gesicht erschien formatfüllend auf dem Display, und er erkannte sie beinahe nicht wieder. Die Haare stumpf und struppig. Dunkle Ringe unter den Augen. Eingefallene Wangen. Der Totenschädel saß schon dicht unter der Haut. Eine alte Frau. Dabei war sie erst achtzehn gewesen. Ihm wurde übel.

»Hey! Hallo, du da!« Ihr Lächeln verrutschte zu einer Grimasse. »Eigentlich glaube ich ja nicht, dass das hier irgendjemand mal sieht. Aber was soll's? Ich nehme es trotzdem auf.« Einen Moment wirkte sie unsicher und abwesend. Dann wedelte sie ihre Bedenken weg. »Irgendwie bist du jedenfalls an mein Handy geraten und hast es gehackt. Du kennst mich vermutlich nicht.« Sie strich sich eine Strähne aus dem Gesicht. »Kann sein, dass du von der Polizei bist oder ein Sanitäter. Oder du hast mein Handy von Jenny, dann hat sie es doch gefunden und für den nächsten Kick verscherbelt. Du fragst dich gerade, ob du dir das hier angucken sollst. Es ist mein letztes Video. Es sind meine letzten Worte. Wenn du das hier siehst, bin ich tot.«

1

Als Dühnfort an diesem Morgen Anfang Oktober seinen Arbeitsplatz im K 16 der Münchner Kriminalpolizei betrat, stieg ihm erst Kaffeeduft in die Nase, dann erklang das vertraute Zischen der Milchschaumdüse seiner Pavoni. Anja Bartholomei hantierte in der Tee-Ecke – die von seinen neuen Kollegen mittlerweile in *Café Tino* umbenannt worden war – mit seiner Espressomaschine, die mit ihm umgezogen war. Von der Mordkommission in der dritten Etage in die Abteilung Operative Fallanalyse in der vierten.

»Guten Morgen, Tino!«

»Hallo, Anja!«

Die Weiterbildung zum Fallanalytiker lag hinter ihm. Seit einer Woche war er nun Mitglied der OFA und noch nicht wirklich angekommen.

»Auch einen Cappu?«

»Danke. Ich hatte grad einen zum Frühstück.«

Schwungvoll goss Anja die aufgeschäumte Milch in die Tasse. »Wie schnell man sich an Luxus gewöhnt, ist sagenhaft. Ich weiß gar nicht mehr, wie wir bisher ohne deine Pavoni ausgekommen sind.«

Er musste lachen. »Ist mir auch absolut schleierhaft.« Mit einem Lächeln durchquerte er den OFA-Raum, dessen beherrschende Elemente ein ovaler Konferenztisch und eine Wand aus

Whiteboards waren. Keine Bilder an den Wänden, kein ablenkender Schnickschnack. Ein Zentrum für konzentrierte Arbeit. Hier traf sich das Team, um Fälle zu analysieren, Hypothesen zu entwickeln und Täterprofile zu erstellen.

Das Großraumbüro war in einzelne Bereiche unterteilt, die Dühnfort für sich *Karrees* nannte. Stellwände trennten sie voneinander ab und gaukelten Privatheit vor, wo in Wahrheit nichts privat blieb. Jeder sah den anderen und konnte Telefonate mithören. Sein altes Büro war ihm lieber gewesen. Er schätzte es, eine Tür hinter sich schließen zu können.

Die Arbeitsplätze waren identisch möbliert. Schreibtisch mit PC, Sideboard und Regal. Alles ergonomisch sinnvoll angeordnet. Ein beinahe lautloser Seufzer entfuhr Dühnfort beim allmorgendlichen Blick aus dem Fenster. Eine Aussicht, an die er sich immer noch nicht gewöhnt hatte und vermutlich auch nie gewöhnen würde.

Seit das Kriminalfachdezernat 1 mit seinen nachgeordneten Kommissariaten von der Münchner Innenstadt in den Stadtteil Sendling umgezogen war, blickte er auf Wertstoffhof und Kleingartenanlage. Adieu, Frauenkirche, adieu, Löwengrube, vom Viktualienmarkt ganz zu schweigen. All das vermisste er noch immer schmerzlich.

Nachdem er den Rechner gestartet hatte, las er erst einmal online Nachrichten. Offenbar war seine ehemalige Kollegin und Nachfolgerin bei der Mordkommission Kirsten Tessmann im Fall des Messermords im Englischen Garten weitergekommen. Die Onlinemedien berichteten, dass der Beschuldigte gestanden hatte, allerdings ohne ein Motiv zu nennen.

Anja ging hinter ihm vorbei. Ihr Schritt verharrte, als sie den Artikel auf seinem Monitor sah. »Ich verstehe es nicht. Weshalb ersticht jemand einen anderen, den er nie zuvor gesehen hat?

Ohne ein Wort. Einfach so. Geradezu beiläufig. Psychisch krank scheint er ja nicht zu sein.«

Anja war aus dem Rauschgiftdezernat zur OFA gewechselt. Sie war direkt und analytisch und sah umwerfend gut aus. Eine elfenhafte Schönheit mit schulterlangem hellem Haar. Außerdem Meisterin in Taekwondo, allerdings begleitet von dem Gerücht, manchmal die Kontrolle zu verlieren und auszurasten. Angeblich hatte sie deswegen bereits zwei interne Ermittlungsverfahren überstehen müssen.

»Vielleicht ist Frust das Motiv«, meinte er. »Eine unbestimmte Wut auf alles und jeden. Das breitet sich immer weiter aus. Die Leute rasten wegen nichts aus. Hast du von dem Zahnarzt gehört, der eine Fußgängerin angefahren hat, nur weil sie es gewagt hat, den Zebrastreifen zu betreten, als er sich näherte?«

Anja nickte. »Der Lack der Zivilisation wird täglich dünner.« Sie verschwand in ihrem Karree, das sich in einem Neunziggradwinkel zu seinem befand.

Manfred Trebing kam als Nächster. Seit vier Jahren bei der OFA, ehemals Kriminaldauerdienst. Ein in sich gekehrter, stiller Mann, der in über zwanzig Jahren Polizeidienst alles gesehen hatte, was Menschen einander antaten. Er war Ende vierzig und lebte mit seiner Frau und einem Hund in einem Vorortreihenhaus. *Wortkarg* war wohl das Adjektiv, das ihn am besten beschrieb. Von Anja wusste Dühnfort, dass er sich Hoffnungen machte, der Nachfolger von Armin Boos zu werden, wenn dieser in zwei Jahren in Pension ging. Manfred erwiderte im Vorbeigehen Dühnforts Gruß und verschwand in seinem Karree.

Dühnfort las gerade seine Mails, als Boos kam. Sie kannten sich seit vielen Jahren, in denen Armin immer wieder versucht hatte, ihm die Arbeit bei der OFA schmackhaft zu machen. Zielstrebig steuerte er, noch im Mantel, auf ihn zu. Ein großer Mann mit breitem Kreuz, wachem Blick und natürlicher Autorität. »Guten Morgen, ihr beiden!«

Anja schwenkte auf ihrem Bürostuhl herum.

»Die Kollegen aus Passau haben uns gerade angefordert«, sagte Boos. »Ein Doppelmord vor vierzehn Tagen. Nichts geht voran. Die Medien machen Druck. Der Staatsanwalt will Ergebnisse sehen. So ganz freiwillig scheint die Entscheidung nicht gefallen zu sein, uns hinzuzuziehen.«

Anja seufzte. »Das sind ja dann ideale Voraussetzungen.«

»Ihr werdet das schon hinkriegen. Euer Ansprechpartner ist Lutz Eichenauer. Kriminalhauptkommissar. Nehmt Ben mit. Ich habe ihn im Lift getroffen. Er weiß schon Bescheid und organisiert einen Wagen.« Armin nickte ihnen zu und verschwand in seinem Büro. Das einzige, das eine Tür hatte.

Was er von Ben halten sollte, wusste Dühnfort noch nicht. Einerseits besaß er einen geradezu britisch trockenen Humor. Andererseits nagte die Scheidung von seiner Frau an ihm. Er war Mitte dreißig und Vater eines dreijährigen Jungen. Vom Aussehen her ein Frauentraum. Groß. Markantes Gesicht. Fitnessgestählter Körper. Jeder Muskel war definiert. Doch auf Frauen war Ben nicht gut zu sprechen. Von Gleichberechtigung hielt er nichts. Männer und Frauen seien nun einmal unterschiedlich, das könne man nicht wegdiskutieren. Das sei wissenschaftlich bewiesen. Der Begriff *Kampfemanzen* war schon gefallen, und dass echte Männer auf die rote Liste gehörten. Eine vom Aussterben bedrohte Art. Dühnfort schrieb es der gescheiterten Ehe zu. Hoffentlich legte sich das.

Während sie auf Ben warteten, mailte er Gina. *Kannst du heute Chiara vom Kindergarten abholen? Ich muss nach Passau und werde es nicht schaffen.* Er hängte ein Kuss-Emoji an und klickte auf Senden.

Ihre Antwort kam sofort. *Kein Problem. Gute Fahrt und pass auf dich auf!* Ein Herz-Emoji folgte.

Ben Guhl steuerte auf Dühnforts Karree zu. Enges schwarzes T-Shirt, perfekt sitzende Jeans und darüber offen eine Cabanjacke. »Moin, Tino!« Sein Blick schwenkte zu Anja am Schreibtisch nebenan. »Servus, Anja! Packen wir es. Ich habe uns einen X3 organisiert.«

• • •

Das Wetter war gut und die Autobahn frei. Ben gab Gas. Nach zwanzig Minuten lagen Dühnforts Nerven blank. Vermutlich würde Ben sich als sportlichen Fahrer bezeichnen. Doch er missachtete Tempolimits, hielt zu geringen Abstand und benutzte die Lichthupe. Als Ben hinter Landshut einen Porsche mit Tempo hundertachtzig bedrängte, sah Dühnfort sich für eine Sekunde blutüberströmt und eingeklemmt im Wrack des BMW liegen. Neugierige zückten die Handys und machten Videos. »Geht's auch ein wenig gelassener?«

Überrascht sah Ben zu ihm hinüber. »Gelassener? Wir sind hier nicht im Yogakurs.«

Von der Rückbank meldete sich Anja. »Ich verstehe ja, dass du den Kick ab und zu brauchst. Vielleicht brauchst du demnächst aber auch einen Putzlappen.«

Ben blickte besorgt in den Rückspiegel. »Du reiherst mir aber jetzt nicht in den Wagen.« Er ging tatsächlich vom Gas und wechselte auf die rechte Spur. »Soll ich beim nächsten Parkplatz rausfahren?«

»Wird hoffentlich nicht nötig sein, wenn du die Pferde zügelst.«

Ben gab sich Mühe, und Dühnfort wunderte sich. Von Frauen

schien er nicht viel zu halten – doch dann verstand er es. Wenn sich eine schwach und bedürftig zeigte, wurde er fürsorglich. Ganz Gentleman.

Obwohl Ben nun defensiver fuhr, erreichten sie Passau früher als vom Navi ursprünglich veranschlagt.

Die Drei-Flüsse-Stadt lag am östlichen Rand Bayerns in unmittelbarer Nähe zur österreichischen Grenze. An diesem strahlend schönen Herbsttag zeigte sie sich in ihrer ganzen barocken, blau-weiß-goldenen Pracht. Die Veste Oberhaus thronte auf dem Georgsberg wie ein nimmermüder Bewacher. Die Türme des Doms strahlten in einem überirdischen Weiß, als könnte jeden Moment Gottes Segen über diesen malerischen Fleck Erde niedergehen. Die Illusion einer heilen und intakten Welt. Doch das Grauen gab es überall, das Böse und Gemeine. Niedertracht, Hass, Neid, den ganzen Sumpf an menschlichen Abgründen. Ein Doppelmord war hier geschehen.

Die Kriminalpolizeiinspektion befand sich in der Nibelungenstraße, unweit des Bahnhofs. Ein funktionaler Betonklotz aus den Siebzigerjahren. Lutz Eichenauer, der Leiter der Soko Dornröschen – benannt nach dem Tatort im Dornröschenweg –, erwartete sie bereits. Ein drahtiger Mittfünfziger mit Bürstenhaarschnitt und festem Händedruck. Er machte keinen Hehl daraus, dass er die OFA nicht angefordert hätte. »Das kam von oben.« Mit dem Daumen wies er Richtung Decke. »Ganz ehrlich: Ihr habt noch keinen Mord geklärt.«

»Das ist auch nicht unser Job«, sagte Anja. »Wir sehen uns als Service-Einheit für die Mordkommissionen. Als Berater. Das ist und bleibt Ihr Fall.«

»Gut zu hören.« Die harten Linien in Eichenauers Gesicht wurden ein wenig weicher. »Schauen wir mal, was dabei am Ende rauskommt.« Mit einem raschen Blick taxierte er Anja von oben bis unten, und seine Haltung wurde ein wenig straffer. »Obwohl eigentlich klar ist, was da passiert ist. Aber die Medien ...« Er schickte einen Blick gen Himmel und bat sie, ihm zu folgen.

Im Ermittlungsraum saß eine junge Frau an einem PC. »Meine Kollegin Julia Jähnike. Julia, das Team aus München. Die Profiler.« Er dehnte das letzte Wort wie Kaugummi, dann stellte er sich vor die Pinnwand, an der zahlreiche Fotos und Skizzen hingen. Dühnfort betrachtete die Aufnahmen, während Eichenauer erläuterte, was in der Nacht vom 30. September auf den 1. Oktober zwischen zweiundzwanzig Uhr und zwei Uhr morgens in einem Reihenmittelhaus im Dornröschenweg 15d geschehen war.

»Es war ein warmer Montag. Am Abend war es noch lauschig. Bruno und Ranghild Sander saßen mit einem Glas Wein auf der Terrasse. Kurz vor zwanzig Uhr gingen sie hinein. Sie räumte die Küche auf und las anschließend eine Illustrierte, während ihr Mann vermutlich in seinem Arbeitszimmer noch ein paar Aufsätze korrigierte. Er war Lehrer, vierundvierzig Jahre alt. Sie Töpferin mit eigener Werkstatt und einem Laden in der Altstadt und ein Jahr jünger als er. Kinderlos. Die beiden lebten allein im Haus. Zwischen zehn und halb elf gingen sie zu Bett. Irgendwann werden sie von einem Geräusch geweckt. Sander steht auf, öffnet die Schlafzimmertür und sieht Licht in seinem Arbeitszimmer. Ein Einbrecher. Er will ihn stellen. Doch der bedroht ihn mit einer Armbrust. Sander rennt zurück ins Schlafzimmer, wo sein Handy liegt, kriegt die Tür aber nicht schnell genug zu. Sein Verfolger holt ihn ein und schießt. Er trifft ihn in den Schädel. Genauer gesagt ins linke Auge.«

Eichenauer wies auf eines der Fotos an der Wand. Dühnfort hatte schon etliche Tote gesehen, eine derartige Verletzung aber noch nicht. Eine dunkle, klaffende Höhle, wo einst ein Auge gewesen war. Der Bolzen war tief in den Schädel eingedrungen. Nur das Ende mit den Federn sah heraus.

»Ranghild Sander springt aus dem Bett«, fuhr Eichenauer fort. »Oder ist bereits aufgestanden. Vermutlich schreit sie. Der zweite Schuss trifft sie, und zwar in den Hals. Es wurden keine weiteren Schüsse abgegeben. Beide waren tödlich. Wenn Sie mich fragen, war das einer aus dem wilden Osten. Die machen uns derzeit richtig Arbeit. Die Grenze ist nicht weit.«

Dühnfort betrachtete die Fotos der Opfer. Kaum Blut. Auf den ersten Blick keine Kampfspuren. Ranghild Sanders Nachthemd war ein wenig nach oben gerutscht. Das konnte im Todeskampf passiert sein. Bruno Sander lag auf dem Rücken wie ein gefällter Baum. Ein kompakter Mann, dessen linkes Auge nicht mehr existierte.

»Was für ein Anblick«, sagte Anja. »Ich hätte nicht gedacht, dass Armbrustpfeile eine solche Durchschlagskraft haben.«

Neben dem Foto des toten Bruno Sander hing eine schematische Zeichnung des Raumes, in der die Lage der Körper eingezeichnet war. Etwas schien nicht zu passen.

»Haben Sie die Tatwaffe?«, fragte Ben.

»Die hat der Täter mitgenommen«, erklärte Eichenauer. »Zusammen mit einer Rolex, einem fünfzig Gramm schweren Goldbarren, etwas Schmuck und außerdem Bargeld. All das bewahrte Sander in einer Metallkassette im Arbeitszimmer auf. Wir haben seine Bargeldabhebungen und seine Ausgaben verglichen. Es müssen mindestens fünfhundert Euro cash gewesen sein. Es wurde schon für weniger gemordet.«

Dühnfort wandte sich um. »Ich frage mich, warum sich ein Einbrecher für eine so sperrige Waffe entscheidet, die er nicht eng am Körper führen kann und die er außerdem nicht schnell schussbereit bekommt.«

»Weil man eine Armbrust ohne Waffenschein kaufen kann. Außerdem sind das keine schweren mittelalterlichen Klötze aus Eichenholz und Schmiedeeisen. Die werden heute aus Kunststoff und Leichtmetallen gebaut. Es gibt handliche Modelle.«

»Als sie gefunden wurden, lagen sie so da?« Dühnfort wies auf die Fotos. »Oder wurden die Leichen bewegt, bevor die Aufnahmen entstanden?«

»Die hat niemand angerührt.«

»Wer hat sie gefunden?«

»Die Putzfrau. Sie kommt jeden Dienstag um zehn und hat einen Schlüssel, weil die Sanders um diese Zeit arbeiten. Es sei denn, es sind Ferien, dann ist er daheim. Sie erhalten noch heute Zugang zur digitalen Ermittlungsakte. Außerdem druckt bereits eine der Sachbearbeiterinnen das alles für Sie aus. Tatortbericht. Obduktionsbericht. Zeugenaussagen. Das ganze Pipapo. Fotos und Videoaufnahmen liegen auf unserem Server. Julia richtet Ihnen einen Zugang ein und schickt Ihnen den Link.« Eichenauer sah auf die Uhr. »Ich habe einen Termin. Sie wollen sicher noch den Tatort sehen.« Er wandte sich an Julia Jähnike. »Kannst du das übernehmen?«

»Ja klar. Sehr gerne.«

• • •

Sie folgten Julia Jähnike zum Ende einer Sackgasse, die in den Garagenplatz einer Vorortsiedlung aus den Achtzigerjahren mündete. Ben stoppte den BMW hinter Jähnikes Twingo. Dühnfort sah sich um, während Anja ein Päckchen Kaugummi aus der Lederjacke zog, Ben die Knöchel knacken ließ und die Passauer Kollegin ihn verstohlen musterte.

Dühnfort betrachtete die zwei Reihenhausriegel mit je fünf

Häusern. Dazwischen lag der Platz mit den Garagen, die man umrunden musste, wenn man die Sackgasse wieder verlassen wollte. Die vor Jahrzehnten gepflanzten Buchen und Ulmen waren zu stattlichen Bäumen herangewachsen. Im Sommer beschatteten sie den Platz. Jetzt warfen sie das welke Laub ab.

»Das ist es.« Julia wies auf ein Haus in der westlichen Kette. Ein Polizeisiegel klebte an der Tür. Blätter hatten sich im Vorgarten zwischen vertrockneten Stauden und Buchsbaumkegeln verfangen. Zwei Wochen waren erst vergangen, und schon sah man die beginnende Verwahrlosung.

»Der Täter ist hinten rein, über die Terrasse.« Mit dem Hausschlüssel zerriss Jähnike das Siegel und sperrte auf. »Leider gibt es keine Zeugen. Niemand hat etwas gehört oder gesehen.« Sie ging voran in den Flur. Die Luft war abgestanden und kühl. Links die Gästetoilette, rechts eine kleine Küche. Es folgte das Treppenhaus und weiter hinten das Wohnzimmer mit Essecke und Zugang zur Terrasse. Alles war sauber und aufgeräumt. Keine herausgerissenen Schubladen, keine durchwühlten Schränke. Eine Illustrierte lag aufgeschlagen auf dem Couchtisch. Vermutlich die, in der Ranghild Sander am letzten Abend ihres Lebens gelesen hatte.

»Hier kann man die Spuren des Schraubenziehers noch sehen, mit dem er die Tür aufgehebelt hat. Der Klassiker schlechthin.« Die Kollegin öffnete die Terrassentür. Ein kalter Luftschwall zog herein. Sie deutete auf eine Einkerbung im Holzrahmen. »Unten hat er sich nicht aufgehalten. Er ist gleich nach oben. Alles war wie immer, als die Putzfrau kam. Wir haben hier unten auch keine Spuren von ihm gefunden. Nur oben.«

»Sie haben seine DNA?«, fragte Anja.

»Im Arbeitszimmer von Bruno Sander hat er einen Nasenpopel an die Tischkante geschmiert. Das Blöde ist nur, dass er nicht in der Datenbank ist.«

Jähnike ging voran nach oben. Ein kleiner Vorplatz. Linker Hand das Arbeitszimmer. Es lag mit Blick zum Reihenhausgarten. Daneben das Schlafzimmer. Es ging nach vorne hinaus zu den Garagen. Dazwischen befand sich das fensterlose Bad.

Das Arbeitszimmer war etwa fünfzehn Quadratmeter groß. Eine Wand wurde vollständig von einem maßgefertigten Regal bedeckt. Es musste neu sein, denn der Duft von Kiefernholz lag in der Luft. Deutsch- und Geschichtsbücher, Romane, Sachbücher und Reiseführer füllten die Fachböden. Der Schreibtisch befand sich vor dem Fenster. Aufsätze lagen in einem Stapel neben der Schreibunterlage. Stifte, Spitzer und Radiergummi in einer flachen Schale. Unten auf dem Rasen sammelte sich das Herbstlaub, das Sander nun nicht mehr zusammenrechen würde. Was war er für ein Mensch gewesen?

Etwas stimmte hier nicht. Dühnfort gab diesem Gefühl Raum, während Jähnike die oberste Schublade herauszog. »Hier lag Sanders Geldbörse, außerdem die Metallkassette mit dem Fünfzig-Gramm-Goldbarren, der Rolex und dem Schmuck von Ranghild Sander. Das wissen wir von ihrer Mutter. Die Kassette ist weg.«

Sie ging weiter zum Schlafzimmer, während sich in Dühnfort das Gefühl verdichtete, dass Eichenauers Theorie zum Tatablauf sich in Luft auflösen würde. Anja schien das ähnlich zu sehen. Ihre Mundwinkel verzogen sich, während sie nahezu unmerklich den Kopf schüttelte. Nur Ben behielt seine Vermutung nicht für sich. »Kann es sein, dass er wusste, wo er suchen musste?«

Jähnike blieb stehen. »Wie meinen Sie das?«

»Der Täter ist zielsicher ins Arbeitszimmer marschiert. Er hat nur eine Schublade geöffnet, und zwar die richtige. Er hat nichts durchwühlt. Oder?«

»Er war nur am Schreibtisch«, räumte sie ein. »Den hat er zuerst durchsucht. Ist auch logisch. Wer bewahrt schon den Geldbeutel im Regal auf?«

»Durchsucht hat er ihn ganz offensichtlich nicht. Oder war er auch an den anderen Schubladen?«

»Keine Ahnung.«

»Die Theorie vom Täter aus dem Osten können Sie knicken. Der kannte sich hier aus.«

Es war ein absolutes No-Go ihres Jobs, Vermutungen zu äußern. Anja seufzte leise neben Dühnfort.

»Sagt wer?«, fragte Jähnike.

»Der gesunde Menschenverstand«, entgegnete Ben, und sie schaltete in Angriffsmodus um. »Wohl eher Ihr Bauchgefühl. Ich dachte, Profiler arbeiten faktenbasiert.«

»Sie gehen von einem Einbruch aus, der aus dem Ruder gelaufen ist. Ein nicht geplanter Doppelmord. Dann erklären Sie mir mal, weshalb er einbricht, wenn jemand im Haus ist. Zwei Menschen schlafen friedlich in dem Raum, in den er eindringen will, um Beute zu machen. Denn die meisten Leute bewahren Wertsachen im Schlafzimmer auf. Und er hat nicht vor, sie zu töten, hat aber eine Armbrust bei sich. Sorry, das passt vorne und hinten nicht. Genau wie die Sache mit der Schublade hier. Wer lässt Frauen eigentlich zur Kripo?«

Nun schritt Dühnfort doch ein. »Es ist gut, Ben. So kommen wir nicht weiter.«

Anja wandte sich an Julia Jähnike. »Niemand will Ihnen etwas am Zeug flicken. Die Ermittlungen in einem Doppelmord sind immer komplex und gehören sicher nicht zu Ihren Routineaufgaben. Wir sind hier, um Sie zu unterstützen.«

»Ja klar.« Zornig blickte Jähnike zu Ben, doch Dühnfort bemerkte, dass sie mit den Tränen kämpfte. Sie war jung und konnte noch nicht viel Erfahrung bei der Kripo gesammelt haben.

»Das ist so«, bekräftigte Anja. »Unsere Aufgabe ist es, die Ermittler vor Ort zu unterstützen. Dafür sind wir ausgebildet und haben uns mit Aberhunderten Tötungsdelikten beschäftigt. Und Sie hatten bisher vielleicht mit zwei, drei Morden zu tun, oder?«

»Mit einem außer dem hier«, räumte sie ein. »Und mit einer Körperverletzung mit Todesfolge vor vier Wochen. Damit kommen wir auch nicht voran.« Sie schluckte ihren Ärger hinunter. »Also Schwamm drüber.«

Sie betraten das Schlafzimmer. Während Julia Jähnike den vermuteten Tatablauf erklärte, öffnete Dühnfort auf dem Smartphone seine Aufnahmen der Lageskizze und der Fotos der Leichen, die er im Ermittlungsraum gemacht hatte. Entweder waren sie doch bewegt worden, oder die Schüsse waren nicht aus Richtung Tür gekommen. Er sah hinunter auf den Garagenvorplatz. »War das Fenster eigentlich offen, als die Putzfrau die Toten gefunden hat?«

2

Einige Wochen zuvor. Passau.
Samstag, 7. September. 02.15 Uhr.

Der Nachthimmel war sternenklar. Er spannte sich über ihm, unendlich und beständig. Das Universum trug alle Zeit in sich. Gegenwart, Vergangenheit und Zukunft. Nichts ging verloren. Es änderte sich nur. Verwandelte sich.

Er atmete durch und sah auf das Display seines Smartphones. Der blaue Punkt verharrte noch immer an derselben Stelle. Aus dem Lautsprecher in seinem Ohr drangen leise Musik und Gesprächsfetzen, Lachen, das Klirren von Gläsern.

Er schaltete das Display aus, rückte den Knopf im Ohr zurecht und wechselte das Standbein. Er trug einen schwarzen Neoprenanzug, schwarze Neoprenschuhe und –handschuhe. Außerdem eine Sturmhaube mit Augenschlitz. Darüber eine Arbeits-Schutzbrille. Er hinterließ keine Spuren und war obendrein in der Dunkelheit zwischen den Bäumen nicht auszumachen. Er verschmolz mit ihr.

Vor dem Erotic-Club Sophia standen nur noch sieben Fahrzeuge. Bis auf zwei gehörten sie dem Personal. Etwas raschelte. Ein Igel umrundete einen Laubhaufen, überquerte den Asphalt und verschwand zwischen Gebüsch und Bäumen, die den Parkplatz auf der anderen Seite begrenzten. Sie hoben sich als Schattenrisse vom Nachtgrau ab. Dahinter befand sich eine halbhohe Mauer, hinter der die Donau behäbig durch die Altstadt von Passau floss. Ein leichter Wind kam auf, bewegte die Zweige. Vorne an der Straße fuhr ein Auto vorbei. Die Lufttemperatur betrug noch fünfzehn Grad, eine milde Septembernacht.

Die Geräuschkulisse veränderte sich. Die Musik wurde abgedreht, die Stimmen lauter. *Wir machen jetzt Schluss. Zeit zu gehen, Freunde.*

Sein Adrenalinspiegel stieg. Er war bereit.

Nur noch einen Absacker, dann geh ich.

Es war wie erwartet. Denn es war wie immer.

Also gut: Einen noch. Geht aufs Haus.

Zuerst kam der Ofenbauer heraus. Selbstständig. Ladengeschäft in einem Vorort. Verheiratet, drei Kinder. Eine Frau, die keine Lust mehr hatte. Er wankte zu seinem Auto, ließ sich hineinfallen und fuhr langsam vom Hof. Die Rücklichter verschwanden hinter der Biegung.

Dann bis zum nächsten Mal. Wir sehen uns.

Die Tür ging auf. Eine massige Gestalt erschien. Pascal Pfaller. Dreiunddreißig Jahre, eins siebzig, hundertzehn Kilo. Unfreiwillig zölibatär. Keine Frau wollte ihn. Da kaufte er sie sich eben. Er verdiente gut als IT-Spezialist. Und er verachtete Frauen.

Schwankend steuerte er sein Auto an, besann sich dann anders, lenkte seine Schritte zum Gebüsch und nestelte an seiner Hose herum.

Es war so weit. Lautlos überquerte er den Parkplatz, der normalerweise mit einer Kamera überwacht wurde, und trat so leise hinter Pfaller, dass der ihn erst bemerkte, als er ihm auf die Schulter klopfte. »Hallo, Pascal!«

Erschrocken fuhr Pfaller herum. »Mann, mich so …« Er sah

ihm ins schwarz vermummte Gesicht und verstand, dass etwas nicht stimmte. Ganz und gar nicht. Angst flackerte in seinen Augen auf. »Wer … wer bist du?«

»Ich bin dein Tod.«

Ein trockenes Lachen, eigentlich mehr ein Keuchen war Pfallers Antwort. »Das ist jetzt ein Witz.«

»Ganz sicher nicht.«

Sein Angriff dauerte nur Sekunden. Ein Schlag gegen die Brust. Eine Hand ans Kinn, die andere an den Hinterkopf. Sein rechtes Bein, in Pfallers linkes gehakt. Eine Wendung unter Einsatz beider Körpergewichte. Ein leises Knacken, mit dem das Genick brach, und Pfaller sackte zusammen.

Langsam ließ er ihn zu Boden gleiten. Er lag auf dem Rücken, streckte alle viere von sich. In seinem gebrochenen Blick spiegelten sich die Sterne. Für Pfaller gab es keine Gegenwart mehr, keine Vergangenheit und auch keine Zukunft. Und das war gut so.

3

Zwei Tage nach der Rückkehr aus Passau stand Dühnfort im Schießkeller. Da er eine Vorstellung von der Waffe bekommen wollte, mit der Bruno und Ranghild Sander getötet worden waren, hatte er einen Termin mit Ferdinand Weiß vereinbart, dem Schusswaffenexperten des LKA.

»Da haben wir das gute Stück.« Ferdinand nahm eine Armbrust aus einem Nylonrucksack. »Eine Cobra. Ist leicht, lässt sich schnell schussklar machen, und vor allem tötest du mit ihr nahezu lautlos.«

Dühnfort war verblüfft, wie klein sie war. »Sieht wie ein Kinderspielzeug aus.«

»Das täuscht. Die hat eine enorme Wirkung. Wirst du gleich sehen.« Weiß steckte den Schaft auf und schraubte den Frontgriff an. »Den braucht man nicht unbedingt. Man kann sie auch am Spannhebel halten. Hier ist das Visier. Das kannst du durch ein Zielfernrohr ersetzen. Überhaupt könnte man einiges anbauen.« Ferdinand schien ganz in seinem Element zu sein. »Auf diese Picatinny-Schiene hier« – er deutete auf ein graues Kunststoffteil – »lässt sich eine Halterung für eine Zoomtaschenlampe und einen Laser montieren. Damit kannst du sie dann auch bei Dunkelheit einsetzen.«

»Und das ist erlaubt?«

»Klar. Du brauchst nicht mal einen Waffenschein dafür. Einzige Voraussetzung für den Kauf ist die Volljährigkeit. Probiere es mal.«

Dühnfort nahm die Armbrust, setzte sie an die Schulter und visierte die Zielscheibe in zwanzig Metern Entfernung an. Die Waffe war leicht und lag gut in der Hand.

»Der Täter in Passau wird eine Cobra oder ein ähnliches Modell benutzt haben«, erklärte Weiß. »Die hier wird gerne zum Wildern verwendet. Hat einen Hundertdreißig-Pfund-Bogen. Damit kann man nicht nur Rehe töten. Ich habe die gleichen Bodkins für die Bolzen besorgt, die auch bei dem Mord in Passau verwendet wurden.« Aus einer Schachtel nahm Ferdinand eine Metallspitze und zeigte sie Dühnfort. »Fünfkantig. Jede Kante messerscharf geschliffen. Von einem Hundertdreißig-Pfund-Bogen abgeschossen, hat die eine enorme Penetrationswirkung.«

Ferdinand hatte bereits sechs Bolzen mit den Bodkins bestückt und legte sie ins Magazin. Dann löste er den Spannhebel, drückte ihn nach vorne, zog ihn zurück und spannte durch die entstehende Hebelwirkung die Sehne des Bogens. »Hier ist die Sicherung.« Er wies auf einen Metallstift oberhalb des Abzugs und reichte Dühnfort die Waffe.

Er löste die Sicherung, setzte die Armbrust an, nahm das Ziel ins Visier und zog den Abzugshebel durch. Beinahe lautlos schoss der Bolzen hervor und schlug in zwanzig Metern Entfernung in einen Zylinder aus ballistischer Gelatine ein, den Weiß eigens für diese Vorführung mit Fensterleder und einem Stück Baumwollstoff präpariert hatte. Sie symbolisierten Haut und Kleidung. Dühnfort spannte die Waffe. Es dauerte vier Sekunden, bis er den nächsten Schuss abfeuerte. Beim dritten ging es noch schneller. Nur das leise Klacken beim Abdrücken war zu hören und das Ratschen, das beim Spannen des Bogens entstand. Er schoss alle sechs Bolzen ab. Alle erreichten das Ziel.

»Nicht schlecht.« Ferdinand holte den Zylinder. Drei Bolzen hatten ihn durchschlagen. Zwei ragten an der Rückseite zur Hälfte heraus.

Die Tatortfotos wirkten in Dühnfort nach. Mittlerweile hatte er auch die Obduktionsberichte gelesen. Unglaublich, welche Vernichtungskraft in dieser kleinen Armbrust steckte. Bei Ranghild Sander war der Bolzen in den Hals eingedrungen, war durch Luft- und Speiseröhre gejagt und knapp links der Halswirbelsäule zwei Zentimeter weit ausgetreten. Ranghild Sander war an ihrem eigenen Blut erstickt. Bei ihrem Mann Bruno hatte der Bolzen das Gehirn durchschlagen und war am Hinterhauptbein stecken geblieben. Todesursache: Schweres Hirntrauma mit massiver Blutung.

Ferdinand hob die Cobra. »Das waren keine Zufallstreffer in Passau. Der Täter kann mit dieser Waffe umgehen.«

»Was für ein Teufelszeug. Und das ist frei verkäuflich.« Dühnfort bedankte sich und verließ das LKA. Es war Mittagszeit, und die Kantine mied er nach Möglichkeit. Deshalb rief er Gina an. »Wie sieht's aus? Hast du Zeit für eine gemeinsame Mittagspause?«

»Ja, das sollte klappen.«

»Was hältst du von der Gans am Wasser? Der Wind ist zwar ein wenig kühl, aber mit Jacke kann man es draußen gut aushalten.«

»Prima. Ich brauche frische Luft.«

Das Café Gans am Wasser lag im Westpark, zehn Minuten zu Fuß von ihrem Arbeitsplatz entfernt. Ein Café war es eigentlich nicht. Eher ein Zwitter aus Kiosk und Biergarten. Das Lokal verfügte neben Plätzen unter freiem Himmel über ein mit Flohmarktmöbeln eingerichtetes Zelt und hatte was von Flower-Power und der frühen Tollwood-Zeit. Asiatische Sonnenschirme mit Troddeln spendeten Schatten, Windspiele klimperten in der Brise, und wer gerne etwas ungewöhnlicher Platz nehmen wollte, setzte sich in eine der halbierten Badewannen mit Sitzpolstern.

Als Dühnfort kam, war Gina schon da. Er entdeckte sie an ihrem Lieblingsplatz direkt am Ufer des Mollsees. »Grüß dich. Ich hab uns schon mal Burger und Pommes bestellt. Müssten gleich fertig sein.«

Auch wenn er kein Fan von Fast Food war, hier machte er eine Ausnahme. Denn hier war alles hausgemacht, auch Pommes und Burger. Das Gans war gut besucht. Gesprächsfetzen drangen von den anderen Tischen herüber. Der Wind schüttelte das Herbstlaub aus den Kronen der Kastanien, klimperte in den Windspielen und kräuselte die Wasseroberfläche des Sees. Dühnfort zog den Reißverschluss an seiner wattierten Jacke hoch. »Und, wie war dein Tag bisher?«

Gina arbeitete in der Abteilung für ungeklärte Altfälle und rollte derzeit den Fall ihrer vor über zwanzig Jahren verschwundenen Schulfreundin Hermine Lassak wieder auf. Doch im Moment bereitete ihr etwas anderes Sorgen. Ihr Vermieter war gestorben. »Frau Eberhardter von der Hausverwaltung hat angerufen. Die Beisetzung ist morgen um zehn auf dem Ostfriedhof. Sie hat uns informiert, falls wir daran teilnehmen wollen.«

»Sollen wir?«

»Ich habe eigentlich keine Zeit«, sagte Gina. »Du?«

»Ich auch nicht.«

»Wenn wir gehen, könnten wir seine beiden Nichten kennenlernen, die das Haus erben.«

»Sie werden uns ganz sicher nicht bei der Beisetzung verraten, was sie damit vorhaben.«

»Aber man könnte sich ein Bild von ihnen machen. Wie sie so

drauf sind. Eher links-alternativ oder späte Frühkapitalistinnen, die das Maximum an Rendite rausholen wollen?«

»Was nützt uns das? Sie sind, wie sie sind. Wir werden früh genug erfahren, was sie mit dem Haus vorhaben.«

»Machst du dir keine Sorgen, dass sie es meistbietend an einen Investor verscherbeln?«

»Doch. Natürlich. Aber wir werden abwarten müssen.«

Ihre Nummer wurde aufgerufen. Gina holte am Kiosk die Burger. Er sah ihr nach. Natürlich verstand er, dass sie Angst hatte, ausziehen zu müssen. Die hatte er auch.

• • •

Nach dem Essen machte Dühnfort sich mit Gina auf den Rückweg in die Hansastraße. Unterwegs trafen sie Conny, eine Sachbearbeiterin bei der Mordkommission. Ihr Markenzeichen war eine kaum zu bändigende Fülle strohblonder Locken. Ihre vorherrschende Stimmung war Melancholie. Ein Mann war dafür verantwortlich. Bei einer Feier hatte Conny mal darüber gesprochen. Verliebt in einen Kerl, der offenbar nur ihre Freundschaft wollte und ab und zu Sex.

Sie grüßten sich, tauschten ein paar Belanglosigkeiten aus und gingen weiter. »Sie sollte ihn in den Wind schießen«, sagte Gina. »Er nutzt sie nur aus.«

In der dritten Etage trennten sie sich. Er stieg noch eine höher und machte sich wieder an die Arbeit. Die Frage, ob die Leichen bewegt worden waren, beschäftigte ihn weiter. Auf der Suche nach einer Antwort vertiefte er sich bis kurz vor fünfzehn Uhr in die Akten.

Das erste Team-Meeting sollte gleich beginnen. Vorher brauchte er noch eine Ration Koffein. Er ging hinüber ins Café

Tino und machte sich einen doppelten Espresso. Anja Bartholomei und Kim Eck, die heute den ersten Tag wieder da war, gesellten sich zu ihm.

»Due cappuccini, per favore.« Anja zwinkerte ihm zu. »Ist das okay?«

Er lachte. »Sicher. Gina überlegt ohnehin, ob sie mir zu Weihnachten einen Barista-Kurs schenken soll.«

»Hast du bestimmt nicht nötig.«

Kim schloss sich an. »Wir stellen uns jedenfalls gerne als Testpersonen zur Verfügung, um das zu klären.«

Vor ihrem Wechsel zur OFA war sie Kriminaltechnikerin gewesen. Eine ruhige und nachdenkliche Frau mit asiatischen Zügen, die sie ihrer vietnamesischen Großmutter verdankte.

Während er die Cappuccini zubereitete, versammelte sich das Team nach und nach am ovalen Tisch. Manfred kam als Erster. Ihm folgte Ben, der an der Längsseite mit Blick auf die Whiteboards Platz nahm und sich in seine Notizen vertiefte. Beatrice Mevél setzte sich ihm gegenüber und zog die Lesebrille aus einem Etui. Sie war Französin, lebte aber seit über dreißig Jahren in München. Ein Urlaubsflirt hatte sich zur Liebe ihres Lebens entwickelt. Vor dem Wechsel zur OFA hatte sie als Polizeipsychologin gearbeitet, daher hatte Dühnfort während seiner Zeit bei der Mordkommission häufiger mit ihr zu tun gehabt.

Tino gab Kim und Anja die Tassen. »Ein Cantuccino dazu?« Er reichte ihnen die Dose.

»Gerne. Danke«, sagte Anja. »Das wird heute keine lange Sitzung. Was die Kollegen sich da zusammengereimt haben, passt vorne und hinten nicht.«

Kim nickte. »Das ist ein merkwürdiger Fall. Mich irritiert, dass es kaum Spuren gibt. Entweder hat die Kriminaltechnik geschlampt – was ich nicht glaube, denn sie haben immerhin einen

Teilfingerabdruck an der Schubladenunterseite gefunden, und so etwas wird gerne mal übersehen –, oder der Täter war sehr gut vorbereitet. Nur im Arbeitszimmer hat er einen Fehler gemacht. Die DNA-Spur …« Sie lachte. »Ich meine, zuerst verhüllt er sich wie eine ägyptische Mumie, um kein Haar zu hinterlassen, und dann schmiert er einen Popel an die Tischkante.«

Die Tür öffnete sich. Armin kam herein. »Und los geht's«, sagte Anja. Dühnfort gesellte sich mit seinen Kolleginnen an den Konferenztisch.

Eine Fallanalyse orientierte sich ausschließlich an Fakten. Sie erforderte analytisches Denken und die Fähigkeit, das eigene Ego hintanzustellen und im Team zu arbeiten. Der erste Schritt bestand im Sezieren des Tathergangs. Wie war die Tat abgelaufen? Welche Entscheidungen hatte der Täter getroffen? Welche Handlungen waren dafür notwendig gewesen, welche nicht? Welche Schlüsse ließen sich daraus ziehen? Dafür zerlegten sie das Tatgeschehen in sechs Abschnitte: Annäherung an das Opfer. Angriff. Kontrollgewinnung. Sexuelle Handlungen, falls gegeben. Die Tötung. Das Nachtatverhalten.

Seit ihrer Rückkehr aus Passau hatte sich das komplette Team der OFA durch Tatortbefund- und Obduktionsberichte gearbeitet, durch die Spurenakten, digitale Bildmappen und das Video vom Tatort. Durch Berge von Papier sowie etliche Gigabyte an Bild- und Videodaten.

Armin hängte das Sakko über den Stuhl. »Schön, dass wir komplett sind. Fangen wir an.«

Manfred nickte ebenfalls in die Runde, und Dühnfort bemerkte erstmals, dass er sich ähnlich wie Armin kleidete. Taubengrauer Anzug, weißes Hemd und Krawatte, was an und für sich nicht ungewöhnlich war. Doch Manfred trug ebenfalls eine amerikanische Pilotenuhr, die zu Armins Statur eines Footballspielers passte. Obendrein besaß Armin natürliche Autorität und war der Typ, der in einer Krisensituation ganz selbstverständlich Führung übernehmen würde. Ein Mann, der die Aufmerksamkeit auf sich zog, wenn er einen Raum betrat. Während Manfred ein penibler Beamter mit einer Portion Ehrgeiz war.

• • •

Armin räusperte sich. »Beginnen wir mit der Annäherung an die Opfer. Es gibt offene Fragen. Beispielsweise die, wie der Täter zum Tatort gekommen ist. Niemand hat ihn bemerkt. Das ist ungewöhnlich. Zehn Häuser befinden sich am Ende dieser Sackgasse.«

Anja hob den Kugelschreiber. »Zugang hat er sich ja über die Gartenseite verschafft. Gegenüber befindet sich nur ein Spiel- und Bolzplatz und daran anschließend ein Schulhof. Da war um diese Zeit sicher niemand.«

Dühnforts Blick wanderte zu den Fotos des Wendehammers mit dem Garagenplatz und den Häusern. Eines wurde derzeit renoviert und stand leer. Im Haus daneben lebte ein schwerhöriges altes Ehepaar. Im dritten war der Bewohner auf Dienstreise, und die in den übrigen hatten geschlafen.

»Aber wie ist er zum Tatort gekommen?« Fragend blickte Armin zu Dühnfort.

»Entweder zu Fuß, dann wohnt er nicht weit entfernt. Oder mit einem Rad oder dem Auto. Wenn er mit einem Wagen gekommen ist, wird er ihn am Spielplatz abgestellt haben und das kurze Stück zu Fuß gegangen sein.« Dühnfort stand auf und trat ans Whiteboard. Dort hing der Lageplan der Siedlung mit zahlreichen Umgebungsfotos. Er deutete auf den Fußweg, der hinter dem Reihenhaus der Familie Sander vorbeiführte. Auf der anderen Seite befand sich der Spiel- und Bolzplatz, der ebenfalls am Ende einer Sackgasse lag. Dort gab es drei Parkbuchten. »Der Zaun zwischen Spielplatz und Fußweg ist nicht hoch. Man kann ihn problemlos übersteigen, genau wie den Gartenzaun der Sanders. Allerdings wurden dort keine Spuren gefunden.«

Ben hob die Hand. »Was mich irritiert: Es gibt keine weiteren Spuren im Garten oder auf der Terrasse.«

Nun meldete sich Kim. »Das ist mir auch aufgefallen. Nur an der Tür. Da haben die Kollegen noch ein Stück Latex am Rahmen gefunden, wie es für Einmalhandschuhe verwendet wird. Etwa zwei mal vier Millimeter groß. Ich vermute, dass wir den Teilfingerabdruck diesem Loch im Handschuh verdanken. Außerdem haben sie ein paar Krümel entdeckt. Sägemehl vermischt mit einem Kunststoff, wie er für Pressspanplatten verwendet wird. Könnte an der Kleidung gehaftet haben oder an den Schuhen.«

»Weder den Fußweg noch den Spiel- und Bolzplatz entdeckt man im Vorbeifahren«, sagte Armin. »Das war kein spontaner Einbruch. Der Täter muss das Haus vorher ausgekundschaftet haben.«

Manfred tippte auf die Tischplatte. »Vielleicht war es jemand aus dem Umfeld. Ein Schüler oder erboste Eltern.«

»Schüler machen Streiche«, sagte Ben. »Chinaböller im Briefkasten hochgehen lassen. Den Auspuff mit einem Tennisball abdichten. Solche Sachen. Die steigen nicht mit einer Armbrust bewaffnet nachts ein. Außerdem wurde die Terrassentür professionell aufgehebelt. Zeig mir den Schüler, der das kann.«

Beatrice meldete sich zu Wort. »Für einen Schülerstreich ist die Tatausführung auch zu kaltblütig und die Vorbereitung zu gut. Er hat kaum Spuren hinterlassen. Dann eher ein ehrgeiziger Vater oder eine gekränkte Mutter.«

Dühnfort schloss sich dieser Meinung an. »Was mich beschäftigt, ist die Durchsuchung des Hauses nach Beute, die nicht stattgefunden hat.«

Alle nickten, bis auf Manfred.

»Der Täter ist zielsicher in Bruno Sanders Arbeitszimmer marschiert und hat nur eine Schublade geöffnet. Die einzige, in der Wertsachen lagen. Das lässt nur eine Interpretation zu: Der Täter kannte sich aus. Nicht der große Unbekannte ist eingebrochen, sondern jemand, der vor der Tat mindestens einmal im Haus war oder einen Informanten hatte. Und damit ist Eichenauers These vom großen Unbekannten vom Tisch.«

In diesem Punkt waren sie sich alle einig, auch Manfred schloss sich an.

»Machen wir weiter mit der Annäherung an die Opfer«, sagte Armin. »Beginnen wir mit dem ersten, Bruno Sander. Wie belastbar ist die Theorie, er hätte den Einbrecher überrascht, und der habe ihn daraufhin mit der Armbrust bedroht? Sander versucht ins Schlafzimmer zu seinem Handy zu gelangen, um einen Notruf abzusetzen. Sein Verfolger holt ihn ein, bevor Sander die Schlafzimmertür abschließen kann und erschießt erst ihn, dann dessen Frau. Weshalb überhaupt eine Armbrust? Das ist schon eine ungewöhnliche Waffe.«

Dühnfort war zu anderen Schlüssen gelangt. »Ich teile Eichenauers Überlegung. Jeder kann sie kaufen. Er besitzt also keinen Waffenschein und verfügt auch nicht über Beziehungen zu kriminellen Kreisen, um sich eine Pistole zu besorgen.«

»Vielleicht wollte er auch nur keinen Lärm machen«, warf Manfred ein.

»Darauf wollte ich gerade kommen. Sowohl das Spannen als auch das Abfeuern geschieht beinahe lautlos. Zwei Schüsse. Zwei Treffer. Der Täter beherrscht diese Waffe. Auch in einer Stresssituation. Er hat damit geübt und besitzt sie vermutlich schon länger. Aber die Tat muss anders abgelaufen sein, als Eichenauer annimmt. Ich glaube, dass der Täter nicht im Haus war. Er hat entweder vom gegenüberliegenden Garagendach geschossen oder aus dem Haus gegenüber, das derzeit renoviert wird.«

Manfred stieß ein Schnauben aus. »Waren wir uns nicht gerade einig, wie er eingestiegen ist?«

»Als er die beiden tödlichen Schüsse abgegeben hat, war er ziemlich sicher nicht im Haus«, korrigierte sich Dühnfort. »Später möglicherweise schon. Ich schließe das erstens aus der Lage der Leichen. Vorausgesetzt, sie wurden nicht bewegt, kamen die Schüsse nicht aus Richtung Tür, sondern aus Richtung Fenster, und das stand offen. Und zweitens liegt es an den Schusskanälen.«

Beatrice nickte. »Ach ja, genau. Mir ist das im Obduktionsbericht auch aufgefallen. Sie verlaufen in einer leichten Steigung, und ich habe mich gefragt, ob der Täter vielleicht gekniet hat. Aber wenn er auf dem Garagendach lag, dann ergibt das einen Sinn.«

Dühnfort erklärte anhand der Tatortfotos und der Lageskizze seine Theorie des Tatablaufs. »Vermutlich war die Frau das erste Opfer. Das Ehepaar Sander ging – laut Aussage der Nachbarn – meistens zwischen zehn und halb elf zu Bett und schlief so gut wie immer bei offenem Fenster. Ich nehme an, dass Ranghild Sander das Fenster wie jeden Abend öffnete. Ihr Mann lag zu diesem Zeitpunkt bereits im Bett. Man sieht, dass es benutzt wurde.«

Dühnfort deutete auf die Aufnahme, die das Doppelbett zeigte. »Auf seiner Seite sind Abdrücke im Kopfkissen, und die Decke ist zerwühlt, während auf ihrer Seite die Bettdecke nur zurückgeschlagen ist. Keine Abdrücke des Körpers. Sie öffnet also das Fenster. Auf dem Garagendach gegenüber liegt der Täter, der auf diesen Moment gewartet hat und abdrückt. Der Bolzen trifft sie in den Hals. Sie taumelt zurück und versucht, den Fremdkörper aus dem Hals zu ziehen. Ihr Mann springt alarmiert aus dem Bett. Vermutlich versteht er gar nicht, was passiert ist. Der Bolzen kam lautlos. Er erkennt nur, dass seine Frau Hilfe braucht. Noch bevor er bei ihr ist, wird er getroffen. Genau in diesem Moment sieht er zum Fenster. Der Bolzen tritt im Auge ein und jagt durchs Gehirn. Sander ist sofort tot, während bei ihr der Tod erst Minuten später eintritt. Ihre dem Raum zugewandte Lage ist so erklärbar. Für kurze Zeit war sie noch handlungsfähig. Er dagegen starb, unmittelbar nachdem er getroffen wurde. Zu diesem Zeitpunkt hatte er der Tür den Rücken zugewandt. Ergo kann der Schuss nicht aus dieser Richtung gekommen sein.«

Anja klopfte kurz mit den Knöcheln auf die Tischplatte. »So wird ein Schuh daraus. Mir hat die Geschichte vom Einbrecher von Anfang an nicht gefallen. Wenn deine Annahme stimmt, ging es nie um Geld, sondern um Bruno und Ranghild Sander. Ihr Tod ist nicht Kollateralschaden eines Einbruchs. Das war ein geplanter Doppelmord.«

»Und wie hat der Täter in der Dunkelheit sein Ziel erkannt?«, fragte Manfred. »Im Schlafzimmer brannte kein Licht.«

»Irrtum. Ihr Nachttischlämpchen war eingeschaltet. Außerdem stehen auf dem Garagenplatz zwei Straßenlaternen «, sagte Dühnfort. »Das Licht dürfte ausreichend gewesen sein, um Ranghild Sander am Fenster zu erkennen.«

»Und ihn? Er starb zwei Meter entfernt in einem beinahe dunklen Zimmer.«

»Vielleicht mit einem Restlichtverstärker.«

Manfred lachte. »In Chicago vielleicht, aber doch nicht in Niederbayern.«

Armin stützte die Arme auf. »Interessante Hypothese. Lasst sie uns überprüfen.«

Das taten sie in den nächsten Stunden. Sie diskutierten alle möglichen Szenarien. Armin hielt als Advocatus Diaboli dagegen, und Manfred schloss sich ihm an. Um sechs Uhr abends hatten sie die Hypothese nach allen Richtungen abgeklopft und sich geeinigt, dass der Doppelmord nicht Ergebnis eines schiefgegangenen Einbruchs war, sondern von Anfang an das Ziel des Täters.

Den Einbruch interpretierten sie zunächst als Versuch, eine falsche Fährte zu legen. So ließ sich außerdem der spurenarme Tatort erklären. Im Schlafzimmer war der Mörder nie gewesen. Irritierend war allerdings die DNA-Spur in Form eines Nasenpopels, den der Mörder so leichtfertig hinterlassen hatte. »Das passt nicht zu einem planenden und umsichtig agierenden Mann«, meinte Ben. »Ebenso wenig wie der laienhafte Vertuschungsversuch. Ich kriege das jedenfalls nicht zusammen. Ihr etwa?«

»Und wenn der Popel nicht vom Mörder stammt?«, schlug Dühnfort vor. »Es wäre möglich, dass in der Tatnacht ein anderer eingebrochen ist. Der Täter hatte eigentlich keinen Grund, ins Haus einzusteigen …«

»Natürlich hatte er einen«, fiel Manfred ihm ins Wort. »Der Diebstahl ist der Versuch, vom wahren Motiv abzulenken. Darin waren wir uns doch grad einig.«

»Aber er barg das Risiko, Spuren zu hinterlassen.«

»Damit hat Tino recht«, sagte Kim. »Sein eigentliches Ziel war erreicht. Ranghild und Bruno waren tot. Also ich würde in dem Fall zusehen, dass ich möglichst schnell verschwinde, und zwar ohne Spuren zu hinterlassen und ohne das Risiko einzugehen, doch noch bemerkt zu werden.«

»Das hieße, dass zwei Personen unabhängig voneinander am Tatort waren, und zwar zu verschiedenen Zeiten«, sagte Armin. »Wie wahrscheinlich ist das?«

»Äußerst unwahrscheinlich«, sagte Manfred. »Mit dieser Hypothese werden wir uns lächerlich machen.«

• • •

Als Dühnfort an diesem Abend nach Hause kam, empfing ihn seine Tochter Chiara im Wohnungsflur mit einem Juchzen: »Papi!« Wobei sie das I in nicht enden wollende Länge zog, während sie sich gleichzeitig in seine ausgebreiteten Arme warf.

»Hallo, Maus!« Er hob sie auf den Arm. »Na, war der Felix heute wieder nett zu dir, oder muss ich ihn auffressen?«

Felix war Chiaras Kindergartenfreund. Die beiden waren ein Herz und eine Seele und wild entschlossen, später Prinz und Prinzessin zu werden, damit sie heiraten konnten. Doch gestern hatte Felix zweierlei erklärt. Erstens, dass er lieber Seeräuber sein wolle. Und zweitens, dass sie dann nicht heiraten konnten, denn es gab keine Seeräuberinnen. Chiara hatte Tränen vergossen, bis Dühnfort ihr erklärte, dass Mädchen alles konnten, was Jungs konnten. »Auch Seeräuber sein?«, hatte Chiara gefragt. – »Na klar, warum denn nicht?«

»Du tannst Flix aber nicht auffressen«, erklärte sie nun. »Du bist ja tein Tiger.«

»Ja ... Da hast du wohl recht.«

»Papi? Was ist ein Mongo?«

Die Frage versetzte ihm einen unerwarteten Stich, obwohl er gewusst hatte, dass sie früher oder später kommen würde. Aber nicht in dieser Form. Eher, dass Chiara fragte, weshalb sie anders war als andere Kinder. Bisher war ihr das nicht bewusst. »Du meinst wohl Mango. Das ist eine ganz leckere Frucht. Sehr süß und exotisch. Etwas für Prinzessinnen wie dich.«

»Der Flix hat aber Mongo gesagt.«

Dühnfort presste die Kiefer zusammen. Woher hatte der Junge das? Auf seinem Mist war das sicher nicht gewachsen. »Da kann er jetzt aber froh sein, dass ich kein Tiger bin, sonst müsste ich ihn doch fressen. Wo ist denn die Mama?«

»In der Tüche. Sie macht Abendbrot.« Das O von Brot wurde ebenso lang gezogen wie das I bei Papi.

Tatsächlich stand Gina am Herd. Ein ungewohnter Anblick.

»Grüß dich, Tino.« Mit dem Handrücken schob sie eine Haarsträhne aus der Stirn. »Es gibt Spaghetti mit Zucchini, Tomaten und Feta. Ihr beide könnt den Tisch decken.«

Er gab seiner Frau einen Kuss und fragte Chiara, ob sie ihm beim Tischdecken helfen wolle. Sie legte den Kopf schief. »Seeräuber essen aus dem Topf.«

»Ist nicht wahr?!«

»Und mit den Händen.« Lachend warf sie den Kopf in den Nacken. »Wir essen mit den Händen, mit den Händen, mit den Händen. Seeräuberessen. Seeräuberessen.« Vor Lachen glucksend lief sie im Kreis. Dühnfort fing sie ein und nahm sie auf den Arm.

»Die Nudeln sind aber heiß. Da verbrennen wir uns die Finger.«

»Ich will aber Seeräuberessen.«

»So ein alter Seeräuber schmeckt doch gar nicht. Der ist zäh wie Leder.«

»Ich will aber.« Nun zog sie einen Flunsch. Gleich würden die Tränen fließen.

»Okay. Aber nicht heute. Zu einem Seeräuberessen braucht man Seeräuber. Heute essen wir gesittet mit Löffel und Gabel. Wenn Felix dich das nächste Mal besucht, machen wir ein Seeräuberessen. Mit Pommes und Fischstäbchen. Da dürft ihr dann auch rülpsen und schmatzen und die Füße auf den Tisch legen.« Und bei der Gelegenheit werde ich seine Mutter fragen, woher ihr Sohnemann den Ausdruck *Mongo* hat, dachte Dühnfort.

»Die Füße auf den Tisch? Wirklich?«, fragte Gina. »Da will ich dann aber auch mitmachen.«

»Gesittet. Gesittet«, krähte Chiara. »Was ist gesittet, Papi?«

»Wenn man wie eine Prinzessin isst.«

»Otay«, erklärte sie ernst. »Dann Prinzessinnenessen.«

Dühnfort zerriss es beinahe vor Lachen. Gemeinsam deckten sie den Tisch, aßen gesittet Spaghetti – die er für seine Tochter klein schnitt –, und dann war es für Chiara Zeit, ins Bad und anschließend zu Bett zu gehen. Die allabendliche Diskussion ums Zähneputzen begann. Chiara wollte nicht. Seeräuber putzten keine Zähne. Prinzessinnen aber schon. Mit einer Gutenachtgeschichte war es nicht getan. Dühnfort las noch eine zweite vor, bis Chiara die Augen zufielen, er ihr noch einen Kuss gab und leise das Zimmer verließ.

Gina hatte unterdessen die Küche aufgeräumt. Sie saß mit einem Glas Rhabarberschorle auf dem Sofa und sah Nachrichten. Die Nacht hing schwarz vor dem Fenster. Unten, auf dem Alten Südfriedhof brannten ewige Lichter. »Schläft sie?«

Er setzte sich zu ihr. »Wie ein Seeräuber.«

»Hat sie dir auch erzählt, dass Felix sie Mongo nennt?«

»Ja. Wir sollten mit seinen Eltern reden.«

»Besser mit der Kindergartenleitung.« Gina schaltete den Fernseher aus. »Sonst nennen sie bald alle so. Ich frag mich echt, warum die ihren Sohn in einen Inklusions-Kindergarten stecken, wenn sie ungeniert mit solchen Begriffen um sich schmeißen.«

»Vielleicht hat Felix das ja woanders her. Lass uns nicht die große Welle deswegen machen. Besser, wir besprechen das ruhig und sachlich.«

»Ich bin aber wütend. Ich will nicht, dass man sie so nennt. So abwertend!«

»Ich doch auch nicht.« Er legte den Arm um sie und zog sie an sich. »Trotzdem werden wir nicht verhindern können, dass Chiara irgendwann merkt, dass sie anders ist.«

»Besonders«, korrigierte Gina ihn. »Außerdem entwickelt sie sich gut. Sie kann mit gleichaltrigen *normalen* Kindern« – Gina malte Gänsefüßchen in die Luft – »mithalten. Sowohl sprachlich als auch motorisch. Ich habe neulich einen Artikel über einen Spanier mit Downsyndrom gelesen, der sogar studiert hat. Wer weiß, vielleicht schafft es Chiara auf eine Regelschule. Sie ist klug, und sie ist gewitzt.«

»Und ob sie das ist. Kannst du sie morgen in den Kindergarten bringen?«, fragte Dühnfort. »Ich fahre mit Boos nach Passau. Wir wollen unsere Hypothese präsentieren, aber ich befürchte, dass wir uns den Atem eigentlich sparen können. Eichenauer wird von seinem Ermittlungsansatz nicht abweichen.«

»Oje! Das ist frustrierend.«

»So ist das nun einmal. Wir beraten. Ob die Soko-Leiter uns folgen, ist deren Entscheidung. Ich habe ja gewusst, worauf ich mich einlasse.«

»Aber jetzt würdest du grad gerne selbst die Weichen in Passau stellen.«

Er zuckte mit den Schultern. »Vermutlich.«

»Du bereust den Wechsel doch nicht?«

»Nein. Aber ich muss mich noch einsortieren.«

»Zur Beisetzung vom Sedelmeier gehen wir wohl beide nicht. Du bist in Passau, und ich habe eigentlich keine Zeit. Lass uns eine Kondolenzkarte schicken.«

»Das ist eine gute Idee.«

Gina nahm seine Hand. »Ich habe eine Scheißangst, dass sie

das Haus verkaufen oder luxussanieren. Dann müssen wir hier raus. Ich will aber nicht.«

Ich auch nicht, dachte Dühnfort. Er wollte keine andere Wohnung. Er lebte gerne hier. Er liebte den Ausblick auf den Alten Südfriedhof mit seinen efeuumrankten Gräbern, den bröselnden Marmorengeln und Grabsteinen und den Kindern, die manchmal an heißen Sommertagen dazwischen spielten.

4

Zweieinhalb Wochen zuvor. Passau.
Freitag, 27. September.

Es war kurz nach zwölf. Ranghild Sander schloss ihre Töpferei in der Passauer Altstadt für zwei Stunden und fuhr mit dem Rad nach Hause. Das Wetter war schön. Sie genoss den Wind in den Haaren, die laue Luft an der Haut, das Blau des Himmels. Den geschenkten Sommertag Ende September. Spontan machte sie einen kleinen Umweg, der sie ein Stück am Ufer der Donau entlangführte.

Daheim angekommen, schob sie das Rad in den Ständer neben der Haustür. Der Buchs und die Stauden mussten gegossen werden. Das erledigte sie sofort. Danach nahm sie die Post aus dem Briefkasten und ging damit in die Küche.

Gestern hatte sie eine Lasagne vorbereitet, die schob sie in den Ofen. Bis Bruno von der Schule kam, würde sie fertig sein. Fürs Mittagessen deckte sie auf der Terrasse und nahm die Post, die Zigaretten und den Aschenbecher mit hinaus. Es war viel Werbung dabei und ein nicht angeforderter Katalog eines Öko-Labels. Woher hatten die ihre Adresse?

Eine Postkarte mit einem altmeisterlichen Stillleben erregte ihre Aufmerksamkeit. Es zeigte einen Tisch mit einem Totenschädel, einem Weinglas und einem Buch. Eine wunderschön gemalte morbide Stimmung. Sie drehte die Karte um. Das Gemälde stammte von Pieter Claesz, einem flämischen Maler, wie Ranghild wusste. Die Karte war an sie und Bruno adressiert. Der Text lautete: *Ich bin euer Tod. Mich habt ihr verdient.* Keine Unterschrift.

Ranghild lachte. Mal was anderes. So viel Sinn für Kunst hätte sie keinem von Brunos Schülern zugetraut. Diesmal also ein Vanitas-Motiv von 1630. Normalerweise kamen die Drohungen per Mail oder lagen mit einem Häufchen Hundedreck garniert auf der Fußmatte vorm Haus. Viele waren es bisher nicht gewesen. In all den Jahren vielleicht ein Dutzend. Bruno war als Lehrer beliebt. Aber nicht bei allen Schülern. Gelegentlich machte sich einer Luft, wenn die Versetzung gefährdet war oder er sich von Bruno schikaniert fühlte, denn er war auch streng. Nachsitzen, blaue Briefe, Verweise, Strafarbeiten. Er nutzte das ganze Repertoire, das ihm zur Verfügung stand. Manche Schüler hassten ihn. Deshalb waren sie Drohungen gewohnt. Auf diese Art hatte das allerdings noch keiner getan.

Amüsiert legte Ranghild die Karte beiseite. Da hatte einer seine dunkle Seite entdeckt. Die Melancholie der Romantik. Wanderer über dem Nebelmeer und so weiter. Ach, diese Sturm-und-Drang-Phase ... Ranghild seufzte, diese Zeit lag lange hinter ihr.

Ein wenig wehmütig zündete sie sich eine Zigarette an und inhalierte den Rauch. Das Alter rückte unaufhaltsam näher, es pirschte sich an. Ein paar Jahre noch bis zur Menopause, und dann gehörte sie zum alten Eisen. Unzählige kleine Verluste standen bevor. Das straffe Gewebe, die festen Muskeln, der frische Teint, das dichte Haar, die glatte Haut. Die Zähne! Alles würde schwinden. Auch die Libido. Vor allem der Verlust an Verlangen war für sie unvorstellbar. Davor fürchtete sie sich am meisten. Bruno auf Viagra. Eine geradezu lachhafte Vorstellung. Der Herr der Lust bekam von selbst keinen mehr hoch. Ihre Vulva eine vertrocknete Blüte. Eine grausige Vorstellung. Kein Begehren mehr, nicht ein Funke. Nichts fürchtete sie mehr am Alter als das.

In ihrer Beziehung spielte Sex seit jeher eine große Rolle. Im Gegensatz zu vielen Paaren, die sie kannten, hatten sie die Lust aneinander nie verloren. Vielleicht lag es daran, dass sie immer wieder mal Neues ausprobierten. Etwas, das den üblichen Rahmen der Spießbürger hier sprengte. Na und? Sie waren erwachsene Menschen und konnten tun und lassen, was sie wollten. Sie taten nichts Illegales. Nur bekannt werden durfte es nicht. Passau war eine Kleinstadt voller prüder Katholiken. Wenn Brunos Schüler davon erführen ... Nicht auszudenken.

Ranghild drückte die Kippe aus und sah sich die Postkarte noch einmal an. Dachte einer seiner Schüler wirklich, Bruno ließe sich so leicht in Angst und Schrecken versetzen? Vielleicht stand der Verfasser ja jenseits der Hecke, um die Reaktion seines verhassten Lehrers zu beobachten. Na dann viel Spaß! Sie ließ das Feuerzeug aufflammen, zündete die Karte an und legte sie in den Aschenbecher. Die Flammen fraßen sich mit leisem Knistern durchs Papier, verzehrten Totenschädel und Buch. Übrig blieb nur Asche.

5

Die Mitglieder der Soko Dornröschen folgten seit zehn Minuten den Ausführungen von Armin Boos. Erstaunlich unkonzentriert, wie Dühnfort fand, der neben seinem Vorgesetzten saß. Eine latente Unaufmerksamkeit lag in der Luft. SMS wurden geschrieben, zwei Kollegen flüsterten miteinander. Eine Sachbearbeiterin gähnte. Eine andere rührte gedankenverloren in ihrem Kaffeebecher. Einzig Julia Jähnike war konzentriert und machte sich Notizen, obwohl Armin noch bei der Einleitung war. Neben ihr saß Eichenauer mit halb geschlossenen Augen, übereinandergeschlagenen Beinen und wippender Schuhspitze.

Wir hätten uns den Weg sparen können, dachte Dühnfort, und das Ergebnis unserer Analyse per Mail schicken. Die hören ja nicht mal zu. Er wandte den Blick ab und überlegte, dass er jetzt zusammen mit Gina bei der Kindergartenleiterin sein könnte, um ein Gespräch mit Felix' Eltern anzuregen. Oder am besten gleich einen Elternabend. Chiara war nicht das einzige Kind mit Handicap. Was, wenn auch die anderen gehänselt wurden? Die Giesinger Rumpelstilzchen waren ein Inklusionskindergarten, der Integration fördern sollte und nicht Ausgrenzung. Was konnten sie tun, um ihre Tochter zu beschützen? Sei es nun vor Gedankenlosigkeit oder schlimmstenfalls Gehässigkeit.

Armin hatte inzwischen die OFA vorgestellt. Gewöhnlich taten sie das beim ersten Kontakt mit der Soko. Er hatte ihre Arbeitsweise erläutert und wie stets betont, dass sie nicht in Gegnerschaft zu den Sokos standen, die sie berieten, sondern sich selbst als Service-Unit sahen. Als Unterstützer und Berater. Dass sie sich tagtäglich mit Fällen befassten, die Kripobeamte eher selten zu Gesicht bekamen. Morde, Sexualmorde. Morde, bei denen Kinder die Opfer waren. Entführungen. Sprengstoffanschläge. Darauf waren sie spezialisiert, kannten Hunderte Fälle und deren kriminalistische und wissenschaftliche Aufarbeitung. Sie hatten einen anderen Erfahrungshintergrund, setzten daher andere Maßstäbe an und standen vor allem nicht unter dem Druck, dem eine Soko ausgesetzt war.

»So ist es auch in diesem Fall«, erklärte Armin nun. »Und manchmal kommen wir mit unserer Analyse zu einem anderen Ergebnis als die zuständigen Ermittler. Das ist nicht als Kritik zu verstehen, sondern als Möglichkeit, die Ermittlung neu zu bewerten und ihr eine andere Richtung zu geben. Wozu wir Ihnen in diesem Fall raten. Denn wir bewerten den Tathergang und die Tatausführung anders und schließen die Möglichkeit nicht aus, dass sich in der Tatnacht zwei Personen am Tatort befunden haben.«

Ein leises Raunen ging durch den Raum. Der Grad an Aufmerksamkeit erhöhte sich, als Armin ihre Analyse vorstellte. Er machte das didaktisch. Ein Schritt auf dem vorherigen aufbauend, so ergab sich eine schlüssige Argumentationskette. Dabei näherte er sich nun dem ersten kritischen Punkt der Hypothese, dass der Einbrecher nicht der große Unbekannte war, sie ergab sich nahezu zwingend, wenn man der Bewertung der Spurenlage und des Täterverhaltens folgte.

Dühnfort bemerkte eine wachsende Unruhe. Eichenauer hatte seine desinteressierte Haltung zwar aufgegeben, aber er las auf seinem Smartphon eine Nachricht.

Julia Jähnike hob schließlich ihren Kuli. »Der Täter kommt also aus dem persönlichen Umfeld der Opfer. Das ist es doch, was Sie uns sagen wollen.«

Eichenauer steckte das Handy ein und stand auf. »Stimmt. Genau so ist es«, sagte er, allerdings an Dühnfort und Boos gewandt, und fügte mit einem Augenzwinkern hinzu: »Und das haben wir Provinzbullen selbst hinbekommen.« Er drehte sich zu seinem Team um. »Leute. Ich habe gerade eine SMS von der Rechtsmedizin bekommen. Die DNA passt. Der Schreiner ist unser Mann. An die Arbeit. Jetzt machen wir den Sack zu und den Fall gerichtsfest.«

Verdutzt sahen Dühnfort und Boos sich an, während im Raum Stühle gerückt wurden und er sich leerte. Zurück blieben Eichenauer und Julia Jähnike.

»Tut mir leid, dass Sie umsonst gekommen sind.« Bedauernd breitete Eichenauer die Hände aus. »Aber wir haben ihn.«

Einen Abbruch der Präsentation hatte Armin sicher noch nie erlebt, doch er ließ sich seine Irritation nicht anmerken. Er blieb sachlich, und dafür zollte Dühnfort ihm Respekt. In ihm selbst gärte es.

»Gratuliere. Ein Schreiner, wenn ich das richtig verstanden habe«, sagte Boos, während er seine Unterlagen zusammenschob.

»Ralf Jaeckel, fünfunddreißig. Er hat im Sommer das Regal in Sanders Arbeitszimmer eingebaut, und zwar schwarz. Sander war mit dem Ergebnis nicht zufrieden und hat Jaeckel nicht bezahlt. Den Lohn aus Schwarzarbeit können Sie nicht einklagen. Es gab also Streit, und Jaeckel hat entschieden, sich zu holen, was ihm zustand. Er kannte sich im Haus aus. Vor allem im Arbeitszimmer, wie Sie gesagt haben. Er hat ja tagelang darin gebohrt und geschraubt und sicher mal in die Schubladen geguckt.«

»Hat er gestanden?«, fragte Dühnfort.

»Bis jetzt nicht. Er hat auch ein Alibi. Aber das ist nichts wert. Stammt von seinen beiden besten Freunden. Die beiden knack ich schon. Tatsache ist: Jaeckel hat ein Motiv. Er kennt sich im Haus aus, und das Schönste: Wir haben die Rolex bei ihm gefunden. Außerdem hat er die fünfzig Gramm Gold schon zu Geld gemacht. Bei seiner Hausbank. Dümmer geht es immer. Und jetzt haben wir auch noch die Bestätigung, dass die DNA-Spur von ihm stammt.«

»Und wie erklärt er den Besitz der Uhr und des Goldbarrens?«, fragte Armin.

»Hat er gefunden. Auf dem Heimweg von seinen Kumpels. Lagen einfach so in einer Plastiktüte auf dem Gehweg. Und wenn Sie jetzt nach der Tatwaffe fragen: Die haben wir noch nicht. Werden wir vielleicht aufspüren. Vielleicht auch nicht. Er war jedenfalls mal Mitglied im Schützenverein. Ich denke, das war's. Ich muss jetzt zu meinen Leuten. Gute Rückfahrt!« Mit diesen Worten verließ Eichenauer den Raum.

Julia Jähnike blieb. »Er ist halt so«, sagte sie und zog die Schultern hoch. »Ich finde Ihre Vorgehensweise interessant und hätte den Vortrag gerne zu Ende gehört.«

Armin schaltete den Beamer aus und schloss den Laptop mit der PowerPoint-Präsentation. »Ich habe ein paar Handouts dabei. Hier, für Sie.« Er reichte ihr eine Mappe.

»Danke.« Sie blätterte durch die Seiten. »Sie sagten, dass sie von zwei Personen am Tatort ausgehen. Es gibt aber nur Spuren von einer, und die können wir Jaeckel zuordnen. Im Schlafzimmer gibt es gar keine. Schon komisch. Wie kommen Sie auf zwei? Etwa weil ...« Sie zog die Schultern hoch. »Ist ja Quatsch«, sagte sie halblaut, mehr zu sich selbst.

»Was meinen Sie?«, fragte Armin.

»Es war nur so eine Idee. Aber mein Boss ...« Sie sah zur Tür, durch die Eichenauer gerade verschwunden war.

»Er hält nichts davon«, vollendete Dühnfort ihren Satz.

»Ich bin die Neue im Team. Ich habe keine Erfahrung. Genau wie es Ihre Kollegin neulich gesagt hat. Meine Sporen muss ich mir erst noch verdienen.«

Armin hatte seine Unterlagen mittlerweile verstaut und schloss den Aktenkoffer. Es war Zeit zu gehen.

Doch Dühnfort interessierte, welche Vorstellung Julia vom Tatablauf hatte. »Und welche Idee hat Ihr Boss einfach so vom Tisch gewischt?«

»Den zweiten Mann. Den muss es gegeben haben.«

Armin stellte den Aktenkoffer wieder ab. »Wie kommen Sie darauf?«

»Der Obduktionsbericht hat mich darauf gebracht. Die Schusskanäle steigen an. Der Mörder muss entweder ein Zwerg gewesen sein, oder er hat sich tiefer befunden als seine Opfer. Weiter unten, meine ich. Er stand vorm Haus ... Vielleicht bei den Garagen. Das Fenster war offen. Und wenn das so ist, dann waren die Morde geplant. Warum?, habe ich mich gefragt. Was ist das Motiv? Gier käme infrage. Jemand wird die Sanders beerben. Das Haus ist einiges wert, und es gibt ein Sparbuch. Oder Hass und Rache. Wobei die Sanders beliebt waren. Man kann sich nicht vorstellen, dass die jemanden so gegen sich aufgebracht haben, dass der sie killt. Obwohl es ein paarmal Ärger mit Schülern beziehungsweise deren Eltern gab. Aber nicht so, dass es zu Mord führen würde. Und dann käme noch die Lust am Töten infrage. In diesem Fall wären die beiden willkürliche Opfer und waren zur falschen Zeit am falschen Ort. Sprich: an einem offenen Fenster.«

Auf Julia Jähnikes Hals bildeten sich hektische rote Flecken. »Und dann bricht Jaeckel ins Haus ein. Schräger Zufall, dass er das in derselben Nacht tut. Er holt sich die Metallkassette aus dem Arbeitszimmer und hat keine Ahnung, dass im Zimmer nebenan zwei Tote liegen.«

Sie atmete durch und ließ ihren Blick zwischen Dühnfort und Boos pendeln. »Ja, ich weiß. Zu viel Fantasie.«

»Im Gegenteil. Gute Schlussfolgerungen«, sagte Armin.

6
Videotagebuch

Er nahm ein Mineralwasser aus dem Kühlschrank und setzte sich an den Schreibtisch, wo das Handy mit der rosa Glitzerhülle noch lag. Die Daten hatte er an dem Tag, an dem er es gefunden hatte, auf den Rechner überspielt. Zehn Monate waren seither vergangen. Wieder einmal startete er ihr Video. Unzählige Male hatte er es schon gesehen.

Ihr Gesicht erschien auf dem Display. Es war von der Sucht gezeichnet und hatte alles Weiche verloren. Nur harte Linien. Keine Fettschicht unter der Haut. Hinter ihrem unsicheren Lächeln konnte man dennoch die junge Frau erahnen, die sie mal gewesen war.

»Du fragst dich gerade, ob du dir das hier angucken oder besser gleich löschen sollst. Es ist mein letztes Video. Es sind meine letzten Worte. Wenn du das hier siehst, bin ich tot.« Sie fuhr sich mit der Hand übers Gesicht. Die Augen füllten sich mit Tränen. »Shit!« Sie wischte sie weg. »Was soll's? Ich zieh das jetzt durch. Ich erzähle dir meine Geschichte, großer Unbekannter. Obwohl es dich vielleicht nicht gibt und sie ungehört im digitalen Nirwana verhallt.« Sie beugte sich vor und sah ihn direkt an. »Hallo, bist du da?« Einen Moment schwieg sie, dann begann sie unvermittelt zu sprechen. »Wo fange ich an? Was meinst du? Vielleicht am besten mit meiner Mam und meinem Dad und ihrer verkorksten Ehe. Sie haben es nicht auf die Reihe gekriegt, nett zueinander zu sein, setzen aber ein Kind in die Welt. Mich.

Meine Mam ist der totale Kontrolletti, am liebsten wäre sie mir mit zehn noch aufs Klo gefolgt, um zu gucken, ob ich mir den Po abputze und die Hände wasche. Bis zur vierten Klasse hat sie mich jeden Morgen in die Schule gefahren und mittags wieder abgeholt. Irgendwann war das echt nur noch peinlich. Du verstehst, was ich meine? Sie war immer da. Immer besorgt. Immer bemutternd. Immer fordernd. Ich sollte die Beste sein. In allem. Aber ich bin nun mal nur Durchschnitt und damit eine verlässliche Quelle für Enttäuschungen. Ich sollte es mal besser haben als sie. Das war Mams Spruch. Dabei geht es ihr nicht schlecht.

Halt! Stopp! Eines muss ich noch erklären, nicht dass du denkst, dass ich aus der Unterschicht komme, ein vernachlässigtes Kind von Arbeitslosen oder so. Meine Eltern sind Beamte. Zwei Einkommen. Zwei Autos. Eigentumswohnung. Sommerurlaub im Süden, meistens Spanien oder Italien. Winterurlaub im Zillertal. Gründe genug, zufrieden zu sein. Doch das Wort *Zufriedenheit* fehlt im Wortschatz meiner Mutter.

Mit dem Zillertal war dann allerdings Schluss, als Dad uns verlassen hat. Mams Neuer fährt nicht Ski. Mein Stiefvater hat es mit Sport nicht so. Er liest ständig irgendwas. Hauptsächlich Wissenschaftsmagazine und Sachbücher. Ein freaky Besserwisser. Wobei er mehr der phlegmatische Typ ist, hält sich aber für superschlau und zitiert oft französische und amerikanische Schriftsteller, gerne auch Philosophen. Ständig hat er über die *Konzeption des Anderen* schwadroniert. Das ist seine Lieblingsthese. Demnach ist es so, dass wir uns als Subjekte erst dann als eigenständig erkennen, wenn wir mit den Augen der anderen auf uns sehen. Ich meine, es ist doch lachhaft, darüber einen Wälzer zu schreiben. Das weiß doch jeder. Jeder definiert sich über die anderen. Die anderen sind unsere Spiegel. Sie zeigen uns, wer wir sind. Denn wir sind die, die sie in uns sehen.

Meine Mam zum Beispiel wollte immer, dass ich die Beste bin. Aber gleichzeitig hat sie mir das nicht zugetraut. Sie wusste schon, dass ich versagen und sie enttäuschen werde, bevor ich es richtig versuchen konnte. Da hatte ich gar keine Chance mehr und bin krachend gescheitert. Beim Klavierunterricht. Beim Reiten. Und auch beim Tanzen. Sie hat mich echt in einen Tanzkurs gesteckt. Vorbereitung für den Abschlussball. Da war ich erst sechzehn und das Abi noch in weiter Ferne. Natürlich haben sich meine Beine ständig verknotet. Self-fulfilling prophecy.

Oder am Gymnasium: Für die anderen war ich der Pummel. Fett, hässlich. Sie haben mir ewige Jungfernschaft vorhergesagt. Ich meine, was willst du da machen? Es einfach mit dem nächstbesten Jungen auf dem Rücksitz von Papas Auto treiben, ein Handyvideo aufnehmen und so das Gegenteil beweisen? Funktioniert nicht. In dem Moment wärst du dann die Schlampe. Sie sehen dich, wie sie dich sehen wollen. Daran kannst du nichts ändern. Und irgendwann siehst du dich selbst auch so. Du bist fett und hässlich und wirst nie einen Freund haben. Geschweige denn geliebt werden. Tja, das mit der Liebe ...«

Sie stockte, befeuchtete die rissigen Lippen mit der Zunge. »Jetzt bin ich irgendwie vom Kurs abgekommen. Ich wollte dir von meinen Eltern erzählen. Von meiner wunderbaren Kindheit.

Mein Stiefvater ist also ein Couch-Potato. Keine Skiurlaube mehr im Zillertal. Sport ist echt nicht sein Ding. Ganz im Gegensatz zu meinem Dad, für den Sport eine Art Religionsersatz ist. Mein Dad und ich ... Wir haben uns früher echt gemocht. Jedenfalls hat ihm Mams Kontrollsucht irgendwann gereicht, genauer gesagt, als ich vierzehn war. Sie dachte, er würde sie betrügen, filzte sein Handy und seinen Laptop und sogar seine Klamotten.

Dabei war sie es, die einen heimlichen Lover hatte. Besagten Mister Phlegma Besserwisser, zu dem wir dann gezogen sind. Von München nach Regensburg. In die Provinz. In sein weißes Haus an der Donau. Dabei wollte ich bei Dad in München bleiben. Angeblich ging das nicht. Er hat tausend und einen Grund an den Haaren herbeigezogen. Seinen Job. Die unregelmäßigen Arbeitszeiten. Dienstreisen. Die Verantwortung, die er für ein pubertierendes Mädchen übernehmen müsste, das bei der Mutter besser aufgehoben wäre.

Mit Händen und Füßen hat er sich gesträubt. Mach einen Strich drunter und addiere das. Dabei kommt heraus: Ich war ihm scheißegal. Er wollte seine neue Freiheit genießen und nicht den alten Ballast mit sich herumschleppen. Botschaft angekommen. Danke, Dad!

Eine Zeit lang hat er noch auf Vater gemacht, hat mich eingeladen, und wenn ich dann bei ihm war, konnte es sein, dass er wegmusste. Der Job. Trotzdem bin ich gerne zu ihm gefahren. Ich hatte ja die Hoffnung, dass ich ihn doch noch rumkriege und bei ihm wohnen darf. Die Hoffnung stirbt bekanntlich zuletzt. Manchmal einen quälend langsamen Tod. In meinem Fall war es allerdings ein Frontalcrash.

Als ich wieder mal bei ihm war, hat er mir seine Neue vorgestellt. He, hallo? Er hat nie ein Wort über sie verloren, und dann zieht er sie plötzlich aus dem Hut, wie ein Zauberer das weiße Kaninchen. Zehn Jahre jünger als er. Sie würde bei ihm einziehen, und damit war das Zimmer belegt, das eigentlich meines werden sollte. Aus der Traum. Obendrein haben wir uns an diesem versauten Wochenende dann auch noch ordentlich gezofft. Wegen meines Outfits. Ich würde aussehen wie eine Nutte, hat er gesagt.«

Sie lachte und schüttelte den Kopf. »Offenbar ist er nie einen Straßenstrich entlanggefahren. Damals habe ich garantiert nicht wie eine Nutte ausgesehen. Doch wenn der Rock nicht bis zu den Knöcheln reicht und du voller Stolz in deinem ersten Paar Pumps herumstöckelst, statt Sneaker zu tragen, und dann auch noch das T-Shirt nicht hochgeschlossen ist, bekommst du diesen Stempel aufgedrückt. In meinem Fall vom eigenen Vater ... Das hat gesessen.

Also, jedenfalls bin ich am selben Abend zurück nach Regensburg. Das war es dann gewesen mit meinem Dad und mir. Da war ich sechzehn. Seither kein Wort von ihm. Von mir auch nicht. Ich hab gewartet, dass er den ersten Schritt tut, schließlich hat er mich beleidigt und nicht umgekehrt. Kam aber nichts. Hat mich nicht wirklich überrascht. Aber wehgetan hat es trotzdem. Denn früher waren mein Dad und ich ganz eng. Er hat mich zum Paragliding mitgenommen, seit ich fünf war, und später auch zum Rafting. Wir haben Eishockey gespielt und uns bei Schneeballschlachten so richtig eingeseift. Wir haben uns da nichts geschenkt. Im Sommer sind wir auf Berge gestiegen, und wenn ich nicht mehr konnte, hat er mich getragen, und später hat er mich motiviert: *Du schaffst das. Du bist ausdauernd.* Ganz im Gegensatz zu Mam, die ja der Ansicht ist, dass ich gar nichts auf die Reihe kriege.

He, Kumpel, so hat Dad mich oft genannt und das total lieb gemeint. Wir waren gute Freunde. Jedenfalls bis der Ehekrieg meiner Eltern so richtig begann. Ich war in der Pubertät. Ein schwieriges Kind. Obendrein wurden die Mädelsthemen für mich interessant. Zu Nagellackfarben und Push-up-BHs hatte mein Vater keine Meinung. Damit brauchte ich ihm nicht zu kommen. Vermutlich hätte er lieber einen Sohn gehabt.

Also, so war das damals. Mir ging es nach der Trennung meiner Eltern bescheiden, die Noten sackten ab, mein Selbstwertgefühl war pulverisiert. Ich hatte Komplexe, weil ich mit beinahe siebzehn noch ungeküsst war. Vom ganzen Rest zu schweigen. In der Klasse war ich die Außenseiterin. Ich saß meistens in der letzten Reihe, und der Stuhl neben mir war leer. Doch das änderte sich, als eine Neue in die Klasse kam. Alina. Und in ihrem Schlepptau trat *er* in mein Leben. Joe.«

Sie schloss die Augen für einen Moment, zwei Tränen liefen die Wangen hinunter. »Joe. Ich zittere, wenn ich nur seinen Namen denke. Ich liebe ihn noch immer. Trotz allem, was er mir angetan hat.«

7

Dirk Rippinger beugte sich über das Display des Laufbands und programmierte zum Schluss seines Lauftrainings einen Drei-Minuten-Sprint ein. Auf dem Band neben ihm keuchte Uwe, sein Freund und Fraktionskollege im Augsburger Stadtrat.

»Schlechten Tag gehabt?«, fragte er im gemütlichen Trab, als Dirk lossprintete.

»Beschissen trifft's besser.« Er musste den Ärger ausschwitzen, bevor er zu Caroline ging. Sie war anders. Sie war besonders. Im Gegensatz zu Gaby, seiner künftigen Ex-Frau, die ihren Anwalt unverschämte Briefe schreiben ließ.

»Was ist passiert?«

»Gaby will mich aus meiner Firma drängen.«

»Oha!«

»Das wird sie aber nicht schaffen. Nur über meine Leiche.«

»Sag ihr das nicht. Sonst macht sie ernst.«

Er lachte. »Gaby? Sie kann ja nicht mal Blut sehen.«

»Frauen bevorzugen Gift. Hab ich mal irgendwo gelesen. Wenn der Drink also demnächst seltsam schmeckt, weißt du Bescheid.«

»Ha, ha.« Dirk Rippinger legt einen Zahn zu.

Gaby, diese blöde Fotze. Er hatte die Steuerkanzlei ohne sie aufgebaut. Und sein größter Fehler war es gewesen, sie nach der

Hochzeit zur Teilhaberin zu machen. Doch sie hatte darauf gedrängt und ihm im Bett den Himmel auf Erden bereitet. Jedenfalls bis sie ihr Ziel erreicht hatte. Bis dahin hatte sie selten Kopfschmerzen gehabt und war sehr experimentierfreudig gewesen. Herrgott, wo sie es überall getrieben hatten. Und wie! Das ganze Kamasutra rauf und runter. Doch kaum war die Unterschrift auf dem Vertrag trocken gewesen, kamen die Kopfschmerzen und die Ausreden. *Heute nicht, Liebling. Es war ein anstrengender Tag.* Oder noch besser: *Ich habe meine Tage*. Als ob sie das früher gestört hätte. Und wie oft konnte man überhaupt seine Tage haben? Er würde sie auszahlen und Schluss. Es war seine Firma und nicht ihre. Wenn jemand als Sieger vom Platz ging, dann er.

Neben ihm begann Uwe zu keuchen. Keine Kondition, dafür fünf Kilo zu viel auf den Rippen.

Und dann noch die Trulla von der Zeitung, die den von ihm gestifteten Preis für ehrenamtliche Helfer in der Flüchtlingshilfe bösartig kommentiert hatte. Er erfülle wohl hauptsächlich den Zweck der eigenen Imagepflege. Wie kam sie dazu! Und zu guter Letzt war es nicht sicher, ob er den Vorsitz der Kulturstiftung übernehmen konnte. Das war bereits abgemacht gewesen, und plötzlich sprachen sie über Quoten und Gendergerechtigkeit. Ging's noch? Eine von den Grünen hatte sich geschickt dafür ins Gespräch bringen lassen, und alle zuckten zusammen. Nur ja niemanden diskriminieren. Scheiß-Political-Correctness.

Angesichts all diesen Ärgers war die Mail harmlos, die ihn gestern erreicht hatte. Irgendein rechter Spinner, der seine Morddrohung auf originelle Art und Weise an den linksgrün versifften Politiker bringen wollte. Wobei er nur linksversifft war. Mit den Grünen hatte er nie viel am Hut gehabt. Die Mail kam offenbar von einem, dem seine Einstellung zu Geflüchteten und zur Seenotrettung im Mittelmeer in Wutwallungen versetzte.

Morddrohungen erhielt er häufig. Meistens voller Rechtschreibfehler. Die selbst ernannten Retter des Abendlandes sollten erst mal Deutsch lernen. Manche malten akribisch aus, was man ihm alles abschneiden sollte. Die Mail gestern stammte jedenfalls von einem Bildungs-Wutbürger, denn sie war zur Abwechslung mal anders. Irgendwie kultivierter. Er hatte sie an seine Sekretärin weitergeleitet, damit sie prüfen ließ, ob das justiziabel war. Meistens fand die Polizei den Absender heraus.

Das Laufband schaltete in den Cool-Down-Modus. Noch ein paar Minuten langsamer Trab, und dann war es gut für heute.

Während Uwe zum Krafttraining wechselte, ging Dirk Rippinger unter die Dusche. Er freute sich auf Caroline. Sie war zwölf Jahre jünger als er und himmelte ihn an. Er war ihr Lebensmittelpunkt, und das fühlte sich verdammt gut an.

Sie hatte ihre Stundenzahl bei der Cateringfirma reduziert, damit sie mehr Zeit für ihn hatte. Sie las ihm jeden Wunsch von den Augen ab. Nun ja … Beinahe jeden. Im Bett war sie ein wenig prüde. Es gab Dinge, die er nicht von ihr verlangen konnte

Es war Freitagabend, einundzwanzig Uhr fünfzehn, als Dirk Rippinger das Fitnessstudio in der Augsburger Innenstadt durch den Hinterausgang verließ. Die Abkürzung zur nahe gelegenen Tiefgarage, in der sein Wagen stand. Im Hof war es stockdunkel, die Beleuchtung war ausgefallen. Was soll's? Wozu besaß man ein Smartphone? Er aktivierte die Taschenlampenfunktion. Caroline wartete mit dem Essen auf ihn. Ein leichter Imbiss und eine Flasche Wein und dann ein ordentlicher Fick. Nach all dem Ärger heute freute er sich auf den Abend mit ihr.

Er näherte sich den Müllcontainern und bemerkte im Augenwinkel eine Bewegung. Da war jemand. Er schwenkte das Handy. Der Lichtstrahl erfasste eine Gestalt.

8

Dühnfort brachte an diesem Freitagabend Chiara zu Bett, und ein Teil seines Grolls auf Eichenauer schmolz während des Einschlafrituals dahin wie Schnee im Föhnwind. Aber ein Rest blieb. Um ihn zu vertreiben, schenkte er sich ein Glas Soave ein, zog die Fleecejacke über und setzte sich zu Gina auf den Küchenbalkon. Es war dunkel geworden, doch die Nacht war mild.

»Schläft Chiara?«

»Wie eine Seeräuberin. Hast du wegen Felix etwas erreicht?«

»Er hat den Begriff *Mongo* von Kathrin aufgeschnappt, ohne zu wissen, was er bedeutet. Es wird ein Gespräch mit Kathrins und Felix' Eltern geben. Jetzt hat er jedenfalls verstanden, dass es nicht nett ist, Chiara so zu nennen. Dabei sollten wir es belassen. Und wie ist eure Präsentation in Passau gelaufen?«

Dühnfort seufzte. »No monsters here. Das war die Devise, nach der Eichenauer ursprünglich vorgegangen ist. Jemand, der einen derart brutalen Doppelmord begeht, muss ein Monster sein und kann somit nicht aus dem friedlichen Passau stammen.«

»Dabei kommen die meisten Täter aus dem Nahfeld. Man muss sich nur die Statistiken angucken. Habt ihr die Passauer von eurer Hypothese überzeugen können?«

»Sie haben uns nicht mal richtig zugehört.« Dühnfort erzählte ihr von der missglückten Präsentation und von der Festnahme des

Schreiners. »Eichenauer hat uns über seine Ergebnisse nicht informiert. Er hat uns ausgebremst und dann auflaufen lassen. Wie die Deppen standen wir da, als er von der Übereinstimmung der DNA-Spur mit der DNA des Verdächtigen berichtet hat.«

»Also doch Monster in Passau?«

»Ich wette um meine Pavoni, dass der Schreiner den Einbruch gestehen wird, die Beweislage ist erdrückend. Aber nicht die Morde. Sie werden die Tatwaffe nicht bei ihm finden. Denn er war es nicht. Die gesamte Spurenlage spricht dagegen. Es sei denn, er hätte die Sanders erst durchs offene Fenster erschossen und wäre dann eingebrochen. Das ergibt keinen Sinn, denn ihm ging es um den Lohn für Schwarzarbeit, den Bruno Sander ihm vorenthalten hat. Deswegen bringt man nicht zwei Menschen um. Das waren geplante Hinrichtungen. Ausgeführt von einem Profi. Etwas anderes steckt dahinter. Und Eichenauer legt sich auf den Schreiner fest.«

Gina hörte ihm zu, wie sie das immer tat. Einzig und allein Julia Jähnike war ihrer Hypothese nicht nur gefolgt, sondern war zum selben Schluss gekommen, dass das Ehepaar Sander gezielt erschossen worden war und in der Tatnacht eine zweite Person vor dem Haus gewesen sein musste.

»Unsere Analyse des Tathergangs ist schlüssig, aber sie hat keinerlei Konsequenzen für die Ermittlungen. Da fühlt man sich irgendwie ...« Er zuckte mit den Schultern.

»Verarscht?«, schlug Gina vor. »Oder ohnmächtig. Du würdest das jetzt gerne selbst in die Hand nehmen.«

»Schon möglich. Aber ich bereue es nicht, zur OFA gegangen zu sein, falls du das jetzt meinst. Ich habe nur nicht damit gerechnet, dass ich gleich beim ersten Fall die Grenzen aufgezeigt bekomme. Eichenauer schlägt sich auf die Brust, wie klasse er diesen Fall geklärt hat. Wir von der OFA sehen alt aus, und obendrein sagte dann Manfred auch noch, ich solle meine Niederlage einfach akzeptieren. Ich. Meine Niederlage. Als ob ich alleine diese Hypothese aufgestellt hätte. Heute war jedenfalls kein guter Tag.«

»Klingt ganz danach. Warte einfach ab, wie sich das entwickelt.« Gina wechselte das Thema. »Ich habe übrigens Kondolenzkarten besorgt und die Adressen der beiden Erbinnen in Erfahrung gebracht. Eine lebt in Düsseldorf und die andere in Berlin. Die werden ganz sicher nicht nach München ziehen. Und bei der Vorstellung, dass sich so ein Immobiliengeier das Haus unter den Nagel reißt, wird mir schlecht.«

»Wie du gerade gesagt hast: Warten wir ab, wie sich das entwickelt.« Wobei ihm bei der Vorstellung, ausziehen zu müssen, ja auch schlecht wurde. Er schob den Gedanken beiseite. Doch das Thema holte ihn im Schlaf ein. Er träumte, dass er durch das Treppenhaus nach oben ging, wie jeden Abend, doch er erreichte die dritte Etage nicht.

...

Er stieg Treppen hinauf, ohne je eine Wohnungstür zu erreichen, geschweige denn die, hinter der er lebte. Mit seiner Frau. Mit seinem Kind. Weiter und weiter ging es, immer höher und höher. Es wollte kein Ende nehmen. Panik stieg in ihm auf. Etwas summte und summte und holte Dühnfort aus dem Schlaf.

Er tastete nach dem Handy auf dem Nachttisch. Null Uhr siebenundvierzig. Das Display zeigte die Nummer von Armin. Gina drehte sich auf die Seite.

»Hi, Armin«, flüsterte er. »Einen Moment.« Auf Zehenspitzen verließ er das Schlafzimmer und zog leise die Tür hinter sich zu. Die von Chiaras Zimmer war nur angelehnt. Er sah kurz hinein. Seine Tochter schlief mit ihrem Stoffhasen im Arm. Eine Welle von Liebe und Zärtlichkeit überrollte ihn. Diese Kleine war Teil von ihm, Teil seines Lebens, eine Verantwortung, die er trug, und eine große Freude jeden Tag. Er riss sich los und ging weiter. In der Küche machte er Licht und schloss die Tür. »So, Armin, jetzt bin ich sprechbereit. Was gibt's?«

»Tut mir leid, dass ich dich um diese Zeit störe. Heute Nacht wurde in Augsburg ein SPD-Stadtrat ermordet. Die Leiterin der Soko hat uns angefordert. Möglicherweise ein Hassverbrechen. Ich hätte dich gerne dabei und bin schon auf dem Weg zu dir.«

»Kein Problem. Ich stehe in zehn Minuten vorm Haus.«

Leise schlich er zurück ins Schlafzimmer, suchte seine Sachen zusammen und zog sich im Bad um. Gina kam dazu.

»Habe ich dich doch geweckt. Das wollte ich nicht.«

»Ist nicht schlimm. Musst du los?«

»Leider. Ein Mord in Augsburg.«

Schlaftrunken gab sie ihm einen Kuss. »Pass auf dich auf, ja?« Er sog den Geruch ihrer Haut ein. Es war noch immer derselbe Apfelduft wie damals, als sie sich kennengelernt hatten. Und noch immer konnte er davon nicht genug bekommen.

Als er vor die Tür trat, war Armin schon da. Die Fahrt nach Augsburg würde eine knappe Stunde dauern. In der Halterung der Mittelkonsole steckten zwei Coffee-to-go. »Einer ist für dich«, sagte Armin, und Dühnfort schauderte. Sie kannten sich seit Jahren, doch Dühnforts Abneigung gegen Plörre, die sich Kaffee nannte, war nie wirklich bei Armin angekommen. Nicht einmal, seit es das Café Tino in der OFA gab. Was soll's?, dachte er. Immerhin ein wenig Koffein. Das konnte er jetzt brauchen. Also griff er nach dem Becher.

»Danke! Was ist da in Augsburg passiert?«

Armin lenkte den Wagen bereits Richtung Mittlerer Ring. »Viel weiß ich selbst noch nicht. Das Opfer ist Dirk Rippinger, zweiundfünfzig Jahre alt und sitzt für die SPD im Stadtrat. Er wurde kurz nach neun im Hinterhof seines Fitnessstudios erschossen.«

»Du hast von einem Hassverbrechen gesprochen. Hatte er Ärger mit den Rechten?«

»Er hat sich für Geflüchtete engagiert und deswegen wütende Mails bekommen. Ab und zu auch Morddrohungen. Vor einem Jahr hat er einen Integrationspreis gestiftet. Der hat für Wirbel im rechten Lager gesorgt.«

»Wenn das ein politisch motivierter Anschlag war, ist das Sache der Bundesanwaltschaft.«

»Die Motivlage muss erst geklärt werden. Deshalb will die Soko-Leiterin uns ja dabeihaben.«

Dühnfort trank die Plörre, die sich Kaffee nannte. Sie erfüllte seine schlimmsten Befürchtungen nicht und war gar nicht mal so übel. Armin schaltete Musik an. Eine Jazz-Playlist.

Um fünf nach zwei erreichten sie den Tatort in der Augsburger Innenstadt. Er war weiträumig abgesperrt. Zahlreiche Beamte sicherten das Gelände. Die Spurensicherung war in vollem Gang. Flutlicht erhellte den Hinterhof, in dem der Tatort lag. Etliche Pressevertreter warteten vor der Absperrung auf Informationen.

Armin parkte den Wagen am Straßenrand. Die Nacht war kalt und sternenklar. Eine nervöse Unruhe lag über dem Straßenzug. Ein hektisches Treiben und eine Anspannung, die beinahe mit Händen greifbar war. Sie wiesen sich bei den Kollegen von der Schutzpolizei aus und durften die Absperrung erst passieren, nachdem sie sich mit Overalls, Überschuhen und Latexhandschuhen vermummt hatten.

Der Leichnam war bereits abgeholt worden und auf dem Weg zur rechtsmedizinischen Untersuchung. Was Dühnfort sofort auffiel, war die geringe Anzahl an Spurennummern. Weniger als ein

Dutzend, alle eng um den Tatort gruppiert. Für einen Moment erschien ihm das Bild merkwürdig vertraut.

Eine kleine, stämmige Frau unterhielt sich mit zwei Kriminaltechnikern, die ebenfalls in weißen Overalls steckten. Sie winkte Dühnfort und Armin zu sich, als sie sie entdeckte. »Hallo, Herr Boos! KHK Ines Welling. Ich war mal in einem Ihrer Vorträge, klang alles sehr beeindruckend.«

»Freut mich.«

»Bin schon gespannt, wie sich so eine Fallanalyse in der Praxis bewährt. Morde sind jedenfalls nicht unser täglich Brot, wie Sie sich denken können.«

»Während wir uns mit kaum etwas anderem beschäftigen. Mein Kollege Konstantin Dühnfort.« Armin wies auf ihn. »Wie ist der aktuelle Stand?«

»Die Spurensicherung läuft noch. Was wir bis jetzt wissen, ist Folgendes: Das Opfer ist Dirk Rippinger. Inhaber einer großen Steuerkanzlei mit zwanzig Mitarbeitern, außerdem SPD-Stadtrat. Das Fitnessstudio hat er etwa um neunzehn Uhr fünfundvierzig betreten. Er kam zwei- bis dreimal pro Woche und trainierte eine Stunde. Freitags war er so gut wie immer hier. Man konnte beinahe die Uhr danach stellen. Diese Info stammt von seinem Freund und Stadtratskollegen Uwe Sollner, der heute Abend ebenfalls hier trainiert hat. Gegen einundzwanzig Uhr fünfzehn verlässt Rippinger das Gebäude durch den Hinterausgang. Das ist der kürzeste Weg zum nahe gelegenen Parkhaus. Ich zeige es Ihnen.«

Sie folgten Welling zur Tür zum Hinterhof. Eine Metalltreppe mit drei Stufen führte hinunter. »Als er den Hof betrat, war es stockdunkel. Die Beleuchtung war ausgefallen.« Sie wies auf zwei Wandleuchten mit Bewegungsmeldern. »Die Kabel sind durchtrennt. Ebenso bei der Überwachungskamera über dem Eingang.

Rippinger denkt sich nichts dabei, schaltet die Taschenlampenfunktion an seinem Handy ein und geht Richtung Durchgang zur Moritzgasse.« Sie wies auf die Straße, in der Boos den Wagen geparkt hatte. »Die Taschenlampen-App war noch aktiviert, als der Tote gefunden wurde. Er durchquert also den Hof und kommt dabei an den Müllcontainern vorbei.«

Welling führte sie zum Müllplatz. Sechs schulterhohe Behälter aus blauem, grünem und gelbem Kunststoff standen sich in zwei Dreiergruppen gegenüber, dazwischen eine schmale Gasse.

»Hier hat jemand auf ihn gewartet«, fuhr Welling fort. »Davon gehe ich aus. Das war kein spontanes Zusammentreffen oder ein Streit, der eskalierte. Siehe deaktivierte Beleuchtung und Videoüberwachung. Jemand wollte Rippinger töten und hatte die Tat vorbereitet. Er tritt aus seinem Versteck und erschießt sein Opfer.«

Die Position der Leiche auf dem Pflaster war mit Klebeband markiert. Spurennummern kennzeichneten außerdem die Lage des Handys, des Wagenschlüssels, der Brille, der Sporttasche und eines Blutflecks.

»Wir haben keine Patronenhülse gefunden. Und auch keinen zweiten Einschuss. Nichts deutet auf einen Kampf hin. Es muss sehr schnell gegangen sein. Rippinger war sofort tot. Kaum Blut am Tatort. Bis jetzt haben wir keine Zeugen. Niemand hat einen Schuss gehört. Deshalb nehme ich an, dass der Täter einen Schalldämpfer benutzt hat. Die Einschusslücke befindet sich etwa drei Zentimeter über der Nasenwurzel.« Sie deutete auf die entsprechende Stelle an ihrer Stirn. »Ich denke, das war ein aufgesetzter Schuss. Stanzmarke und Beschmauchung legen das nahe. Aber warten wir den Obduktionsbefund ab. Gefunden hat ihn Sonja Klein. Sekretärin, dreiunddreißig Jahre alt, die freitags den Yogakurs im Fitnessstudio besucht. Ihr Notruf ging um einundzwanzig Uhr dreiundzwanzig ein. So, das war es im Großen und Ganzen.«

Welling unterbrach sich gleich selbst wieder. »Etwas gibt es noch. Der Freund des Opfers, Uwe Sollner, hat den Verdacht geäußert, die Ehefrau könnte hinter der Tat stecken. Da tobt offenbar ein Scheidungskrieg vom Feinsten. Und dann hat sich vor einer Stunde noch Rippingers Sekretärin gemeldet und eine Mail an mich weitergeleitet, die ihr Chef gestern bekommen hat. Eine Morddrohung, genau genommen. Auch wenn sie nicht explizit ausgesprochen wird.« Sie zog ihr Smartphone hervor, scrollte durch die Mails und reichte es Armin.

»*Ich bin dein Tod. Mich hast du verdient*«, las er und zeigte Dühnfort die Mail. »Kein weiterer Text, nur ein Bild.«

Dühnfort betrachtete die Aufnahme. Es war das Foto eines Gemäldes im symbolistischen Stil. Es zeigte den nackten Leichnam eines Mannes an einem Strand. Dahinter Brandung. Daneben eine Frauengestalt, die von Kopf bis Fuß in ein dunkles Gewand gehüllt war. Die Füße steckten in Sandalen. Sie erinnerte Dühnfort an einen der Jünger beim letzten Abendmahl.

Ines Welling deutete auf das Display. »Das Bild stammt von Oskar Zwintscher und trägt den Titel *Der Tote am Meer*. Das hat Rippingers Sekretärin herausgefunden.«

»Konnte der Absender ermittelt werden?«, fragte Armin.

»Wir arbeiten daran.«

»Und wie sieht es mit der Videoüberwachung aus?«, fragte Dühnfort. »Hat die Kamera den Täter aufgenommen, bevor er die Kabel gekappt hat?«

»Leider nicht. Er muss aus dem Haus gekommen sein und sich an der Wand entlanggepirscht haben. Es gibt einen toten Winkel zwischen Hauswand und Erfassungsbereich der Kamera. Der Täter kennt sich hier jedenfalls aus.«

»Er wird sich also vorher schon mal umgesehen haben. Lassen Sie die Aufnahmen der letzten Wochen überprüfen«, schlug Armin vor.

»Die sind schon sichergestellt.« Ines Welling strich sich eine Locke hinters Ohr. »Was mir Sorgen macht, ist die Spurenlage. Bisher haben wir kaum etwas. Hoffentlich ändert sich das bis zum Morgenmeeting. Wobei … Morgenmeeting?« Sie machte eine wegwerfende Handbewegung. »Es ist ja fast schon Morgen. Erst brauchen wir Ergebnisse. Machen wir ein Nachmittagsmeeting daraus. Mit der Nachbarschaftsbefragung beginnen wir gleich in der Früh, ebenso mit der Auswertung der Funkzellendaten.«

»Handy und Tablet …«

»Sind schon unterwegs zu den Fachleuten im LKA.«

»Man sollte sich auch Rippingers PCs ansehen. Vielleicht gibt es weitere Drohmails«, sagte Dühnfort.

»Ist auch schon veranlasst. Und die Bänder der Verkehrsüberwachung der Innenstadt bekommen wir morgen gleich in der Früh.«

»Wo steht eigentlich Rippingers Wagen?«, fragte Dühnfort.

»Noch in der Tiefgarage. Er wird demnächst abgeholt.«

»Die Videoüberwachung der Garage sollte man sich ebenfalls vornehmen. Der Täter wird ihn observiert haben.«

»Ja, gute Idee«, sagte Welling und gähnte. »Langsam könnte ich eine Mütze Schlaf brauchen.«

Was Dühnfort beschäftigte, war die Vermutung, der Täter stamme aus dem rechten Umfeld oder zumindest aus dem Kreis enthemmter Wutbürger. Er sprach Welling darauf an. »Gibt es eigentlich Namen in diesem Zusammenhang?«

Sie nickte. »Wie gesagt: Rippinger hat das stets zur Anzeige gebracht. Ein paar Schreiber konnten identifiziert werden und erhalten gerade Besuch von meinen Kollegen.«

Gegen drei Uhr verabschiedeten sie sich. Auf dem Weg zu Armins Wagen erregte etwas Dühnforts Aufmerksamkeit. Zunächst wusste er nicht, was es war. Er sah sich um. Auf der gegenüberliegenden Straßenseite klebte ein Plakat auf einem Schaufenster. *Neueröffnung. Gold An- und Verkauf*. Da war es wieder. Ein kleiner roter Lichtpunkt blinkte kurz auf. Dühnfort ging hinüber. Im Schatten eines Erkers des Nachbarhauses entdeckte er eine Überwachungskamera und stellte sich darunter. Er hatte freien Blick auf den Tatort. »Was ist?«, rief Armin zu ihm hinüber.

Dühnfort deutete nach oben. »Mit etwas Glück gibt es doch eine Aufzeichnung des Mordes.«

• • •

Am Samstagnachmittag kehrte Dühnfort zusammen mit Armin nach Augsburg zurück. Er fühlte sich wie gerädert, denn geschlafen hatte er nicht mehr. Noch vor zehn Jahren hätte er eine kurze Nacht einfach weggesteckt. Doch das nahende Alter machte sich bemerkbar. Unausweichlich steuerte er auf die fünfzig zu, und an manchen Tagen bereitete ihm das Sorgen.

Sie trafen Ines Welling im Soko-Raum. Eine Fensterfront gab den Ausblick auf die Straße frei. Der Tag hing grau über der Stadt. Es nieselte. In den Häusern gegenüber brannten Lichter, obwohl es erst halb drei war. Auch im Soko-Raum waren die Neonleuchten eingeschaltet und die Luft schon jetzt abgestanden und von der Heizung ausgetrocknet. Ein Tisch mit Beamer und die obligatorische Präsentationswand befanden sich an der Stirnseite.

Das Team trudelte nach und nach ein und mit ihm der Staatsanwalt. Ein hagerer Mann mit großen Händen, der nicht viele Worte machte, als Welling Boos und Dühnfort vorstellte. Die Sachbearbeiter folgten, ebenso die Kriminaltechniker und Dr. Ursula Weidenbach vom Münchner Institut für Rechtsmedizin, die den Leichnam von Dirk Rippinger heute Morgen obduziert hatte. Der Fall hatte oberste Priorität.

Man sah es den Leuten an, dass sie seit gestern Nacht im Dienst waren. Bleiche Gesichter. Bartschatten. Ringe unter den Augen. Die Müdigkeit steckte allen in den Knochen.

Die Mail, die Rippinger am Tag vor dem Mord erhalten hatte, ging Dühnfort wieder durch den Kopf. Eine ungewöhnliche Weise, jemandem zu drohen. Mit einem Gemälde. Auch die Formulierung hatte etwas seltsam Verschwurbeltes. *Ich bin dein Tod. Mich hast du verdient.* Was steckte dahinter?

Er schenkte sich einen Kaffee ein, der in Thermoskannen bereitstand, während sich der Raum füllte und Stühle gerutscht wurden. Als alle da waren, bat Welling ihn und Armin zu sich. Es wurde ruhig.

»Hallo, Leute! Alle wach? Eine lange Nacht liegt hinter uns, und der Tag ist auch schon fast vorbei. Wenn jemand Kaffee braucht, den gibt's da drüben.« Sie wies auf den Tisch. »Vermutlich fragt ihr euch, wer sind die beiden hier? Vielleicht hat es sich aber auch schon herumgesprochen. Jetzt ganz offiziell: Das sind Kollegen von der OFA aus München. Sie werden uns in diesem Fall unterstützen. KHK Boos und KHK Dühnfort.«

Sie wurden mit einem Klopfen von Knöcheln auf Tischplatten begrüßt. So konnte das also auch sein. Welling nickte Boos zu. Er ergriff das Wort. »Ich mache es kurz. Wir ermitteln nicht aktiv mit, wir beraten und bewerten, was Sie an Bord bekommen.«

Welling seufzte. »Leider ist das noch nicht üppig. Bisher keine Zeugen. Oder hat sich das während der Nachbarschaftsbefragung geändert? Mike?«

Ein bulliger Mann in der letzten Reihe schüttelte den Kopf. »Nee, leider nicht. Niemand hat was bemerkt.«

»Mist! Ich hatte ja das Gegenteil gehofft. Auch die Tatwaffe ist bisher nicht aufgetaucht, obwohl die Umgebung weiträumig abgesucht wurde. Ich glaube nicht, dass sie da irgendwo noch rumliegt. Der Täter wird sie mitgenommen haben. Beim Motiv tappen wir noch im Dunkeln. Wobei ich ein privates Rachemotiv – Stichwort Rosenkrieg der Ehepartner – ausschließe. Dafür ist die Tat zu professionell ausgeführt. Wie professionell, das werden wir gleich sehen. Dank des Kollegen Dühnfort von der OFA haben wir ein Video davon. Er hat eine Überwachungskamera entdeckt, die dem Täter entgangen ist.« Ein Murmeln ging durch den Raum. »Vermutlich weil sie erst am Freitag montiert wurde. Das haben wir vom Eigentümer erfahren.«

Welling griff zur Fernbedienung, der Raum verdunkelte sich, der Beamer ging an und projizierte das Video auf die Leinwand. Schwarz-Weiß, grob gepixelt. In der rechten oberen Ecke stand neben dem Datum die Uhrzeit.

Einundzwanzig Uhr vierzehn. Die schmale Straße wurde von einer Laterne erhellt. Ein Auto fuhr vorbei. Der Hinterhof des Hauses, in dem sich das Fitnessstudio befand, lag in Dunkelheit. Lediglich durch die Glasfüllung der Hintertür und einige Fenster in der dritten Etage fiel Licht.

Um einundzwanzig Uhr fünfzehn wurde die Tür geöffnet. Jemand kam heraus. Erkennbar nur als schwarze Silhouette. Das musste Rippinger sein. Er blieb stehen, einen Moment später flammte Licht auf. Er hatte die Taschenlampen-App aktiviert, stieg die drei Treppenstufen hinab und beleuchtete den Boden vor sich, während er den Hof durchquerte. Nur Sekunden trennten ihn noch von seinem Tod. Bei den Müllcontainern bewegte sich etwas. Er verlangsamte den Schritt, schwenkte das Handy. Der Lichtstrahl erfasste eine schemenhafte Figur, die auf ihn zukam.

»Es sieht aus, als würde der Täter Rippinger ansprechen«,

sagte Welling. »Er antwortet. Daraufhin hebt der andere die Waffe, die er schussbereit in der Hand hält. Beachten Sie den aufgeschraubten Schalldämpfer. Er setzt die Mündung an Rippingers Stirn und drückt ab.«

So war es. Dühnfort konnte den Blick nicht abwenden. Eine eiskalt durchgeführte Hinrichtung. Rippinger sackte zusammen, kippte nach hinten und blieb ausgestreckt auf dem Rücken liegen. Er lag genau so da wie der Tote am Meer. Sein Mörder entfernte sich Richtung Straße. Für einen Moment erfasste ihn noch die Überwachungskamera, dann verschwand er aus dem Blickfeld.

Welling spulte zurück bis zu dem Moment, in dem der Täter einigermaßen erkennbar war, und fror das Bild ein. »Da haben wir ihn. Männlich, würde ich aufgrund der Statur und der Größe sagen. Ansonsten sieht man ja nicht viel von ihm.«

Der Mann war von Kopf bis Fuß schwarz vermummt. Er trug eine Sturmhaube, die nur einen Schlitz für die Augen freiließ, und der war mit einer Schutzbrille abgedeckt. Leider wandte er den Kopf nicht Richtung Kamera.

»Wer fürchtet sich vorm schwarzen Mann«, sagte eine der Sachberaterinnen halblaut, die hinter Dühnfort saß. *Niemand*, dachte er. *Wenn er aber kommt? Dann laufen wir davon*. Rippinger war nicht davongelaufen. Es war auch keine Zeit dafür geblieben. Was hatte der Täter zu ihm gesagt? Etwa: Ich bin dein Tod?

»Wohin ist er verschwunden?«, fragte Welling. »In diesem Aufzug wäre er schnell jemandem aufgefallen. Er muss seinen Wagen in der Nähe geparkt haben. Oder er hat sich irgendwo umgezogen, und da kommt eigentlich nur die Tiefgarage in Betracht. Hat die Durchsuchung etwas ergeben?«

Fragend sah sie einen Kollegen an, der bedauernd die Hände hob und den Kopf schüttelte. »Absolut nichts. Nur, dass die Videoüberwachung der Tiefgarage auch lahmgelegt wurde. Er scheint ein Faible dafür zu haben.«

»Das bedeutet, dass er seinen Wagen dort geparkt hat. Fragt beim Sicherheitsdienst des Parkhauses nach. Vielleicht haben die ja was bemerkt. Machen wir weiter mit dem möglichen Motiv. Ist das wirklich ein Hassverbrechen? Kommt der Täter aus der rechten Szene? Sandra, wie weit seid ihr damit?«

Eine junge Kollegin stand auf. »Wir haben einen Informanten in der Szene. Der weiß von nichts. Und die beiden identifizierten Verfasser von Hassmails, die Rippinger angezeigt hat, haben Alibis.« Sie breitete die Hände wie zur Entschuldigung aus.

»Na prima«, sagte Welling. »Wäre ja auch zu einfach gewesen. Ein IT-Spezialist des LKA hat die Nacht für uns durchgearbeitet. Bis jetzt hat er keine weiteren Drohmails oder entsprechende Nachrichten auf Rippingers Handy, PC und Tablet gefunden, dafür aber Spuren einer Spy-Software auf dem Smartphone, die kurz vor dem Mord gelöscht wurde. Der Täter hat Rippinger also an der langen Leine geführt, bevor er zugeschlagen hat. Für mich stellt sich das als Tat eines Profis dar, und ich frage mich: Sind die Rechten echt schon so weit? Ich musste unwillkürlich an organisierte Kriminalität denken.«

»Klingt eher nach Geheimdienst«, meldete sich ein Kollege von weiter hinten zu Wort.

»Guter Vorschlag. Gibt es Verbindungen zwischen Rippinger und den entsprechenden Diensten? Weiß da jemand etwas?« Fragend sah Welling in die Runde. Allgemeines Kopfschütteln war die Folge. »Die Idee ist nicht schlecht. Prüf das nach«, trug sie dem Kollegen auf. »Und jetzt übergebe ich an Dr. Weidenbach vom Institut für Rechtsmedizin in München. Sie hat die Obduktion durchgeführt.«

Weidenbach erhob sich und kam nach vorne. Sie war eine zierliche Frau mit weißem Haar und silbergefasster Brille. Dühnfort kannte sie eigentlich nur in grüner OP-Kleidung oder weißem Kittel. Daher war es ein beinahe ungewohnter Anblick, sie im Hosenanzug mit Rollkragenpullover zu sehen.

Sie griff zur Fernbedienung, und Bilder von der Obduktion erschienen auf der Leinwand. »Ich brauche nicht lange. Das ist eine klare Sache. Rippinger starb durch einen aufgesetzten Kopfschuss.« Sie wies mit dem Laserpointer auf Stanzmarke und Einschusslücke. »Das Projektil hat das Gehirn durchschlagen und ist am Hinterhauptbein beim Austreten stecken geblieben.« Sie wechselte das Bild. »Das Opfer starb binnen Sekunden. Das Projektil befindet sich noch in der KTU zur Untersuchung. Erst dann wird klar sein, ob die Waffe polizeibekannt ist.«

Damit rechnete Dühnfort nicht. Einen solchen Fehler beging kein Profi.

»Ob Alkohol oder Drogen eine Rolle spielen, werden wir erfahren, wenn das Ergebnis der toxikologischen Untersuchung vorliegt. Das dauert bekanntermaßen ein paar Tage. Wobei ich damit nicht rechne. Das Opfer war ein Fitnessfreak, was man so hört, und außerdem kerngesund.«

Welling dankte Weidenbach und wandte sich an ihr Team. »Wir brauchen eine Richtung für unsere Ermittlungen, sonst verzetteln wir uns. Was meinen die Kollegen von der OFA? Wie sollen wir den Fall anpacken?«

Armin schob den Stuhl zurück und gab Dühnfort ein Zeichen, ihn zu begleiten. Gemeinsam gingen sie nach vorne. »Beim derzeitigen Ermittlungsstand ist das nicht einfach zu beurteilen«, begann Armin. »Was bisher klar ist: Das ist die Tat eines Profis. Daran besteht kein Zweifel. Aber noch wissen wir zu wenig. Daher wäre unsere Empfehlung, die nächsten vierundzwanzig Stunden breit gefächert weiterzuermitteln. Durchleuchten Sie die Steuerkanzlei, vielleicht gibt es Unregelmäßigkeiten. Und gehen Sie den Hasskommentaren nach.«

Armin warf Dühnfort einen Blick zu. »Ich schließ mich an«, sagte er, »würde allerdings den Fokus noch ein wenig erweitern. Gestern war von einem erbitterten Scheidungskrieg die Rede. Vielleicht hat Rippingers Frau einen Profi angeheuert, um ihren Mann beseitigen zu lassen.«

• • •

Welling beendete das Meeting. Der Soko-Raum leerte sich.

»Ich lass Ihnen einen Zugang zur elektronischen Ermittlungsakte einrichten«, erklärte sie Armin, während Dühnfort sich noch einmal die Aufnahmen vom Tatort an der Präsentationswand ansah. »Die wird laufend aktualisiert. Dann sind Sie jederzeit auf dem aktuellen Stand.«

Sein Blick fiel auf die gelben Schilder mit den Spurennummern. Es gab kaum welche. Derart cleane Tatorte waren selten, und er hatte innerhalb weniger Tage zwei davon gesehen.

»Kommst du?«, fragte Armin. »Ich würde den Tatort gerne mal bei Tageslicht in Augenschein nehmen.«

Er riss sich los. Doch ein merkwürdiges Gefühl blieb.

Mit Armins Wagen fuhren sie zum Fitnessstudio und parkten beim Gold An- und Verkauf. Ein Streifenwagen stand vor der Absperrung. Blumensträuße lagen auf dem Gehweg, ewige Lichter brannten. Zwei Fotografen machten Aufnahmen.

»Lass uns vorne reingehen«, schlug Dühnfort vor.

Sie umrundeten den Häuserblock und betraten das Gebäude durch den Haupteingang in der Parallelstraße. Das Fitnessstudio in der zweiten Etage war geöffnet. Musik klang leise durch das Treppenhaus und die anfeuernden Rufe einer Trainerin. Das Leben ging einfach weiter. Manchmal beunruhigte ihn der Gedanke, dass letztlich jeder vergessen wurde und der Tod der Normalfall war. Die einzige Gewissheit, die man im Leben hatte. Tag für Tag trat sie ein. Tausendfach, doch selten so gewalttätig wie bei Rippinger.

Im Erdgeschoss befand sich eine Schuldnerberatungsstelle, die samstags geschlossen war, und daneben die Praxis einer Psychotherapeutin, die ebenfalls keine Sprechzeit hatte.

Sie nahmen denselben Weg, den Rippinger am Abend zuvor gegangen war. Die Hintertür war jetzt allerdings verschlossen. Ein Polizeisiegel klebte daran, und bei den Mülltonnen entdeckte Dühnfort zwei Mitarbeiter der Kriminaltechnik, die immer noch nach Spuren suchten. Welling war eine Gründliche.

»Das ist ein merkwürdiger Fall«, sagte Armin. »Mir gelingt die Vorstellung einer politisch motivierten Tat nicht. Dir?«

»Geht mir auch so. Wobei der Mord in Kassel ähnlich abgelaufen ist.«

»Nicht wirklich. In Kassel war es eine mehr oder weniger spontane Tat. Doch das hier war akribisch geplant.«

»Und er hat das nicht zum ersten Mal gemacht, wenn du mich fragst. Nicht eine Zehntelsekunde hat er gezögert oder Unsicherheit gezeigt. Außerdem weiß er, wie er Spuren vermeidet.«

»Du denkst, es ist einer von uns?«

»Das wollte ich damit nicht sagen. Wobei es natürlich möglich wäre. Allerdings kann man heutzutage alles googeln.«

Auf dem Weg zurück nach München erklang erst der Signalton für eine eingehende Mail auf Dühnforts Handy, dann klingelte es. Julia Jähnike meldete sich. »Hallo, Herr Dühnfort! Störe ich?«

»Kein Problem.«

»Ich dachte, weil Samstag ist. Sicher haben Sie frei.«

»Heute nicht. Was gibt's?«

»Ich habe Ihnen grad ein Foto gemailt.«

»Sekunde. Ich sehe es mir an.« Er öffnete die Nachricht und betrachtete das angehängte Bild. Ein abgerissenes Stück von einer Verpackung, etwa drei mal fünf Zentimeter groß. Mit Kunststoff bezogener Karton. Der Teil einer Aufschrift war erkennbar. »Was ist das?«

»Es stammt von einer Blisterpackung für Armbrustbolzen. Ich habe das gestern auf dem Garagendach gefunden.«

»Wow! Gute Arbeit. Was sagt Ihr Vorgesetzter dazu?«

»Das ist es ja. Der Schreiner hat die Tat heute Nacht gestanden. Allerdings sagt er aus, dass er die Schüsse im Haus abgegeben hat. Sander hätte ihn überrascht und wollte die Polizei rufen. Da wäre es eben passiert.«

Dühnfort schüttelte den Kopf. So konnte das nicht abgelaufen sein, doch so passte es zu Eichenauers Theorie. »Haben Sie die Tatwaffe?«

»Angeblich hat er sie in die Donau geworfen. Taucher suchen danach, aber ich glaube nicht, dass wir sie finden. Es gibt auch keinen Kaufbeleg dafür, und niemand hat je eine Armbrust bei ihm gesehen. Im Schützenverein hat er mit Gewehr und Revolver geschossen. Er war es nicht. Das ist meine Meinung.«

»Warum gesteht er dann?«, fragte Dühnfort, obwohl er die Antwort kannte.

»Mein Boss hat Druck gemacht. Er hat ihn stundenlang vernommen. Als seine Kumpels dann das Alibi zurückgezogen haben, ist er zusammengebrochen. Erst hat er noch beteuert, dass er nur eingebrochen wäre, um sich seinen Lohn zu holen. Genau so, wie Sie es vermutet haben. Doch mein Boss hat nicht lockergelassen, und sein Anwalt hat ihm angesichts der Beweislage geraten, die Tat einzuräumen. Seine Frau will ihm einen anderen Anwalt besorgen. Gute Idee. Also, ich glaube, dass er das Geständnis widerrufen wird, und jetzt weiß ich nicht, was ich tun soll.«

»Machen Sie weiter wie bisher. Als Ermittler sind wir verpflichtet, auch entlastendes Material zu sammeln. Tun Sie das.«

Ein tiefer Seufzer klang durchs Telefon. »Geht nicht. Mein Boss hat mich von dem Fall abgezogen. Ich bin jetzt für Pfaller zuständig.«

»Noch ein Mord in Passau?«

»Nee. Das ist die Körperverletzung mit Todesfolge, von der ich Ihnen neulich erzählt habe. Ein fetter Nerd kommt aus dem Puff, gerät in Streit mit einem anderen. Es gibt eine Rangelei, und am Ende liegt Pfaller mit gebrochenem Genick auf dem Asphalt, und der andere haut ab. Wobei das auch anders gelaufen sein könnte. Das meint jedenfalls die Rechtsmedizinerin, die ihn obduziert hat. Weidenbach heißt sie. Kennen Sie die?«

»Ja. Sie ist gut.« Seit es in Bayern nur noch drei Rechtsmedizinische Institute gab, mussten die Toten oft Hunderte Kilometer weit zur Untersuchung nach München, Würzburg oder Erlangen gebracht werden. Manchmal war das der Klärung eines Falls nicht dienlich. »Und was sagt sie?«

»Sie hat keine Verletzungen gefunden, wie sie bei einem Handgemenge häufig entstehen. Hämatome, Abschürfungen, Kratzer. Nichts dergleichen. Deshalb schließt sie nicht aus, dass da jemand genau gewusst haben könnte, was er tat. Ein tödlicher Griff aus dem Kampfsport sei genauso gut möglich, hat sie gemeint, und dann wäre das eher Totschlag oder Mord, als Körperverletzung mit Todesfolge. Und ich soll den jetzt finden. Mit nichts in der Hand. Die Spurensicherung hat eigentlich nicht wirklich stattgefunden. Erst einen Tag später.«

»Ihnen wird sicher etwas einfallen«, sagte Dühnfort. »Sie sind hartnäckig, und das ist gut.«

»Danke!«

»Eine Bitte habe ich: Würden Sie uns Bescheid geben, wenn sich etwas tut?«

»Klar. Mach ich. Wenn ich Sie im Gegenzug um Rat fragen darf, wenn ich hier nicht weiterkomme.«

»Aber sicher«, sagte Dühnfort. Sie verabschiedeten sich.

Armin warf ihm einen Blick zu. »Wenn ich das jetzt richtig verstehe, hat die Jähnike dich als Mentor adoptiert und Eichenauer sich den Fall passend gemacht?«

»Mentor ist gut.« Dühnfort lachte. »Sie verfügt über die Hartnäckigkeit, die sie in diesem Job braucht, und sie hinterfragt alles. Doch Eichenauer schiebt sie aufs Abstellgleis.«

9
Videotagebuch

»Wo war ich? Ach ja. Bei Alina. Zu Beginn des zweiten Halbjahres kam sie in unsere Klasse. Sie setzte sich gleich am ersten Tag neben mich, als hätte sie nicht verstanden, dass ich diejenige war, die man meiden sollte. Jedenfalls wenn man dazugehören wollte. Alina war schön. Nicht nur hübsch. Sondern wirklich schön. Ein ebenmäßiges Gesicht. Langes lockiges Haar, das sie nicht unter einem Kopftuch verbarg. Große dunkle Augen, wie Kirschen, mit denen sie superunschuldig blicken konnte. Sie sah aus, als könnte sie kein Wässerchen trüben, aber das Klauen habe ich von ihr gelernt.

Jedenfalls hat sie sich zu mir gesetzt, und ich wäre ihr vor Dankbarkeit am liebsten um den Hals gefallen. Sie schien gar nicht zu bemerken, dass ich anders war. Hässlich. Dick. Zu blass, weil ich mich nicht traute, ins Freibad zu gehen und mich im Badeanzug zu zeigen. Geschweige denn in einem Bikini. Einen Grottenolm hat Saskia mich mal genannt. Saskia war die Heidi Klum unserer Klasse. Das Alphatier, würde Mister Besserwisser jetzt sagen. Die, die alles bestimmt und der alle hinterherhecheln. Alle Mädels wollten sein wie sie. Ein Lob aus ihrem Mund war der Ritterschlag. Da kannst du dir also vorstellen, welche Folgen der *Grottenolm* aus ihrem Mund für mich hatte. Irgendwann war ich nahezu unsichtbar geworden. Und dann kam Alina, und wir wurden Freundinnen.

Sie lobte meine schmalen Hände, das Blau meiner Augen und sagte, dass ich natürlich einen Bikini tragen könne. Meine Figur wäre super. Oder ob ich echt so ein Gerippe werden wolle wie Saskia? Ich besaß aber keinen Bikini, und Alina beschloss, dass wir nach der Schule einen für mich klaufen würden. Sie hat echt klaufen gesagt. Zuerst habe ich mir nichts dabei gedacht. Ich dachte, sie hätte sich versprochen. Wir sind also an einem Nachmittag ins Einkaufszentrum und haben Bikinis probiert. Ohne Ende. Bestimmt zwanzig Stück. Eigentlich hatte ich schnell einen gefunden, der mir gefiel. Smaragdgrün, mit einem Neckholder-Oberteil und einem nicht zu knappen Höschen. Doch wir probierten weiter und weiter und bewunderten uns gegenseitig vor dem Spiegel. Wie schon vorhin gesagt: Wir sind die, die die anderen in uns sehen. Ihre Augen sind unsere Spiegel. Und Alina bewunderte meine Porzellanhaut, meine Figur, die sie nicht moppelig fand, sondern kurvig, und auf Kurven würden Männer abfahren. Und plötzlich sah ich mich mit ihren Augen und fühlte mich schön. Alina schleppte ständig neue Bikinis zum Probieren an und brachte die vorherigen zurück. Bis wir den Spaß verloren und sie vorschlug, zu Starbucks zu gehen.

Also verließen wir den Laden, kauften uns zwei Iced Caffè Latte und setzten uns damit auf eine Bank im Einkaufszentrum. Wir lästerten ein wenig über Saskia und ihren Hofstaat, bis Alina irgendwann das smaragdgrüne Höschen aus ihrer Hosentasche zog und damit vor meinem Gesicht herumwedelte. *Alles Gute zum Geburtstag!*

Ich war total verwirrt und stammelte, dass ich gar nicht Geburtstag hätte. Sie hatte das geklaut. Für mich! Es war furchtbar und wunderbar zugleich.

Natürlich hast du Geburtstag. Nur vielleicht nicht heute. Alina zwinkerte mir zu, legte das Höschen auf meinen Schoß und zog das Oberteil aus ihrem Rucksack. *Taadaa! Das gehört noch dazu, oder willst du oben ohne ins Schwimmbad?*

Ich stammelte weiter herum, ob sie das etwa geklaut habe und dass sie das doch nicht machen könne. Wenn sie erwischt worden wäre! Doch sie fegte meine Bedenken mit einem Lachen beiseite. Sei doch gut gegangen. Wie immer. Sie hätte da so ihre Tricks, die sie mir zeigen könnte. Alle würden klauen. Das wäre ganz normal und sowieso schon in den Verkaufspreis einkalkuliert. Ich solle mir also nicht ins Höschen machen, sondern mich freuen. Das tat ich auch, und irgendwie fand ich Alina total cool. Sie war so stark und selbstbewusst. Und so frech. Und frei von Angst. Das genaue Gegenteil von mir.

Wir saßen da also auf unserer Bank im Einkaufszentrum und überlegten, ob wir noch ins Hallenbad gehen sollten, um den Bikini einzuweihen. Es war ja erst März. Oder ob es besser wäre, erst ein paarmal das Solarium aufzusuchen, damit ich knackig braun die Bühne meines neuen Lebens betreten konnte und nicht als Grottenolm.

Plötzlich blieb jemand vor uns stehen. Ein Junge. Er sah nicht besonders aus. Er war nicht der Typ, bei dem die Mädels reihenweise in Ohnmacht fallen. Hässlich war er aber auch nicht. So durchschnittlich halt. Ich fand ihn jedenfalls nicht attraktiv. Er war etwa so groß wie ich. Ein wenig kompakt. Das lag an den Muskeln, wie ich später gemerkt habe. Er war total durchtrainiert. Dunkle Haare zu einem Undercut geschnitten, und die längere Partie hatte er mit reichlich Gel gestylt. So ähnlich wie Cristiano Ronaldo. Eigentlich finde ich Undercuts ziemlich affig. Doch sein Lächeln war nett. Er blieb also vor uns stehen und sprach Alina an. Natürlich. Sie war die Schöne und ich die Unsichtbare. Und dann sagte er: *Hallo, Schwesterlein, willst du mir nicht deine zauberhafte Freundin vorstellen?*

Dabei sah er dann nicht mehr Alina an, sondern mich. Mit so einem Schmalzblick. Ich fand das total daneben. Ein Gesülze wie in einer billigen Soap. *Zauberhaft*. Ich musste mich beherrschen, um nicht die Augen zu verdrehen.

Alina stellte uns also vor. Er hieß Jehan, doch alle nannten ihn Joe. Er war ihr großer Bruder und zehn Jahre älter als sie und damit auch zehn Jahre älter als ich. Kein Junge mehr, ein Mann, und er nannte mich wieder zauberhaft und hübsch. Er sülzte richtig rum, und ich fand ihn bei diesem ersten Treffen echt schleimig.

Nach einer gefühlten Ewigkeit verabschiedete er sich mit *Man sieht sich*, und ich dachte: Muss nicht unbedingt sein. Doch Alina lächelte ihm hinterher. Sie himmelte Joe an und schwärmte mir vor, was für ein toller Kerl er sei. Selbstständiger Unternehmer. Teilhaber einer Shishabar im Zentrum. Jedenfalls schwärmte Alina von ihrem Bruder in den höchsten Tönen. Er wäre ein Romantiker und würde seine Freundinnen auf Händen tragen. Nicht so wie die deutschen Männer, die nicht wüssten, wie man einer Frau den Hof machte.

Freundinnen?, sagte ich. *Hat er etwa einen Harem?*

Was saukomisch ist. Aus heutiger Sicht betrachtet. Alina verneinte das entrüstet. Joe wäre eine treue Seele, doch er habe kein Glück mit den deutschen Frauen. Er sollte sich eine aus ihren Kreisen suchen. Doch auf seine kleine Schwester höre er natürlich nicht.

Wir gingen dann ins Solarium. An diesem Tag kam ich erst spät nach Hause. Mam war schon da. Sie wollte wissen, wo ich so lange gewesen war, und sie freute sich echt, als ich sagte, dass ich den Nachmittag mit einer Freundin verbracht hatte. Ich hörte, wie ihr ein Stein vom Herzen fiel. Es rumpelte richtig. Endlich hat das Kind eine Freundin. Endlich ist sie nicht mehr Außenseiterin. Endlich integriert sie sich. Halleluja!

Meinen smaragdgrünen Bikini entdeckte sie natürlich. Kontrolletti und so, sagte ich ja schon. Das Preisschild hing noch dran. Beinahe sechzig Euro. Sie verlor kein Wort darüber. Schließlich bekam ich reichlich Taschengeld und konnte mir das leisten. *Hübsch*, sagte sie zwar, doch ihr Blick pendelte zwischen dem Bikini und meinen Hüften, und ich sah, was sie dachte, und fühlte mich sofort wieder dick und hässlich.

Am nächsten Tag nach der Schule wartete Joe auf mich. Als ich die Treppe hinunterlief, entdeckte ich ihn. Er lehnte lässig an einem schwarzen BMW-Cabrio. Die Sonne schien, und das Verdeck war offen. Er rauchte eine Zigarette und sah eigentlich gar nicht mehr so durchschnittlich aus wie gestern. Levi's-Jeans. Ray-Ban-Sonnenbrille. Lederjacke.

Saskia und ihre Hofdame Katja gingen zwei Schritte schräg vor mir. Saskia bemerkte ihn. *Holy shit*, sagte sie. *Auf wen der wohl wartet? Sicher auf uns*. Sie warf den Kopf zurück, strich sich durch die langen blonden Haare und stakste im Modellschritt die Treppe hinab.

Doch Joe sah nur mich. Er ging an den beiden Schnepfen vorbei, ohne sie auch nur mit einem Blick zu streifen. *Hallo, Prinzessin*, sagte er.

Saskia und Katja blieben stehen und sahen sich nach der *Prinzessin* um. It's me, dachte ich und wuchs um mindestens fünf Zentimeter.

Hey, Joe, antworte ich lässig, obwohl mir das Herz bis zum Hals klopfte und ich hoffte, dass niemand es bemerkte. War ich rot geworden? Hoffentlich nicht. Einen Moment zögerte ich. Doch dann ergriff ich seine dargebotene Hand. Saskia und ihrer Hofdame fielen beinahe die Augen aus dem Kopf. Mit offenem Mund starrten sie mich an, als Joe mir die Wagentür aufhielt. Erst als ich in seinem Auto saß, kam mir die ganze Situation absurd vor, und ich fragte ihn, was er hier eigentlich mache, ob er Alina abholen wolle. Die sei schon weg. Letzte Stunde Religion. Da musste sie nicht mitmachen, sie ging in Ethik an einem anderen Tag.

Doch er sagte, dass er meinetwegen gekommen sei. Er habe den ganzen Tag an mich gedacht. Ob er mich einladen dürfe, auf ein Eis oder einen Latte? Und ich sagte Ja, weil ich nicht gleich wieder aussteigen wollte. Die beiden Schnepfen standen keine zehn Meter entfernt und glotzten. Außerdem tat es mir irgendwie gut, dass sich endlich ein Junge für mich interessierte. Obwohl Joe eigentlich ein Mann war und eine Stimme in meinem Kopf fragte, was er von mir wollte. Er war zu alt für mich. Er konnte das nicht ernst gemeint haben, dass er an mich denken musste.«

10

Am Sonntagnachmittag machte Dühnfort gerade mit Gina und Chiara einen Spaziergang in den Isarauen, als Armin anrief. »Hallo, Tino! Ich muss mich für ein paar Tage ausklinken. Meiner Mutter geht's nicht gut.«

»Das tut mir leid.«

»Wie geht's deiner eigentlich?«

»Rita ist wohlauf. Gott sei Dank! Derzeit bereitet sie eine Ausstellung für ihren Londoner Galeristen vor.«

Ein Jahr nach dem Tod ihres Lebenspartners Georges war Dühnforts Mutter aus dem Elsass nach München gezogen. In ein Loft im Norden der Stadt, mit Atelier. Seither hatte sie ein neues Thema: Stadtlandschaften. Mit der Gewalt der Natur sei sie fertig und mit den Menschen ohnehin schon lange durch. Allerdings sahen auch ihre Stadtbilder alles andere als friedlich aus. Sie hatte einen Blick für Aggression und Gewalttätigkeit. Wie er. Das hatte er wohl von seiner Mutter geerbt.

»Ist man eigentlich ein Banause, wenn man Rita Dühnfort nicht kennt?«, fragte Armin.

»Ein Star ist sie nicht, aber sie hat sich einen Namen in der Kunstwelt gemacht.«

Das war ein wenig untertrieben. Seine Mutter gehörte zu den Malerinnen, deren Werke regelmäßig von Museen angekauft wurden. Sie hatte zahlreiche Ausstellungen und vor allem leidenschaftliche Sammler. Er hatte sie nie gefragt, was sie mit ihren Bildern verdiente, doch es musste viel sein. Das Loft hatte sie jedenfalls nicht finanziert, sondern mit ihren Einkünften bezahlt.

»Du bist Spezialist für Gewaltverbrechen«, sagte Dühnfort. »Vergiss also den Banausen. Was ist mit deiner Mutter?«

»Sie hatte vermutlich einen leichten Schlaganfall. Ihre Nachbarin hat mich angerufen. Ich muss nach ihr sehen.«

»Ist sie im Krankenhaus?«

»Das ist ja das Problem. Sie will es nicht wahrhaben. Aber ihre Nachbarin sagt, dass sie vernuschelt spricht und ihre linke Gesichtshälfte schief ist. Ich möchte, dass du den Fall in Augsburg betreust, bis ich wieder da bin.«

»Ja, gerne.«

»Hol dir Ben und Anja dazu. Ich schicke allen eine Mail und informiere auch Ines Welling.«

Als Dühnfort am Montagmorgen ins Büro kam, war Manfred bereits da. Er saß in seinem Karree am PC und telefonierte mit seiner Frau. Jedenfalls nahm Dühnfort das an, als das Wort *Schatz* fiel. Über die halbhohen Stellwände schwappten Teile des Gesprächs. Unter anderem sein Name, und dann war plötzlich von Ehrgeiz und Ellenbogen die Rede, und Ärger stieg in ihm auf. Er schluckte ihn hinunter und ging ins Café Tino.

Dort traf er Ben und Anja. Sie löffelte gerade Kaffeepulver in den Siebträger. »Guten Morgen, Tino! Wir haben also einen neuen Fall.«

»Den Mord an dem Stadtrat in Augsburg. Ihr habt sicher davon gehört.«

Ben nahm die Milch aus dem Kühlschrank. »Ihr wart Freitag Nacht schon dort? Armin und du?«

Dühnfort nickte.

»Dann stimmt das Gerücht, dass du sein Nachfolger werden sollst?«

»Bis er in Pension geht, fließt noch viel Wasser die Isar hinunter. Ich komme infrage, wie auch jeder andere aus dem Team.«

»Aber du bist sein Favorit.«

»Ich bin der Neue. Ich muss erst mal zeigen, was ich kann.«

Anja setzte den Siebträger ein. »Die Medien gehen im Fall Rippinger von einem politisch motivierten Hassverbrechen aus. Ist das begründet?«

»Bisher gibt es keine belastbaren Hinweise dafür«, sagte Dühnfort.

»Habt ihr gesehen, wie der Mord im Netz kommentiert wird? Reichlich Applaus aus der rechten Ecke. Angeblich hat Rippinger es *nicht anders verdient*. Da kann einem echt schlecht werden.«

»Armin will, dass wir uns zusammentun. Bringen wir uns erst mal auf den aktuellen Stand. Wir haben Zugang zur elektronischen Ermittlungsakte. Ich telefoniere mit der Soko-Leiterin Ines Welling, und dann setzen wir uns zusammen. Sagen wir um zehn?«

Von seinem Platz aus rief Dühnfort Ines Welling an und fragte, ob es Neuigkeiten gab.

»Der Nebel wird eher dichter, als dass er sich lichtet. Ein politisches Motiv können wir vermutlich abhaken. Unser Informant in der Szene hat sich weiter umgehört. Niemandem ist etwas bekannt. Käme also ein nicht organisierter Täter infrage. Ein einsamer Wolf. Doch die prahlen normalerweise im Netz mit ihren Taten oder streamen sie sogar. Auf den einschlägigen Plattformen ist nichts zu finden. Immerhin konnten wir das Handy identifizieren, von dem die Drohmail an Rippinger kam. Das bringt uns aber nicht weiter. Es ist ein lettisches Prepaidhandy und taucht in der Funkzellenauswertung der Tatnacht nicht auf. Allerdings wissen wir, wo es war, als die Mail losgeschickt wurde: in einem Münchner Einkaufszentrum. Ich habe keine Ahnung, was hinter diesem Mord steckt und in welche Richtung ich die Ermittlung führen soll.«

»Die Kanzlei …«

»Scheint sauber zu sein. Wir haben mit den Mitarbeitern gesprochen. Keiner hat jemals den Verdacht gehabt, dass es eine Verbindung zu Geldwäsche oder organisierter Kriminalität gibt. Es gab auch nie Gerüchte oder Ermittlungen in dieser Richtung. Den Kundenstamm können wir leider nicht durchleuchten. Selbst wenn wir dürften, würden wir es nicht schaffen. Das sind Hunderte. Ich hätte nicht genug Leute, um das zu stemmen. Aber das ist theoretisches Gemecker, denn kein Richter wird mir einen Durchsuchungsbeschluss für die Mandantendaten auf der Basis von nichts geben.«

»Seine Frau?«

»Lässt uns auch nicht freiwillig darin wühlen. Habe ich schon versucht. Datenschutz. Nur mit Beschluss. Sie denkt, dass ihr Mann erschossen wurde, weil er sich für Flüchtlinge engagiert hat. Ein Hassverbrechen. Womit wir wieder am Anfang wären. Wir drehen uns im Kreis.«

»Wie geht sie damit um?«

»Die ist fix und fertig. Tatsächlich. Nicht geschauspielert. Ich glaube nicht, dass sie etwas damit zu tun hat. Wie sollen wir also weitermachen?«

»Geben Sie uns bis heute Mittag Zeit. Ich melde mich.«

»Jetzt habe ich Sie ganz schön zugetextet.«

»Kein Problem. Ich höre gerne zu.«

Er verabschiedete sich und sah aus dem Fenster. Der Oktober ging mit Novemberwetter zu Ende. Feiner Regen fiel. Kein Fitzelchen Blau. Nirgendwo. Im Augenwinkel nahm er eine Bewegung wahr. Manfred verließ sein Karree und steuerte die Kaffeeecke an, um sich seinen obligatorischen Tee zu kochen. Dühnfort kehrte an seinen Schreibtisch zurück und vertiefte sich bis zehn in die Ermittlungsakte, dann setzte er sich mit Anja und Ben im kleinen Konferenzraum zusammen. Er war ebenso schmucklos eingerichtet wie der große, doch man konnte eine Tür hinter sich schließen, was Dühnfort heute begrüßte.

Zwei Stunden lang beleuchteten sie den Fall von allen Seiten, und je länger sie das taten, umso weniger greifbar erschien er ihnen. Wie ein glitschiger Aal, den man nicht zu fassen bekam. Irgendwann stand Dühnfort auf und öffnete das Fenster. »Ich brauch frische Luft. Manchen wir fünf Minuten Pause.«

Anja reckte sich. »Gute Idee, ich habe das Gefühl, ich sehe den Wald vor lauter Bäumen nicht.« Sie verschwand aus dem Raum.

»Ich mach mir einen Kaffee«, sagte Ben. »Für dich auch?«

»Gerne.«

Während er einen Tropfen beobachtete, der an der Scheibe hinablief, beschäftigte ihn das Bild vom Wald, den man vor lauter Bäumen nicht sah. Sie hatten jetzt alles wieder und wieder durchgekaut. Bis auf eines: den Ehekrieg der Rippingers.

Persönliche Verletzungen waren der häufigste Grund für Mord und Totschlag. Rein statistisch war die Wahrscheinlichkeit am höchsten, dass Rippingers Ableben damit zusammenhing. Er zog das Handy hervor und rief Ines Welling an. »Haben Sie ein paar Minuten Zeit, um mich über die Ehe der Rippingers ins Bild zu setzen?«

»Sicher. Wie schon gesagt: Die Scheidung stand an. Das ging von ihr aus, sagt sie. Die Mitarbeiter meinen, er wollte die Scheidung. Seine neue Lebensgefährtin drängte auf Heirat. Von Treue scheint er während der zwölfjährigen Ehe nicht viel gehalten zu haben. Er hatte immer wieder Affären. Seine Frau hat er in der

Kanzlei kennengelernt. Sie war seine Angestellte. Gemeinsam haben sie aus der kleinen Klitsche ein Unternehmen mit zwanzig Mitarbeitern und einem großen Kundenstamm gemacht. Die Firma gehört ihnen zu gleichen Teilen, und keiner der beiden wollte dort künftig mit dem Ex-Partner zusammenarbeiten. Eine Pattsituation und der Grund für den Rosenkrieg.«

»Doch jetzt ist die Situation zu ihren Gunsten geklärt, denn sie erbt. Oder steht in seinem Testament etwas anderes?«

»Gute Frage. Ich erkundige mich und melde mich.« Sie verabschiedete sich.

Anja kehrte zurück, mit einer Cola in der Hand. Kurz darauf kam Ben mit den Cappuccini.

»Wir sollten uns mit Rippingers Privatleben befassen«, schlug Dühnfort vor. »Beim Scheidungsstreit ging es um die Führung des Unternehmens, also um Macht und Geld.« Dühnfort erklärte, was er gerade von Ines Welling erfahren hatte.

»Holla«, sagte Ben. »Erst verdreht sie ihm den Kopf, dann macht sie sich im Unternehmen breit, und am Ende frisst sie ihn auf. Eine Art Gottesanbeterin. Da sieht man mal wieder, dass die weibliche Tücke ihren Ursprung im Tierreich hat.«

Anja verdrehte die Augen. »Kannst du das mal lassen?«

»Ist aber so.«

»Ja, klar. Und unsere Büros sind voller Affen, die sich brüllend auf die Brust trommeln. Außerdem wissen wir nicht, ob sie hinter dem Mord steckt. So viel zur Gottesanbeterin.«

Dühnfort unterbrach den Disput. »Soll Welling weiter nach dem Besitzer des lettischen Handys suchen und nach Hasskommentatoren im Netz? Was meint ihr?«

»Das Netz würde ich vergessen«, sagte Anja. »Wenn bis jetzt weder ein Video noch ein Bekennerschreiben aufgetaucht ist, sind das nicht die Rechten gewesen. Aber es könnte eine Verbindung zwischen dem lettischen Handy und Gaby Rippinger geben. Vielleicht hat sie den Mord an ihrem Mann in Auftrag gegeben.«

»Und der engagierte Killer warnt sein Opfer per Mail vor? Never«, entgegnete Ben.

Was Dühnfort in diesem Zusammenhang tatsächlich nicht gefiel, war diese Mail. Sie hatten es mit der Arbeit eines Profis zu tun, der kaum Spuren hinterlassen und sein Opfer auf technisch hohem Niveau ausgespäht hatte. Weshalb sollte er sein Opfer mit einer Mail auf sich aufmerksam machen?

• • •

Am Nachmittag betrat Dühnfort den Soko-Raum in Augsburg. Die Pinnwand an der Stirnseite hatte sich weiter mit Fotografien und Ausdrucken gefüllt. Wieder blieb sein Blick an den Tatortfotos hängen. Die gelben Schilder mit den Spurennummern hoben sich vom Grau der Umgebung ab wie Warnzeichen. Auf mehreren Aufnahmen war das Opfer zu sehen. Rippinger lag ausgestreckt auf dem Rücken, wie der Tote am Meer. Für einen Moment sah Dühnfort eine von Kopf bis Fuß verhüllte Frau neben der Leiche stehen.

»Hallo, Herr Dühnfort!« Ines Welling reichte ihm die Hand. »Ich denke, wir haben eine heiße Spur. Gaby Rippinger hat während eines Streits um die Kanzlei zu ihrem Mann gesagt: *Warum fällst du nicht einfach tot um. Dann wäre das geklärt.* Und er hat gekontert: *Gut, dass du mich daran erinnerst. Ich muss mein Testament ändern.*«

»Und? Hat er?«

»Er wollte. Heute hätte er einen Termin bei seinem Notar gehabt. Falls seine Frau davon erfahren hat, musste sie schnell handeln. Und damit wäre sie dann doch eine hervorragende Schauspielerin. Ich habe ihr die Trauer abgenommen.«

»So schnell heuert man aber keinen Profi an. Es sei denn, sie hätte das schon länger geplant.«

»Wäre ja möglich.«

»Sie sollten sich die Kommunikationsdaten ansehen und die Konto- und Kreditkartenbewegungen.«

Welling schob die Hände in die Hosentaschen und zog die Schultern hoch. »Freiwillig wird sie die nicht herausgeben, und einen Beschluss dafür bekomme ich nicht. Ich hab es schon versucht. Aus Sicht des zuständigen Richters haben wir nichts in der Hand, das Gaby Rippinger in Verbindung mit dem Mord bringt und den Beschluss rechtfertigen würde. Schiller steht auf Fakten.«

»Mit seinem Tod ist der größte Streitpunkt geklärt: Die Kanzlei gehört ihr. Sie hat ein Motiv, und sie hat die finanziellen Mittel, um einen Mord in Auftrag zu geben, und der Richter sieht keinen Grund, einen Durchsuchungsbeschluss zu erlassen? Was will er denn noch?«

»Wie oft sagt jemand im Streit: Ich bringe dich um? Und wie selten passiert das wirklich? Gott sei Dank! Aber ansonsten bin ich ganz Ihrer Meinung.«

»Sollen wir zusammen einen zweiten Versuch unternehmen?«

Einen Augenblick schien Welling skeptisch, doch dann nickte sie. »Er hält auch nicht allzu viel von Frauen bei der Kripo. Vielleicht ist das mit ein Grund, weshalb er sich querstellt.«

Eine halbe Stunde später saßen sie vor Reinhold Schiller, dem zuständigen Richter, und Ines Welling brachte erneut ihre Argumente vor, weshalb ein Durchsuchungsbeschluss für Wohnhaus und Kanzlei gerechtfertigt war.

Schiller war ein blasser Mann mit schmalen Händen, die er aneinanderlegte, während er zuhörte. Er stieß ein leises Schnauben aus. »Anfangs war von einem Hassverbrechen die Rede. Wie sieht es damit aus?«

»Wir haben in diese Richtung ermittelt und keine Hinweise dafür gefunden«, erklärte Welling.

»Aber auch keine, die Frau Rippinger belasten. Hat sie ein Alibi?«

»Sie war bei einer Freundin. Doch das ist nicht relevant. Da war ein Profikiller am Werk, den sie angeheuert haben könnte.«

»Könnte. Eben. Konjunktiv«, sagte der Richter. »Wir kennen uns nun schon einige Jahre. Ihnen ist meine Haltung bekannt. Es widerstrebt mir, so massiv in die Privatsphäre einer Bürgerin einzudringen, ohne konkreten Anhaltspunkt.«

»Der lässt sich aber nur so finden.«

Wieder schnaubte der Richter leise.

»Ich habe einen Vorschlag«, sagte Dühnfort. »Sie geben uns den Beschluss für die Bankdaten. Wenn wir verdächtige Geldbewegungen entdecken, begründet das den Verdacht, und wir bekommen auch den für die Kommunikationsdaten und das Haus.«

Einen Augenblick zögerte Schiller, dann willigte er ein und ließ den Beschluss ausfertigen.

Eine Stunde später kehrte Welling mit einem Karton voller Kontoauszüge und Kreditkartenabrechnungen aus der Bank zurück. Sie teilte die Unterlagen an drei Kollegen und das Sachbearbeiter-Team aus, und bereits am selben Nachmittag hatten sie einen Treffer. Gaby Rippinger hatte zwischen Mitte August und Mitte September zehnmal tausend Euro vom Firmenkonto als Privatentnahme auf ihr Privatgirokonto geschoben und dieses Geld anschließend in Tranchen à tausend Euro bar am Geldautomaten abgehoben.

»Dann reden wir mal mit ihr«, sagte Welling. »Bin gespannt, welche Erklärung sie dafür hat. Wollen Sie mich begleiten?«

»Gerne«, sagte Dühnfort und fühlte sich ganz in seinem Element. »Vorher holen wir uns aber noch den Durchsuchungsbeschluss für die Wohnung, die Handys und den PC.«

...

Kurz vor neunzehn Uhr erreichten sie ihr Ziel. Ein modernes Einfamilienhaus am Rande Augsburgs. Ein VW-Bus mit den Kollegen für die Hausdurchsuchung hielt hinter ihnen. Es war dunkel und kalt geworden, und es nieselte wieder. Hinter den Panoramascheiben brannte Licht. Die Vorhänge waren zugezogen. Welling klingelte. Kurz darauf ging die Gegensprechanlage in Betrieb. »Ja, bitte.«

»Hallo, Frau Rippinger! Welling hier. Wir müssen reden.«

Der Summer erklang. Das Gartentürchen sprang auf, und Dühnfort folgte der Kollegin. Gaby Rippinger erwartete sie in der offenen Tür. Eine große, schlanke Frau mit der Haltung einer Primaballerina. Dennoch sah Dühnfort ihr die Strapazen der letzten Tage an. Irritiert blickte sie auf die Kollegen, die ihnen folgten. »Was soll das werden? Ich dachte, Sie kommen, weil Sie Dirks Mörder haben.«

Welling zog den Beschluss aus der Jackentasche. »Das hier ist ein Durchsuchungsbeschluss für das Haus.«

Gaby Rippinger stieß ein trocknes Lachen aus. »Jetzt also diese Nummer. Mein Anwalt hat mich ja gewarnt. Wenn die Polizei nicht weiterweiß, hält man sich an die, die von einer Tat profitieren. Kommen Sie rein. Stellen Sie das Haus auf den Kopf. Aber warten Sie bitte, bis mein Anwalt hier ist.« Sie drehte sich um und ging hinein. Dühnfort und Welling folgten ihr. Gaby Rippinger telefonierte im Wohnzimmer. »Mein Anwalt wird in fünf Minuten da sein. Er wohnt ganz in der Nähe.«

»Ich informiere die Kollegen, dass es noch ein Weilchen dauert.« Welling verließ das Haus.

Gaby Rippinger trat ans Panoramafenster und blickte in den dunklen Garten. Ihre Gestalt spiegelte sich in der Scheibe, und Dühnfort erkannte, dass sie um Fassung rang. »Wie geht es Ihnen?«

Sie drehte sich um und musterte ihn überrascht. »Nicht so gut. Auch wenn Sie das vielleicht nicht glauben. Dirks Tod geht mir nahe. Obwohl er sich am Ende wie ein …« Sie unterbrach sich. »Obwohl er sich unfair verhalten hat. Trotz allem habe ich ihn mal geliebt.«

»Dann haben Sie auch schöne Erinnerungen an ihn. Etwas, an das Sie sich halten können.«

Mit der Hand strich sie sich über die Stirn. »Leider liegen die schönen Zeiten ein wenig zurück.«

»Und woran lag es, dass Ihre Ehe gescheitert ist?«

Sie zuckte mit den Schultern. »Am Üblichen. Die Liebe zerbröselt. Man lebt sich auseinander. Schließlich hat er mich gegen eine Jüngere ausgetauscht. Eine, die im Bett ihr Bestes gibt. Sex war ihm immer wichtig. Aber lassen wir das. Es ist nett, dass Sie gefragt haben. Kann ich Ihnen etwas anbieten? Ein Glas Wasser vielleicht?«

»Danke. Das ist nicht nötig. Ein schönes Haus haben Sie.«

»Das hat Dirk mit in die Ehe gebracht. Es gehörte ihm, und jetzt gehört es mir. Das ist natürlich ein Grund, ihn zu ermorden. Er wollte sein Testament ändern. Davon haben Sie sicher gehört. Dann würde es jetzt vermutlich an die Stiftung gehen oder an seine Geliebte.«

Es klingelte an der Haustür. »Das wird mein Anwalt sein.« Gaby Rippinger ging nach vorne. Dühnfort folgte ihr.

Der Mann, der vor der Tür stand, trug Joggingoutfit und Laufschuhe und war ein wenig außer Atem. »Peter Klassen. Ich bin der Anwalt von Frau Rippinger.« Er nickte ihr zu. »Alles in Ordnung?«

»Du hast ja prophezeit, dass es so kommen würde. Tut mir leid, dass ich dich bei deiner Joggingrunde stören musste.«

Klassen wandte sich an Ines Welling. »Kann ich den Beschluss sehen?« Sie reichte ihm das Dokument. Er überflog es und erklärte seiner Mandantin, dass sie Handy, Laptop und PC herausgeben müsse.

»Also gut.« Sie reichte Welling ihr Handy. »Die anderen Sachen finden Sie im Arbeitszimmer. Im ersten Stock, gleich links.«

Auf Dühnfort wirkte sie eher resigniert und nicht wie eine Frau, die einen Mord in Auftrag gegeben hatte. Für den Bruchteil einer Sekunde streifte ihn die Gewissheit, dass sie nichts damit zu tun hatte. Im nächsten Moment verflog dieses Gefühl ebenso schnell.

Welling schickte die Kollegen nach oben. Klassen wollte wissen, ob seine Mandantin als Zeugin oder als Beschuldigte galt.

»Als Zeugin«, erklärte Welling, während sie das Handy in eine mitgebrachte Kunststoffbox legte. »Im Moment habe ich nur eine Frage.« Sie wandte sich an Gaby Rippinger. »Was haben Sie mit den zehntausend Euro gemacht?«

Die Schultern der Frau sanken herab, ein Lächeln erschien auf ihrem Gesicht. »Darum geht es also. Um das Geld. Sie denken wohl, ich habe einen Killer angeheuert. Da muss ich Sie enttäuschen. Ich habe es meiner Schwester geschenkt.«

»Zehntausend Euro in bar. Die Sie in mehreren Tranchen über Wochen hinweg am Automaten abgehoben haben. Eine ungewöhnliche Art, ein Geschenk zu machen.«

»Dirk sollte das nicht mitbekommen. Deshalb habe ich den Betrag nicht auf einmal abgehoben. Falls er meine Kontoauszüge gesehen hätte, wäre ihm das nicht aufgefallen.«

»Solche Beträge?«

»Wir verdienen gut und geben unser Geld gerne aus. Außerdem sind wir beide keine Fans von Plastikgeld.«

»Sie meinen Kreditkarten?«, fragte Welling.

»Wir mögen sie nicht. Tausend Euro abzuheben ist bei uns nicht ungewöhnlich. Schauen Sie sich die Auszüge von ein oder zwei Jahren an, dann werden Sie sehen, dass das stimmt.«

»Sie wollten also vor Ihrem Mann verheimlichen, dass Sie Ihrer Schwester zehntausend Euro schenken.«

»So ist es.«

»Warum?«

»Weil er sie nicht leiden kann und mir Vorhaltungen gemacht hätte. Ich wollte keinen Streit deswegen. Meine Schwester ist alleinerziehend. Das Geld ist immer knapp. Sie braucht ein Auto, um zur Arbeit zu kommen, und es war absehbar, dass ihr altes den nächsten TÜV nicht überstehen würde. Da habe ich ihr das Geld für ein neues geschenkt. Das ist alles. Überprüfen Sie das, und dann streichen Sie mich von Ihrer Liste der Verdächtigen.«

11

Ihre Stimme klang aus dem Lautsprecher des Laptops, den er mit in die Küche genommen hatte. Becks fluchte laut, obwohl sie allein in ihrem heruntergekommenen Appartement war. Den Grund dafür hatte er schon ausgemacht. Ihr Router war defekt. Sie kam nicht ins Netz. Auch nicht mit dem Handy, denn ihre Datenflat war aufgebraucht und ihr Geld für Stoff draufgegangen.

Becks griff zum Handy und wählte eine Nummer, während er die Plastikbox aus der Tüte nahm. Es meldete sich der Kundenservice ihres Telefonanbieters. Sie tippte sich durch das Menü, das der Sprachcomputer ihr vorbetete, und er zog den Deckel vom Eimer mit Betongießmasse und kippte eine Schicht in die Frischhaltedose. Die musste aushärten. Er kehrte mit dem Laptop ins Wohnzimmer zurück. Becks betete inzwischen ihre Kundennummer und Zugangsdaten ins digitale Ohr. Endlich meldete sich ein Mensch und fragte, wie er helfen könne. Sie erklärte ihm, dass ihr verfluchter, bekackter Internetanschluss nicht funktioniere. Der Servicemitarbeiter bewahrte Ruhe und riet ihr zunächst, die Kabel zu überprüfen. Das tat sie. Ohne Ergebnis. Router neu starten. Half auch nicht. Er bat sie zu warten, damit er die Kollegen die Leitung messen lassen könne. In zwei Minuten würde er sich wieder melden. Plötzliche Stille.

Er setzte sich an den PC und klickte sich durch die Fotos seines letzten Engagements. Die Ermittler dachten, es handle sich um eine Abrechnung unter Dealern. Sein Plan ging auf. Sie erkannten die Serie nicht. Nummer eins hatten sie nicht einmal als Mord eingestuft. Und bei dem Lehrer und seiner Frau hatten sie den Falschen festgenommen.

Es knackte im Lautsprecher. Der Servicemitarbeiter war zurück und erklärte, dass es leider ein technisches Problem mit Becks' Anschluss gab, das nur vor Ort zu lösen war. Er würde einen Techniker vorbeischicken. Ein Stöhnen war die Antwort und die Ansage, dass das aber zackig passieren müsse. Ohne Internet sei sie nicht lebensfähig, außerdem bezahle sie für ein funktionierendes Netz und nicht für ein kaputtes. Der Mitarbeiter fragte, ob es übermorgen zwischen dreizehn und sechzehn Uhr passen würde. Natürlich fand Becks diesen Termin voll bekackt zu spät. Doch ein früherer war leider nicht möglich. Der Techniker werde sich eine halbe Stunde vorher telefonisch bei ihr melden, erklärte der Servicemitarbeiter und verabschiedete sich.

Wunderbar. Nun hatte er einen Termin. Den Plan hatte er schon lange. Denn Becks wollte er in ihren vier Wänden erledigen.

Als die Schicht in der Box ausgehärtet war, legte er die Pistole darauf, die er in Regensburg benutzt hatte, und gab den Rest der Betongießmasse darüber. Träge floss sie in die Zwischenräume, bis sie die Waffe bedeckte, die Kunststoffbox ausfüllte und sich die Oberfläche schloss. Heute Abend würde er dieses kleine Kunstwerk entsorgen.

Fünf waren nun erledigt. Doch es fühlte sich nicht so gut an, wie er gehofft hatte, und das nagte an ihm. Etwas fehlte. Die Genugtuung. Nur für kurze Zeit erlosch der Hass in ihm und auch das andere. Dieses Gefühl, das er weder ertragen noch benennen konnte. Das sich durch ihn fraß und ihn zur Rache trieb. Dieser Zorn, diese Wut, diese ... ja was! Er fegte den leeren Eimer vom

Küchentisch. Er knallte auf den Boden. Betonreste klatschten an die Wand.

Es. War. Nicht. Seine. Schuld.

Er wiederholte dieses Mantra, das sich abzunützen begann. Falsch klang. Wie eine Lüge. Als er es nicht mehr aushielt, zog er die Joggingsachen an und lief los. Durch die Hochhausschluchten von Neuperlach, vorbei am Einkaufszentrum, am Krankenhaus und durch den Ostpark. Der Wind war kalt. Graue Wolkenfetzen jagten über den Himmel. An einer Kreuzung kollidierte er um Haaresbreite mit einem Radfahrer. Am Rand eines Gebüschs lag eine tote Katze. Dann begann es auch noch zu regnen.

Als er zurückkam, war er ausgepowert und endlich ruhig. Er duschte, zog sich um und steckte nach Einbruch der Dunkelheit die Plastikbox in den Rucksack und fuhr an den Steinsee. Keine halbe Stunde später hielt er auf dem Waldparkplatz, setzte die Stirnlampe auf und ging los. Ein einsamer Spaziergänger auf einer Runde um den See. Am Ostufer gab es einen Steg. Er ging ihn bis zum Ende und schaltete die Lampe aus. Es war ruhig hier. Nur das Rauschen des Windes, der die Wasseroberfläche kräuselte und Blätter aus den Bäumen zupfte. Der Mond kam für einen Moment hinter den Wolken hervor und spiegelte sich im See. Als er sicher war, allein zu sein, nahm er die Box aus dem Rucksack. Mit einem weiten Wurf landete sie im Wasser. Auf dieselbe Weise hatte er die Waffe entsorgt, mit der er die Nummer vier erledigt hatte, Dirk Rippinger. Ein lautes Platschen durchbrach für einen Moment die Stille, danach war es gleich wieder ruhig.

Eine Weile blieb er noch stehen, bevor er zum Wagen zurückging. Etwa vierzig Stunden blieben ihm, um die restlichen Vorbereitungen für Becks Tod zu treffen.

12

Am Freitagmorgen traf Dühnfort Armin vor dem Lift. Seiner Mutter ging es besser. Sie befand sich noch im Krankenhaus, und seine Schwester hatte es übernommen, den Umzug in ein Pflegeheim zu organisieren. In ihre Wohnung konnte sie nicht zurück.

Plötzlich hatte Dühnfort das Bedürfnis, Rita anzurufen. Seit sie in München lebte, sahen sie sich zwar häufiger, doch nun beschlich ihn die Angst, dass ihnen die Zeit zwischen den Fingern zerrann, die ihnen noch blieb.

Armin stieß die Tür zur OFA auf. Dühnfort folgte ihm.

»Seid ihr im Fall Rippinger vorangekommen?«

»Nein. Es ist, als würden wir ein Phantom jagen.«

»Das heißt im Klartext?«

Sollte er jetzt etwa zwischen Tür und Angel Bericht erstatten?

»Wo stehen wir in dem Fall?«, wiederholte Armin seine Frage. Er wirkte angespannt, und Dühnfort schob es auf die Situation mit seiner Mutter.

»Wieder am Anfang.« Manfred war schon da und warf ihnen einen neugierigen Blick zu. Widerwillig fasste Dühnfort die Ereignisse der vergangenen Woche zusammen.

Gaby Rippingers Schwester hatte das Geldgeschenk bestätigt und der Verkäufer des Wagens die Barzahlung von knapp zehntausend Euro für einen gebrauchten VW Golf. »Die Spur ist also kalt.

Ines Welling und ihr Team suchen auf unseren Rat hin weiter im privaten und beruflichen Umfeld nach Motiv und Täter.«

Sie erreichten Armins Büro. Er schloss die Tür hinter ihnen. Durch die Glasfüllung hatte Dühnfort freien Blick auf Manfred, der ihrem Gespräch nun nicht mehr folgen konnte, sie aber weiter beobachtete.

Armin zog den Mantel aus. »Wie seid ihr auf die Idee gekommen, es wäre keine politisch motivierte Tat?«

»Weil die Ermittlungen keinen Anhaltspunkt dafür ergeben haben. Sie haben einen Informanten in der Szene. Der weiß von nichts, und wenn der Täter ein einsamer Wolf wäre, hätte er in den entsprechenden Foren mit seiner Tat geprahlt. Da steckt etwas Persönliches dahinter. Auch die Statistik spricht dafür.«

»Das ist großer Mist. Zehn Tage sind seit der Tat vergangen, und wir stehen wie ein Haufen Deppen da. Hast du mal einen Blick in die Medien geworfen?«

»Natürlich. Wenn es nach denen geht, waren das die Rechten. NSU reloaded. Danach sieht es aber nicht aus. Oder sind Journalisten jetzt die besseren Ermittler?«

Wieder bemerkte Dühnfort durch die Glasscheibe Manfreds interessierten Blick. Er konnte nicht hören, was sie sagten, doch ihre Gestik und Mimik offenbarten den Disput.

Armin setzte sich, startete den PC und sah kurz auf. »Wir werden den Fall neu bewerten. Heute um vierzehn Uhr.«

Damit war Dühnfort entlassen. Verärgert ging er zu seinem Platz. Vorbei an Manfreds Karree, der vorgab zu arbeiten und sich einen Kommentar ersparte.

Der kam am Nachmittag, während des Meetings. Sie setzten sich unter Armins Leitung zusammen und kauten das Ganze noch einmal durch, bis Dühnfort wieder das Bild vom glitschigen Aal vor Augen stand.

Schließlich diskutierten sie sogar die Möglichkeit, ob Rippinger das falsche Opfer gewesen sein könnte. Dagegen sprach aber die Überwachungssoftware auf seinem Handy, die kurz vor der Tat gelöscht worden war. Und natürlich die E-Mail mit dem Toten am Meer. Im Laufe der Neubewertung des Falls kamen sie am Ende wieder am Anfang an. Entweder handelte es sich doch um ein Hassverbrechen, oder das Motiv verbarg sich im Privatleben Rippingers, das man deutlich tiefer ausleuchten musste.

»Welche Hypothese favorisieren wir?«, fragte Armin in die Runde, wobei klar war, was er dachte. Im Laufe der Diskussion hatte er deutlich gezeigt, wo er stand. Sein Blick kam bei Dühnfort an. »Tino, was meinst du?«

»Meine Meinung ist bekannt. Ich glaube nicht an ein politisches Motiv. Die Soko in Augsburg hat in diesem Bereich gute Arbeit geleistet. Die Drohmail passt auch nicht zu einem Täter aus diesem Milieu. Die bedienen sich einer anderen Sprache. Direkt und brutal. Nicht so ... wie soll ich sagen? ... nicht so beinahe feinsinnig.«

Dühnfort wusste, dass er damit im Widerspruch zu Armin stand, der prompt dagegenhielt. »Planung und Ausführung sprechen nicht für ein persönliches Motiv. Solche Taten geschehen in der Regel spontan und ungeplant, die Waffen sind andere. Messer, Baseballschläger, was gerade zur Hand ist. Obendrein hat es reichlich Applaus aus der rechten Szene und vonseiten der Wutbürger gegeben. Die sollte man aufspüren, auch wenn es Mühe macht. Ich bin sicher, in ihren Reihen finden wir den einsamen Wolf.«

Anja hob den Kuli. »Die Soko hat bisher doch beinahe ausschließlich auf den Politiker gesehen, auf den Mandatsträger, und nicht auf den Menschen dahinter. Bis auf den Abstecher zur Ehefrau. Auch wenn die Tatausführung professionell ist, heißt das ja nicht, dass das Motiv nicht im Privatleben zu finden ist.«

»Glaube ich nicht«, sagte Ben. »Wenn wir sie in diese Richtung schicken, vertut die Welling kostbare Zeit. Sie sollte tiefer in die rechte Szene eintauchen. Vielleicht einen V-Mann einschleusen oder mal beim Verfassungsschutz nachfragen, ob die ihre Quellen anzapfen können.«

»Sie haben doch längst einen Informanten in der Szene«, entgegnete Dühnfort. »Und der hatte nichts zu liefern.«

»Ein Informant ist kein V-Mann«, entgegnete Ben.

Mit einem Kopfnicken quittierte Manfred Bens Worte. »Genau so sollte sie das machen. Es spricht nichts für einen privaten Hintergrund. Das war eine Hinrichtung. Da hat jemand ein Exempel statuiert.«

»Beatrice? Wie ist deine Meinung?«, fragte Armin.

»Ich schließe mich Tino an. Das Private ist bisher zu kurz gekommen.«

»Kim?«

»Ich schließe mich der These von der politisch motivierten Tat an.«

»Damit steht es vier zu drei, und es ist entschieden.« Armin beendete die Besprechung.

Während sie die Stühle zurückschoben und aufstanden, bemerkte Dühnfort, wie sich ein Lächeln auf Manfreds Gesicht ausbreitete, bis er schadenfroh grinste.

13

Er lenkte den Lieferwagen die Rampe zur Tiefgarage hinab. Dabei glitt sein Blick automatisch zu den Überwachungskameras. Wie erwartet blinkte an keiner ein Licht. Sie waren außer Betrieb. Er rangierte den Wagen rückwärts in eine Parkbucht nahe der Zufahrt. Für alle Fälle, falls er schnell wegmusste. Dann nahm er den Rucksack vom Beifahrersitz und prüfte im Rückspiegel sein Aussehen. Die Sturmhaube verbarg sich hochgerollt unter dem Basecap und der Neoprenanzug unter einem blauen Handwerkeroverall. Er schob noch die Schutzbrille aufs Cap und machte sich auf den Weg.

Aus dem Knopf im Ohr drangen Geräusche. Becks war daheim und telefonierte mit ihrem Dealer. Durchs Treppenhaus stieg er nach oben in die fünfte Etage. Kein Mensch begegnete ihm. Wie erwartet. Niemand benutzte eine Treppe, wenn er in den Lift steigen konnte. Es war drei Minuten nach zwölf, als er das Stockwerk mit ihrer Wohnung erreichte, und eine Welle von Stolz erfasste ihn. Das musste man sich erst einmal trauen. Am helllichten Tag in einem Haus voller Menschen einen Mord zu begehen.

Am Ende des Gangs bemerkte er zwei Mädchen. Er schätzte sie auf zehn oder elf. Ihre Aufmerksamkeit galt ihren Handydisplays. Sie waren so versunken, dass sie ihn nicht beachteten. Der IT-Techniker hatte sich noch nicht bei Becks gemeldet, und selbst wenn er es jetzt täte, bliebe ihm etwa eine halbe Stunde. Doch so lange würde er nicht brauchen. Nur Minuten. Eigentlich schade. Für einen Moment malte er sich einen langsamen und qualvollen Tod für Becks aus. Doch er hatte sich dagegen entschieden. Für ihn war es besser, wenn es schnell und lautlos ging. Für sie auch, und das gefiel ihm eigentlich nicht.

Die Gummisohlen machten kein Geräusch auf dem Steinboden. Er blieb vor der Tür stehen, drehte sich so, dass er den Kindern den Rücken zuwandte, zog die Sturmhaube übers Gesicht und die Schutzbrille vor die Augen, dann klingelte er. Drinnen näherten sich Schritte. »Wer ist da?«

»Telekom. Ich soll Ihren Internetanschluss reparieren.«

Die Tür wurde geöffnet. Becks erfasste die Situation sofort und wollte die Tür gleich wieder zuknallen. Er drängte sie in die Wohnung, legte ihr die Hand auf den Mund, den sie aufriss, um zu schreien. Seine Rechte verschloss ihn, mit der Linken fixierte er ihren Hinterkopf. Ein Fußtritt, die Tür fiel ins Schloss. Sie waren allein. Keine Rettung in Sicht. Nur ihr unausweichliches Ende.

Becks wand sich, schlug und trat nach ihm. Dumpfe Laute kamen aus ihrem Mund.

»Einen schönen Gruß von Lea«, zischte er ihr ins Ohr.

Für eine Sekunde hielt sie inne. Er sah das Erkennen in ihren Augen. Ein Erschrecken. Sie hatte Lea also nicht vergessen, und sie ahnte, was geschehen würde. Er war ihr Tod.

Mit einem Ruck warf er ihren Körper herum. Er wog fast nichts. Ein leises Knacken, als würde er einem Vogel das Genick brechen. Ihr Blick brach, sie sackte zusammen, die Muskeln erschlafften. Sie war tot, und das war gut so. Dennoch spürte er beinahe nichts. Nur einen Moment Erleichterung und Genugtuung. So etwas wie Frieden. Er verpuffte wie eine Sternschnuppe. Plötzlich fühlte er sich unsagbar leer.

Er sah sie an, wie sie da auf dem Boden lag. Was sie Lea angetan hatte, war mit ihrem Tod nicht aufgewogen. Hätte sie geschwiegen, wäre sie noch am Leben! Wut schoss in ihm hoch. Heiß. Flammend. Wohltuend. Wut war besser als diese Leere.

Er hob das Miststück auf, trug es ins Zimmer und warf es rittlings über den Sessel. Ein Stück Dreck, das war sie gewesen, und das sollten alle erkennen. Er zerrte ihr die Hose und den Slip herab. Nun lag sie dort, mit hochgerecktem nacktem Arsch. Das sah gut aus. So würde sie in die Ermittlungsakten eingehen. Dieses Bild würde sich einbrennen in die Köpfe und jede andere Erinnerung an sie überlagern. Man sollte die Stadt mit diesem Bild plakatieren, dachte er. Mit der Digicam machte er aus unterschiedlichen Perspektiven Aufnahmen und kostete das Gefühl von Genugtuung aus, von Ausgleich. Etwas war ins Lot geraten.

Als er fertig war, verließ er die Wohnung und zog die Tür nicht ganz hinter sich zu. Der Techniker sollte sie finden.

Die beiden Mädchen waren weg. Im Treppenhaus zur Tiefgarage begegnete ihm niemand. Er fuhr in ein Waldgebiet am Stadtrand, hielt in einem Seitenweg und stieg nach hinten in den Laderaum. Der Boden war mit einer Lage Abdeckplane beklebt. Darauf zog er sich aus und steckte die Sachen in Müllbeutel. Dann nahm er den Bügel mit seiner Kleidung aus dem eingebauten Schrank und zog sie an. Zum Schluss rollte er behutsam die Plane zusammen, an der jetzt möglicherweise Fasern, Haare oder eine Hautschuppe von Becks haftete, und steckte sie ebenfalls in einen Beutel. Zu guter Letzt nahm er die Rolle Paketklebeband und tapte den Fahrersitz, den Fußraum und das Lenkrad damit ab. Die benutzten Streifen landeten ebenfalls in einem Beutel. Weder ein Staubkorn aus ihrer Wohnung noch DNA-Material von ihr ließ sich jetzt noch in diesem Wagen finden.

Auf dem Rückweg entsorgte er den Müll in verschiedenen

Containern. In der angemieteten Garage in Pasing wechselte er das Fahrzeug. Weiter ging es mit seinem unauffälligen Golf. Im Handschuhfach lag sein ausgeschaltetes Handy. Er aktivierte es erst, als er den Golf in der Tiefgarage abstellte.

Im Lift stand ein älterer Herr, der im neunten Stock ausstieg und jeden Blickkontakt vermied. Weiter ging es in den dreizehnten.

Als er die Tür aufschloss, summte sein Handy. Eine Nachricht von Charlie ging ein. *Wie wäre es heute Abend? Auf ein Bier?* Er schloss die Wohnungstür hinter sich und horchte in sich hinein. Er hatte keine Lust, sie zu treffen.

Seit Leas Tod hatte er sich verändert. Er ertrug die Gesellschaft anderer kaum noch. Ihr seichtes Geschwätz und ihre Oberflächlichkeit. Ihren Egoismus und ihre Eitelkeit. Als ob all das wichtig wäre.

Er war im Begriff, ein Eigenbrötler zu werden. Das war ihm bewusst. Doch er würde wieder der Alte werden, wenn er seine Mission beendet hatte und diese Stimme in ihm endlich verstummte. Es. War. Nicht. Seine. Schuld!

Charlie wartete auf Antwort. *Heute passt es mir nicht. Tut mir leid. Ich melde mich.*

Er löschte die Trackingsoftware von Becks Handy, dann lud er Fotos von ihr auf seinen Rechner und betrachtete sie eine Weile. Nummer sechs war erledigt. Vier noch.

14
Videotagebuch

Lea hatte den Kopf in die Hand gestützt und blickte in die Kamera ihres Smartphones.

»Die beiden Schnepfen standen keine zehn Meter entfernt und glotzten. Außerdem tat es irgendwie gut, dass sich endlich ein Junge für mich interessierte. Obwohl Joe eigentlich ein Mann war und eine Stimme in meinem Kopf fragte, was er von mir wollte. Er war zu alt für mich. Er konnte das nicht ernst gemeint haben, dass er an mich denken musste.

Wir sind dann in ein Café am Fluss gefahren. Es war Ende März, der Frühling kam. Die ersten grünen Spitzen zeigten sich an Büschen und Bäumen. Irgendwie war das schon romantisch, und ich habe mich total ... Ich weiß nicht, wie ich das sagen soll ... Es hat mir geschmeichelt, dass Joe mich so toll fand. Die Mädchen aus meiner Klasse hingen alle mit Gleichaltrigen rum. Die fuhren Mofa, bestenfalls Roller, und gaben jede Menge Taschengeld für Clearasil und Axe-Deo aus. Joe war ein Mann und duftete nach einem teuren Rasierwasser, und er fuhr einen Sportwagen.

Wir haben Spaghettieis gegessen, und er hat gefragt, wie es mir geht. Ich würde so traurig wirken, beinahe unglücklich. Das hat mich echt vom Hocker gehauen. Wann hatte sich zum letzten Mal jemand dafür interessiert, wie ich mich fühle? Es war Lichtjahre her. Ich habe also ein bisschen erzählt, von der Scheidung meiner Eltern. Vom Umzug in die Provinz. Von meinem Dad, den ich vermisste. Von meiner Mam, die sich nur für ihren Job, ihre Schönheit und ihren neuen Mann interessierte. Genau in dieser Reihenfolge. Ihr Job kam zuerst. Steuerprüferin beim Finanzamt. Hab ich noch gar nicht erwähnt, oder? Sie wollte die Karriereleiter noch ein Stück nach oben und hat ordentlich dafür gerackert. Dann kam das Aussehen. A perfect body. Spinning und natürlich Yoga. Außerdem ist sie regelmäßig zur Kosmetikerin. Sie verdient ja nicht schlecht. Designerklamotten muss ich eigentlich nicht extra erwähnen. An dritter Stelle kam mein Stiefpapa. Den hat sie echt gepampert. Rolf vorne, Rolf hinten. Deshalb brauchten wir auch eine Haushälterin, damit abends alles tipptopp war und ein ordentliches Essen auf dem Tisch stand. Bis heute verstehe ich nicht, was sie an Rolf findet. Vielleicht ist es seine Kohle. Er ist Unternehmensberater und hat eine eigene Firma mit jeder Menge Mitarbeitern. Und danach kam lange nichts und dann erst ich. Rolf hat mich eh nicht gesehen. Für den war ich das Anhängsel seiner Frau.

Von der Hoffnung, ich würde mal ein Einser-Abi hinlegen und Medizin studieren – damit sie mit mir angeben konnte, so nach dem Motto: meine Tochter, die Ärztin –, also davon hatte Mam sich angesichts meiner Noten längst verabschiedet. *Dir fehlt es an Disziplin. Kein Ehrgeiz. Du wirst es nie zu etwas bringen, wenn du dich nicht endlich zusammenreißt.* Alles, was sie von mir noch erwartete, war, dass ich das Abi irgendwie hinkriegte, denn sonst müsste sie sich in Grund und Boden schämen.

Ich kippte also diesen Eimer an Frust vor Joe aus, und er hörte sich das alles geduldig an, ohne mich zu unterbrechen. Als ich fertig war, sagte er, dass es ihm leidtue, wie sie mich behandelten. Das hätte ich nicht verdient. Ich wäre ein ganz besonderer Mensch und meine Eltern echt zu borniert oder zu sehr mit sich beschäftigt, wenn sie das nicht erkannten. Ganz ehrlich: Ich verspürte nicht den Wunsch, sie in Schutz zu nehmen. Es tat gut, das zu hören. Egoisten, ja das waren sie. Das konnte man schon mal aussprechen.

Joe nannte mich wieder Prinzessin, und ich musste lachen. Nenn mich nicht so, habe ich gesagt. Und er hat gefragt warum. Für ihn wäre ich eine Prinzessin, gefangen in einem goldenen Käfig, so wie in den Märchen aus *Tausend und einer Nacht*. Ja, so ergab das natürlich einen Sinn. Ich hatte bei *Prinzessin* eher an Zicken, rosa Tüll und reichlich Glitzerflitzer gedacht.

Wir unterhielten uns an diesem Nachmittag stundenlang. Über alles Mögliche. Auch über die Schule und meine Träume, was ich mal werden wollte. Ich hatte keine Ahnung. Schließlich fragte ich ihn, ob er nicht in sein Geschäft müsse. Alina hatte mir ja von seiner Shishabar erzählt. Er sah auf die Uhr und sagte, dass es wirklich langsam Zeit werde, ob ich mitkommen wolle. Er würde mir gerne zeigen, was er sich in den letzten zwei Jahren aufgebaut hatte, zusammen mit seinem Cousin Fatih, den alle nur Mega nannten.

Einen Moment zögerte ich. Das Wort *Shishabar* in Verbindung mit *Fatih* und *Mega* produzierte eine Reihe von Assoziationen, die – ich geb's zu – mit Vorurteilen gespickt waren. Eine dunkle Lasterhöhle. Bekiffte Typen, die an Wasserpfeifen nuckelten. Männer, die derbe Sprüche in einer fremden Sprache losließen, deren Gesten aber eindeutig waren. Joe sah mir diese Gedanken an und grinste. *Du warst noch nie in einer Shishabar, stimmt's? Keine Angst, Prinzessin. Wir verkaufen nur legale Drogen. Tabak für die Wasserpfeifen und Alkohol.*

Seine Bar hieß Monsoon und war alles andere als eine Lasterhöhle. Eher loungige Clubatmosphäre mit einer Prise Orient. Hell und freundlich eingerichtet. Spiegelwand hinter der Theke. Gemütliche Sitzgruppen. Moderne Designerlampen. Sah echt cool aus. Joe stellte mich seinem Cousin vor. Fatih alias Mega stand hinter der Bar und lächelte mich an. Auch er nannte mich Prinzessin, und ich fragte, ob türkische Jungs etwa alle Mädchen so nannten. Nur die besonderen, sagte er und zwinkerte mir zu. Außerdem seien sie nicht Türken, sondern Deutsche. Wie ich. Er fragte, ob ich einen Drink wolle. Es war schon Abend, und das Monsoon füllte sich langsam. Ich schrieb Mam eine WhatsApp, dass ich bei Alina sei und später kommen würde, und studierte die Cocktailkarte. Da ich grad in Rebellenstimmung war, bestellte ich einen Sex on the Beach. Mam sah es nicht gerne, wenn ich Alkohol trank.

Joe sagte, dass er kurz nach hinten ins Büro müsse und mich so lange in Megas Obhut lasse. Als ob ich einen Babysitter bräuchte. Ich war beinahe siebzehn. Mega stellte den Drink vor mich auf die Theke. *Geht aufs Haus.* Im selben Moment bemerkte ich Alina im Spiegel. Sie kam mit Trixi im Schlepptau herein. Es gab mir einen Stich, die beiden so vertraut miteinander zu sehen.

Was ich für die 10 A war, war Trixi für die 10 C. Wir waren die Außenseiterinnen. Trixis Selbstwertgefühl war so groß, dass man es bequem in einer Streichholzschachtel untergebracht hätte. Gleich neben meinem. Wobei ich mich an diesem Abend einfach nur großartig fühlte, und das lag an Joe. Hatte ich mich vielleicht in ihn verliebt?

Alina und die farblose Trixi setzten sich zu mir, und mir wurde schnell klar, dass Trixi sich hier auskannte. Mega begrüßte sie ebenfalls mit *Prinzessin* und stellte ungefragt einen Cocktail vor ihr ab. So, wie er sie ansah, gefiel sie ihm, und ich vergaß meine Sorge, ob sie etwa wegen Joe hier war. Es wurde jedenfalls ein lustiger Abend zu fünft. Gegen zehn fuhr Joe mich nach Hause, obwohl ich zunächst protestierte. Er meinte, ich müsse morgen in die Schule und solle ausschlafen. Er war echt süß. Und so besorgt um mich.

Als ich mich im Wagen von ihm verabschieden wollte, nahm er mein Gesicht in seine Hände und sah mir in die Augen. *Ich glaube, ich habe mich rettungslos in dich verliebt, Prinzessin.* Er sagte das mit einem Seufzer, und normalerweise hätte ich gelacht, weil es so dick aufgetragen klang. Doch er meinte das genau so. Es war ihm ernst. Er fragte, ob er mich küssen dürfe, und ich hab genickt.«

Wieder stützte sie das Kinn in die Hand. Ihr Blick ging in die Ferne. »Mein erster Kuss. Und er war einfach nur ... Wie soll ich das beschreiben? Er war perfekt. So, wie man sich das erträumt. Er war ... Wow! Joe war ein Mann. Er wusste, wie das ging. Tja, und von diesem Abend an waren wir zusammen. Ich war fast jeden Tag nach der Schule mit Alina im Monsoon. Manchmal schloss Trixi sich an. Oder soll ich sagen, sie drängte sich auf? Mega hatte zwar ein Auge auf sie geworfen, doch Trixi fand Joe toll. Das war nicht zu übersehen. Sie wurde rot, wenn er sie ansprach, und kicherte, wenn er sie neckte. Manchmal starrte sie ihn mit offenem Mund an. Dabei war ich Joes Freundin. Eines Tages habe ich zu ihr gesagt, dass sie das respektieren oder verschwinden solle. Daraufhin hat sie sich eine Zeit lang nicht mehr blicken lassen.

Innerhalb von wenigen Wochen hat sich mein Leben total verändert. Ich hatte nicht nur eine Freundin, die ein wenig schräg drauf war und sich ihren Adrenalinkick beim Klaufen holte, womit sie mich ansteckte. Es ist ein unbeschreibliches Gefühl. Zuerst stirbst du fast vor Angst. Du schwitzt, und dein Herz schlägt bis zum Hals. Du denkst, jeder muss das hören und dir ansehen, was du vorhast. Du glaubst, du wirst gleich ohnmächtig. Und dann die Panik, wenn du ein Teil eingesteckt hast und dich zwingen musst, langsam aus dem Laden zu gehen, obwohl du rennen möchtest. Der irre Kick, wenn du draußen bist, und keiner ist hinter dir her. Die Erleichterung ... Es ist unbeschreiblich. Natürlich hätte ich mir die Sachen auch kaufen können, doch das hätte keinen Spaß gemacht. Verstehst du das?«

Fragend sah sie ihn durch die Kamera an. Nein, er verstand es nicht. Nicht wirklich.

»Vermutlich nicht. Man muss das selbst erleben. Jedenfalls hatte ich plötzlich nicht nur eine Freundin, sondern auch einen Freund, der mich anbetete. Er trug mich auf Händen. Joe konnte zuhören. Ihn interessierte, wie ich lebte, was ich dachte, wie es mir in der Schule ging und mit meinen Eltern. Alles wollte er über mich wissen, und er überschüttete mich mit Komplimenten. Über mein Aussehen, meine sexy Figur, meine Kleidung, wie ich mich bewegte, welche Gedanken ich wälzte – und ich wuchs über mich hinaus. Ich war die Größte. Aber nur weil es mir gelang, mich mit seinen Augen zu sehen. Joe verwöhnte mich auch. Er machte mir Geschenke. Ein hübsches T-Shirt hier, eine Bluse oder einen Rock da, den meine Mutter natürlich zu kurz fand, und High Heels, die ich ihr gar nicht erst zeigte. Ein neues iPhone, Modeschmuck und auch Unterwäsche. Keine biederen Baumwollschlüpfer, sondern Strings und BHs mit Spitze. Die versteckte ich ebenfalls vor Mam. Mir war klar, warum Joe mir so aufregende Dessous schenkte. Er war zehn Jahre älter als ich und hatte sicher schon jede Menge Sex gehabt. Während ich noch Jungfrau war und das erste Mal ebenso herbeisehnte wie fürchtete.«

15

Nach dem Meeting mit dem Team brauchte Dühnfort Abstand. Frustriert verließ er das Büro, um nachzusehen, ob Kirsten Tessmann oder Alois Fünfanger da waren, seine ehemaligen Kollegen vom K 11 eine Etage tiefer. Als er durchs Treppenhaus nach unten ging, erreichte ihn eine SMS von Julia Jähnike. *Der Schreiner hat sein Geständnis widerrufen. Wie ich es mir schon dachte. Im Fall Pfaller komme ich nicht weiter. Haben Sie Zeit für ein Telefonat?*

Dühnfort setzte sich am Treppenabsatz aufs Fensterbrett und wählte Jähnikes Nummer. »Oh! Sie sind aber schnell.«

»Ich habe grad ein paar Minuten Zeit. Wo drückt der Schuh?«

»Na ja. Wie schon geschrieben: Eichenauer verbeißt sich in den Schreiner, und ich kann da nichts machen. Aber jetzt hat er einen neuen Anwalt, und der wird das hoffentlich richten.«

»Und Sie kommen bei der Körperverletzung mit Todesfolge nicht voran?«

»So ist es. Es gibt nämlich gar keine Zeugen für einen Streit zwischen Pfaller und dem Unbekannten. Das war eine Vermutung der beiden Kollegen von der Streife, die als Erste vor Ort waren. Eine Straße mit etlichen Kneipen und einem Puff. Da haben sie angenommen, dass es eine Auseinandersetzung unter angetrunkenen Gästen gegeben hat. Kommt ja häufiger vor. Aus dieser Annahme wurde dann im Protokoll eine Tatsache, und als ich nach den Zeugen gefragt habe, war da zwar ein Ehepaar, das über einer dieser Kneipen wohnt. Kurz vor halb eins haben sie unten auf der Straße Streit gehört. Zwei Männer, die sich anschrien. Pfaller hat den Puff aber erst um Viertel nach zwei verlassen. Er kann es also nicht gewesen sein. Und jetzt frage ich mich, ob das vielleicht Totschlag oder sogar ein Mord war. Die Rechtsmedizinerin hat ja gemeint, dass der Genickbruch auch durch einen Kampfsportgriff verursacht worden sein könnte. Doch wie soll ich den Täter ermitteln? Es gibt keine Spuren am Tatort. Die Spurensicherung ist ja erst am nächsten Tag dorthin, und in der Zwischenzeit hatte es geregnet. Und die Überwachungskamera am Puff war in der Nacht kaputt.«

Dühnfort hatte ein Déjà-vu und sah für einen Moment die gekappten Kabel in Augsburg vor sich. »Einfach so kaputt? Oder hat jemand daran manipuliert?«

»Weiß ich nicht. Der Inhaber sagt, dass sie kaputt ist.«

»Fragen Sie nach, was da genau los war. Ob die Kamera beschädigt ist. Das könnte dann ein Hinweis sein, dass jemand auf Pfaller gewartet hat. Und wenn das so ist, dann suchen Sie nicht weiter nach dem großen Unbekannten, sondern durchleuchten das Leben des Opfers.«

»Okay. Mache ich. Danke für den Rat!«

»Immer wieder gerne.« Sie verabschiedeten sich.

Kirsten saß in ihrem Büro am Schreibtisch und schrieb einen Bericht. Überrascht sah sie auf, als er eintrat. »Hey, Tino! Alles gut?«

»Nicht wirklich.«

»Was ist los?«

»Die Arbeit bei der OFA habe ich mir anders vorgestellt.«

»Oje! Magst du erst einen richtig guten Doppio und dann quatschen?«

»Ich dachte, hier gibt's nur noch Plörre, seit meine Pavoni mit mir umgezogen ist.«

»Wir haben sie so vermisst, dass Moritz mit der Sammelbüchse rum ist. Jetzt besitzen wir eine schicke Gaggia.«

»Nicht schlecht. Dann zeig mal, was sie kann.« Er folgte Kirsten in die Teeküche und bewunderte die chromblitzende Espressomaschine mit Manometer, Milchschaumdüse und Mahlwerk. Allein der Duft des frisch gemahlenen Kaffees hob seine Stimmung. Kirsten bereitete zwei Espressi zu. Damit gingen sie in die Besprechungsecke, und er lud seinen Frust bei ihr ab. Er erzählte vom Misserfolg in Passau und von der Sackgasse, in der die Ermittlungen im Fall Rippinger steckten, und wie sie die zuständige Soko nun weiter hineinmanövrierten, anstatt ihr herauszuhelfen. Es war ein Fehler, Rippingers Privatleben keine tiefere Aufmerksamkeit zu schenken. Kirsten hörte ihm zu, und er begann sich besser zu fühlen.

Auf dem Flur erklangen Schritte. Alois kam herein. »Da bist du ja.« Er entdeckte Dühnfort. »Servus, Tino! Gefällt es dir nicht mehr da oben?«

»Geht so. Ich bin noch in der Eingewöhnungsphase.«

»Dann komm doch zurück zu uns.«

»Mal sehen«, sagte er mit einem Lächeln. Doch das meinte er nicht ernst.

»Du hast mich gesucht?«, fragte Kirsten.

»Wir haben einen neuen Fall. Im Olympiadorf wurde eine junge Frau tot in ihrer Wohnung aufgefunden. Scheint ein Sexualverbrechen zu sein.«

• • •

Dühnfort kehrte in die vierte Etage zurück. Aus seiner Zeit beim

K II schob er noch einige Hundert Überstunden vor sich her. Davon würde er jetzt ein paar abbauen und das Wochenende früher beginnen. Armin war nach Augsburg gefahren, um Welling nahezulegen, die Ermittlungen wieder aufs ursprüngliche Gleis zu setzen. Anja und Ben hatten dieselbe Idee wie Dühnfort. Sie suchten ihre Sachen zusammen. Manfred und Beatrice saßen noch an ihren Plätzen, und auch Kim war schon gegangen. Dühnfort rief Gina an, dass er heute Chiara vom Kindergarten abholen und mit ihr auf dem Viktualienmarkt fürs Abendessen einkaufen würde. »Worauf hast du Lust?«

»Wie wäre es mit Fisch? Hatten wir schon länger nicht mehr.«

»Gute Idee. Vielleicht mache ich eine Lachslasagne.«

Im Kindergarten fand er Chiara in der Ecke mit den großen stoffbezogenen Schaumstoffbauklötzen. Mit einem Juchzen stürzte sie sich auf ihn und erklärte, dass sie die Bestimmerin der Meere sei und das Gebilde aus Schaumstoffklötzen ihr Bestimmerboot. Felix kam daraus hervorgekrochen. Er verabschiedete sich mit einer Umarmung von Chiara, und Dühnfort war ihm nicht länger böse.

Beim Fischhändler auf dem Markt entschied sich seine Tochter allerdings für Knurrhahn, weil sie den Namen lustig fand. Dühnfort ließ den Fisch filetieren und überlegte, dass er dazu ein Püree aus gelben Paprikas machen könnte und Polenta oder Basmatireis. Während des Einkaufs besserte sich seine Laune von Minute zu Minute. Als sie alles hatten, ging er mit Chiara zu Marcellos am Rindermarkt. In dem kleinen italienischen Café herrschte wie immer drangvolle Enge. Marcello stand hinter der Theke, hantierte gleichzeitig mit mehreren Tassen und begrüßte sie überschwänglich. »Ciao, Tino! Ciao, bella!«

»Tsau, Mazello«, rief Chiara.

Er legte die Hand ans Herz und beugte sich zu ihr. »Ah, Prinzessin. Was möchtet ihr trinken?«

»Tindertappuzino und der Papi einen richtigen.«

»Kommt sofort.«

Marcello schäumte für Chiara Milch auf, goß sie schwungvoll in die Tasse und puderte ein Herz aus Kakao obenauf. Chiara wollte dann noch Zucker in die Milch. Was Gina nicht gerne sah. Doch Dühnfort machte eine Ausnahme, und so hatten sie beide ein kleines Geheimnis vor der Mami.

Nach dem Besuch bei Marcello war Dühnfort wieder mit sich und der Welt im Reinen. Die miese Laune war verflogen, und er freute sich auf ein Wochenende mit seinen beiden Mädels.

Doch daraus wurde nichts. Als er daheim die Post aus dem Briefkasten nahm, war ein Brief der Erbinnen darunter.

Der Tonfall war freundlich, beinahe übertrieben nett. Die beiden Frauen bedankten sich für die Kondolenzkarte und schrieben von der Verantwortung, die das Erbe für sie bedeutete. Sowohl für die Mieter als auch für den Erhalt der Bausubstanz. Diese Verantwortung würde nun auf ihnen lasten, und sie hätten sich entschlossen, das Haus umfassend sanieren zu lassen. Seit Jahrzehnten seien nur die notwendigen Reparaturen ausgeführt worden.

Was sich am Horizont dieses Briefes abzeichnete, war eine Rundumkernsanierung. Und das würde bedeuten, dass sie hier rausmussten. Und selbst wenn sie nach Abschluss der Baumaßnahmen wieder einziehen könnten, wäre das nicht mehr ihre Wohnung, sondern so eine glatt geschleckte Luxuswohnung, in der er sich nicht wohlfühlen würde. Geschweige denn, dass sie die entsprechend angepasste Miete bezahlen könnten. Davon schrieben die neuen Eigentümerinnen allerdings nichts. Sie malten aus, was sie planten, und endeten mit dem Satz, dass man sicher für alle Mieter eine einvernehmliche Lösung für die Zeit der Umbauarbeiten finden würde. Und das auf dem Münchner Wohnungsmarkt, der überkochte. Es gab keine Wohnungen, und wenn doch, waren sie nicht bezahlbar.

Gina stieß einen Seufzer aus, als er ihr davon erzählte. Während er mit Chiara die Paprika fürs Püree wusch, las sie den Brief und ließ ihn schließlich auf den Tisch fallen. »Wir sollten uns wehren. Am besten alle Mieter gemeinsam. Während ihr beide kocht, setze ich ein Schreiben auf und lade sie zu einem Treffen ein. Gleich am Wochenende.«

Es war Ginas Art, ein Problem bei den Hörnern zu packen und sich nicht wegzuducken. »Vielleicht ist dieses Wochenende ein wenig kurzfristig«, wandte er ein. »Die meisten werden schon etwas vorhaben.«

»Gut, dann eben Dienstagabend. Am besten im Bistro Bruno. Ich reserviere gleich mal den großen Tisch.«

Das Wochenende wurde von den Ankündigungen der neuen Hausbesitzerinnen überschattet. Gina verfasste eine Einladung für ein Mietertreffen und ging damit von Wohnung zu Wohnung. Bei manchen schob sie den Zettel unter der Tür durch. Mit anderen sprach sie gleich. Einige kamen am Samstag nach oben, bedankten sich für die Initiative und breiteten ihre Sorgen aus. Manche boten Hilfe an und waren optimistisch, dass man die Sanierung im geplanten Umfang abwenden könnte, andere sahen das viel düsterer und winkten ab. Die Eigentümer säßen immer am längeren Hebel. Da könne man nichts machen, außer eine ordentliche finanzielle Entschädigung aushandeln.

Am Sonntag besuchten sie Ginas Eltern in ihrer WG am Bordeauxplatz. Dorothee kochte Chiaras Lieblingsessen: Nudeln mit Tomatensoße und eine dicke Schicht Reibekäse obendrauf. Danach gab es Schokopudding. Beim Kaffee erzählte Gina von dem Damoklesschwert, das nun über ihnen baumelte. Und Dorothee bot an, zwei Zimmer in der WG für die Zeit des Umbaus für Gina und ihre Familie frei zu halten, was Chiara einen Jubelschrei entlockte. Bei Oma zu wohnen, fand sie großartig, während Dühnfort dieser Möglichkeit skeptisch gegenüberstand. WG-kompatibel war er noch nie gewesen. Hoffentlich ließ sich das anders lösen.

• • •

Am Montagmorgen stellte Dühnfort einen leichten Widerwillen in sich fest, als er in der Hansastraße durchs Treppenhaus nach oben ging. In der dritten Etage entschied er sich zu einem spontanen Abstecher ins K 11 und stattete Kirsten und Alois einen Besuch ab.

Die beiden waren auf dem Sprung zur Obduktion der Toten aus dem Olympiadorf. »Das ist ein seltsamer Fall«, sagte Kirsten. »Bei dem Opfer handelt es sich um Rebecca Welser, neunzehn Jahre alt. Eine Drogenabhängige. Sie wurde in ihrer Wohnung von einem Telekomtechniker tot aufgefunden, der ihren Internetanschluss reparieren sollte. Noch ist nicht klar, was da passiert ist.«

»War am Freitag nicht von einem Sexualdelikt die Rede?«

Kirsten zog die Stirn in Falten. »Da bin ich mir nicht so sicher. Jedenfalls hat kein Geschlechtsverkehr stattgefunden, obwohl die Leiche teilweise entkleidet war. Sie lag mit entblößtem Unterleib über einem Sessel. Brust nach unten, Po nach oben. Eine degradierende Haltung. Aber keine sexuellen Handlungen. Jedenfalls soweit das bisher feststellbar war. Vielleicht kommt bei der Obduktion etwas anderes heraus.«

»Und die Todesursache?«

»Vermutlich ein Genickbruch. Könnte also auch ein Unfall gewesen sein. Doch wie ließe sich dann die Lage erklären? Hoffentlich bringt die Obduktion Klarheit.« Sie sah auf die Uhr und dann zu Alois. »Wir müssen los.«

Dühnfort wünschte ihnen Erfolg und ging nach oben an seinen Schreibtisch. So langsam sickerte das Wort *Genickbruch* in sein Bewusstsein. Wie häufig passierte es, dass jemand daran starb? Noch dazu ohne Zeugen und unter ungeklärten Umständen? Er wollte den Mantel ausziehen, doch dann entschied er sich anders und verließ die Abteilung wieder.

Fünfundzwanzig Minuten später stieß er die Tür zum Sektionssaal im Institut für Rechtsmedizin auf. An allen drei Tischen waren Obduktionen im Gange. Die Luft war kühl und roch nach Desinfektionsmittel, vor allem aber nach Tod und Verwesung. Automatisch griff er nach dem Döschen Pinimenthol in der Sakkotasche, doch er langte ins Leere. Er hatte es zu Beginn seiner Weiterbildung als Fallanalytiker herausgenommen.

Gleich am ersten Tisch entdeckte er Kirsten, Alois und Dr. Ursula Weidenbach. Drei Augenpaare musterten ihn überrascht, als er sich dazustellte. »Hast du dich verlaufen?«, fragte Kirsten.

»Der Genickbruch interessiert mich. Ich hatte vor Kurzem mit einem zu tun.«

Sein Blick fiel auf die Tote auf dem Stahltisch. Dass sie erst neunzehn gewesen war, sah man nicht. Sie wirkte wesentlich älter. Gesicht und Körper waren vom Drogenmissbrauch ausgezehrt. Kurze braune Haare, die ihren Kopf struppig umgaben. Dunkle Schatten unter den Augen. Hämatome an Armen und Beinen, die schon älter waren. Rissige Fingernägel, manche abgekaut bis aufs Nagelbett. Eine rasierte Scham. Der einzige Hinweis auf Pflege an diesem vernachlässigten Körper. Warum hatte sie sich da unten rasiert? Dumme Frage. Für einen Mann natürlich. Oder für Männer. Viele finanzierten ihre Sucht durch Prostitution.

»Ach, Sie meinen den Fall in Passau?«, sagte Weidenbach. »Der Tote vom Bordellparkplatz?«

»Ich frage mich, ob es einen Zusammenhang gibt. Beide brechen sich das Genick. In beiden Fällen keine Zeugen, und die Todesumstände sind diffus.«

»Was war das in Passau?«, fragte Alois.

Dühnfort fasste das wenige zusammen, das er über den Fall Pfaller wusste, während Dr. Ursula Weidenbach zur Leuchtwand an der Stirnseite des Obduktionstischs ging, eine Röntgenaufnahme abnahm und sie ihm reichte. »Sie hat sich tatsächlich das Genick gebrochen, wie ich am Freitag schon vermutet habe. Theoretisch könnte das ein Unfall sein, ich glaube das aber nicht. Dann hätte man sie auf dem Boden liegend finden müssen. Jedenfalls fällt mir nicht ein, wie sie es noch zum Sessel hätte schaffen können. Mit der äußeren Leichenschau sind wir durch. Weder im Nacken noch am Hinterkopf befinden sich Blutergüsse oder Hautabschürfungen – Spuren, die bei einem Sturz mit derart dramatischer Folge vorhanden sein sollten. Es gibt aber auch keine Abwehrverletzungen. Nichts deutet auf einen Kampf hin.« Sie zuckte mit den Schultern. »Das sind in der Tat Parallelen zu dem Fall in Passau.«

»Da haben Sie einen Kampfsportgriff nicht ausgeschlossen.«

»Es wäre möglich. Wie sonst könnte man jemandem das Genick brechen, ohne dass es Spuren hinterlässt? Nur wenn man den richtigen Griff beherrscht und überraschend zuschlägt.«

• • •

Es war halb zehn, als er den OFA-Raum wieder betrat und sein Karree ansteuerte. Armin hielt heute einen Vortrag und würde erst am Nachmittag ins Büro kommen. Manfred arbeitete an seinem PC. Ben war beim Schießtraining. Kim war nicht zu entdecken, und Anja und Beatrice saßen am ovalen Tisch.

Gedanklich war Dühnfort noch bei den beiden Genickbrüchen. »Anja, kann ich dich was fragen?«

»Ja, klar.«

»Du trainierst doch Kampfsport. Kennst du einen Griff, mit dem man jemanden das Genick brechen könnte, ohne dass der Gegner Gelegenheit hat zu reagieren?«

»Da kommt ein Hebel infrage. Ein Überraschungsangriff, der von vorne ausgeführt wird. Erst ein Schlag gegen das Brustbein, mit dem du den Gegner irritierst und auf Abstand bringst.« Anja stand auf. »Ich zeige es dir. Also erst der Schlag aufs Brustbein.« Sie führte ihn aus. Dühnfort wich unwillkürlich einen Schritt zurück. »Gefolgt von einem Klammergriff um den Kopf.« Sie legte eine Hand an sein Kinn, die andere an den Hinterkopf. »Dann eine rasche Drehung. Damit das klappt, nimmst du ein Bein zur Unterstützung und wirfst den Gegner herum.« Sie hakte ihr rechtes in sein linkes, deutete die Drehung an, und er spürte, welche Kraft in der Hebelwirkung stecken würde. »Und zack, das Genick bricht. Warum fragst du?«

»Es gibt zwei Todesfälle dieser Art. Vielleicht besteht eine Verbindung.«

»Das ist ja eine steile These.« Manfred sagte das im Vorbeigehen halblaut, mehr zu sich selbst. Dühnfort hatte nicht bemerkt, dass er sein Karree verlassen hatte und auf dem Weg zur Tür war. Der Sekundenbruchteil, in dem eine Reaktion möglich gewesen wäre, verstrich ungenutzt. So spielte er ungewollt Manfreds Spiel mit, und das ärgerte ihn. Die Alternative wäre ein offener Streit, den er auch nicht wollte. Egal wie er sich verhielt, es war verkehrt. Anja schüttelte kaum merklich den Kopf. »Lass ihn.«

»Ist wohl das Beste.« Dühnfort atmete durch, setzte sich an

seinen Platz und entdeckte eine Mail von Julia Jähnike, die sie ihm schon vor drei Stunden geschickt hatte.

Hallo, Herr Dühnfort,

ich bin Ihrem Rat gefolgt und habe mir Pascal Pfallers Privatleben angesehen. Der hat ein echt trauriges Dasein geführt. Irgendwie armselig, obwohl er gut verdient hat. Er war IT-Spezialist bei einem Chemiekonzern in Passau. Eine Art Gott, aber niemand hat ihn gemocht, weil er sehr eigenbrötlerisch war. Unfreundlich und abweisend. Ein echter Nerd. Stark übergewichtig obendrein, und mit der Körperpflege hat er es nicht so genau genommen. Er hat gerochen und deshalb ein Büro für sich allein gehabt. Jedenfalls war er Single. Kein Wunder. Außerdem ging das Gerücht in der Firma um, er sei noch Jungfrau. Stimmt aber nicht. Pfaller hatte zwar keine Freundin und auch sonst kein Glück bei den Frauen, aber er ging regelmäßig ins Puff. Nicht nur in den Erotic-Club Sophia, sondern bis vor gut einem Jahr hauptsächlich ins Sweet Heaven. Das ist auch ein Bordell. Dort ist er rausgeflogen und hat Hausverbot bis in alle Ewigkeit bekommen, nachdem er eine der Damen beinahe umgebracht hat. Was er genau angestellt hat, habe ich noch nicht herausgefunden.

Er hatte keine Freunde, aber auch keine Feinde. Niemanden, der ihn so gehasst hätte, dass er ihn umbringen würde. Nur eines ist seltsam: Ich habe mir sein Handy aus der Asservatenkammer geholt. Ein Freund von mir hat es gehackt. Das hätte ich jetzt besser nicht schreiben sollen, oder? Vermutlich ist das nicht okay. Aber ich wollte seine privaten Mails checken. Auf seinem Arbeitsrechner waren nur dienstliche, und den privaten Laptop hat sein Neffe geerbt. Der hat die Festplatte schon neu formatiert. Jedenfalls habe ich auf dem Handy was Komisches gefunden. Ein paar Tage bevor er gestorben ist, hat er eine anonyme Mail bekommen: *Ich bin dein*

Tod. Das steht im Betreff, und im Textfeld geht es dann weiter mit *Mich hast du verdient*. Gezeichnet mit *Grüße von L*. Ich weiß nicht, wie ernst ich das nehmen soll, obwohl das schon schräg ist.

Dühnfort stieß die Luft aus, die er beim Lesen der letzten Zeilen angehalten hatte. Was war hier los? Er hatte auf eine Verbindung zwischen Pfaller und Rebecca Welser gehofft. Was er stattdessen bekam, war eine zum Mord an Rippinger in Augsburg.

Er griff zum Telefon und rief Kirsten an. »Sag mal, habt ihr die Mails von Rebecca schon überprüft?«

»Das macht Meo gerade.«

»Er soll nach einer mit dem Betreff *Ich bin dein Tod* Ausschau halten. Vielleicht ist auch ein Bild angehängt. Ein Motiv, das den Tod symbolisiert.«

»Wovon redest du?«, fragte Kirsten.

16

Es war Dienstagmorgen. Durch die Ritzen der Jalousien der Wohnung im dreizehnten Stockwerk beobachtete er, wie das alte Ehepaar aus der Nachbarwohnung ein Futterhäuschen für Vögel auf dem Balkon aufstellte. Eine Weile sah er ihnen zu und klickte sich dann weiter durch die Online-Nachrichten.

Seit gestern war Nummer sechs aus den Medien verschwunden. Nur noch einen kleinen Artikel fand er. Mehr war Becks auch nicht wert gewesen. Eine drogenabhängige Nutte. Die Kripo konnte sich keinen Reim darauf machen, was passiert war. Es lag an der Position, in der man die Tote gefunden hatte. Er hätte das Miststück auf dem Boden liegen lassen sollen, dann wäre das als Unfall eingestuft worden. Genau wie bei Nummer eins in Passau.

Auch aus Augsburg nichts Neues. Nachdem kurzzeitig die Ehefrau in Verdacht geraten war, wurde nun wieder eine politische Tat vermutet. Sie stocherten im Nebel.

Im Fall der Armbrustmorde in Passau hatte die Polizei noch immer den Schreiner in U-Haft, der zunächst sogar gestanden hatte. Wie sie das hingekriegt hatten, wollte er gar nicht wissen. Die Nummer fünf, Big Bro in Regensburg, behandelte die Kripo nach wie vor als Abrechnung unter Dealern. Alles war gut. Sie erkannten die Serie nicht. Das sollte so bleiben, und deshalb musste er seinen Plan für Nummer sieben ändern. Die Armbrust wollte er nicht noch einmal einsetzen, obwohl er das vorgehabt hatte. Zwei der drei Pistolen waren verbraucht, und die letzte benötigte er für Joe. Noch ein Genickbruch wäre zu auffällig. Also würde er es mit einem Messer tun. Im Netz suchte er danach. Bei einem Jagdausrüster entdeckte er eine gute Auswahl und entschied sich für ein Jagdmesser mit einer vierzehn Zentimeter langen Klinge. Als Versandoption wählte er Expresslieferung per Nachnahme und gab den Namen Mark Ullmann ein, der auch unten am Klingelbord stand.

Eine Stunde später kam die Versandbestätigung. Da saß er gerade an der Überarbeitung seines Plans für Nummer sieben. Für Herpes. Mit der Armbrust hätte er ihn aus einer Distanz von dreißig Metern erledigt. Das Messer erforderte Kontakt mit dem Mann und barg das Risiko eines Kampfes. Es musste schnell gehen. Ein Überraschungsangriff, der diesem Arschloch keine Zeit zum Reagieren ließ. Er würde ins Gras beißen, ehe er kapierte, wie ihm geschah. Und das störte ihn, obwohl es die vernünftigste Lösung war. Die Alternative wäre ein ruhiges, abgeschiedenes Versteck, wo er den Kerl langsam zu Tode quälen konnte. Eigentlich verlockend. Warum tat er es nicht?

Seit er Leas Video gesehen hatte, wollte er nur noch eines: Vergeltung. Diese Tiere, die für ihren Tod verantwortlich waren, sollten mit ihrem Leben bezahlen. Aug um Aug. Zahn um Zahn. Er hatte nicht damit gerechnet, dass ihm das nicht genug sein könnte.

Keine Spuren zu hinterlassen, war das Wichtigste. Deshalb musste es schnell gehen und effizient. Daher keine Planänderung, keine Folter. Wo er Herpes erledigen wollte, wusste er schon seit Wochen. Es gab zwei Orte, an denen er sich regelmäßig aufhielt. Einer davon war ideal: das Loch, in dem er hauste. Es war Zeit, ihn wieder an die kurze Leine zu nehmen.

Er aktivierte erst die Remote- und dann die Tracking-App auf Herpes' Handy und ortete ihn. Der Mistkerl war mal wieder in Passau und gab den Aufpasser. Dort war er nie länger als drei oder vier Tage. Sie wechselten sich ab, die Buddys. Im Moment saß er in einem Schnellimbiss am Bahnhof, offenbar allein, denn er hielt die Klappe. Nur Hintergrundgeräusche klangen aus dem Lautsprecher.

Für Herpes hatte er sich eine direkte Nachricht überlegt. Ein Vanitas-Motiv würde seinen Intellekt überfordern. Auch das Grauen, das sich in einem Bild wie *Der Tote am Meer* verbarg, würde sich ihm nicht erschließen, und über Munchs *Der Schrei* würde er sich vermutlich totlachen. Die direkte Ansage war in diesem Fall die beste. Ein Plakat, das für die Serie *The Walking Dead* warb. Ein halb verwester Zombie, dessen blaue Augen aus der dunklen Umgebung herausleuchten. Verschwörerisch hielt er den Kopf geneigt, einen Finger an die in Fetzen hängenden Lippen gelegt, und blickte dabei dem Betrachter direkt in die Augen. *Ich bin dein Tod. Wir treffen uns bald.* Er klickte auf Senden.

Über ein Tor-Netzwerk ging die Botschaft auf ihre elektronische Reise durchs Darknet und erreichte eine Sekunde später das Ziel. Er hörte den Signalton, der den Eingang der Mail auf Herpes' Handy verkündete, und stellte den Ton ein wenig lauter. Er hörte Rascheln, das Tippen auf dem Display und kurz darauf Herpes' Gemurmel: »Was soll'n der Scheiß?« Es folgte Stille. Kurz darauf das Geräusch eines rückenden Stuhls und schließlich Straßenlärm. Herpes hatte das Lokal verlassen. Das Hupen eines Wagens war zu hören. Fahrgeräusche. Gesprächsfetzen. Herpes stand vor der Burgerbude und wählte eine Nummer. Die von Joe. Der meldete sich.

»Gibt's ein Problem mit Trixi? Zickt sie wieder rum?«

»Nee, passt schon. Die spurt wieder. Ich hab dir eine Mail weitergeleitet.«

»Kommt gerade.« Einen Moment war es ruhig. Dann lachte Joe. »He, Alter, das ist ein Scherz. Du machst dir doch nicht ins Hemd deswegen?«

»Quatsch. Ich dachte nur ... Wegen Big Bro.«

»Hat er etwa auch so eine Mail gekriegt?«

»Möglich wär's.«

»Was heißt möglich? Hat er, oder hat er nicht?«

»Keine Ahnung.«

»Was ist los mit dir, Mann?«

»Das mit Big Bro macht mich fertig. Weißt du inzwischen, wer ihn abgeknallt hat?«

»Wir sind dran.«

»Aber du musst doch wissen, wer den Stoff bestellt hat?«

»Keine Ahnung. Neukunde. Weißt du doch. Er hatte eine Empfehlung von Karim und kannte das Passwort.«

»Nur dass Karim sich nicht an eine Empfehlung erinnern kann. Vielleicht werden wir abgehört.« Herpes zog die Nase hoch.

»Mann, jetzt werd nicht paranoid. Das mit Big Bro ist echt Mist, aber kein Grund durchzudrehen.«

»Und wenn er doch auf die Rechnung der Haddad geht?«

»Der alte Haddad hat es meinem Alten beim Augenlicht seiner Frau geschworen. Die waren das nicht. Ich glaube, dass es der Ex von Jasmin war. Was spannt Big Bro Samir auch die Braut aus. Ist doch bekannt, dass der sich nichts gefallen lässt.«

»Samir hat ein Alibi.«

Joe lachte. »He, Alter, das hätte ich an seiner Stelle auch. Jetzt atme mal tief durch. Entspann dich! Da hat sich jemand einen blöden Scherz erlaubt. Mega wird dich morgen ablösen. Mach dir ein paar entspannte Tage daheim. Und dann überlegen wir, was wir mit Samir tun.«

»Wenn er es war.«

»Logisch. Wenn er es war, krieg ich das raus.«

Die beiden verabschiedeten sich.

Für heute hatte er genug gehört. Wieder öffnete er die Videodatei. Er hatte Sehnsucht nach Lea.

17
Videotagebuch

Lea nippte an einem Becher Tee. »Wo war ich stehen geblieben?«

Eine Sekunde blickte sie grübelnd ins Auge der Kamera. »Ach ja. Bei Mam. Ich hatte Angst, dass sie Joe nicht akzeptieren würde, und habe deshalb nichts von ihm erzählt. Irgendwann bekam sie dann doch mit, dass ich einen Freund habe. Eigentlich ein Wunder, dass es nicht schon früher passiert ist. Eines Abends beobachtete sie uns beim Knutschen in Joes Wagen. Er hatte mich heimgefahren, wie immer. In diesem Punkt war er ganz altmodisch. Er machte sich Sorgen, mir könnte etwas zustoßen, wenn ich allein durch Regensburg fuhr, als wäre dieses Kaff die Bronx.

Ich musste ihn gar nicht erst bitten, an der Ecke zu halten und nicht vorm Haus. Inzwischen hatte er verstanden, dass ich nicht scharf darauf war, dass meine Mam uns zusammen sah. *Schämst du dich für mich?*, hat er mal gefragt und grinsend hinzugefügt: *Oder sind deine Eltern Nazis und akzeptieren nur einen arischen Schwiegersohn?* Er hat das nicht ernst gemeint. Es war ein Scherz. Mam war natürlich kein Nazi. Und Rolf war ich egal, der würde Joe einfach zur Kenntnis nehmen und ihn gleich wieder vergessen. Doch ich fürchtete Mams Vorurteile. Sie würde versuchen, mir Joe auszureden. Er sei zu alt für mich und komme aus einem anderen Kulturkreis. Ganz sicher sei er ein Macho, der Frauen keinen Respekt zolle. *Inhaber einer Shishabar!* Ich sah sie schon die Hände über dem

Kopf zusammenschlagen. *Grundgütiger! Dealt er etwa? Er ist nichts für dich. Beende das, wenn du nicht unglücklich werden willst.*

Ich malte mir ihre Tiraden aus und hatte keinen Bock darauf. Deshalb parkte Joe immer an der Ecke, wenn er mich heimbrachte, und ich ging die letzten hundert Meter zu Fuß. Doch an besagtem Abend kam meine Mutter später nach Hause. Tempo-30-Zone. Sie fuhr also langsam an uns vorbei, bemerkte das knutschende Paar im geparkten Wagen und erkannte mich. Ich checkte das nicht. Deshalb erwischte sie mich kalt.

Als ich nach Hause kam, fing sie mich im Flur ab und wollte alles ganz genau wissen. Wer der Mann war. Wie lange das schon lief. Warum ich ihn nicht mitbrachte. Was er machte. Ich sagte, das gehe sie alles gar nichts an. Falsche Antwort.

Es gab Zoff. Irgendwann kam Rolf dazu und glättete – große Überraschung – die Wogen. Er schlug sich auf meine Seite. Ich sei alt genug, und außerdem müsse jeder seine Erfahrungen im Leben selbst machen. Erst wenn man sich die Finger mal verbrannt habe, wisse man, was *heiß* bedeutet. Cooler Spruch. Mam hörte auf ihn und gab nach. Sie vertraue mir, sagte sie noch.

Trotzdem fragte sie mich in den folgenden Tagen nach Joe aus. Ein paar Brocken habe ich ihr hingeworfen. Dass er Joe heißt, vierundzwanzig sei und Eventmanager. So ganz gelogen war das nicht. Im Monsoon trat ab und zu eine Band auf. Ich wollte Mam nicht beunruhigen. Shishabar ist gleich Drogen. So würde sie das sehen. Wobei sie damit nicht unrecht hätte. Ich habe Mega ein paarmal dabei beobachtet, wie er etwas verkauft hat. Gras, Pillen und einmal ein Tütchen mit weißem Pulver. Koks? Heroin? Damals hatte ich noch keine Ahnung davon. Ich wusste nicht mal, wie man kifft und was Gras ist. Die Unschuld aus der Provinz. Echt jetzt. Genau das war ich damals. Unschuldig und naiv. Leichte Beute. Das hat eine Sozialarbeiterin ein Jahr später gesagt.

Nicht ich. Sie sah das so und wollte mich unbedingt retten. Als ob ich ein Opfer wäre.

Natürlich habe ich Joe drauf angesprochen, ob er wüsste, dass Mega dealt, und Joe hat gelacht. *Es ist nichts dabei*, hat er gesagt. *Es gibt Drogen und Drogen. Der Staat entscheidet willkürlich, welche verboten sind und welche nicht. Tabak und Alkohol und jede Menge Pillen beispielsweise sind erlaubt. Warum nicht auch Cannabis? Es ist harmloser als Alkohol. Außerdem verkaufen wir nichts an Kids. Nur an mündige Erwachsene, die wissen, was sie tun.*

Ihr?, habe ich nachgefragt. *Du verkaufst das also auch?*

Er hat mit den Schultern gezuckt. Es gab Streit, und ich habe ihn echt einen Dealer genannt, obwohl ich das nicht so gemeint habe. Es ist mir so rausgerutscht. Für ihn war ich dann plötzlich die Spießerin. Er hätte gedacht, dass ich anders wäre. Besonders. Wie schade, dass er sich so in mir getäuscht habe. Jedenfalls bat er einen seiner Cousins, mich nach Hause zu fahren, und hat sich die nächsten Tage nicht blicken lassen. Ich habe mich hundeelend gefühlt. Hatte ich alles ruiniert? Auf meine Nachrichten reagierte er nicht, geschweige denn, dass er ans Telefon gegangen wäre.

Natürlich bin ich am nächsten Tag ins Monsoon. Er war nicht da. Nur Mega stand hinter dem Tresen und erklärte, ich hätte Joe echt verletzt. Ob das zu kitten wäre …? Er drehte seine Handflächen nach oben und wackelte mit dem Kopf. Ich bin nach Hause und hab mir weiter die Augen aus dem Kopf geheult.

Irgendwann kam Alina, um mich zu trösten. Sie riet mir, über meinen Schatten zu springen und mich bei Joe zu entschuldigen. Er habe seinen Stolz, und was ich gesagt hätte, sei ja echt daneben gewesen. Meine Güte, er dealte ein bisschen. Kein Grund, deswegen einen Aufstand zu machen. Wenn ich ihn wirklich liebte – und das tat ich ja –, dann würde mir kein Zacken aus der Krone fallen, wenn ich einlenkte und akzeptierte, was er tat. Wie nebenbei erzählte sie dann noch, dass sie Joe mit Trixi gesehen habe. *Sie saß bei ihm im Wagen und himmelte ihn an. Wenn du ihn nicht an sie verlieren willst, dann tu etwas. Entschuldige dich!*

Trixi, dieses Biest, baggerte meinen Freund an! Ging's noch? Doch ich bekam Panik, dass ich ihn verlieren würde, und ich lenkte ein. Obwohl es für mich nicht okay war, dass er dealte, habe ich mich entschuldigt. Ich nahm ein Video auf, in dem ich ihm sagte, dass es mir leidtue. Ob er mir meine unbedachten Worte verzeihen würde? Er antwortete sofort. Alles sei wieder gut. Ob ich ihm zur Versöhnung noch ein Video von mir schicken würde. Eines, in dem ich mich auszog. Eine kleine Show, nur für ihn.

Alles war wieder gut. Vor Erleichterung habe ich noch mehr geheult. Ohne Joe war ich nichts. Ein Niemand. Die Unsichtbare. Die Schüchterne, die sich nichts traut und alles verkehrt macht.

Doch jetzt traute ich mich. Bisher hatte ich noch nicht mal ein Nacktfoto von mir gemacht, geschweige denn an ein Stripvideo überhaupt nur gedacht. Ich schloss die Zimmertür ab, kramte die Dessous hervor, die er mir geschenkt hatte, und stellte mich damit vor den Spiegel. Wieder sah ich mich mit seinen Augen und fand mich schön. Als das Video fertig war, habe ich es ihm geschickt, ohne es mir anzusehen. Ich hatte Angst, es könnte mir peinlich sein.

Joe fand es hinreißend. Ich sei wunderschön und so sexy, dass es ihn beinahe um den Verstand bringe. Er bedankte sich überschwänglich für mein Vertrauen und beteuerte, dass er es niemandem zeigen würde. Das wäre unser Geheimnis, und ich bekam kurz Panik. Niemand anders durfte das jemals sehen. Nicht einen Gedanken hatte ich mir gemacht, dass er das teilen könnte. Mit seinen Freunden und Cousins. Mit Trixi vielleicht oder Alina. Wenn das an der Schule kursieren würde! Ich stammelte, dass er das schwören müsse, und hätte ihn am liebsten gebeten, es zu löschen. Er lachte und sagte, dass er mich liebe und dass er gerne mit mir schlafen würde. Ob ich das auch wolle. Klar wollte ich. Ich liebte ihn schließlich und war so froh, dass meine dummen Worte vergeben und vergessen waren.

Am nächsten Abend war es so weit. Joe lud mich in seine Wohnung ein. Sie befand sich in der Nähe seiner Bar. Bei ihm war ich noch nie gewesen, obwohl wir uns schon sechs Wochen kannten, und ganz ehrlich, ich war ein wenig überrascht, wie es dort aussah. Ich meine, die Bar war cool gestylt, doch seine Wohnung war das Gegenteil. Winzig und kaum eingerichtet. Ein Zimmer mit Kochnische. Ein kleiner Klapptisch und zwei Stühle. Ein großes Bett, auf dem Klamotten und Bettzeug durcheinanderlagen. Staubflusen überall, der Kühlschrank war leer, in der Spüle stapelte sich Geschirr, und der Mülleimer quoll über. Joe bemerkte meinen verwunderten Blick. Er würde hier ja nur schlafen, sagte er. Leben würde er mehr oder weniger im Monsoon. Und gleich komme auch das Catering für uns beide.

Ein wenig unangenehm war ihm die Unordnung schon, und ich habe angeboten, aufzuräumen, bis unser Essen da war. Dabei stieß ich auf ein paar Kerzen, die hab ich in Gläser gestellt und angezündet. Joe fand das toll. So romantisch. Irgendwann kam Mega mit zwei Pizzen und einer Flasche Wein und verschwand gleich wieder. Vorher hat er mir noch so verschwörerisch zugezwinkert, und bis heute frage ich mich warum. Ob er ...«

Sie stockte und schluckte trocken. »Ob er etwas wusste, das ich nicht wusste und bis heute auch nicht wirklich weiß. Vielleicht ist ja gar nichts passiert, und ich ...«

Wieder hielt sie inne und strich sich eine Haarsträhne hinters Ohr. »Hallo, du da draußen! Du denkst jetzt, dass ich wirres Zeug rede. Tu ich auch. Es liegt daran, dass ich mich an Teile dieser Nacht nicht wirklich erinnern kann. Vielleicht habe ich das nur geträumt oder halluziniert. Zu viel Wein und ... na ja ... wahrscheinlich war es das Ecstasy. Joe wollte, dass ich eine Pille nehme. Zur Entspannung, damit ich locker werde und meinen Spaß habe. Klar war ich aufgeregt. Und ich wollte nicht schon wieder wegen der Drogen meckern. Also habe ich *Was soll's!* gedacht, die Pille eingeworfen und mit Wein runtergespült, und danach war alles wunderschön.

Ich schwebte wie auf Wolken, und Joe war so lieb und zärtlich. Trotzdem hat es wehgetan. Klar, das wusste ich aus dem Netz. Beim ersten Mal ist das so. Joe hat eine Frau aus mir gemacht, und wir haben noch mehr Wein getrunken, und dann wurde mir schlecht. Ab da weiß ich nicht mehr genau, was passiert ist. Joe sagt, dass ich unruhig geschlafen hätte. Vielleicht lag es an der Kombi von Pille und Alkohol. Aber es geistern Bilder durch meinen Kopf ... Ich im Bett ... jemand steht daneben, filmt mich mit dem Handy ... ich bin nicht allein, Mega ist auch da und ein Freund von Joe, den alle Herpes nennen ... Sie waren neben und über mir, und sie ... sie waren überall.«

Wieder schob sie die störrische Strähne zurück. »Also ... du kannst es dir ja denken, was sie gemacht haben. Und jemand sagte: *Freunde teilen alles*. Es war Joes Stimme. Er war es, der filmte. Und bis heute weiß ich nicht, ob das passiert ist oder nicht. Doch warum sollte Joe so etwas tun?, fragst du dich. Hab ich mich damals auch gefragt.« Sie lachte auf und lehnte sich zurück. »Er hat noch ganz andere Sachen gemacht. Dazu komme ich später. Immer hübsch der Reihe nach, sonst wird das echt chaotisch.

Also: Am nächsten Morgen war mir erstens kotzübel. Zweitens wusste ich nicht so genau, was passiert war und was nicht. Und das war ein Scheißgefühl. Drittens hatte ich tausend Nachrichten von meiner Mutter auf dem Handy. In der letzten schrieb sie, wenn ich mich bis acht Uhr nicht meldete, würde sie zur Polizei gehen. Es war Viertel vor. Ich rief sie an und sagte, ich hätte bei Alina übernachtet. Alles wäre gut.

An diesem Tag bin ich nicht in die Schule. Ich hab ausgeschlafen und mich dann mit Alina getroffen, der ich vorher getextet hatte, damit sie meine Lüge bestätigt, falls Mam sich bei ihr meldet. Wir haben im Einkaufszentrum gefrühstückt, denn in Joes Wohnung war nichts Essbares, und er war auch schon weg, als ich aufstand. Er hatte mir eine Nachricht geschrieben, dass er fürs Monsoon im Großmarkt einkaufen muss, und mir ein Dutzend Herzen dazugemalt.

So fing der Tag an. Mit einer nicht zu beantwortenden Frage, mit den Vorwürfen meiner Mutter und einer Enttäuschung, weil ich mir den Morgen nach der ersten Nacht mit Joe viel romantischer ausgemalt hatte. Und der Tag ging dann genauso fantastisch weiter. Nach dem Frühstück shoppten Alina und ich. Also nicht shoppen, sondern klaufen. Und ich wurde erwischt, als ich im Drogeriemarkt Nagellack einsteckte. Gott, war das peinlich! Damals war mir schnell was peinlich. Die Verkäuferin hat einen Riesenaufstand gemacht. Wegen ein paar Euro. Sie hat echt die Polizei geholt, die haben mich zur Wache mitgenommen und meine Mam angerufen.

Man braucht nicht viel Fantasie, um zu ahnen, was dann abging. Am Ende hat sie die Schuld auf meinen Umgang geschoben. Also auf Joe und Alina. Ich sollte mich von den beiden fernhalten. Sie stellte neue Spielregeln auf. Nach der Schule hatte ich gleich nach Hause zu kommen. Mein Handy wollte sie kontrollieren. Ausgehen nur am Wochenende und nur wenn sie weiß, mit wem ich unterwegs bin und wo. Es waren ihre Regeln und nicht meine. Natürlich habe ich mich nicht daran gehalten. In Folge gab es also endlos Streit. Wir haben uns nur noch angeschrien. Mam hat tatsächlich mein Handy gefilzt. Das ging echt zu weit.

Joe fand sie auch ziemlich ätzend. Er hat mir ein zweites Handy gekauft, von dem sie nichts wusste. Wir inszenierten auf dem alten einen fetten Streit via WhatsApp und machten scheinbar Schluss. Eine Zeit lang war Mam dann friedlich. Bis sie mich zufällig mit Joe sah. Danach war Feuer am Dach, und die Regeln wurden verschärft. Am liebsten hätte sie mich eingesperrt.

Übergriffig hat Joe sie genannt, und das traf es ziemlich gut. Sie sei nur neidisch, weil ich jung war und sexy, während sie so langsam vor sich hin welkte. Sie würde mich bevormunden und kontrollieren und mir nichts gönnen. Doch sobald ich achtzehn würde, sei damit Schluss. Ich gab das so an Mam weiter, und der Graben zwischen uns wurde jeden Tag tiefer. Schließlich dachte sie darüber nach, mich in ein Internat am Chiemsee zu stecken. Sie wollte Joe und mich trennen. Dabei wuchs unsere Liebe jeden Tag. Er tat alles für mich. Wenn ich bei ihm war, malten wir uns eine gemeinsame Zukunft aus. Eine schicke Eigentumswohnung. Zwei Kinder. Ich müsse nicht arbeiten, denn seine Bar laufe gut. Er sei in der Lage, für seine Familie zu sorgen.

Eines Tages kam er mit einem Ring und roten Rosen und machte mir auf Knien einen Heiratsantrag. Wahnsinn!, habe ich damals gedacht und konnte es nicht glauben, dass er wirklich mich meint. Es war zu schön, um wahr zu sein.

Jedenfalls hat Joe beschlossen, dass ich zu ihm ziehen soll, als meine Mutter mit dem Internat anfing. Am nächsten Morgen löschte ich auf meinem alten Handy alle Daten, entfernte die SIM-Karte und legte es demonstrativ auf den Küchentisch. Dann packte ich meine Sachen und ging. Mam hatte keine Ahnung, wo Joe wohnte, was er machte, und kannte nicht mal seinen Nachnamen. Und mit Vornamen hieß er ja nicht wirklich Joe. Schlechte Karten, um mich zu finden.«

18

Dühnfort rief Julia Jähnike an. »Ich habe Ihre Nachricht gerade erst gelesen. Gute Arbeit.«

»Danke! Hat mich aber nicht weitergebracht.«

Aus dem Augenwinkel nahm Dühnfort wahr, wie Manfred ihn beobachtete. Die Ohren musste er nicht spitzen. In diesem Großraumbüro bekam jeder alles mit. »Warten Sie eine Sekunde!« Mit dem Handy verließ er die Abteilung und stellte sich im Flur ans Fenster. »Da bin ich wieder. Hat die Mail an Pfaller einen Anhang?«

»Nein. Sollte sie?«

»Ich hatte es gehofft. Können Sie sie an mich weiterleiten?«

»Klar. Mach ich gleich.«

»Pfallers Handy muss sich ein IT-Spezialist vom LKA ansehen.«

»Das dachte ich mir schon. Ich habe das gerade mit meinem Chef besprochen. Er ist froh, wenn ich für einen Tag nach München verschwinde, dann kann ich ihn nicht wegen der Armbrustmorde nerven. Gegen dreizehn Uhr kann ich in der Mailingerstraße sein.«

»Überzeugen Sie Pfallers Neffen davon, den Laptop für eine Untersuchung rauszugeben. Formatieren heißt nicht zwangsläufig, dass alle Daten gelöscht wurden. Bringen Sie ihn mit.«

»Ich werde es versuchen. Dann wird es aber später. Ich melde mich.«

»Wenn er ihn nicht hergeben will, beschlagnahmen Sie ihn.«

»Okay. Warum eigentlich?«

»Ich erkläre es Ihnen, wenn Sie hier sind. Treffen wir uns beim LKA.«

Kurz nachdem er das Gespräch beendet hatte, kam die Mail. *Ich bin dein Tod,* lautete die Betreffzeile, und im Textfeld stand: *Mich hast du verdient. Grüße von* L. Keine angehängte Datei. Wer war L.?

Dühnfort rief Meo Klein an, einen ihrer IT-Spezialisten, und kündigte Pfallers Handy und Laptop für den Nachmittag zur Untersuchung an. Dann ging er hinunter zu Kirsten und Alois. Keiner der beiden war da, also kehrte er zurück in sein Karree und grübelte über Pascal Pfaller, Dirk Rippinger und Rebecca Welser nach. Schließlich rief er Kirsten an, um zu fragen, ob es schon Infos zu Rebeccas Handy gab. Hatte auch sie eine Drohmail erhalten?

»Nichts dergleichen«, sagte Kirsten. »Wieso interessierst du dich so für diesen Fall?«

»Weil es derselbe Täter sein könnte wie in Passau. Der Mann, über den ich mich mit der Weidenbach bei der Obduktion unterhalten habe. Er hat eine ähnliche Morddrohung bekommen wie Dirk Rippinger. Wenn nun auch eine an Rebecca Welser geschickt worden wäre ...«

»Würde das sogar drei Fälle in Zusammenhang bringen. Was soll das sein?«

»Ich hab keine Ahnung.«

»Wenn wir eine solche Mail entdecken, erfährst du es als Erster.«

»Gibt es eigentlich Zeugen?«

Ein Seufzer klang durchs Telefon. »Bis jetzt nicht. Niemand hat ihn gesehen oder etwas gehört.«

»Und er hat einen supercleanen Tatort hinterlassen, oder?«

»Richtig. Kein Fingerabdruck, kein Haar. War das in Passau und Augsburg etwa auch so?«

»Ja. Aber an einem Nachmittag in einem Hochhaus muss er doch gesehen worden sein.«

»Ich nehme an, dass er ins Bild gepasst hat. Das ist die einzige Erklärung, die ich habe. Ein unauffälliger Typ. Er muss durch die Tiefgarage ins Haus gekommen sein, jedenfalls wurde der Zugangscode zur fraglichen Zeit eingetippt. Dann ist er durchs Treppenhaus nach oben. Im Lift gibt es Videoüberwachung. Darauf haben wir niemanden entdeckt, der infrage käme. Und die Tiefgarage ist leider derzeit nicht videoüberwacht, die Anlage ...«

»Ist defekt.«

»Ja«, sagte sie gedehnt. »Jetzt wird es langsam unheimlich.«

»Was ist bei euch der Grund?«

»Ein Softwarefehler. Das Programm ist Freitag Mittag abgestürzt, was der Sicherheitsdienst aber erst gemerkt hat, als wir nach der Aufzeichnung gefragt haben.«

»Kann jemand die Software gehackt haben?«

»Ich lass das prüfen und melde mich. Ciao, Tino!«

Es wurde Mittag. Dühnfort traf sich mit Gina in der Kantine zum Essen. Sie erinnerte ihn ans Mietertreffen, das sie für morgen Abend im Bistro Bruno organisiert hatte. »Hoffentlich kommt dir nichts dazwischen. Ich brauche dich an meiner Seite.«

»Ich werde da sein.« Eigentlich hatte er keine Lust auf dieses Treffen. Was sollte es bringen? Doch er wollte Gina diesen Kampf nicht alleine führen lassen.

Das Essen schmeckte nicht. Ein Lappen Fleisch in Fertigsoße ertränkt, dazu Kartoffelpüree aus der Tüte und zerkochtes Gemüse. Er stellte den noch halb vollen Teller zurück aufs Tablett und griff nach der Mousse au Chocolat. Ebenfalls Instantpampe. Er aß nur einen Löffel davon.

»Schmeckt's dir nicht?«

»Dir etwa? Ich überlege gerade, ob wir uns nicht künftig etwas von daheim mitnehmen sollten.«

»Im Henkelmann? Der soll ja wieder modern werden.«

»Ich meine das ernst. Dieser Pampf schmeckt nicht, und er kann nicht gesund sein.« Der Signalton seines Handys erklang. Eine SMS war eingegangen. Sie kam von Julia Jähnike. *Bin in zwanzig Minuten da.*

Ich auch, simste er zurück.

»Ich muss los.« Er gab Gina einen Kuss und machte sich auf den Weg.

Als er in der Mailingerstraße ankam, war Julia Jähnike schon oben in der Abteilung II, Kriminaltechnisches Institut. Er fand sie in Meo Kleins Labor. Pfallers Handy und Laptop lagen in Spurenbeutel verpackt vor ihm auf dem Tisch. »Das hätten Sie auch mit Dienstpost schicken können«, sagte er.

»Schon klar. So geht's aber schneller. Hoffe ich jedenfalls.«

»Das hoffe ich auch«, sagte Dühnfort. »Grüß dich, Meo. Das sind die Geräte, die ich dir angekündigt habe. Hallo, Frau Jähnike!«

Meo betrachtete den Inhalt der Beutel mit skeptischem Blick. Auf seinem T-Shirt stand: *It's not a bug. It's an undocumented feature.* Meo hatte ein Faible für diese Art von Shirts und besaß Dutzende davon.

»Es pressiert also wieder mal«, stellte er fest. »Kirsten sitzt mir auch im Nacken.«

»Ich weiß. Hast du auf Rebecca Welsers Handy eine Drohmail gefunden?«

»Nein. Da ist nichts. Auch nicht unter den gelöschten Nachrichten.«

»Vielleicht hängen die Fälle zusammen. Deshalb wäre es gut, wenn du dir die Geräte aus Passau bald ansehen könntest. Mich interessiert, ob Spy-Software auf dem Handy oder dem Laptop installiert war.«

»Ja wenn das so ist, dann wird's langsam interessant.«

»Dachte ich mir.«

»Sie gehen bei Pfaller von einer vorsätzlichen Tat aus?«, fragte Julia Jähnike. »Was habe ich verpasst?«

»Ich erkläre es Ihnen bei einer Tasse Kaffee.«

Es war höchste Zeit für den Nachmittags-Doppio, und es gab eine gute Quelle dafür ganz in der Nähe. Sie verabschiedeten sich von Meo und saßen ein paar Minuten später bei Latte macchiato und Espresso in einer kleinen italienischen Bar. Hier war es gemütlich warm, während an der Fensterscheibe der Regen hinablief. Es roch nach Kaffee und Gebäck und nach dem feuchten Hund, der zwei Tische weiter zu Füßen seines Frauchens lag.

Dühnfort erklärte Julia seine Vermutung, dass die Morde an Pfaller und Rippinger auf das Konto desselben Mannes gingen. »Was war eigentlich mit der Videokamera vor dem Erotic-Club los, haben Sie da etwas herausgefunden?«

Sie wischte sich Milchschaum vom Mund. »Die hat jemand heruntergeschlagen. Vermutlich mit einem Baseballschläger oder einer Holzlatte.«

»Davon gibt's ein Video?«

»Nein. Der Täter muss über die Mauer vom benachbarten Schrottplatz gekommen sein. Das ist der einzige tote Winkel, den ich gefunden habe. Ich vermute Baseballschläger oder Latte, weil die Kamera auf zweieinhalb Metern Höhe hängt und völlig demoliert ist. Es ist an dem Abend passiert, an dem Pfaller starb. Um dreiundzwanzig Uhr vier bricht die Aufzeichnung plötzlich ab. Jemand hat also auf dem Parkplatz auf ihn gewartet, um ihm eine Lektion zu verpassen.«

»Das war keine Lektion. Das war ein geplanter Mord. Davon gehe ich jedenfalls aus.« Wieder hatte er ein Déjà-vu. Wie oft hatte er diese Formulierung in den letzten Wochen benutzt? Zu oft. Aber die wenigsten Morde wurden geplant. Die meisten waren eine Folge eskalierender Situationen.

»Gut, dann Mord. Super. Und ich stehe allein mit der Ermittlung da. Eichenauer hält das nach wie vor für das tödliche Ende eines Streits. Und ich habe keine Ahnung, wie ich weitermachen soll. Es sind beinahe sechs Wochen vergangen. Die Spurenlage ist eine Katastrophe. Es gibt keine Zeugen und nicht den Hauch eines Motivs. Was soll ich jetzt tun?«

»Durchforsten Sie weiter sein Leben. Finden Sie heraus, wer L. ist.«

• • •

Dühnfort fuhr zurück. Als er die Abteilung betrat, war die Tür zu Armins Büro geschlossen. Er war also da. Beatrice saß an ihrem Platz und winkte Dühnfort zu sich. »Offenbar geht in Augsburg etwas voran. Es ist eine Liste mit Namen von *Volksschädlingen* aufgetaucht, die man *ausmerzen* sollte. Rippinger steht auch darauf.«

»Woher kommt die so plötzlich?«

»Sie lag dem Verfassungsschutz schon länger vor und stammt von einer Gruppe, die sich Putschisten_88 nennt. Rippinger war darüber informiert. Er hat das aber nicht ernst genommen. Darauf konzentriert sich nun die Arbeit der gesamten Soko.«

Meinetwegen, dachte er. Es wird nichts bringen. Das Motiv war ein anderes. Wer war L.? Er setzte sich an seinen Schreibtisch, loggte sich in die elektronische Ermittlungsakte im Fall Rippinger ein und druckte einen Screenshot des Überwachungsvideos aus. Die schwarze Silhouette des Mannes, der Rippinger eine Pistole an die Stirn setzte.

In der folgenden Stunde erstellte er eine Übersicht von Gemeinsamkeiten der Morde an Pascal Pfaller, Dirk Rippinger und Rebecca Welser. Damit ging er zu Armin. Er klopfte kurz an der Tür und trat ein, als ein »Herein« erklang.

Armin saß mit aufgekrempelten Ärmeln an seinem Schreibtisch. »Hallo Tino!«

»Hast du kurz Zeit für mich?«

Unweigerlich ging Armins Blick zur Uhr. »Reichen fünfzehn Minuten? Ich habe einen Termin.«

»So lange werde ich nicht brauchen.« Er setzte sich und legte den Screenshot auf den Tisch. »Ich gehe davon aus, dass dieser Mann für weitere Morde verantwortlich ist. Und zwar in Passau und …«

»Etwa die Armbrustmorde?«

»Es gibt dort noch einen anderen Fall. Julia Jähnike hat ihn uns gegenüber erwähnt, du erinnerst dich? Die Körperverletzung mit Todesfolge. So wurde die Tat zunächst behandelt.«

»Und das ist sie nicht?«

»Am siebten September wurde Pascal Pfaller auf dem Parkplatz eines Passauer Erotic-Clubs das Genick gebrochen, und zwar sehr gekonnt. Vermutlich mit einem Kampfsportgriff. Am vergangenen Freitag gab es einen ähnlichen Mord in München. Das Opfer heißt Rebecca Welser. Ihr wurde auf dieselbe Weise das Genick gebrochen. Was die drei Fälle gemeinsam haben sind gute Vorbereitung, der unbedingte Wille zu töten und spurenarme Tatorte. Derartige Morde sind selten. Die meisten Taten geschehen mehr oder weniger ungeplant. Wenn sie doch geplant werden, ist die Ausführung normalerweise nicht professionell. Und jetzt haben wir innerhalb von wenigen Wochen drei solcher Fälle in Bayern. Es könnte ein Zusammenhang bestehen. Der Täter muss seine Opfer ausgespäht haben. Er wusste genau, wann und wo er am besten zuschlagen kann. Im Fall Rippinger wissen wir, dass er überwacht wurde, bei den beiden anderen sind Handys und Laptop noch bei Meo. Und in allen drei Fällen wurden die Überwachungskameras zeitnah außer Betrieb gesetzt.«

Bedächtig rieb Armin sich das Kinn. »Na ja. In Augsburg nicht. Da gibt's ein Video von ihm.«

»Aber nur weil die Kamera erst am Tag der Tat montiert wurde und er sie daher nicht entdeckt hat. Außerdem hat Pfaller eine ähnliche Drohmail bekommen wie Rippinger. Beinahe derselbe Wortlaut, allerdings ohne Bildanhang.«

»Worauf willst du hinaus?«

»Die Ermittlungen sollten unter der Prämisse zusammengelegt werden, dass wir es mit einem Täter zu tun haben. Wir können nicht ausschließen, dass er es wieder tut.«

»Und warum? Was ist sein Motiv?«

»Wenn ich das wüsste!«

»Das ist sehr dünnes Eis. Der Mann in Passau kann durch einen Unfall gestorben sein, das schließt die Weidenbach nicht aus. Rippinger wurde erschossen. Warum nicht auch ein Genickbruch? Er wäre möglich gewesen.« Armin wies auf den Ausdruck des Screenshots. »Und in dieser Situation vielleicht die bessere Wahl.«

»Weil Rippinger körperlich fit war. Er hätte seinem Angreifer etwas entgegenzusetzen gehabt. Pfaller in Passau nicht. Genau wie Rebecca Welser. Wir sollten nach der Verbindung zwischen den drei Opfern suchen.«

»Das ist nicht unsere Aufgabe.«

»Ich weiß. Wir sollten Welling in Augsburg darauf aufmerksam machen. Julia Jähnike und Kirsten Tessmann kennen diese Theorie bereits.«

»Aha« war alles, was Armin dazu sagte. Es klang verärgert, und er schob die Frage nach, welche Verbindung das sein sollte.

»Vielleicht Drogen. Welser war süchtig.«

Armin verschränkte die Arme und lehnte sich zurück. »Rippinger war ein Gesundheits- und Fitnessfreak. Er hat keine Drogen genommen. Es gibt keinen Hinweis darauf. Ich sehe die Ähnlichkeiten, Tino. Doch manchmal gibt es solche Cluster. Konzentrieren wir uns darauf, die Kollegen in Augsburg weiter bei den Ermittlungen im rechtsextremen Milieu zu unterstützen. Bist du auf dem aktuellen Stand? Wenn nicht, dann sorge dafür. Morgen früh setzen wir uns zusammen.«

• • •

Das Wort *Cluster* lag Dühnfort noch im Magen, als er Feierabend machte. Es war keine zufällige Ansammlung von Ähnlichkeiten. Vor allem die E-Mails nicht, die den Taten vorausgegangen waren. Die drei Fälle gehörten zusammen.

»Wie gefällt's dir eigentlich bei uns?« Beatrice Mevél trat neben ihn, als er auf den Lift wartete.

»Wie meinst du das?«

»Du wirkst unzufrieden und nicht allzu bereit, dich ins Team zu integrieren. Oder täusche ich mich?«

»Ich habe allenfalls ein Problem mit Manfred. Seine Sticheleien nerven. Außerdem muss ich mich erst daran gewöhnen, dass nicht mehr ich vorgebe, wie eine Ermittlung geführt wird.«

»Vielleicht müssen sie sich in Augsburg erst festfahren, damit es dann anders geht.«

Der Lift kam oben an, und sie stiegen ein.

»Und dabei verlieren sie wertvolle Zeit. Wenn er es nun wieder tut?«

»Wie kommst du darauf?« Beatrice drückte den Knopf für die Tiefgarage.

Vielleicht hatte er es ja schon vorher getan. Dieser Gedanke war plötzlich da. Vielleicht war Pfaller nicht die Nummer eins.

Die Türen begannen sich zu schließen. Dühnfort schob die Hand dazwischen und stieg wieder aus. »Entschuldige, Beatrice. Ich habe etwas vergessen.«

An seinem Schreibtisch angekommen, startete er den Computer, den er gerade erst heruntergefahren hatte, und loggte sich in ViCLAS ein. Eine Datenbank, die Seriendelikte bundesweit erkennen konnte. Das Kürzel stand für Violent Crime Linkage Analysis System. Dühnfort begann seine Suche mit den ungeklärten Fällen des laufenden Jahres in Bayern. Pfaller war darunter, das Ehepaar Sander ebenfalls. Natürlich Rippinger und Welser, aber auch ein Sexualmord in Ansbach, der äußerst brutal ausgeführt worden war. Ein Mord an einer allein lebenden Seniorin am Ammersee, der an einem jungen Mann in Rosenheim und an einem in Regensburg. Erst vor elf Tagen.

Hier stutzte Dühnfort. Während bei den anderen Morden spurenreiche Tatorte vorlagen und die Tatausführungen für einen nicht vorhandenen oder bestenfalls geringen Planungsgrad sprachen, passte der Mord in Regensburg ins Bild. Das Opfer war Arfan Kobisch, fünfundzwanzig Jahre alt, gelernter Koch, arbeitslos. Spitzname: Big Bro.

In der Nacht zum Sonntag der vorletzten Woche war Big Bro auf einem Supermarktparkplatz am Rande von Regensburg gegen null Uhr fünfzehn zehn Meter von seinem Wagen entfernt mit einem aufgesetzten Kopfschuss getötet worden. Keine Zeugen.

Kaum Spuren. Gefunden wurde er mit heruntergelassener Hose hinter den Müllcontainern von der Leiterin des Supermarkts um fünf Uhr dreißig am Samstagmorgen. Keine Spuren des Täters am Tatort oder im Wagen des Opfers.

Dühnfort druckte die Informationen zu diesem Fall aus und suchte weiter. Doch mehr fand er nicht. Im Büro war es still. Big Bro war hingerichtet worden. Genau wie Rippinger. *Das war eine Hinrichtung.* Dieser Satz hallte in ihm nach. Seine Worte. Er hatte sie nicht nur in Augsburg vor Kurzem gesagt, sondern auch in Passau. Im Dornröschenweg 15d.

»Shit!«, sagte er in die Stille des Raums und ging zurück an seinen PC. Eigentlich kannte er die Ermittlungsakte im Doppelmord Sander beinahe auswendig. Von Drohnachrichten war darin keine Rede. Die Kommunikationsdaten der Opfer waren ausgewertet worden. Er sah den Eintrag noch einmal durch. Keine Mail mit merkwürdigem Inhalt.

Dühnfort rief Julia Jähnike an. Offenbar erreichte er sie daheim, im Hintergrund lief der Fernseher. Im selben Moment kam eine WhatsApp von Gina. Es war schon die zweite. Die erste hatte er nicht mitbekommen. »Jähnike.«

»Dühnfort hier. Warten Sie eine Sekunde!« Er öffnete die Nachrichten. Die erste war von siebzehn Uhr elf: *Wo bist du? Ich hatte gerade einen Anruf vom Kindergarten. Chiara wurde noch nicht abgeholt. Ich mach das jetzt.* Die zweite lautete: *Wir sind daheim. Und wo bist du?* »Mist!«, murmelte Dühnfort.

»Sind Sie noch dran?«

»Ja. Entschuldigen Sie! Ich störe auch nicht lange. Wissen Sie, ob Ranghild und Bruno Sander eine ähnliche Drohung erhalten haben wie Pfaller?«

»Äh … nein. Warum interessieren Sie sich plötzlich wieder für die Armbrustmorde? Das wird meinem Boss nicht gefallen.«

»Vielleicht wurde das Ehepaar Sander vom selben Mann getötet, der Pfaller das Genick gebrochen hat.« Er fasste seine Überlegungen zu den Fällen zusammen, und Julia Jähnike wirkte plötzlich wie elektrisiert. »Wow! Das ist ja eine irre Geschichte. Aber was ist sein Motiv?«

»Wenn ich das wüsste! Drogen vielleicht.«

»Die Sanders haben gerne Wein getrunken. Im Keller steht ein gut gefülltes Weinregal. Aber Drogen ... Wir haben nichts gefunden. Ich höre mich mal um.«

»Danke!« Er verabschiedete sich und suchte die Dienstnummer von KHK Phillip Leis bei der Mordkommission Regensburg heraus. Der Kollege meldete sich nicht. Es war schon halb acht. Sicher hatte er längst Feierabend gemacht. Dühnfort wollte gerade auflegen, als er das typische Knacken einer Rufweiterleitung hörte. Das Klingelgeräusch veränderte sich. »Ja? Leis.«

»Grüß Sie, Herr Leis, Dühnfort vom K 16 in München. Es geht um den Mordfall Arfan Kobisch.«

»K 16? Noch nie gehört.«

»Das Kriminalkommissariat für Operative Fallanalyse.«

»Ach so. Die Profiler. Ich habe mal einen Vortrag von Armin Boos dazu gehört. War interessant. Und was wollen Sie jetzt von mir?«

»Mich interessiert, ob Sie Kobischs Kommunikationsdaten überprüft haben. Hat er eine Todesdrohung bekommen?«

»Kann ich nicht sagen. Sein Smartphone ist verschwunden. Aber auf dem PC war nichts Auffälliges.«

»Haben Sie versucht, das Handy zu orten?«

»Natürlich. Auch wenn wir hier in der Provinz sitzen, sind wir keine Deppen. Es ist ausgeschaltet oder längst Elektroschrott.«

»So war das nicht gemeint.«

»Dann ist es ja gut.«

»Ich rate jetzt mal: Es gibt kein Überwachungsvideo.«

»Die Kameras auf dem Supermarkt-Parkplatz werden zentral von einem Computer gesteuert, und der hatte sich aufgehängt. Blöder Zufall.«

»Haben Sie eine Geschosshülse gefunden?«

»Nichts dergleichen. Einen derart cleanen Tatort habe ich noch nie gesehen.«

»Wieso war Kobisch um diese Zeit dort?«

»Vermutlich hat er eine Lieferung Koks ausgefahren. Big Bro gehörte zur Familie Birol. Der Neffe des Schwagers irgendeines Cousins oder so ähnlich vom alten Birol. Big Bro war zunächst Fahrer für die Wäschereikette, die die Birols neben Bars und Puffs betreiben. Irgendwie muss man das Drogengeld ja waschen.« Leis lachte.

»Nachdem er sich bewährt hatte«, fuhr Leis fort, »wurde er zum Türsteher und Drogenlieferanten befördert. Was halt so anfiel. Die Birols sind eine der beiden Familien, die bei uns den Drogenhandel und die Prostitution unter sich aufgeteilt haben. In den frühen Neunzigern hatten wir hier einen Krieg, beinahe hätten sie sich gegenseitig ausgerottet. Wäre das Beste gewesen. Aber sie haben sich geeinigt und ihre Reviere abgesteckt. Sieht so aus, als würde jetzt jemand die Claims neu verteilen wollen. Ich denke, Big Bro geht auf die Rechnung der Haddad. Ab und zu können wir ihnen eine Kleinigkeit nachweisen, dann wandert einer aus den Clans für ein paar Jahre in den Knast, oder er taucht unter, und ein anderer rückt nach. Es ist wie in dem Märchen vom Hasen und Igel. Und was haben Sie jetzt damit zu tun? Die OFA haben wir nicht angefordert. Und ich habe es auch nicht vor.«

• • •

Es war kurz nach acht, als er die Wohnung betrat. Gina brachte Chiara gerade zu Bett. Er gab erst ihr einen Kuss und dann seiner Tochter. »Hallo, Prinzessin!«

»Papiii, du bist eine Tartoffelnase. Toffelnase. Osterhase. Du hast mich vergessen.«

»Aber nein, wie könnte ich dich vergessen?«

»Du warst aber nicht da.«

»Aber jetzt bin ich da, ich alte Kartoffelnase.«

»Liest du mir was vor?«

»Natürlich. Vielleicht das *Traumfresserchen*?«

»Ui ja. Schnappschnäbelchen. Pappmädelchen. Du Toffeltasse.«

»Sie ist total überdreht«, sagte Gina. »Mach nicht zu lang.«

Noch bevor er die Geschichte vom Traumfresserchen zu Ende gelesen hatte, schlief Chiara ein. Er legte das Buch beiseite, gab ihr einen Kuss auf die Stirn und löschte das Licht. Auf leisen Sohlen verließ er das Zimmer und lehnte die Tür an.

Gina saß mit einem Becher Chai-Tee im Wohnzimmer, die Nachrichten gingen gerade zu Ende, und sie schaltete den Fernseher aus.

»Tut mir leid«, sagte er. »Ich bin echt eine Toffelnase. Ich weiß nicht, wie ich vergessen konnte, dass ich sie heute abholen wollte.«

»Ja, das frage ich mich auch.« Für eine Sekunde blitzte Ärger in ihrer Stimme auf. »Egal. Schließlich sind wir jetzt alle daheim.«

»Ich habe noch etwas recherchiert und dabei nicht auf die Zeit geachtet.«

»Dachte ich mir fast. Die Arbeit hat Vorrang.«

»Vor der Familie? Das ist jetzt nicht dein Ernst. Du weißt, dass das nicht stimmt.«

»Heute aber irgendwie doch. Hast du schon was gegessen?«, lenkte sie ein.

»Ich mach mir rasch ein Brot.«

Gina folgte ihm in die Küche. Während er den Kühlschrank inspizierte und sich entschloss, Rühreier mit Speck zu braten, fragte Gina, was ihn denn derart beschäftigt hatte.

Er stelle die Pfanne auf den Herd und gab eine Handvoll Speckwürfel hinein. »Vier Morde, für die meiner Meinung nach derselbe Täter verantwortlich ist. Armin will nichts davon wissen, obwohl die Parallelen offensichtlich sind.«

Er schilderte Gina die Fälle, briet dabei Speck und Eier und bestrich eine Scheibe Bauernbrot mit Butter. Im Kühlschrank stand noch die angebrochene Flasche Soave, und er schenkte sich ein halbes Glas davon ein. Mit seinem Essen setzte er sich an den Küchentisch.

»Kirsten wird jedenfalls ihre Ermittlung im Fall Rebecca Welser mit Hinblick auf einen möglichen Serientäter führen, und Julia Jähnike befasst sich in Passau weiter mit Pfallers Leben. Außerdem habe ich vorher mit dem Kollegen Leis in Regensburg telefoniert. Er denkt, Big Bros Tod wäre eine Sache unter Dealern.«

»Das wäre doch eine Erklärung für die professionelle Tatausführung.«

»Warum sollte ein Auftragskiller seinem Opfer die Hose runterziehen und den Penis zur Schau stellen?«

»Na, um es herabzusetzen. Das muss ich dir doch nicht erklären.«

»Ich denke, da eskaliert etwas. Da ist Hass im Spiel. Bei den ersten Opfern begnügt er sich mit der Tötung. Bei Rebecca Welser nicht mehr. Er entblößt ihren Unterleib und drapiert die Leiche in einer entwürdigenden Pose, wie er es sechs Tage zuvor schon bei Big Bro getan hat. Er raubt ihnen im Tod den letzten Rest Würde.

Bei seinem ersten Opfer, Pascal Pfaller, schickt er nicht nur eine Warnung, sondern auch Grüße von L. Wer ist das? Das müssen wir herausfinden.«

»Vorausgesetzt, es handelt sich wirklich um eine Serie.« Gina stützte das Kinn in die Hand. »Wenn ich das jetzt richtig sehe, baust du dir gerade dein eignes Team auf, bestehend aus Julia Jähnike, Kirsten Tessmann und dir. Das ist nicht in Ordnung. Du kannst nicht gegen deine Abteilung arbeiten.«

»Soll ich etwa abwarten, bis alle Ermittlungen derart festgefahren sind, dass Armin nichts anderes übrig bleibt, als meinen Vorschlag zu unterstützen? Vielleicht geschieht bis dahin der nächste Mord.«

Gina breitete die Hände aus. »Es geht doch viel einfacher. Du musst nur Kirsten und Julia bitten, die OFA anzufordern.«

19

Der blaue Punkt auf dem Tablet bewegte sich zügig auf der A3 von Passau Richtung Regensburg. Herpes fuhr nach Hause. Die Nummer acht auf der Liste hatte ihn abgelöst, Mega.

Er legte das Tablet beiseite und sah auf dem Handy, dass eine neue Nachricht auf der Mailbox war. Sie kam von Charlie. »Hallo, Bruderherz! Wir wollten uns doch auf ein Bier treffen, schon vergessen? Oder gehst du mir aus dem Weg?« Er hörte einen Seufzer. »Ich mache mir Sorgen um dich. Melde dich bitte!«

Natürlich ging er seiner Schwester aus dem Weg. Die Gefahr, dass sie dahinterkam, was er tat, war zu groß. Außerdem ertrug er kaum noch jemanden in seiner Nähe. Das seichte Gerede. Das oberflächliche Interesse. Die hohlen Sprüche. *Die Zeit heilt alle Wunden. Du wirst darüber hinwegkommen. Das muss schwer sein für dich. Wir sind immer für dich da.* Die Wahrheit war, dass schon nach drei Monaten niemand mehr seine Trauer ertragen hatte, seinen Zorn, diese ohnmächtige Wut. Die Hilflosigkeit, nichts tun zu können. Bis er sich besonnen hatte, dass er sehr wohl etwas tun konnte. Dass er aufräumen würde mit diesem Drecksgesindel.

Das Schellen riss ihn aus seinen Überlegungen. Er ging zur Gegensprechanlage. Der Paketdienst brachte die Nachnahmesendung. Er nahm sie unten vor der Haustür in Empfang und zahlte cash.

Oben packte er das Messer aus. Die ergonomisch geformten Griffschalen waren mit einer rutschhemmenden Riffelung versehen. Die Klinge war aus Edelstahl und scharf. Es lag gut in der Hand. Bald würde es zum Einsatz kommen. Bei diesem Gedanken ergriff ihn nicht Euphorie, sondern eine lähmende Leere, eine bodenlose Müdigkeit.

Schlaf war kostbar geworden seit Leas Tod. Meist fand er keinen und wälzte sich durch die dunklen Stunden der Nächte. Aber jetzt überwältigte ihn das Bedürfnis geradezu, sich hinzulegen, einzurollen und zu schlafen. Er ließ sich auf die Luftmatratze fallen, die in der Ecke auf dem Boden lag, und zog die Wolldecke über sich, die noch aus seinem früheren Leben stammte. Aus der Zeit mit Lea. Manchmal konnte er ihren zarten Duft noch zwischen den muffig gewordenen Fasern riechen. So auch jetzt. Er entspannte sich und schlief ein.

20
Videotagebuch

»Nun lebte ich also mit Joe zusammen und trug einen Verlobungsring am Finger. Ich sehnte meinen achtzehnten Geburtstag herbei, den Tag meiner Volljährigkeit, an dem wir heiraten wollten. Er schien unendlich weit entfernt.

Dass Joe mich liebte, war für mich nach wie vor ein Wunder und beinahe unfassbar. Ich weiß nicht, ob du das verstehen kannst. Es klingt so dumm und einfältig. Aber ich liebte ihn und konnte mir nichts Schöneres vorstellen, als mit ihm zusammen zu sein. Ich war nichts gewesen, bis er in mein Leben trat, und ich würde zu nichts werden, falls er mich jemals verließ. Nur habe ich mir diese Abhängigkeit nicht bewusst gemacht. Ich schwebte auf Wolken.

Es gab allerdings ein paar Probleme in unserem Leben. Zur Schule konnte ich nicht gehen, weil Mam mich dort garantiert abgefangen hätte. Dabei wollte ich eigentlich das Abi irgendwie hinkriegen, um sie nicht restlos zu enttäuschen. Und auch für mich selbst. Mit Abi hat man einfach bessere Chancen. Joe redete mir das aus. Er selbst hatte keinen Schulabschluss. *Und schau mich an, ich habe es trotzdem zu etwas gebracht.* Einen Plan für die Berufswahl hatte ich ohnehin nicht, und er sagte, er würde für uns beide sorgen.

Es leuchtete mir ein und auch nicht. Ausschließlich Hausfrau wollte ich nicht werden. Ich verschob die Lösung dieses Problems auf später. Notfalls konnte ich die elfte Klasse wiederholen, sagte ich mir. Dabei ahnte ich, dass ich mir da etwas vormachte. Das andere Problem waren die Drogen. Joe drängte sie mir geradezu auf. In den ersten Tagen bei ihm habe ich allerlei ausprobiert. Zuerst eher widerwillig.

Die Pillen waren nichts für mich. Auf den Höhenflug folgte der Absturz. Ich probierte Gras, doch das machte so müde, und ich kam fast nicht mehr aus dem Bett. Am besten ging es mir mit Kokain. Damit hob ich ab und fühlte mich unbesiegbar.

Natürlich war ich viel im Monsoon. Immer in der Sorge, Mam könnte mich dort entdecken. Was dann tatsächlich eines Abends geschah. Allerdings war es Rolf, der durch die Tür trat und mich bat mitzukommen. Mam würde sich große Sorgen machen. Das war das eine. Das andere: Joe sei kein Umgang für mich, und bis zu meiner Volljährigkeit liege das Aufenthaltsbestimmungsrecht bei meiner Mutter. Im Klartext: Sie konnte mir vorschreiben, wo ich lebte. Und wo nicht. Nicht bei Joe. Das hatte sie entschieden.

Ich hab Rolf gesagt, dass ich nicht mitkomme. Und wenn er mich nach Hause schleppt, würde ich wieder weglaufen. Wenn sie mich einsperrten, würde ich sie wegen Freiheitsberaubung anzeigen. Und den Plan mit dem Internat könnten sie knicken. Nicht einen Tag würde ich bleiben.

Rolf hat den Kopf geschüttelt, seinen Spruch von der Herdplatte und den Erfahrungen losgelassen, die jeder selbst machen müsse, und ist dann gegangen. In der Tür hat er sich noch einmal umgedreht: Ich solle eine Nacht darüber schlafen. Wenn ich nicht innerhalb der nächsten vierundzwanzig Stunden nach Hause komme, sei seine Tür für mich für immer verschlossen. Er hat echt von *seiner* Tür gesprochen, als hätte Mam gar nichts mehr zu sagen. Jedenfalls war die Botschaft klar. Eigentlich war er froh, mich so billig losgeworden zu sein. Joe hat gemeint, ich hätte ihn ziemlich cool abgefertigt. Ganz große Klasse.

Sie hatten mich also aufgespürt. Zur Schule ging ich trotzdem nicht. Keine Lust. Ich hockte viel in der Wohnung rum, sah Serien auf dem Laptop, putzte und räumte auf. Dabei fiel mir eines Tages auf, was ich längst hätte sehen können. Joe besaß nur wenig Zeug. Ein paar Klamotten, einen alten Laptop, nur das Allernötigste. Das konnte ja nicht sein. Wohnte er etwa gar nicht wirklich hier? Hatte er noch eine andere Wohnung? Dieser Gedanke schoss mir einfach so durch den Kopf und ließ sich nicht mehr ungedacht machen. Dazu würde auch passen, dass ab und zu unangekündigt irgendwelche Typen hier pennten. Seine Buddys. So nannte Joe sie. Vermutlich Dealer. Das dachte ich damals. Logistiker und Aufpasser hätte es besser getroffen. Herpes gehörte auch dazu.

Jedenfalls war dieser Gedanke da, und ich habe Joe tatsächlich gefragt, ob er noch eine andere Wohnung hat. Ich muss dazusagen, dass ich an dem Abend zu viel getrunken hatte und obendrein auf Koks war, und die Frage purzelte unzensiert aus mir heraus. Da lernte ich eine völlig neue Seite an ihm kennen. Bam!«

Sie sprang auf und schlug sich mit der Faust in die Hand, und er zuckte vor dem Monitor zurück. Wie jedes Mal, wenn er diese Szene sah und sich vorstellte, wie Joe Lea zusammengeschlagen hatte.

Sie setzte sich wieder. »Er hat mir eine gescheuert und noch eine und noch eine. Bis ich zu Boden ging und ihn angefleht habe aufzuhören. Ich solle verschwinden, hat er gebrüllt. Was er echt nicht vertragen würde, sei Misstrauen. Während ich noch herumstotterte, dass ich das nicht so gemeint hätte und ein Tempo auf die aufgeplatzte Lippe drückte, stopfte er schon meine Sachen in die Reisetasche, nahm mich bei den Schultern und schob mich zur Wohnung hinaus. Ich bräuchte mich nie wieder blicken lassen. Die Tür knallte hinter mir zu, und ich dachte, ich bin im falschen Film. Auf mein Klopfen hat er nicht reagiert. Schließlich bin ich heulend zu Alina geschlichen, die bei einer Cousine wohnte. Also, diese Familienverhältnisse habe ich nie durchblickt. Alinas und Joes Eltern kenne ich bis heute nicht.

Alina wusste schon Bescheid. Joe hatte ihr eine Nachricht geschickt, dass ich im Anmarsch wäre, es sei denn, ich kehrte zu meiner Mam zurück, was er nicht glaube. Alina hat mich getröstet und mir einen Berg Nudeln gekocht. Da hab ich erst gemerkt, dass ich seit Tagen nicht mehr richtig gegessen hatte. Jedenfalls hat sie mich umsorgt wie eine Glucke. Joe habe natürlich keine zweite Wohnung, wie ich denn auf eine so abgefahrene Idee komme?

Er ließ mich drei Tage lang schmoren, bis er auf meine Nachrichten reagierte und meine Entschuldigung annahm. So lange wohnte ich bei Alina, die mich aufpäppelte, denn ich hatte ziemlich abgenommen. Alina war es auch, die zu Joe ging und Koks für mich besorgte, als ich das große Zittern bekam und kalte Schweißausbrüche, als es mir beschissen ging und ich dachte, ich hätte mir einen Virus eingefangen. Doch es war kein Virus. Zwei Minuten nachdem ich eine Line gezogen hatte, ging es mir blendend. Jedenfalls so blendend, wie es dir gehen kann, wenn der Mann, den du liebst, nichts mehr von dir wissen will und du selbst es vergeigt hast.

Obendrein sah ich ihn am zweiten Abend mit Trixi. Ich wollte ins Monsoon, um mit ihm zu reden, und er kam mit ihr die Straße entlang und hatte seinen Arm um ihre Schultern gelegt. Die beiden sahen mich nicht, und ich bin davongeschlichen wie ein geprügelter Hund. Noch nie in meinem Leben habe ich mich so elend gefühlt wie an diesem Abend. Außerdem habe ich begriffen, welche Macht Joe über mich hatte. Theoretisch war mir das ja klar. Die Sache mit den Spiegeln, ich hab's dir ja erklärt.«

Suchend sah sie in die Kamera, als könnte sie ihn da draußen sehen. »Ohne Joe war ich nichts. Das habe ich erst an diesem Abend wirklich verstanden, und in einer Ecke meines Selbst schrillte eine Alarmanlage los. Ich sollte die Finger von ihm lassen. Es war eigentlich gut, dass er Schluss gemacht hatte. So richtig abhängig konnte ich noch nicht sein. Weder von ihm noch vom Koks, dafür ging es noch nicht lange genug. Ich konnte die Kurve noch kriegen. Kurz dachte ich an eine Psychotherapie, als Ersatz für Joe. Ein Therapeut, der mir einen Spiegel in die Hand drückte, in dem ich mich selbst erkennen konnte.

Ich schlich also zurück zu Alina, völlig durcheinander. Meine Gefühle schwankten zwischen bodenloser Verzweiflung und einem kleinen Funken Vernunft, der sich immer wieder bemerkbar machen wollte: Lass die Finger von ihm und dem Koks. Kehr zurück zu deiner Mam und dem Besserwisser. Lass dich ins Internat stecken. Vielleicht ist es das Beste für dich. Leider war dieser Funke zu schwach. Er erlosch, als ich Joe einen Tag später wiedersah. Dazu komme ich gleich.

Wieder war es Alina, die mich auffing und mir erklärte, dass Joe nichts von Trixi wollte. Umgekehrt schon, sie sei scharf auf ihn. Er sei nur nett zu ihr. Er hörte sich ihre Sorgen mit ihrer Mutter an, die die Familie alleine durchbringen musste und nur einen Job beim Discounter an der Kasse hatte. Dass Trixi neben der Schule arbeiten musste, um sich mal ein paar Klamotten oder einen Lippenstift leisten zu können. Joe höre zu, das sei schon alles.

Und dann rückte Alina damit heraus, was wirklich mit ihm los war. Er hatte jede Menge Probleme am Hals. Logisch, dass er mir davon nichts sagte, erklärte Alina. Er wollte mich ja beeindrucken. Aber es gab Ärger mit einem Drogenlieferanten, der auch Teilhaber der Shishabar war. Joe schuldete den falschen Leuten Geld. Typen, die nicht lange fackelten und ihn krankenhausreif prügeln oder ihm gleich eine Kugel in den Kopf jagen und ihn in der Donau versenken würden, wenn er nicht zahlte. Die Uhr tickte. Immerhin hatten sie ihm großzügig vier Wochen eingeräumt, um zehntausend Euro aufzutreiben. Doch woher sollte er das Geld nehmen? Alina hatte Angst um ihn und ich jetzt auch.

Wie schon gesagt: Am dritten Abend reagierte Joe auf meine WhatsApps. Er tauchte mit einem Blumenstrauß auf und bat mich um Verzeihung. Er wüsste auch nicht, warum er mich geschlagen hatte. Das wäre sonst nicht seine Art. Er würde sich selbst nicht wiedererkennen. Es tue ihm unendlich leid, ob ich ihm vergeben würde. Und ich schmolz dahin wie Butter in der Sonne.

Ich verzieh ihm und sagte, dass ich es ja irgendwie verstehen könne, dass er ausgerastet sei. Wegen meines dämlichen Misstrauens, vor allem aber wegen des Drucks, den er momentan habe. Seine Sorgen wegen des Geldes, das er innerhalb von vier Wochen auftreiben musste. Verwundert pendelte sein Blick zwischen mir und Alina. Er fragte, woher ich das wisse, und funkelte dabei seine Schwester so komisch an. Irgendwie wütend. Doch wenn ich heute daran denke, fällt mir auch eine andere Interpretation für diesen Blick ein: verschwörerisch. Als ob die beiden ein abgesprochenes Spielchen mit mir spielten. Vermutlich war es so.

Joe erklärte mir, dass es wirklich ernst war. Yussef, dem er das Geld schuldete, war einer der Bosse in der Szene. Es sei besser, in Frieden mit ihm zu leben. Jedenfalls wenn man am Leben bleiben wollte. Joe wusste von einem Kanadier in Deggendorf, der dieselben Probleme mit Yussef gehabt hatte und eines Tages einfach verschwunden war. Alle dachten, er hätte sich aus dem Staub gemacht. Bis sich seine Leiche an einem Donauwehr verfing. Ein Messer in der Brust.

Natürlich bekam ich Angst. Ich liebte Joe. Ich wollte nicht, dass ihm etwas zustieß. Also bot ich ihm meine Hilfe an. Genauer gesagt, das Geld von meinem Sparbuch. Es waren über tausend Euro drauf. Joe nahm mein Gesicht in seine Hände und sah mich ganz zärtlich an. *Du bist so süß. Das ist so lieb von dir, Prinzessin,* hat er gesagt. Aber mein Erspartes würde nicht reichen. Er habe allerdings eine Idee, wie ich ihm helfen könne, das Geld zu beschaffen. Wenn ich ihn wirklich liebte, würde ich das für ihn tun.«

21

Dühnfort saß gerade mit Anja und Ben zusammen, als Punkt zehn Uhr Kirsten und Julia Jähnike die Räume des K 16 betraten. Kirsten lächelte ihm zu. Julia Jähnike hatte hektische Flecken auf den Wangen. Anja sah den beiden nach und suchte dann Blickkontakt mit Dühnfort. »Verstehe ich das grad richtig?«

Er zuckte mit den Schultern. »Wenn der Prophet nicht zum Berg kommt ... Oder war es umgekehrt?«

»Verstehe.« Sie stützte das Kinn in die Hand. »Armin wird das Team teilen. Ich wäre gerne bei dir dabei. Vorausgesetzt, er lässt dich das machen.«

Bens Blick pendelte zwischen ihnen. »Habe ich was verpasst?«

»Bis jetzt noch nicht«, meinte Anja.

Zehn Minuten später verließen Kirsten und Julia Jähnike Armins Büro. Kirsten hob den Daumen. »Bis gleich!«

Armin folgte ihr auf dem Fuß. »Tino, auf ein Wort.« Er schloss die Bürotür hinter ihnen und nahm an seinem Schreibtisch Platz. Dühnfort zog den Stuhl heran.

»Ich nehme an, du bist im Bilde, was die beiden Kolleginnen gerade hier wollten.«

»Ich habe sie gebeten, uns anzufordern. Dennoch ist es ihre Entscheidung.«

»Ja, sicher.«

»Wir sind im Begriff, eine Mordserie zu übersehen.«

»Irrtum. Wir werden der Sache jetzt nachgehen, denn wir wurden angefordert.« Ein schmales Lächeln erschien. »Nur habe ich kaum Kapazitäten. Zum Fall Rippinger ist vor einer halben Stunde noch das spurlose Verschwinden zweier Schwestern im Pasinger Einkaufszentrum gekommen. Du kannst zusammen mit Manfred deiner Theorie vom Serienmörder nachgehen.«

Manfred war also der Preis für seinen Alleingang. Dühnfort seufzte lautlos und versuchte das positiv zu sehen. Vielleicht fanden sie so einen Draht zueinander. »In Ordnung.« Dühnfort stand auf.

Armin rief das Team zusammen. »Wir haben zwei neue Fälle und müssen uns aufteilen. Anja und Ben unterstützen weiter die Soko in Augsburg. Beatrice, Kim und ich treffen uns in fünf Minuten mit Moritz Russo vom K 11. Er hat uns im Fall der vermissten Schwestern angefordert. Manfred und Tino betreuen die Fälle Pfaller und Welser.«

Manfred zuckte regelrecht zusammen. »Wovon redest du?«

»Tino weiß Bescheid. Er wird es dir erklären. Wir müssen los.«

Anja warf Dühnfort einen ratlosen Blick zu, Ben einen fragenden, während sich auf Beatrice' Gesicht ein verstehendes Lächeln ausbreitete, ehe sie nach ihrem Mantel griff und Armin und Kim folgte.

»Kann mich mal jemand aufklären?«, fragte Ben.

Anja nahm ihre Lederjacke von der Stuhllehne und schnappte sich den Autoschlüssel. »Mach ich während der Fahrt. Welling erwartet uns. Und euch beiden: Viel Erfolg!«

Dühnfort blieb mit Manfred allein zurück. Der schob die Hände in die Hosentaschen. »Du und deine schräge Theorie, darum geht es doch.«

»Die ist nicht schräg. Es gibt erstaunliche Parallelen.«

»Kann sein. Kann auch nicht sein.« Mit der Zunge beulte Manfred eine Wange aus. »Ich glaube, ich bekomme Zahnschmerzen.«

Von mir aus! Dann hau doch ab!, dachte Dühnfort. Klink dich aus und lass mich das alleine machen. »Kirsten und Julia Jähnike erwarten uns«, sagte er stattdessen. »Überzeuge dich selbst.«

»Lass uns Klartext reden.« Manfred zog die Hände aus den Taschen. »Du ziehst hier diese Show ab, weil du auf die OFA-Leitung scharf bist.«

Jetzt also diese Nummer. »Das ist nicht logisch. Wenn nichts dran ist an der Sache, werde ich zwangsläufig scheitern. Ganz schlecht für die Karriere. Und wenn etwas dran ist, dann profilierst du dich mit mir. Ich bin weder dein Vorgesetzter noch dein Gegner. Wir sind ein Team. Wenn du unbedingt einen Wettbewerb veranstalten willst ... ich nicht. Wie machen wir es nun? Gegeneinander oder miteinander?«

Mit Manfred ging eine Veränderung vor sich. Seine Haltung wurde entspannter. »Wir werden sehen.«

»Gut, dann lass uns runtergehen.«

Kirsten, Alois und Julia Jähnike warteten im kleineren der drei Besprechungszimmer des K 11 auf sie. Alles war vorbereitet. Akten auf den Tischen. Fotos, Skizzen und Lagepläne an der Pinnwand.

Dühnfort stellte Manfred vor. Dessen Blick wanderte zu den Tatortfotos. »Ich dachte, es geht um Pfaller und Welser. Was ist mit den Sanders? Was macht Rippingers Foto an der Wand? Und wer ist der Kerl da?«

»Das ist Arfan Kobisch, genannt Big Bro. Das mutmaßlich vorletzte Opfer unseres Täters.« Dühnfort wies auf den Ausdruck des Überwachungsvideo aus Augsburg und sah dann zu Manfred. Er stand im Raum, als ob er sich fragte, wie er hierher geraten war. Dühnfort versuchte die Situation mit seinen Augen zu sehen. Sein altes Team. Alois Fünfanger und Kirsten Tessmann. Eine kühle, sachliche Frau im Outfit einer Vorstandssekretärin. Alois Fünfanger, wie immer wie aus dem Ei gepellt. Wobei seine Ermittlungsmethoden nicht immer so einwandfrei waren. Da musste man ein Auge draufhaben, damit am Ende Beweise vor Gericht nicht wieder einkassiert wurden. Julia Jähnike mit Pferdeschwanz und noch immer vor Aufregung roten Wangen. Eine junge Frau aus Niederbayern, voller Elan und Ehrgeiz, die im Begriff war, sich ihren Vorgesetzten zum Feind zu machen. Wenn sein Verdacht sich bestätigte, würde Eichenauer am Ende ziemlich alt aussehen.

Bei den Sanders war Dühnfort sich nicht sicher. Aber bei Pfaller. Er war das erste Opfer des Mannes, den Dühnfort für sich inzwischen den Jäger nannte, während Bruno und Ranghild das nur möglicherweise waren.

Er erklärte Manfred, was sie annahmen, und ging dabei von Tatortfoto zu Tatortfoto.

»Siebter September. Passau. Pascal Pfaller. IT-Spezialist. Opfer Nummer eins. Todesursache: Genickbruch. Keine Abwehrverletzungen, keine Hämatome, die auf einen Sturz als Todesursache hindeuten. Stirbt auf dem Parkplatz eines Erotic-Clubs. Die Videoüberwachung war defekt. Nicht zufällig. Jemand hat sie heruntergeschlagen. Zwei Tage zuvor hat Pfaller eine Mail bekommen.« Dühnfort wies auf den Ausdruck, den Julia an die Wand geheftet hatte. »*Ich bin dein Tod. Mich hast du verdient. Grüße von L.*« Er ging weiter. »Dreißigster September. Ebenfalls Passau. Du kennst den Fall. Bruno und Ranghild Sander. Mutmaßlich Opfer Nummer zwei und drei. Zwei Schüsse aus einer Armbrust, die vom gegenüberliegenden Garagendach abgegeben wurden. Keine Videoüberwachung weit und breit, die der Täter hätte ausschalten müssen. Bisher wissen wir nicht, ob sie eine Drohmail erhalten haben. Deshalb ein Fragezeichen, ob sie Opfer des Jägers sind.«

Manfred fuhr sich über die Stirn. »Weshalb sind sie an dieser Wand?«

»Weil sie hingerichtet wurden, wie die anderen. Außerdem wegen der guten Vorbereitung und des spurenarmen Tatorts.«

»Okay.«

»Achtzehnter Oktober. Augsburg. Dirk Rippinger. Steuerberater und Politiker. Opfer Nummer vier. Muss ich dir ebenfalls nicht groß erklären. Wurde mit einem Kopfschuss hingerichtet. Bekam vorher eine Drohmail. *Ich bin dein Tod. Mich hast du verdient.* Es gibt kaum Spuren, und außerdem ist da die Sache mit der Videoüberwachung. Obendrein wurde Rippinger getrackt. Die anderen vielleicht auch. Wissen wir aber noch nicht. Meo arbeitet daran.« Er kam zum vorletzten Bild.« Dreizehnter November. Regensburg. Opfer Nummer fünf. Arfan Kobisch, Spitzname Big Bro. Ein Dealer. Fährt in Regensburg in eine Falle. Ein Neukunde bestellt telefonisch Koks. Er kennt das Codewort und den Übergabeort, einen Supermarktparkplatz. Kein Grund, misstrauisch zu werden. Big Bro will also liefern und wird mit einem Kopfschuss getötet. Allerdings mit einer anderen Waffe als Rippinger. Die Videoüberwachung wurde gehackt und außer Betrieb gesetzt. Kaum Spuren am Tatort. Ob er eine Mail bekommen hat, wissen wir noch nicht. Ich nehme an, dass auch er überwacht und getrackt wurde. Sein Handy ist allerdings verschwunden. Die Kripo Regensburg will uns nicht anfordern. Sie halten das für eine Sache unter Dealern. Doch wir dürfen Fragen stellen und bekommen vielleicht Antworten.« Dühnfort erreichte das Ende der Pinnwand. »Zwanzigster November. München. Opfer Nummer sechs. Rebecca Welser. Eine drogensüchtige Prostituierte. Genickbruch, genau wie bei Pfaller in Passau zehn Wochen zuvor. Dasselbe Vorgehen. Gehackte Videoüberwachung. Cleaner Tatort. Allerdings keine Drohmail.«

»Weshalb plötzlich eine Frau?«, fragte Manfred.

»Wenn die Sanders zur Serie gehören, dann ist sie die zweite. Etwas verbindet die Opfer. Wer ist L.? Wenn wir das herausfinden, wissen wir es.«

»Und das Motiv?«

»Rache, Hass. Da räumt jemand auf. Davon bin ich überzeugt. Das sind eiskalte, gut vorbereitete Hinrichtungen. Und plötzlich reicht das dem Jäger nicht mehr. Er geht dazu über, seine Opfer zu demütigen. Zieht ihnen die Hosen runter, präsentiert ihre Leichen in entwürdigenden Haltungen.«

»Das sind völlig unterschiedliche Menschen in verschiedenen Städten«, wandte Manfred ein. »Was soll die verbinden?« Er schien tatsächlich das Kriegsbeil begraben zu wollen.

»Vielleicht Drogen. Rebecca war süchtig. Big Bro dealte. Pfaller verkehrte in einem Club, in dem man neben Sex auch Koks, Meth und allerlei Pillen kaufen kann. Rippinger nahm allerdings keine Drogen. Die toxikologische Untersuchung hat das inzwischen ergeben. Bei den Sanders prüft die Rechtsmedizin das gerade.«

»Vielleicht geht's ja um Sex«, wandte Julia Jähnike plötzlich ein. »Ich meine um eine Frau. Rebecca war früher Prostituierte. Der Erotic Club Sophia ist ein Puff. Wenn das nun die Verbindung ist? Jemand bringt Freier um?«

Kirsten hatte sich an die Tischkante gelehnt. »Das ist eine Möglichkeit. Wir müssen prüfen, ob die anderen Opfer Verbindungen zu diesem Milieu hatten.«

»Big Bro auf alle Fälle«, sagte Dühnfort. »Er gehörte zur Familie Birol. Die haben nicht nur die Gebiete für Drogenhandel mit der Konkurrenz abgestimmt, sondern auch für die Prostitution. Bleiben die Sanders und Rippinger.«

»Wer fährt nach Augsburg?«, fragte Kirsten. »Alois und ich

wollten zu Meo. Er hat vorhin angerufen und will uns etwas zeigen.

Manfred wandte seinen Blick von der Pinnwand ab. »Ich rede mit Rippingers Frau, ob ihr Mann in den Puff ging.«

Dühnfort nickte. »Gut, dann fahren Frau Jähnike und ich nach Passau.«

• • •

Der Himmel klarte bis Passau nicht auf. Eine graue Wolkendecke hing tief über dem Land. Dühnfort ließ den Wagen vor dem Dornröschenweg 15d ausrollen. Kein Windhauch regte sich. Der Regen fiel in feinen Fäden lautlos auf die Häuser und Garagen und auf die nahezu kahlen Bäume.

Dühnfort stieg aus, schlüpfte in die Regenjacke und zog die Kapuze über den Kopf. Er sah hinauf zu den Garagendächern. Dort hatte der Jäger gelegen. Mit schussbereiter Armbrust. Ein plötzlicher Windstoß fuhr in die Äste. Er schüttelte einen kleinen Regenschauer und welke Blätter heraus. Ein Motorgeräusch wurde lauter. Julia Jähnike kam. Sie stoppte ihren Twingo neben seinem Wagen und stieg aus. »Hab ihn.« Sie hielt den Hausschlüssel hoch. »Wonach suchen wir eigentlich? Ich meine, wenn Sander ins Puff gegangen ist, sollten wir bei denen nachfragen, die es hier gibt. Oder mit seinem besten Freund reden. Der wird es wissen, wenn es so war.«

»Ich will mich hier einfach noch mal in Ruhe umsehen. Vor sechs Wochen war kaum Zeit dafür. Da haben wir uns zu sehr auf den von Ihrem Chef vermuteten Tatablauf konzentriert.«

»Ja, verstehe.«

»Was halten Sie davon, wenn wir uns duzen? Wie alle im Team? Mich nennt jeder Tino.«

»Klar. Gerne.« Sie streckte ihm die Hand hin. »Julia, wissen Sie ... weißt du ja eh.« Ein Lächeln breitete sich auf ihrem Gesicht aus. »Ich finde es toll, dass ich bei dieser Ermittlung dabei sein kann. Nur mein Chef darf das hier nicht erfahren.« Sie wies aufs Haus. »Das ist sein Fall. Ich bin ja offiziell nur für Pfaller zuständig.«

»Weiß er eigentlich, dass du uns angefordert hast?«

»Bis jetzt nicht.«

Bei der Hausnummer 15e wurde die Tür geöffnet. Eine Frau kam mit einer Mülltüte heraus und musterte sie misstrauisch. »Was wollen Sie hier? Sind Sie etwa von der Presse?«

»Immer mit der Ruhe, Frau Mittermeier«, sagte Julia. »Wir kennen uns.«

Verwundert trat die Nachbarin näher. »Ach ... Ja. Sie sind von der Polizei. Das ist mir jetzt aber peinlich. So langsam sollte ich mich daran gewöhnen, die Brille aufzusetzen. Eigentlich brauche ich sie nur zum Lesen.«

»Kein Problem. Wem gehört das Haus jetzt eigentlich?«, fragte Julia.

»Brunos Schwester und Hildes Mutter haben es gemeinsam geerbt. Keine Ahnung, was sie damit vorhaben. Die Mutter lebt im Seniorenheim, und die Schwester bloggt über ihre Weltreise. Sie ist gleich nach der Beisetzung wieder nach Asien geflogen.«

Dühnfort folgte einer Eingebung. »Sie waren mit den Sanders befreundet, Frau Mittermeier?«

»Mehr mit der Hilde.«

»Hat sie in den Tagen, bevor es passiert ist, mit Ihnen vielleicht über eine Nachricht gesprochen, die sie bekommen hat?«

»Was für eine Nachricht soll das gewesen sein?«

»Eine E-Mail mit einer Drohung.«

»Die hat nicht sie bekommen, sondern er. Das passierte hin

und wieder. Er war ein Machtmensch und hat sich jedes Jahr ein oder zwei Opfer unter seinen Schülern ausgesucht, mit denen er Schlitten fahren konnte. Dann lag manchmal Hundedreck vor der Tür. Zeitung drüber, angezündet und dann geklingelt. Einmal war der Briefkasten mit Bauschaum zugekleistert, und ein andermal hat jemand ein Totenkopf-Graffito auf die Windschutzscheibe gesprüht. Kids eben. Das musste man nicht ernst nehmen.«

»Und eine solche Drohung kam kurz vor der Tat?«

»Zwei oder drei Tage vorher. Hilde hat mir davon am Gartenzaun erzählt. Aber es war keine Mail, sondern eine Postkarte. Irgendetwas mit Tod stand darauf.«

»Ich bin dein Tod?«, frage Dühnfort

»Ja. Ich glaube, das war es.«

»War das eine Kunstpostkarte?«

»Ja. Ein Vanitasbild mit einem Totenschädel. Hilde hat sich darüber amüsiert. Da habe einer von Brunos Schülern die düstere Seite der Romantik für sich entdeckt.«

Dühnfort sah zu Julia. Die schüttelte den Kopf. »Die Karte war nicht im Haus.«

»Natürlich nicht«, sagte die Nachbarin. »Hilde hat sie verbrannt. Sie wollte nicht, dass Bruno sich deswegen aufregt.«

»Sie hat ihren Mann also geliebt?«

»Das kann man so sagen.«

»Und umgekehrt? Ist er mal fremdgegangen oder ins Bordell?«

»Der Bruno? Glaube ich nicht. Er war Lehrer. Wenn das herausgekommen wäre ... Nee, das hat er sicher nicht riskiert. Außerdem haben er und Hilde ein sehr aktives Sexleben geführt. Warum hätte er also in so ein Etablissement gehen sollen?«

• • •

Dühnfort zog Latexhandschuhe über und folgte Julia in das Haus des Ehepaars Sander. Drinnen war es dunkel. Alle Rollläden waren heruntergelassen. Julias Handy begann zu summen. Sie warf einen Blick aufs Display. »Mist! Mein Chef.«

Sie schaltete das Licht in der Küche ein. Während er dasselbe in Flur und Treppenhaus tat, erklärte Julia Eichenauer, dass sie den Schlüssel geholt habe, weil sie im Haus der Sanders etwas überprüfen wolle. Natürlich fragte Eichenauer, was das sein sollte, und sie geriet für einen Moment ins Schlingern, entschied sich dann aber gegen die faustdicke Lüge und für eine halbe Wahrheit. »Kann sein, dass Pfaller und Sander sich gekannt haben. Ich will nur nachsehen, ob sein Name in Sanders Adressbuch auftaucht, und das liegt hier.« Ein Moment verstrich. »Ich gehe nur einem Hinweis nach, der die beiden in Zusammenhang bringt.«

Julia gesellte sich wieder zu ihm.

»Wie geht es eigentlich dem Schreiner?«

»Sein Anwalt fordert die Aufhebung der U-Haft. Der Staatsanwalt sieht keinen Grund dafür. Doch der Richter will mehr Beweise. Entsprechend ist die Laune meines Chefs.«

»Kann ich mir vorstellen. Dann sehen wir uns hier mal um.«

»Das haben wir vor sechs Wochen schon getan, und zwar gründlich. Ob du es nun glaubst oder nicht.«

»Jetzt haben wir aber einen neuen Blickwinkel auf den Fall. Da bewertet man manches anders. Die Idee mit dem Adressbuch ist übrigens gut. Ich unten, du oben?«

So machten sie es. Er zog den Rollladen im Wohnzimmer hoch und hörte, wie sie oben im Arbeitszimmer dasselbe tat.

Eine Einrichtung wie aus einer Zeitungsbeilage. Wohnlandschaft und niedriger Couchtisch. Lowboard mit großem Flachbildfernseher. Eine Stereoanlage mit Plattenspieler auf einem Sideboard. Ein Korb voller Zeitschriften. Ein Regal, bestückt mit

Büchern, Vasen, alten Spanschachteln und weiteren Dekoartikeln. Ein paar gerahmte Andy-Warhol-Drucke und zwei Commedia-dell'Arte-Masken an der Wand. Das obligatorische Venedig-Souvenir.

Dühnfort begann mit dem Lowboard. Von Streamingdiensten hatte das Ehepaar Sander anscheinend nicht viel gehalten. In den Schubladen lagen Music-CDs. Sortiert nach Erscheinungsjahr. Die Kubaner natürlich, Jazz und Soul und ein bisschen Pop. Einige Singersongwriter. Weiter ging es mit Film-DVDs. Viele französische und italienische, ein paar deutsche Arthouse-Produktionen, einige amerikanische Blockbuster. Er öffnete jede Hülle. In jeder lag die passende DVD.

In den Fächern des Hi-Fi-Regals standen Schallplatten. Klassische Konzerte in dicken Schubern. Brendel, Karajan, Horowitz. Vermutlich Erbstücke der Eltern. Daneben ein wenig Rock und Pop aus den Neunzigerjahren. In den Schubladen fand er antistatische Tücher, ein Fläschchen mit Reinigungsflüssigkeit für die Platten. Eine Plexibox mit einer Ersatznadel, eine Bedienungsanleitung für den Plattenspieler und eine kleine Metalldose mit der Aufschrift *Grether's Pastilles for throat and voice.* In diesem Haus hatte alles seinen festen Platz. Es herrschte Ordnung. Was hatte die Dose hier zu suchen?

Er öffnete den Deckel. Ein Adapterkabel lag eingerollt darin und daneben ein USB-Stick. Er ging damit zum Lowboard und drehte den Fernseher, bis die Anschlüsse auf der Rückseite sichtbar waren. Einer passte, er steckte den USB-Stick ein. Die Fernbedienung lag auf dem Couchtisch.

Die Moderatorin eines Nachmittagsmagazins sprach über die Bedeutung von Grippeschutzimpfungen und kündigte ein Interview mit einem Epidemiologen an. Dühnfort suchte den Knopf, mit dem er zu den HDMI-Kanälen wechseln konnte, und klickte sich durch drei, bis ein Standbild erschien. Cyanblaue High Heels auf Parkett. Er drückte auf *Play*. Die Füße mit den Schuhen setzten sich in Bewegung. Die Kamera schwenkte nach oben, erfasste einen Raum voller Menschen. Musik. Gelächter, Gesprächsfetzen. Nicht weiter ungewöhnlich, wenn die Personen nicht alle spärlich bekleidet gewesen wären. Die meisten trugen Masken und sonst kaum etwas. Sie unterhielten sich, stießen mit Champagnerflöten an. Manche tanzten.

Die Frau mit der Kamera – er nahm jedenfalls wegen der Schuhe an, dass es eine Frau war – bewegte sich durch die Menge. Schließlich erfasste das Objektiv einen Mann im Gespräch mit einem Paar. »Da bist du ja«, sagte er in Richtung Kamera. Der Mann trug eine schwarze Maske mit dunkelgrauen Verzierungen.

Dühnfort stoppte das Video und nahm die Commedia-dell'Arte-Maske von der Wand. Kein Zweifel, das war dieselbe Maske. War das Bruno Sander? War er in die Rolle des verschlagenen Brighella geschlüpft? Trug die Frau mit den blauen Schuhen die andere Maske, eine Fantasiemaske? Denn die Figur der Colombina war traditionell unmaskiert.

Er legte die Masken auf den Tisch und ging nach oben. Im Arbeitszimmer stand Julia am Regal. Im Schlafzimmer öffnete er alle Türen des wandbreiten Kleiderschranks. Die Schuhablagen befanden sich unten. Er zog die mit den Damenschuhen heraus und sah sofort, dass es kein blaues Paar gab. »Suchst du etwas Bestimmtes?« Julia war hereingekommen.

»Ein Paar cyanblaue High Heels.«

»Die sind unten im Keller. Auf dem Vorplatz gibt es einen Schuhschrank. Wieso suchst du die?«

»Komm mit! Ich zeige es dir. Aber erst die Schuhe.«

Sie befanden sich tatsächlich im Keller. Er nahm das Paar mit nach oben, spulte den Film zum Anfang zurück und zeigte ihn Julia. Es waren dieselben Schuhe. Es war dieselbe Maske.

»Bruno und seine Hilde besuchten also Swingerpartys. Sieh mal an«, sagte Julia.

Dühnfort spielte das Video im schnellen Vorlauf ab. Was folgte, war keine Überraschung. Die beiden Paare einigten sich. Man ging nach oben in ein pompös ausgestattetes Zimmer. Dühnfort erinnerte es an ein luxuriöses Schlosshotel. Bruno nahm sich die Frau des anderen vor. Brutal, gefühllos. Triebabbau und Macht. Darum ging es. Der Frau schien es zu gefallen. Als er fertig war, griff er nach der Kamera. Es war tatsächlich Ranghild, die nun ins Bild kam. Ohne Fantasiemaske, nur mit den blauen Schuhen bekleidet. Das Spiel wiederholte sich. Bruno filmte nun.

»Puh«, machte Julia. »Ganz schön schräg. Ist auf dem USB-Stick noch mehr?«

»Mal sehen.« Er scrollte vor. Es gab noch vier weitere Filme. Auf zweien waren Bruno und Ranghild mit wechselnden Partnern zu sehen. Auf einem hatten sich die beiden selbst beim Sex gefilmt. Aber nicht hier in ihrem Schlafzimmer. Das Ambiente wies auf ein Bordell hin. Herzförmiges Bett, Spiegel darüber an der Decke. Viel pinker Plüsch.

Julia beugte sich vor und legte die Hand an den Mund. »Ich kenne das Zimmer.«

»Ja?« Er stoppte den Film.

»Das muss im Sweet Heaven sein. Ein Bordell, draußen im Gewerbegebiet. Wir hatten da mal einen Einsatz, als ich noch bei der Streife war. Warum gehen die ins Bordell, wenn sie es dann nur miteinander treiben?«

»Vielleicht hat das Ambiente für den richtigen Kick gesorgt.«

»Und was ist auf dem letzten Film?«

Dühnfort spulte vor. Ein ähnlich plüschiges Zimmer wie im

vorherigen Video kam ins Bild. Bruno war wieder der Hauptdarsteller. Er warf sich auf eine junge Frau, die sich mit Händen und Füßen wehrte. Sie schrie, er solle verschwinden, das sei nicht abgemacht. Er klebte ihr den Mund mit Duct Tape zu, das jemand ins Bild reichte, und warf sie auf den Bauch, fesselte ihre Hände mit Handschellen auf den Rücken, drückte sie an den Schultern nieder und drang anal in sie ein. Was deshalb zu sehen war, weil die Kamera näher kam und alles in Close-up aufnahm. Vermutlich filmte Ranghild.

Dühnfort hatte in seinem Leben schon häufig gesehen, wozu Menschen in der Lage waren. Was sie einander antaten. Doch jetzt stieg Übelkeit in ihm auf.

»Das ist ... Shit!« Julia strich sich den Pony aus der Stirn. »Also, das war eine Vergewaltigung. Auch wenn das Mädchen eine Professionelle sein sollte. Ich meine, das hat sich zwar in einem Bordell abgespielt. Aber sie hat nicht eingewilligt.«

Dühnfort fror das letzte Bild ein. Unten links stand das Datum. Das Video war im Herbst vor zwei Jahren aufgenommen worden. Darüber waren die Augen des Mädchens zu sehen. Tränenverhangen ging der Blick ins Leere.

• • •

Dühnfort ließ den Film langsam zurücklaufen, stoppte, als das Gesicht der jungen Frau gut zu erkennen war, und machte mit seinem Smartphone ein Foto. Um drei beendeten sie ihre Suche und verließen das Haus. Der USB-Stick lag in einem Spurenbeutel. Julia schloss die Tür ab, als Manfred anrief.

»Hallo, Tino! An deiner schrägen These scheint was dran zu sein. Rippinger ging ab und zu in den Puff. Das hat mir grad seine

Freundin verraten. Seine Ehefrau wusste nichts davon, oder sie wollte es nicht zugeben.«

»Vielleicht hat sie es als Demütigung empfunden. Oder es war ihr peinlich.«

»Seiner Freundin jedenfalls nicht. Sie hat kein Blatt vor den Mund genommen und frank und frei und ohne rot zu werden, erzählt, dass Dirk manchmal das dringende Bedürfnis hatte, Frauen anzuscheißen. Das darfst du wörtlich nehmen. Wenn er massiv unter Druck stand, kam dieser Wunsch auf. Seine Freundin hat sich geweigert. Wie auch früher seine Frau. Das hat er ihr erzählt und ist in einen Puff, in dem es Frauen gab, an denen er sich gegen gute Bezahlung abreagieren konnte.«

Es gibt nichts, das es nicht gibt, dachte Dühnfort wieder einmal. »Ist er dafür nach Passau gefahren?«

»Es gab einen Club in Augsburg. Da kam nicht jeder rein. Nur Leute im richtigen Zwirn und mit dem entsprechenden Auto.«

»Den Club gibt es nicht mehr?«

»Er wurde vor vier Monaten dichtgemacht, da er nicht angemeldet war. Der Betreiber ist rechtzeitig abgetaucht. Sitzt jetzt vermutlich irgendwo im Süden und wartet, bis Gras über die Sache gewachsen ist. Und was tut sich bei euch in Passau?«

»Das Ehepaar Sander gehört auf unsere Liste. Definitiv.« Dühnfort erzählte von der Postkarte und den Videos, und sein Kollege pfiff leise durch die Zähne. »Ich hab's ja nicht geglaubt. Wie machst du das?«

»Ich grüble gerne«, sagte Dühnfort. »Und ich wette, dass auch Rebecca Welser eine Mail vom Jäger bekommen hat. Er warnt seine Opfer vor. Sie sollen Angst haben. Das hat bei den Sanders allerdings nicht geklappt. Julia und ich fahren jetzt noch zu dem Bordell, in dem sie verkehrten.«

Julia wartete an ihrem Twingo auf ihn. »Das war Manfred. Rippinger ging auch ins Puff.«

»So langsam ergibt das ein Bild«, meinte sie. »Meinem Chef wird das nicht gefallen. Irgendwann sollte ich ihn informieren. Das ist sein Fall.« Mit dem Daumen wies sie hinter sich auf das Haus. »Aber ich muss es ja nicht überstürzen.«

»Ich will noch ein Telefonat führen. Kannst du schon vorfahren?«

»Kein Problem. Ich warte.« Sie stieg in den Wagen und drehte das Radio auf. Er rief Gina an, um ihr Bescheid zu sagen, dass er nicht rechtzeitig zum Mietertreffen in München sein würde.

»Aber du kommst nach?«

»Ich denke schon. Halb acht oder acht wird es allerdings werden. Bis später, und knuddel Chiara von mir.«

Er gab Julia ein Zeichen, dass sie fahren konnten, und folgte ihr durch Passau bis in ein Gewerbegebiet. Sie stoppten vor einem zweistöckigen Gebäude, auf dessen Parkplatz nur zwei Fahrzeuge und ein Motorrad standen. Ein metallicroter Mercedes S-Klasse und ein weißer Lieferwagen mit dem Logo eines Putzservices. Ein Mann saß auf dem Fahrersitz und daddelte auf seinem Handy. Am Gebäude war der Neonschriftzug *Sweet Heaven* ausgeschaltet. »Der Inhaber ist da.« Julia wies auf den Mercedes. »Paul Mayer. Stammt aus dem Burgenland, lebt aber schon seit fünfzehn Jahren in Passau. Hier gibt es selten Ärger. Er führt sein Geschäft mit strenger Hand. Wer Stress macht, fliegt raus. Siehe Pfaller.«

»Hast du inzwischen herausgefunden, was er angestellt hat, um Hausverbot zu bekommen?«

Julia schüttelte den Kopf. »An dem Gerücht sei nichts dran, hat Mayer erklärt. Pfaller habe einfach die Lust am Sweet Heaven verloren.«

Julia stieß die Tür auf. Sie traten in die hell erleuchtete Bar.

Eine Bühne mit mehreren Stangen ragte wie eine Halbinsel in den Raum. Kunstledersofas und Tischchen gruppierten sich darum. Zwei Frauen in blauen Kitteln saugten und wischten. Hinter der Bar stand ein Mann mit Undercut und Ziegenbärtchen und polierte Gläser. »Es ist noch geschlossen.«

»Ich weiß.« Julia zog ihren Dienstausweis hervor. »Wir würden gerne den Boss sprechen.«

»Der ist nicht da.«

Sie stieß einen abgrundtiefen Seufzer aus. »Ach, echt.«

»Is so«, antworte er.

Daraufhin tippte sie sich mit der Hand gegen die Stirn. »Jetzt kapier ich das erst mit dem autonomen Fahren. Sein Wagen ist ohne ihn gekommen.«

Das entlockte dem Barkeeper ein widerwilliges Lächeln.

»Wir haben nur eine Frage«, sagte Julia. »Ist gleich erledigt. Aber vielleicht will uns dein Boss lieber im Präsidium besuchen.«

Der Mann legte das Gläsertuch beiseite. »Okay. Ich frag ihn. Wartet so lange hier.«

Eine Minute später erschien ein massiger Mann auf der Bildfläche. Er trug Jeans und einen schwarzen Rollkragenpullover. Ein bleicher Quadratschädel mit grauen Stoppeln ragte daraus hervor. In einem Ohrläppchen funkelte ein Diamant. »Frau Jähnike auf der Suche nach dem Erfolg.«

»Nee, nach einer Antwort.«

»Ich habe Ihnen doch schon gesagt, dass Pfaller seit drei Ewigkeiten nicht mehr hier war.«

Eine junge Frau betrat das Lokal. »Ist das ein Mistwetter.« Sie steuerte den Tresen an, stellte ihren tropfenden Schirm in einen Eimer und griff nach dem Wasserkocher.

Mayer musterte sie. »Hallo, Sylvie! Kannst du den Tee vielleicht auf deinem Zimmer kochen?«

Sie steckte den Wasserkocher aus, klemmte sich die Teepackung und einen Becher unter den Arm und verschwand.

»Wo waren wir?«, fragte Mayer.

»Es geht um dieses Paar.« Julia legte die Fotos von Bruno und Ranghild auf den Tresen. »Die beiden waren häufiger hier.«

»Ja und?«

»Gab es mit denen mal Ärger?«

»Nie. Die kamen gelegentlich und mieteten sich ein Zimmer. Manchmal holten sie eines der Mädchen dazu.«

»Kannten die beiden Pfaller?«

Mayer kratzte sich am Kinn. »Kann sein, kann nicht sein. Ich habe sie jedenfalls nie zusammen gesehen. War es das?«

»Beinahe«, sagte Dühnfort. Er zog sein Smartphone hervor und öffnete das Standbild, auf dem das Mädchen am besten zu erkennen war. »Wer ist das?« Er reichte Mayer das Handy.

Der sah sich das Bild ein Weilchen an. »Das könnte Vanessa sein. Die war im vorletzten Sommer hier.«

»Hat sie auch einen Nachnamen?«

»Hm, da klingelt nichts. Ich schätze, dass Vanessa ihr Künstlername war. Ihr richtiger fällt mir gerade nicht ein.«

»Wissen Sie, wo wir sie finden?«

»Keine Ahnung. Sie war eine Selbstständige. Hat auf eigene Rechnung hier gearbeitet.«

»Woher kam sie?«

Mayer breitete die Arme aus. »Eines Tages war sie da. Und ein paar Monate später ist sie weitergezogen. Das ist so in der Branche. Die Kunden wollen Abwechslung.«

»Sie haben doch sicher den Papierkram noch. Mietvertrag fürs Zimmer, Abrechnungen und dergleichen.«

Mayer fuhr sich über den Schädel. »Im Prinzip schon. Nur

ist der Papierkram bei meinem Steuerberater, und der hat seine Kanzlei in der Altstadt.«

»Dann fahren wir jetzt dahin«, sagte Julia.

»Altstadt.« Mayer sah sie abwartend an und fuhr dann fort, als sie nicht reagierten. »Hochwasser?« Sie verstanden es noch immer nicht. »Kein Papierkram mehr. Den haben Donau, Inn und Ilz beim letzten Mal mit vereinten Kräften entsorgt.«

»Ach, wie unpraktisch.« In Julias Stimme schwang eine ordentliche Portion Sarkasmus mit, und Dühnfort erkannte, dass er sie bisher unterschätzt hatte. Hier, in ihrem Revier, war sie ziemlich tough. Sylvie kehrte zurück und schnappte sich ein Glas mit Zuckertütchen. Dabei bemerkte sie das Foto. »Das ist doch Vanessa. Ist was mit ihr?«

»Wir würden uns gerne mit ihr unterhalten«, sagte Dühnfort. »Wissen Sie, wie wir sie erreichen können?«

»Nee. Tut mir leid.«

»Und ihren richtigen Namen?«

»Weiß ich nicht. Hier war sie die Vanessa.«

Mayer warf ihr einen Blick zu, und sie trollte sich.

Dühnfort steckte sein Handy wieder ein. »Vanessa wurde von Bruno Sander vergewaltigt.«

Mayer ließ sich nicht aus der Ruhe bringen und gab weiterhin den Buddha. »Kann ich mir nicht vorstellen. Jedenfalls hat sie nie etwas gesagt. Es gibt Kunden, die zahlen extra für diese Art von Spielchen. Der hier gehört dazu. Das war jetzt aber schon mehr als eine Frage.«

»Wenn Ihnen noch etwas zu Vanessa oder den Sanders einfällt, dann rufen Sie mich an«, sagte Julia.

»Selbstverständlich.«

Sie traten vor die Tür. Es goss wie aus Kübeln. Dühnfort zog die Kapuze über den Kopf. »Kannst du mal mit Sylvie reden, wenn

Mayer nicht in der Nähe ist? Ich hatte den Eindruck, dass sie etwas weiß.«

• • •

Während der Rückfahrt nach München rief Kirsten an. »Grüß dich, Tino! Du liegst mit deiner Vermutung richtig. Rebecca Welser hat auch so eine Mail bekommen. Meo hat sie im Spamordner ihres Mailservers gefunden. Vermutlich weil sie von einem Free-Mail-Account mit einer Dot-com-Endung abgeschickt wurde.«

Yes!, dachte er.

»Es ist wie bei Rippinger. Als Betreff: *Ich bin dein Tod*. Angehängt hat er einen Stahlstich von Gustave Doré. Einen ziemlich gruslig aussehenden Sensenmann.«

»Er ist entweder gebildet oder gut im Googeln. Jetzt müssen die Fälle zusammengelegt werden. Denn die Sanders haben auch eine Drohung bekommen. Allerdings nicht digital, sondern ganz altmodisch per Post.«

Kurz vor acht war Dühnfort zurück in München. Eine Viertelstunde suchte er nach einem Parkplatz, bis er endlich einen in der Thalkirchner Straße fand, beinahe einen Kilometer vom Bistro Bruno entfernt. Er nahm den Fußweg entlang des Westermühlbachs, der ruhig in seinem Bett dahinfloss, und hatte mit einem Mal das Gefühl, dass sein Leben aus der Spur geraten war. Er schob es beiseite und versuchte den unerwarteten Spaziergang zu genießen. Doch es gelang ihm nicht. Obwohl sich sein Verdacht, dass es sich um einen Serientäter handelt, als richtig erwiesen hatte, saß etwas quer in ihm. Ein vielschichtiges Unbehagen, von dem er nicht wusste, woher es kam.

Es war längst dunkel geworden. Die regennassen Straßen glänzten im Schein der Laternen. Ein kalter Wind zog um die

Ecken und riss Dühnfort weiße Atemfahnen vom Mund. Das Bistro war hell erleuchtet und wirkte einladend, doch plötzlich überrollte ihn eine Welle von Lustlosigkeit, und er blieb auf dem Gehweg stehen.

Durch ein Fenster sah er Gina. Sie saß an einem Ende des Tischs, an dem etliche Mieter des Hauses Platz genommen hatten. Sie sprach und gestikulierte dabei voller Elan und Leidenschaft. Ganz Kämpferin, die sie war. Normalerweise liebte er diese Eigenschaft an ihr. Doch diesmal führte sie einen aussichtslosen Kampf. Die Erbinnen saßen am längeren Hebel. Sie würden das Haus luxussanieren, ob es den Mietern passte oder nicht. Ein langer, bereits verlorener Kampf lag vor ihnen. Jahre voller Ärger und Unsicherheit. Ein permanenter Schwebezustand. Vergeudete Energie und Lebenszeit. Er wollte das nicht und wandte sich ab. Mit schlechtem Gewissen ging er nach Hause.

Dorothee saß im Wohnzimmer. »Grüß dich, Tino! Ist eure Versammlung schon vorbei?«

»Ich komm grad aus Passau. War ein anstrengender Tag. Mir ist das heute zu viel. Schläft Chiara schon?«

»Seit zehn Minuten.«

Er sah ins Kinderzimmer. Seine Tochter lag zusammengerollt auf der Seite, den Plüschhund Hasi fest an sich gedrückt. Wie sehr er dieses Kind liebte, war nicht in Worte zu fassen. Er liebte auch Gina, doch nun fühlte er sich wie ein Schuft, weil er sie alleine kämpfen ließ. Leise verließ er das Zimmer. Dorothee war inzwischen in die Küche gegangen. »Du hast sicher noch nichts gegessen. Soll ich dir etwas kochen?«

»Danke, das ist nicht nötig.«

»Tja dann ...« Sie breitete die Hände aus. »Ich geh wohl besser.«

Vermutlich würde sie gerne noch bleiben. Doch er wollte jetzt allein sein. Er dankte seiner Schwiegermutter fürs Babysitten, bat sie, Grüße an Bodo auszurichten, und begleitete sie bis zur Tür, wo er sie zum Abschied umarmte.

In der Küche schenkte er sich ein Glas Wein ein und setzte sich damit an den Tisch. Das Gefühl, dass etwas in seinem Leben den Bach hinunterging, machte sich wieder bemerkbar. Natürlich lag es an den Erbinnen und der Unsicherheit, ob sie hier wohnen bleiben konnten. Aber nicht nur. Plötzlich hatte er Angst, dass es ein Fehler gewesen war, die Mordkommission zu verlassen und zur OFA zu wechseln. Er tat sich unerwartet schwer damit, sich in das Team einzufügen, und noch schwerer fiel es ihm, die Machtlosigkeit in seiner neuen Position zu akzeptieren.

Er griff zum Telefon, rief Armin an und erklärte ihm, was sie heute in Erfahrung gebracht hatten. Die Sache mit den Mails, die Verbindungen der Opfer ins Rotlichtmilieu. Die einzige Unsicherheit gab es im Fall des Dealers in Regensburg, dessen Handy verschollen war. »Das ist kein zufälliges Cluster. Wir haben es mit einem Täter zu tun. Die Fälle müssen in einer großen Soko zusammengeführt werden.«

Armin hörte zu, ohne ihn zu unterbrechen. »Okay. Wenn das so ist … Jetzt klingt das plausibel. Wie stehen die Ermittler in Regensburg und Passau dazu?«

»Da hat sich nichts geändert. Eichenauer hat *seinen* Täter hinter Schloss und Riegel, und Leis in Regensburg glaubt, das wäre eine Sache unter Dealern.«

»Ich werde mich morgen für eine Zusammenführung der Fälle einsetzen. Und wie kommst du mit Manfred klar?«

»Besser als befürchtet.«

»Gut zu hören.«

Dühnfort schenkte sich noch ein Glas Wein ein und machte sich ein Käsebrot. Das Unbehagen saß noch immer quer in ihm und wollte auch dem Soave nicht weichen. Als Gina um halb zehn nach Hause kam, war er ein wenig angetrunken.

»Da bist du ja. Warum meldest du dich nicht? Ich habe mir Sorgen gemacht.«

»Entschuldige! Ich habe es vergessen.«

»Unser Treffen offenbar auch«, sagte sie mit Blick auf die halb leere Weinflasche und den leeren Teller.

»Das habe ich nicht vergessen. Ich hatte einfach keine Lust darauf.« Manchmal war er schrecklich ehrlich. Doch die Vorstellung gefiel ihm nicht, sie jahrelang bei einem vergeblichen Kampf zu unterstützen, während Tag für Tag das Damoklesschwert der Kündigung über ihnen baumelte. So wollte er nicht leben. In Warteposition.

»Ich hätte dich gebraucht.«

»Ich weiß. Es tut mir leid, aber mir ist heute klar geworden, dass wir gegen die Erbinnen nicht ankommen werden. Sie werden uns entweder rausekeln oder rausklagen oder rauskaufen.«

»Du willst also einfach aufgeben?«

»Erst mal abwarten, was passiert, und dann reagieren.«

»Sie werden uns die Kündigung schicken. Das wird passieren. Und wohin sollen wir dann? Es gibt keine bezahlbaren Wohnungen im Viertel. In ganz München gibt's keine. Willst du aufs Land ziehen?«

»Ich will hierbleiben. Doch es ist keine Frage von *wollen*, sondern von *können*.«

»Die Erbinnen können tun und lassen, was sie wollen, und wir sind machtlos? Das sehe ich anders.«

»Ich weiß.«

»Unser Gespräch dreht sich im Kreis.«

»Ist mir auch grad aufgefallen. Bist du mir böse, wenn ich mich da raushalte?«

Sie verzog den Mund und setzte sich zu ihm. »Jein. Nicht ernsthaft. Vorausgesetzt, wir machen Arbeitsteilung. Ich fighte für unsere Wohnung. Und du bist für Ersatz zuständig, wenn ich den Kampf verlieren oder aufgeben sollte. Deal?« Sie hielt ihm die Hand hin, und er schlug ein.

22

Herpes saß im Monsoon und knabberte Pistazien aus einem Schälchen. Die Sache mit Big Bro ging ihm an die Nieren. Zwölf Tage waren vergangen, seit jemand ihn erschossen hatte. Seinen Freund. Seinen Brother. Abgeknallt. Wie einen Hund. Herpes wollte Rache. Doch erst mussten sie das Arschloch finden. Darum kümmerten sich Joe und sein Alter.

Mega war jetzt in Passau und passte auf, dass Trixi spurte. Daher stand heute nicht er hinter der Bar, sondern Joe und außerdem Babo, einer ihrer Cousins. Joe hielt eine Dose Red Bull hoch und winkte Herpes damit zu. Er nickte, und kurz darauf setzte Joe sich mit zwei Wodka-Bull zu ihm. Herpes trank mit einem Schluck das Glas halb leer. Heute wollte er sich die Kante geben. »Weißt du schon was?«

»Samir war es nicht. Sein Alibi steht wie die Chinesische Mauer. Er hat sich im Marokko mit einem Ösi geprügelt. Platzwunde am Kopf. Musste genäht werden. Die Johanniter haben ihn ins Krankenhaus chauffiert. Es gibt ein halbes Dutzend Zeugen. Sogar Bullen.«

»Also doch die Haddad«, meinte Herpes.

»Vergiss es. Die waren das nicht. Die wollen in Frieden so weitermachen wie bisher.«

»Wer dann?«

»Keine Ahnung. Vielleicht war er zur falschen Zeit am falschen Ort. Auf dem Parkplatz treiben sich noch andere rum.«

Herpes nahm noch einen Schluck. »Verfickt! Das war eine Falle. Jemand hat ihn hinbestellt. Von wem wusste der Killer, wie man bei uns Koks ordert?«

»Wenn es so war, kann es nur ein Kunde gewesen sein. Oder einer von uns. Dann werden wir ihn finden. Nur mit der Ruhe.«

»Glaube ich nicht. Ich wette meinen Arsch darauf, dass wir abgehört werden. Ich habe mir ein neues Handy besorgt. Solltest du auch.« Herpes knallte das iPhone auf den Tisch.

»Hab ich schon. Die Sache mit dem Porzellan ... Vorsicht und so weiter.«

»Wovon redest du?«, fragte Herpes.

»Vorsicht ist die Mutter des Porzellanladens oder so ähnlich.« Joe breitete beide Arme über die Sofalehne.

»Nicht ein Elefant?«

»Wieso ein Elefant?«

»Vorsicht heißt der Elefant im Porzellanladen.«

»Was weiß ich!« Joes Handy summte. Er las die eingegangene Nachricht und rieb sich mit der Hand übers Gesicht.

»Was ist?«, fragte Herpes.

»Das war Paul. Bei ihm waren heute die Bullen. Sie haben nach dem Fettsack gefragt, der im vorletzten Sommer um ein Haar die Prinzessin gekillt hätte. Drei Tage konnte die damals nicht arbeiten. Dieser Arsch.« Mit der Faust schlug Joe sich in die Hand.

»He, du hast ihn dafür ordentlich abkassiert.«

»Stimmt auch wieder.«

»Was hat das mit uns zu tun?«

»Der Fettsack ist tot. Ein Unfall. Hat sich das Genick gebrochen.«

»Und weshalb schreibt Paul dir das?«

»Weil die Polizei nach der Prinzessin sucht.«

»Was geht uns das noch an?«

»Nichts«, sagte Joe und lehnte sich zurück. »Gar nichts. Du hast recht. Schnee von gestern. Konzentrieren wir uns auf den, der Big Bro kaltgemacht hat. Karim hört sich für uns unter den Kunden um, und mein Alter hat sein Ohr bei unseren Leuten. Nur Geduld. Wir kriegen die Ratte.«

Die Tür des Monsoon wurde geöffnet. Ein kalter Luftzug schwappte herein. Es war Natalie. Ein wenig unsicher sah sie sich um. Sie war erst sechzehn und noch nie hier gewesen. Eine süße Braut. Geile Figur. Riesentitten. Manno, dachte Herpes, die ist so was von fickbar. Der würde ich es gern mal besorgen. Und das würde er auch. Drei, vier Wochen noch, dann war sie reif. Zuerst Joe, dann er und Mega oder Babo. Denn gute Freunde teilten alles. Jetzt entdeckte sie Joe und steuerte den Tisch an. Er knipste sein Lächeln an, stand auf und nahm sie in den Arm. »Hallo, Prinzessin! Ich hatte schon Angst, du würdest nicht kommen.«

»Wieso denn?«

»Na, weil … Schau dich doch an.« Joe trat einen Schritt zurück und betrachtete sie vom Scheitel bis zur Sohle. »Du siehst so toll aus. Du kannst jeden haben.«

Sie wurde ganz rot.

»Und du kommst zu mir. Wow! Was magst du trinken?«

Sie drehte den Schal in ihrer Hand. »Eine Cola vielleicht.«

Sie war so süß schüchtern. Herpes liebte das. Diese Mädchen, die sich erst nichts trauten.

»Kommt sofort.« Joe ging zur Bar, und Natalie blieb mitten im Raum stehen.

»Setz dich doch!« Herpes klopfte auf den Platz neben sich. »Wie geht es deinem Bruder?«

»Hi, Herpes!« Natalie nahm Platz und knöpfte die Jacke auf. »Es geht ihm besser. Er hat den Anfall gut überstanden.«

Das tat dieser Tom immer. Bekam einen epileptischen Anfall nach dem anderen. Seine Mam hüpfte im Dreieck um den Jungen herum und hatte ihre Tochter schon seit Jahren als Pflegerin und Aufpasserin engagiert. Ihr kranker Bruder war der Mittelpunkt und Natalie der Schatten an der Wand. Sie war total überfordert, fühlte sich ungeliebt, und ihr Selbstbewusstsein war so groß wie eine der Pistazien in dieser Schale. Herpes nahm sich ein paar. Kurz und gut: Natalie war ideal.

Joe kam zurück. Mit einer angedeuteten Verbeugung servierte er die Cola. Ihr war das peinlich. »Du machst dich doch nicht über mich lustig?«

»Niemals, Prinzessin. Soll ich dir den Laden zeigen? Und danach gehen wir essen und ins Kino. Oder wir machen eine Spritztour mit meinem neuen Wagen.«

Joe verschwand mit Natalie. Herpes trank seinen Wodka-Bull und holte sich bei Babo den nächsten. Die Mail kam ihm wieder in den Sinn. *Ich bin dein Tod*. Dieser fies grinsende Zombie beunruhigte ihn noch immer. Nicht, dass er an Zombies glauben würde. Aber er fragte sich, wer ihm die Nachricht geschickt hatte. Hatte Big Bro vielleicht auch so eine erhalten? Darauf gab es keine Antwort. Sein Handy war weg.

Zwanzig Minuten später ging Herpes wieder an die Theke und holte sich den nächsten Wodka-Bull. Heute wollte er alles vergessen.

Es war Mitternacht, als er sich von Babo verabschiedete. Joe war mit der Kleinen nicht wieder aufgetaucht. Sicher führte er ihr den neuen BMW vor. Ein bisschen Knutschen, Fummeln, Händchenhalten. Und ein wenig gegen die Mutter stänkern und den

Bruder. Sie langsam rauslösen aus dieser kaputten Familie. Es würde ganz leicht gehen.

»See ya«, sagte Babo. Das war sein neuester Spruch, und Herpes antwortete erwartungsgemäß: »Tomorrow.« Er zog die Lederjacke an, schlug den Kragen hoch und trat vor die Tür. Sein Audi RS 5 stand auf dem Gehweg. Ein Knöllchen hing unter dem Scheibenwischer. Er warf den Fetzen in den Rinnstein und fuhr los. Wenn die Bullen ihn jetzt erwischten, wäre er den Lappen los, besoffen, wie er war. Daher drehte er nur die Musik laut, zähmte aber den Gasfuß.

Raus ging es aus der Altstadt in die Vorstadt, wo eine Handvoll Nachkriegsbauten in Reih und Glied standen. Eine heruntergekommene Ecke. Hoher Migrationsanteil, überdurchschnittlich viele Hartz-IV-Empfänger. Er parkte den Wagen vor einem dieser Häuser. Hinter den meisten Fenstern war es dunkel. Es war halb eins. Die Wagentür fiel mit dem sanften Plopp zu, das den Preis des Audi flüsterte.

Ein Lieferwagen mit Münchner Kennzeichen parkte vorm Eingang. Das Licht im Hausflur ging automatisch an. Im Treppenhaus roch es nach Koriander und Kreuzkümmel. Herpes nahm die Post aus dem Briefkasten. Es war nur Werbung. Er warf alles auf den Boden, bis auf den Flyer für Kanadareisen. Das würde ihm gefallen. Durch die Wildnis stapfen, Grizzlys und Elche schießen und Lachse angeln. Ein Lagerfeuer am Fluss, und schlafen würden sie unter dem Sternenhimmel. Nur er und Joe und Big Bro. Doch Big Bro war tot. Herpes' Fäuste ballten sich. Wenn er den kriegte, würde er ihn kaltmachen. Ganz langsam. Leiden sollte er, der Hund.

Das Licht ging auf halber Treppe wieder aus. Herpes kannte das schon. Von draußen fiel der Schein einer Straßenlaterne durch das Fenster auf die ausgetretenen Stufen. Er fand den Weg auch im Halbdunkel und dachte an Lachse und Bären.

Er zog den Wohnungsschlüssel aus der Tasche, als die Dunkelheit zu leben begann. Ein huschender Schatten. Ein Lufthauch. Ehe er reagieren konnte, lag eine Hand auf seinem Mund. Ein Körper presste ihn mit der Brust voran gegen die Wand. Adrenalin jagte durch seine Adern wie ein Stromschlag. Er versuchte sich zu befreien, zu schreien. Etwas drang in ihn ein. Kalt wie der Tod. Plötzlich fühlte er sich so leicht. Er schwebte, obwohl er gleichzeitig auf dem Boden lag. Big Bro war da und beugte sich zu ihm hinunter. *He, Bruda!* Er gab ihm ein High five. *He, Bruda!*

• • •

Er schaltete die Stirnlampe an und beugte sich über Herpes. »Ich bin nicht dein Bruder.« Doch das hatte dieser Wichser wohl nicht mehr mitgekriegt. Sein Blick brach, der Kopf fiel zur Seite. Eine tiefe Ruhe erfüllte ihn. Einer weniger. Gut gemacht. Doch diese Ruhe währte nicht lange. Schnell war die Ohnmacht wieder da. Die Scham. Der Zorn. Die Unruhe. Nichts war gut. Nichts war genug. Er lauschte in die Stille des Hauses. Nichts rührte sich.

Während sich eine kleine Lache Blut langsam unter Herpes ausbreitete, löste er mit einem Griff den Gürtel an dessen Jeans, riss Hose und Unterhose herunter, ergriff den Pimmel mit einer behandschuhten Hand und trennte ihn mit einem Schnitt des Jagdmessers ab. Eine klaffende Wunde, aus der ein Rinnsal Blut sickerte. Er zog den Unterkiefer herab und stopfte Herpes seinen labbrigen Schwanz ins Maul. Mit der kleinen Digicam machte er Fotos und verließ das Haus.

Es war beinahe vier Uhr morgens, als er die Tür im dreizehnten Stock hinter sich schloss. Der Lieferwagen stand in der Garage. Alle Spuren waren beseitigt. Er legte den Rucksack ab und ging zur Pinnwand. Mit einem dicken Edding strich er das Foto von Herpes durch. Er lud die Bilder auf den PC, druckte sie aus und hängte eines neben das durchgestrichene Portrait. Es war ein grauenhafter Anblick. Doch er empfand kein Mitleid, nur Leere und plötzlich Hoffnungslosigkeit, die sich in ihm auftat wie ein dunkler Raum. Er machte sich etwas vor. Es würde nie vorbei sein. Dieser Gedanke wollte ihm die Kraft nehmen, den Willen, es zu Ende zu bringen. Er schob ihn beiseite und ging auf den Balkon. Unter ihm eine schwarze Tiefe.

Etwas konnte er noch tun, fiel ihm ein. Er konnte Natalie warnen, die nächste Prinzessin. Natürlich hatte er das Gespräch im Monsoon heute Abend mitgehört. Die beiden Arschlöcher hatten sich zwar neue Handys besorgt. Aber sie hatten sie über ihre Cloud synchronisiert und so die Remote- und Tracking-Apps selbst wieder installiert.

Er ging hinein, richtete sich einen neuen Mailaccount bei einem freien Anbieter ein und nannte ihn Angie_m, da er annahm, dass Natalie seine Nachricht eher lesen würde, wenn sie von einer Frau kam. Dann stellte er eine Kopie von Leas Videotagebuch auf WeTransfer und gab als Empfänger Natalies Mailadresse ein. *Das ist ein Video meiner Freundin Lea. Sie war Prinzessin wie du. Sieh es dir an, und du weißt, mit wem du es zu tun hast.* Er klickte auf Senden.

In der Küche nahm er ein Bier aus dem Kühlschrank, obwohl ihm nach einem Whisky war. Er musste einen klaren Kopf bewahren. Wenn er Joe richtig verstanden hatte, suchte die Polizei nach Lea. Warum? Offenbar wussten sie nicht, dass sie tot war. Das bedeutete, dass sie ihren Namen nicht kannten. Anscheinend hatten sie von dem Vorfall mit Pfaller im Sweet Heaven gehört und gingen dem nach. Noch waren sie ihm nicht auf den Fersen. Aber sie waren kurz davor, die richtige Fährte aufzunehmen. Er musste sich beeilen.

23
Videotagebuch

»Wenn ich ihn wirklich liebte, würde ich das für ihn tun. Das hat Joe an jenem Abend gesagt. Und am nächsten Tag begann mein neues Leben. Ein ganz anderes, als ich es mir erträumt hatte. Wenn mir damals jemand gesagt hätte, dass ich …« Ihre Stimme versagte. Mit wedelnden Händen versuchte sie die Tränen zu unterdrücken.

Ihm brach das Herz, jedes Mal, wenn das Video an dieser Stelle ankam. Wieso hatte sie diesen Funken Zweifel erstickt? Sie hatte doch verstanden, dass Joe ein Arschloch war. Trotzdem hatte sie sich von ihm einlullen lassen. Wobei einlullen der falsche Begriff für das war, was Joe ihr angetan hatte. Eine entsetzliche Verharmlosung. Joe hatte Lea gezielt ausgesucht, sie von sich abhängig gemacht und einer Gehirnwäsche unterzogen.

Joe würde als Letzter an die Reihe kommen. Vorher musste er kapieren, was da lief. Dass diese Aktion etwas mit ihm zu tun hatte, dass sie auch ihm galt und er eines Tages dran sein würde. Joe war die Nummer zehn auf seiner Liste, auf der weder Leas Mutter stand noch *freaky Besserwisser* Rolf. Warum eigentlich nicht?

Das Händewedeln verebbte. Lea fing sich. »Also, was Joe vorschlug, auch wenn er es nicht so genannt hat, war, dass ich mich für ihn prostituieren solle. Mir ist die Kinnlade runtergefallen, als ich kapiert habe, was er mit *in einem Club arbeiten* meinte. Zuerst dachte ich als Kellnerin, doch damit verdient man ja nicht so viel, dass es gereicht hätte, um die Schulden bei Yussef zu begleichen.

Es sei doch nichts dabei, hat Joe gesagt. Und es wäre ja nicht für lange. Nur für drei oder vier Wochen. In dieser Zeit könnte ich das Geld verdienen, das er brauchte. Ich habe gefragt, ob er spinnt, und gesagt, dass ich das niemals tun würde. Das könne er nicht von mir erwarten. Und da hat er mir dann mit einem Lächeln seine dritte Seite gezeigt, den kalten Erpresser. Ich würde ihm schließlich Geld für die Drogen schulden, oder hätte ich etwa angenommen, dass er mir die schenkt? Leider könne er sich das mit Yussef im Nacken nicht leisten. Und die tausend Euro auf meinem Sparbuch wären dafür nicht ausreichend.

Die hat er dann allerdings doch genommen. Gleich am nächsten Tag. Jedenfalls hatte ich plötzlich Schulden bei ihm. Und dann hat er mir mit demselben Lächeln erklärt, ich solle nicht so prüde tun. Ich hätte ja außer mit ihm auch mit anderen Männern geschlafen. Mit Mega und mit Herpes. Ob er mir das Video zeigen solle? Er könne es auch auf der Website der Schule hochladen oder in die Chatgroup meiner Mitschüler schleusen. Dann wüssten alle, was für eine ich bin.

Ich habe ihn angeschrien, dass er ein perverses Arschloch ist. Erst setzt er mich unter Drogen, dann sieht er zu, wie seine Freunde sich über mich hermachen, und filmt das auch noch. Ich bin total ausgerastet und auf ihn losgegangen. Er hat mir wieder eine gescheuert, und dann ist er in Tränen ausgebrochen.

Echt jetzt. Er hat geflennt wie ein Baby. Erst war er so gemein zu mir, und dann hat es ihm wieder leidgetan. Er war total durch den Wind und hat mich in den Arm genommen und sich unter Tränen tausendmal entschuldigt. Er wüsste auch nicht, was mit ihm los sei. Es wäre die Scheißangst vor Yussef. Wenn er nur einen besseren Plan hätte. Hatte er aber nicht. Er würde mich doch lieben, und wieder hat er uns eine gemeinsame rosa Zukunft ausgemalt. Doch Yussef würde uns alles kaputtmachen. Es wäre doch nur für drei Wochen. Wenn ich das für ihn tun würde, wäre das der ultimative Beweis, dass ich ihn liebe, das würde er mir nie vergessen.

Natürlich habe ich ihn gefragt, was das mit Mega und Herpes war, und er hat gesagt, da wäre überhaupt nichts gewesen. Aber ich würde im Schlaf reden, und dadurch hätte er mitbekommen, dass ich offenbar glaubte, ich hätte was mit den beiden gehabt. Ein schlechter Trip kann solche Folgen haben, hat er mir erklärt und geschworen, dass Mega und Herpes an dem Abend gar nicht da waren. Er würde mich nie mit jemandem teilen. Trotzdem bin ich mir nicht sicher, ob er die Wahrheit gesagt hat.«

Wieder strich sie sich die Haarsträhne aus dem Gesicht, die immer wieder hineinfiel.

Das Video gab es. Er hatte es auf Joes Smartphone gefunden und war kurz davor gewesen, es zu löschen. Damit hätte er sich allerdings verraten. Da hätte er ebenso gut eine Mail schicken können: Hab dein Handy gehackt! Kauf dir ein neues. Joe hatte Lea – vermutlich mit K.-o.-Tropfen – ausgeknockt und dann gefilmt, wie seine beiden Buddys sie vergewaltigten. Ein Video, mit dem er sie erpressen konnte, wenn sie nicht spurte.

Seine Hände ballten sich zu Fäusten, die Nägel gruben sich ins Fleisch. Joe hatte sie zu seiner Marionette gemacht, zum Wachs in seinen Händen.

»Die ganze Nacht hat er auf mich eingeredet«, fuhr Lea fort. »Und am Ende auch Alina, die sich Sorgen um ihren Bruder gemacht hat. Es wäre nicht so schlimm, das zu tun. Ich sollte einfach was trinken und eine Line ziehen, dann würde ich gar nichts davon merken. Alternativ malten sie mir aus, was mit Joe passieren würde, wenn er Yussef das Geld nicht rechtzeitig gab. Eines war so schlimm wie das andere. Im Morgengrauen hatte Joe mich dann so weit. Ich willigte ein, denn ich liebte ihn trotz allem. Für ihn würde ich es tun. Für sonst keinen. Nur für ihn und unsere gemeinsame Zukunft. Drei Wochen, und wir wären alle Sorgen los. Das habe ich damals geglaubt. Wie bescheuert kann man sein!

Joe hatte einen Bekannten, der einen *Club* in Passau betrieb. Also genau genommen ein Bordell. Mit dem hat er telefoniert, und schwupps, ehe ich michs versah, saß ich neben Joe im Auto, und wir fuhren nach Passau. Ist ja nicht weit. Nur eine Stunde. Er lieferte mich in dem Schuppen ab, der so aussah wie die Puffs, die in Fernsehkrimis gezeigt werden. Überall Spiegel. Schummriges Licht. Plüschige Ecken und so weiter. Joe kam nur kurz mit rein. Er musste gleich zurück nach Regensburg, sich um das Monsoon kümmern. Morgen komme er mich besuchen, Herpes werde so lange auf mich aufpassen, und er sei jederzeit auf dem Handy erreichbar. Er gab mir einen Kuss zum Abschied, sagte, dass er mich liebe und mir so dankbar sei, dass ich dieses Opfer für ihn bringe. Und wie gesagt: Herpes habe das Koks und sei mein Ansprechpartner, falls es Stress mit wem auch immer geben sollte. Und weg war Joe. Ich hab fast geheult, doch dafür blieb keine Zeit. Paul, dem der Puff gehörte, stellte mir Sylvie vor, die mich unter ihre Fittiche nehmen sollte. Sie zeigte mir mein Zimmer und erklärte mir, wie es mit den Kunden lief. Also, da gehe ich jetzt nicht ins Detail.«

Wieder begann sie zu weinen. Nach einer Weile wischte sie sich die Tränen weg. »Nur so viel: Sylvie sagte mir, dass ich das Geld unbedingt vorab kassieren sollte, und sie riet mir, einen kleinen Betrag für mich beiseitezulegen. Für Notfälle, hat sie gesagt. Welche Notfälle?, habe ich gedacht. Schließlich brauchte Joe das Geld, und ich wollte nicht einen Tag länger hierbleiben als unbedingt nötig.

Das Sweet Heaven war ein nobler Schuppen, die Preise waren entsprechend hoch. Auch das hat Sylvie mir erklärt, und dass ich sicher begehrt sein würde. So jung und hübsch, wie ich war. Ich habe also eine Rechnung aufgemacht, wie lange es dauern konnte, bis ich die neuntausend zusammen hätte. Die tausend von meinem Sparbuch hatte ich ja abgehoben und Joe gegeben, bevor wir nach Passau fuhren. Allerdings stimmte meine Rechnung vorne und hinten nicht. Denn Paul kassierte Zimmermiete. Herpes bekam Geld fürs Koks, und jeden zweiten Tag erschien Joe und holte ab, was ich bis dahin verdient hatte. Manchmal blieb er über Nacht und war lieb zu mir. Wir gingen aus, und er verwöhnte mich, nannte mich seine Prinzessin. Und aus den drei Wochen wurden vier und fünf und so weiter. Er hielt mich mit einer Mischung aus Versprechungen, Drohungen und Liebeserklärungen bei der Stange. Mal brüllte er mich an, wenn ich nicht weitermachen wollte, mal überschüttete er mich mit Nettigkeiten.

Nach vier Wochen hatte ich zwar längst die neuntausend verdient. Doch das meiste ging für die Miete und das Koks drauf, ohne das ich nicht mehr leben konnte. Aus mir war eine Süchtige geworden. Joe sagte, Yussef habe sich mit einer Anzahlung begnügt, aber noch Zinsen draufgeschlagen. Seine Schulden seien kaum weniger geworden und ich müsse noch ein Weilchen weitermachen.

Meine *Arbeit* war einfach nur widerlich. Ohne Drogen hätte ich das gar nicht ausgehalten. Es kam der Tag, an dem ich abhauen wollte. Ich habe meinen Kram gepackt und bin zum Bahnhof. Doch Herpes hat mich aufgestöbert und zurückgebracht. Das war der Moment, in dem ich kapiert habe, dass ich Joe gehöre. Dass er über mein Leben bestimmt. Ich zappelte an seinen Fäden. Auch wegen der Drogen. Woher hätte ich sie bekommen sollen, wenn nicht von ihm? Und wie hätte ich sie bezahlen sollen, wenn nicht mit dem Geld, das ich im *Club* verdiente?«

24

Dühnfort stand am Fenster und blickte auf die Kleingartenanlage, die hinter Regenschleiern verschwamm. In Gedanken war er bei Armin, der mit dem Polizeipräsidenten und dem Innenminister zusammensaß, um die Einrichtung einer großen Soko auf den Weg zu bringen, als sein Handy auf dem Schreibtisch zu vibrieren begann.

Es war Phillip Leis von der Kripo Regensburg, der sich meldete. »Ich wollte Sie etwas fragen.«

»Nur zu.«

»Welche Bedeutung würde ein Profiler einem abgeschnittenen Penis zuordnen, den der Täter dem Opfer in den Mund gestopft hat?«

Schlagartig war Dühnfort bei der Sache. »Ist das eine theoretische Frage, oder haben Sie einen solchen Fall?«

»Es ist genau so passiert. Letzte Nacht. Ole Liebsch, genannt Herpes. Ein Buddy der Birols. Wurde zwischen null Uhr dreißig und ein Uhr im Flur vor seiner Wohnung erstochen.«

»Er gehörte derselben Gang an wie Big Bro?«

»So schaut's aus. Möglich, dass wir bisher auf der falschen Fährte unterwegs waren. Herpes hat nämlich eine Mail bekommen. Ein Zombiemotiv mit dem Text *Ich bin dein Tod*. Es gibt kaum Spuren. Ein einziger Stich ins Herz, und Herpes hatte seinen letzten Atemzug getan. Also langer Rede kurzer Sinn: Sie haben mich überzeugt. Mein Team und ich sind dabei. Legen wir dem Mistkerl das Handwerk.«

»Ich würde die Tatorte gerne sehen.«

»Jederzeit.«

»Gut. Sobald ich mich hier loseisen kann, melde ich mich.«

Armin kam herein, entdeckte Dühnfort und hob den Daumen. »Guten Morgen, Leute«, sagte er in die Runde. »Setzen wir uns zusammen. Es gibt Neuigkeiten.«

Zwei Minuten später hatten sich alle um den ovalen Tisch versammelt. »Die Soko Rotlicht wurde gerade gegründet«, erklärte Armin. »Sie befasst sich mit den Morden in Regensburg, Passau, Augsburg und München. Die Ermittlungen wurden unter der Leitung von Kirsten Tessmann zusammengezogen. Rotlicht, weil die Opfer alle Verbindungen in dieses Milieu haben. Wir werden die Soko bei ihrer Arbeit begleiten. Und zwar alle, denn es gibt auch eine gute Nachricht. Die vermissten Schwestern sind heute Morgen gesund und unversehrt aufgetaucht. Eine Polizeistreife hat sie nach einem Zeugenhinweis auf dem Bahnhofsvorplatz von Graz entdeckt. Es sieht im Moment so aus, als hätten sie ihre Entführung inszeniert. Wir haben also hundert Prozent Kapazität. Legen wir los. Zwei der Fälle sind uns bereits vertraut. Die Armbrustmorde und der Mord an Rippinger. In die anderen arbeiten wir uns heute ein. Tino kann uns vorab eine Zusammenfassung der Taten liefern, die da wären: der erste Mord in Passau. Da gab es nämlich vor dem Doppelmord bereits ein Delikt. Dann ein Mord in Regensburg an einem Drogendealer und der an einer Prostituierten in München.«

Dühnfort hob den Kuli. »Seit gestern Nacht sind es zwei Fälle in Regensburg. Ein weiterer Dealer wurde erstochen. Auch er hat eine Drohmail bekommen. Die Abstände zwischen den Taten werden kürzer. Und sie eskalieren. Hat der Jäger sich anfangs mit dem Tod begnügt, kommt bei den letzten drei Taten eine Degradierung der Opfer hinzu. Ich fahre nach dem Meeting nach Regensburg. Zusammen mit Manfred«, fügte er hinzu. Manfred war eine noch nicht gelöste Aufgabe.

• • •

Die Fahrt nach Regensburg verging beinahe schweigend. Dühnfort hing seinen Gedanken nach, und auch Manfred war nicht der große Redner. In diesem Punkt waren sie sich ähnlich. Erst kurz vor Regensburg zeigte Manfred auf den Marienkäfer aus gehärteter Knetmasse, den Dühnfort mit Doppelklebeband am Armaturenbrett befestigt hatte. Ein Glücksbringer. »Hübsch.«

»Den hat meine Tochter im Kindergaren gebastelt und mir zum Geburtstag geschenkt.«

»Er ist wirklich schön geworden. Hat sie eine kreative Ader?«

»Ich glaube schon. Hast du eigentlich Kinder?«

»Einen Sohn. Vor vier Jahren ist er auf dem Schulweg von einem abbiegenden Lastwagen überfahren worden. Er ist noch an der Unfallstelle gestorben.«

Es war ein Satz wie ein Schlag. Er rührte an Dühnforts Urängsten. Wenn Chiara jemals etwas zustoßen würde ... Er wagte kaum, diesen Gedanken zu denken, und wusste nicht, was er sagen sollte. *Das tut mir leid? Das ist ja schrecklich?*

»Das muss furchtbar sein«, sagte er schließlich. »Wie geht es euch damit?«

Manfred sah auf die Rücklichter der vorausfahrenden Fahrzeuge, und Dühnfort befürchtete schon, er wäre mit seiner Frage zu weit gegangen.

»Meine Frau packt das noch immer nicht«, sagte er nach einer

Weile. »Besucht jeden Tag das Grab. Auch heute noch. Nach vier Jahren. Julians Zimmer ist unberührt. Seit vier Jahren. Sogar seine schmutzigen Socken liegen noch so auf dem Boden wie damals. Selbst wenn sie Staub wischt und saugt, legt sie alles wieder so hin, wie es damals war. Ich kann nicht mehr. In diesem Haus will ich nicht mehr leben. Ich würde es am liebsten verkaufen. Doch wenn ich das vorschlage, verlangt sie ganz sicher die Scheidung und das Haus.« Manfred sah zu ihm hinüber. »Entschuldige! Ich kippe hier ungefragt meinen Müll vor dir aus.«

»Ich habe dich gefragt.«

»Stimmt. Und? Hast du einen Rat, wie ich aus dieser Misere herauskomme? Ich will Sabine nicht auch noch verlieren. Sie muss endlich aus ihrer Trauer herausfinden.«

»Eine Therapie vielleicht?«

»Will sie nicht. Braucht sie nicht. Sie will sich die Trauer um ihr Kind weder verbieten noch ausreden lassen.«

»Das dachte ich mir schon nach dem, was du erzählt hast. Ich dachte eher an dich.«

»Ich komme zurecht. Ich habe Julians Tod akzeptiert. War nicht leicht, aber ich habe mich da durchgewühlt. Nur Sabine eben nicht.«

»Ein Therapeut könnte dir helfen, ihr zu helfen. Das meinte ich.«

Überrascht sah Manfred ihn an. »Das wäre vielleicht eine Möglichkeit.«

Sie erreichten die Autobahnabfahrt. Dühnfort hatte sich mit Leis am Tatort verabredet und folgte den Anweisungen des Navis in einen Vorort von Regensburg.

Schließlich erreichten sie eine Straße mit Nachkriegsbauten. Vor einem der Häuser standen Polizeifahrzeuge und neben dem Eingang ein uniformierter Kollege. Sie mussten sich ausweisen,

Überschuhe anziehen und wurden nach oben geschickt. Zwei Kriminaltechniker in weißen Overalls knieten auf dem Boden des Etagenflurs und tapten mit Klebestreifen das abgetretene Linoleum rund um die Lagemarkierung der Leiche ab. »Vorsicht«, sagte einer. »Dort drüben ist der Trampelpfad.« Er wies auf eine mit Kreppband geklebte Linie, jenseits davon durften sie sich bewegen. Es war nur ein schmaler Streifen.

Der Blutfleck war nicht groß. Dunkel, matt schimmernd und bereits eingetrocknet. An den Wänden kein Spritzer. Kaum Spurennummern. Eine neben dem Schlüsselbund auf der Fußmatte. Die Wohnungstür stand offen. Von drinnen erklang eine Stimme: »Kommen Sie rein!«

Ein enger Flur. Linker Hand das Badezimmer, rechts eine winzige verdreckte Küche. Im Zimmer am Ende des Flurs trafen sie Phillip Leis. Wettergegerbtes Gesicht. Sehnige Figur. Er streckte ihnen die Hand hin. »Schön, Sie kennenzulernen.«

»Dühnfort. Mein Kollege Manfred Trebing.«

Leis nickt ihnen zu. »Als Sie mich neulich angerufen haben, dachte ich: So ein Wichtigtuer. Aber Sie scheinen richtigzuliegen. Worum geht's hier eigentlich?«

»Wir vermuten Hass oder Rache. Die Verbindung zwischen den Opfern befindet sich irgendwo im Rotlichtmilieu. Und die zum Täter ist die Mail, mit der er sie vorwarnt. Kann ich die von Herpes sehen?«

»Sicher.« Leis zog ein iPhone aus einem Spurenbeutel und tippte die PIN ein. »Die Leute nehmen fast immer ihr Geburtsdatum oder die Autonummer. Hier passt die Autonummer.« Er öffnete die App und zeigte Dühnfort die Mail. Ein Zombiemotiv mit dem bekannten Text *Ich bin dein Tod*, und zusätzlich: *Wir treffen uns bald*. Weshalb hatte der Täter das Handy von Big Bro mitgenommen, das von Herpes aber liegen lassen? War er gestört worden?

Oder wurde er nachlässig? Dühnfort wusste schon jetzt, dass die Nachverfolgung der Mail sie wieder zu dem lettischen Prepaidhandy führen würde. Es konnte auch sein, dass der Täter sich einfach nur sicher fühlte.

Dühnfort reichte das Handy an Manfred weiter. »Für jeden das passende Motiv«, meinte der.

»Was ist passiert?«

Leis fuhr sich übers Kinn. »Bis jetzt wissen wir Folgendes: Herpes hat den ganzen Nachmittag und Abend im Monsoon verbracht. Das ist eine Shishabar der Birols. Dort hat er sich mit Wodka-Bull die Kante gegeben und ist kurz nach Mitternacht nach Hause gefahren. Um halb eins ist er hier eingetroffen, hat seinen Audi geparkt und ist ins Haus. Dafür gibt es einen Zeugen. Einen alten Mann im Haus gegenüber. Er konnte nicht schlafen, und der Audi ist getuned. *Röhrt wie ein brunftiger Hirsch,* Zitat des Nachbarn. Er ist jedenfalls ans Fenster und hat gesehen, wie Herpes im Haus verschwand. Der Nachbar blieb noch ein Weilchen am Fenster. Nur zwei, drei Minuten nachdem Herpes das Haus betreten hatte, kam ein Mann heraus. Laut dem Zeugen trug er einen blauen Handwerkeroverall und dazu eine Sturmhaube. Er ist in einen Lieferwagen mit Münchner Kennzeichen gestiegen und davongefahren.«

»Endlich mal ein Zeuge. Er hat nicht zufällig Fotos gemacht?«

»Leider nicht. Gefunden wurde Herpes um halb zwei. Der Hund seiner Nachbarin hat wohl das Blut gerochen. Er ist immer wieder zur Tür und wollte raus, bis sie dann mal nachgesehen hat, warum. Todesursache ist ein einziger Stich. Er ging direkt ins Herz. Keine Abwehrverletzungen. Es muss für Herpes völlig überraschend gekommen sein. Das war es bis jetzt«, sagte Leis. »Aber Sie sind mir noch eine Antwort schuldig: Warum die Sache mit dem Penis?«

»Vermutlich ging es darum, das Opfer zu demütigen. Kann ich mich hier umsehen?«

»Klar. Ist eine Sozialwohnung. Offiziell war Herpes nämlich arbeitslos.« Leis trat ans Fenster und sah auf die Straße. »Wenn Sie mich brauchen, ich bin unten. Wir lassen seinen Audi kriminaltechnisch untersuchen. Der Abschleppwagen kommt gerade.«

Er verließ die Wohnung. Manfred beschäftigte sich noch immer mit dem Handy von Herpes, und Dühnfort sah sich um. Das Zimmer war Wohn- und Schlafzimmer in einem. Die Luft roch ranzig, nach schmutziger Wäsche und Abfall, der irgendwo vergammelte. Baumarktmöbel, ein riesiger Fernseher, das Schlafsofa war ausgeklappt. Bettzeug und Klamotten lagen darauf. Schmutzige Socken auf dem Boden, und Dühnfort dachte, dass sie Manfred an seinen toten Sohn und seine in Trauer gefangene Frau erinnern würden, und war kurz versucht, sie unter das Bett zu schieben. Ein armseliges Zimmer. Ein armseliges Leben und ein ebensolches Ende. Nur dass Herpes das wohl anders gesehen hatte. Er war der King oder wenigstens der Vizeking. Fuhr ein dickes Auto, hatte durchs Dealen ausreichend Kohle und sicher ständig ein anderes Mädchen am Start.

Dühnfort wandte sich zu Manfred um. »Kannst du mal in seinen Kontaktdaten nachsehen, ob er eine feste Freundin hatte?«

»Hab ich schon. Sieht nicht so aus. Aber einen besten Kumpel. Joe.«

Dühnforts Handy begann zu klingeln. Die Nummer von Julia erschien im Display. »Hallo, Julia!«

»Servus, Tino!«

»Hast du Eichenauers Donnerwetter gut überstanden?«

»Ich habe auf Durchzug geschaltet. Er wird sich wieder beruhigen. Schließlich hat er mir den Fall Pfaller gegeben. Ich rufe dich wegen etwas anderem an. Ich habe grad mit Sylvie gesprochen. Sie wusste tatsächlich mehr über Vanessa, doch ihr Boss will nicht, dass diese Geschichte die Runde macht. Pfaller hat sie bei einem perversen Sexspielchen beinahe umgebracht. Da hat nicht viel gefehlt. Deshalb hatte er Hausverbot im Sweet Heaven.«

»Interessant. Kennt sie Vanessas richtigen Namen?«

»Nein, und angeblich auch nicht den ihres Zuhälters. Doch ich glaub, da hat sie gelogen. Ich fahre jetzt jedenfalls ins Krankenhaus. Es muss eine Krankenakte von ihr geben. Sylvie hat damals den Notarzt gerufen, und der hat Vanessa in die Klinik gebracht. Außerdem hat Vanessa Sylvie von einer Sozialarbeiterin erzählt, die bei ihr in der Klinik aufgetaucht ist, um ihr ein Angebot für einen Entzug zu machen.«

»Hat sie das genutzt?«

»Nein.«

»Wieso hatte sie einen Zuhälter? Mayer hat gesagt, sie sei eine Selbstständige.«

»Laut Sylvie hatte Vanessa einen Freund, der die Kohle bei ihr abholte. Also, ich nenne das einen Zuhälter.«

»Viel Erfolg im Krankenhaus!« Dühnfort steckte das Handy wieder ein. Manfred hob das von Herpes hoch. »Hast du grad Vanessa gesagt? Bilder von ihr gibt es auch auf diesem Handy und obendrein ein Video der ganz üblen Sorte.«

• • •

Manfred reichte ihm das Handy, auf dem das Video noch lief. Zwei Männer vergewaltigten eine Frau, die völlig weggetreten schien. Ihr Blick irrte haltlos umher. Mit kraftlosen Bewegungen, die bestenfalls eine Fliege verjagt hätten, versuchte sie ihre Peiniger abzuwehren. Was diese beiden zu allem entschlossenen Kerle aber nicht abhielt. Vanessa lallte etwas, das Dühnfort nicht verstand.

»Das arme Mädchen. Erst die beiden, dann Sander«, sagte Manfred.

Dühnfort warf einen Blick auf das Aufnahmedatum. Das Video war fünf Wochen vor dem entstanden, das Ranghild Sander im Sweet Heaven aufgenommen hatte. »Sie haben ihr vermutlich K.-o.-Tropfen verabreicht.« Bei Vergewaltigungen kamen sie immer häufiger zum Einsatz. Mit dem Handy ging er hinunter zu Leis. Manfred folgte ihm. »Kennen Sie die Kerle?«

Leis sah sich den Film an. »Der eine ist Herpes, der andere Mega, ebenfalls ein Buddy der Birols.«

Pascal Pfaller hatte diese junge Frau bei einem Sexspiel beinahe umgebracht. Herpes hatte sie vergewaltigt, ebenso Bruno Sander, dessen Frau dabei nicht nur zugesehen, sondern auch gefilmt hatte. »Ich denke, jetzt kennen wir die Verbindung zwischen den Opfern«, sagte Dühnfort. »Es geht um Vanessa. Der Jäger tötet diejenigen, die sie vergewaltigt, missbraucht und für ihren sexuellen Kick benutzt haben.«

»Dann sollte man schleunigst Mega warnen«, warf Manfred ein.

»Sie denken, er ist der Nächste?«, fragte Leis.

Dühnfort schob das Handy zurück in den Spurenbeutel. »Wenn der Täter von dieser Vergewaltigung weiß, dann steht auch er auf seiner Liste.«

25

Es war kurz vor sechs, als er aufwachte. Die Luft war aus der Matratze gewichen, jeder Knochen tat ihm weh. Er ging unter die Dusche und stellte das Wasser so heiß, dass es gerade noch zu ertragen war. Danach war es besser, und er machte sich Frühstück. Einen Becher Instantkaffee und zwei Energieriegel.

Die Mail an Natalie war ein Fehler gewesen. Inzwischen hatte sie Leas Videotagebuch heruntergeladen. Hoffentlich verstand sie die Warnung und beherzigte sie. Ebenso hoffte er, dass sie stillschweigend den Kontakt zu Joe abbrach und nichts von dem Video erzählte. Sonst müsste Joe nur eins und eins zusammenzählen, um zu kapieren, was hier lief, dass es um Lea ging, und dann war es nur noch ein Schritt, um auf ihn zu kommen.

Während des Frühstücks dachte er über den Plan nach, der seit gestern an die Oberfläche wollte, seit er das Telefonat zwischen Mega und Joe mitgehört hatte. Ihn umzusetzen, würde nur ein Telefonat und ein wenig Schauspielkunst erfordern. Der Gedanke war verlockend, Mega ins Gesicht zu sehen und zu wissen, was ihm bevorstand, während er keine Ahnung hatte. Es reizte ihn. Obendrein würde er diesen *Loverboys* die Tour vermasseln.

Er leerte den Kaffeebecher und setzte sich an den PC.

Die Audiospuren der Abhör-App wurden in Kurven dargestellt. So konnte er sehen, wer wann telefoniert hatte. Die Nacht, in der er Nummer sieben kaltgemacht hatte, war voller Schweigen gewesen. Erst gestern gegen Mittag hatte sich die flache Linie zu einem zackigen Gebirge erhoben und dann immer wieder. Zuerst hatte Joe Mega in Passau angerufen, nachdem die Polizei bei ihm aufgetaucht war und er von Herpes' Tod erfahren hatte. Er hörte sich das Gespräch noch einmal an.

»Hey, Joe«, sagte Mega. »Was steht an?«

»Herpes ist tot.«

»Was!«

»Den hat einer abgestochen. Scheiße! Was wird hier gespielt?«

»Wieso tot?«

»Brauchst du ein Hörgerät?! Jemand hat ihm ein Messer ins Herz gerammt. Vor seiner Wohnungstür. Und dann hat er ihm sein Ding abgeschnitten und ihm in den Mund gesteckt. Das ist echt krank. Das muss ein Irrer sein.«

»Er hat ihm seinen Pimmel ...«

»Sag ich doch!«, brüllte Joe.

»So eine perverse Sau!« Mega stöhnte. »Verfickt! Erst Big Bro und jetzt Herpes. Was soll das?«

»Jedenfalls ist jetzt klar, dass es nicht um Samirs Braut geht.«

»Ex-Braut«, korrigierte Mega. »Sehe ich auch so.«

»Entweder lügen die Haddad uns dreist ins Gesicht, oder ein Neuer drängt auf den Markt. Mein Vater ist grad beim alten Haddad. Könnte aber auch sein, dass es um Lea geht. Die Polizei hat nach ihr gefragt.«

»Welche Lea?«

»Na, die Prinzessin vom vorletzten Sommer.«

»Was ist aus der geworden?«

»Ein Engel.«

»Ach ja. Überdosis. Wenn wir das Arschloch erwischen, dann schneiden wir ihm seinen Pimmel ab.«

»Worauf du dich verlassen kannst«, sagte Joe. »Was macht Trixi?«

»Hab ich eingenordet. Allerdings sieht sie im Moment nicht so hübsch aus. Ging leider nicht anders. Der Umsatz war deshalb gestern nicht besonders.«

»Wie oft habe ich dir gesagt, dass du keiner Prinzessin ins Gesicht schlagen sollst? Halte dich endlich daran!«

»Cool down«, sagte Mega. »Wer löst mich eigentlich ab?«

»Niemand im Moment. Ist vielleicht ganz gut, wenn du in Passau bleibst.«

»Wieso?«

»Weil du dort aus der Schusslinie bist, Mann.«

»Du meinst, dieser Irre hat es auch auf mich abgesehen?«

»Die Polizei meint das. Sie wollten mit dir reden. Besser, du bleibst unsichtbar.«

»Bei Paul? Herpes war auch hier und auch Big Bro. Wenn es der Irre auf mich abgesehen hat, sitze ich hier auf dem Postierteller.«

»Präsentierteller.«

»Was?«

»Es heißt Präsentierteller. Du hast recht. Ich schicke Bagol, dann kannst du nach München. Die Wohnung in der Carl-Wery-Straße ist frei. Dort kannst du erst mal bleiben. Und besorge dir ein neues Handy. Kann sein, dass du abgehört wirst.«

»Echt jetzt?«

»Sicher ist sicher. Also besorg dir ein neues. Wenn du komische Mails bekommst, dann sag mir das.«

»Welche komischen Mails?«

»Mit Zombies oder so. Herpes hat so eine bekommen. Eine Drohung. Und jetzt ist er tot. Also wenn du so etwas bekommst, sag Bescheid.«

Er stoppte die Aufzeichnung. Das Gespräch war noch eine Weile in dieser Art weitergegangen. Mega bereitete seinen Umzug nach München vor. Heute Abend sollte Bagol ihn ablösen. Das neue Handy hatte Mega sich sofort besorgt, es über die Cloud synchronisiert und so die Überwachungs-Apps gleich wieder selbst geladen. Echte Deppen, die Jungs.

Was ihm Sorgen machte, war die Polizei. Woher wussten sie von Lea? In den Nachrichten hatte er keine Antwort darauf gefunden, aber eine beunruhigende Information: Die Kripo hatte den Zusammenhang erkannt und eine übergreifende Soko gebildet. Er musste herausfinden, was sie wussten, und hatte sich deshalb für morgen Abend mit jemandem verabredet, der ihm das verraten konnte.

Doch vorher würde er nach Passau fahren. Nicht um Mega kaltzumachen. Den konnte er hier erledigen. Zuerst rief er Charlie an. Seine Schwester leitete ein Frauenhaus. »Hi, Charlie! Ich bin's.«

»Schön, dass du dich mal meldest. Ich habe mir schon Sorgen gemacht. Alles gut bei dir?«

»Alles bestens. Ich habe nur eine Frage. Hast du einen Platz für eine Zwangsprostituierte frei, die aussteigen will?«

»Eigentlich nicht. Aber das kriege ich schon hin. Woher kommt sie? Ich frage nur wegen einer Dolmetscherin.«

»Sie ist Deutsche.«

»Und Zwangsprostituierte? Das hört man selten.«

»Sie ist in den Fängen eines Loverboys.«

Charlie seufzte. »Vergiss es! Dafür vergeude ich keine Zeit. Sie wird zu ihm zurückgehen.«

»Glaube ich nicht. Sie hat schon zweimal versucht abzuhauen. Kannst du sie unter deine Fittiche nehmen?«

Einen Moment zögerte Charlie noch. »Okay. Weil du es bist. Ist das jetzt deine neue Profession? Retter der Prinzessinnen?«

»Sicher nicht. Ich habe sie zufällig kennengelernt.«

»Wann kommt sie?«

»Ich hoffe, noch heute. Kann spät werden.«

»Kein Problem. Du weißt ja, wo du mich findest.«

Er zog sich gerade für diesen Einsatz um, als aus dem Lautsprecher das Klingeln eines Telefons erklang, und er stellte den Ton lauter.

»Hallo, Prinzessin«, sagte Joe.

»Kennst du eine Lea?«, fragte Natalie.

»Wer soll das sein?«

»Sie sagt, sie wäre mit dir zusammen gewesen. Du hast sie auch Prinzessin genannt.«

»Ach, die Lea meinst du! Die ist echt durchgeknallt. Bipolare Störung. Von der hältst du dich besser fern. Hast du die etwa getroffen?«

»Eine Freundin von ihr hat mir ein Video geschickt, das sie aufgenommen hat. Zur Warnung. So eine Art Tagebuch. Ich muss dir sicher nicht erklären, was sie erzählt. Ich glaube ihr. Ruf mich nie wieder an! Meine Mutter weiß Bescheid. Wenn du noch einmal Kontakt zu mir aufnimmst, wird sie die Polizei einschalten.«

Mit der Faust schlug er sich in die Hand. »Gut gemacht.« Freude brandete in ihm auf. Sie trieb ihm die Tränen in die Augen. Für einen Moment fühlte es sich so an, als hätte er Lea gerettet. Doch bei ihr hatte er versagt, und die Unruhe griff wieder nach ihm und in ihrem Schlepptau die Scham und dann Hass und der Wunsch nach Rache, nach Vergeltung, nach Blut.

Er hörte, wie Joe Natalie verfluchte, sie eine gestörte Zicke nannte, eine saublöde und hässliche Fotze, die sich verpissen solle. Er fluchte noch, als sie schon aufgelegt hatte, und wählte dann neu. Er rief seinen Vater an. »Vergiss die Haddad. Es geht um eine Prinzessin. Um Lea. Jemand verschickt Videos von ihr. Außerdem hat die Polizei nach ihr gefragt.«

»Was ist mit dem Mädchen?«

»Hat sich umgebracht mit einer Überdosis. Vor einem Jahr schon.«

»Dann müssen wir den finden, der bereit ist, für sie zu morden. Hat sie Eltern? Geschwister? Einen Freund, dem du sie ausgespannt hast?«

»Ihren Eltern ging sie am Arsch vorbei. Die haben sich null für sie interessiert, und einen Freund hatte sie nie.«

»Einen Bruder?«

»Nicht, dass ich wüsste.«

»Jemand rächt sie. Finde heraus, wer das ist.«

Er drehte den Ton leiser und legte den Kopf in den Nacken. Die Sache mit dem Video war ein Fehler gewesen. Bald würden sie wissen, wer er war. Er atmete durch. Nicht weiter schlimm, denn aufspüren konnten sie ihn nicht. Sie hatten keine Ahnung, wo er lebte. Während er stets wusste, wo sie sich befanden.

• • •

Das Sweet Heaven öffnete um achtzehn Uhr. Es war siebzehn Uhr dreißig, als er mit dem grauen Golf auf den Parkplatz fuhr und ihn direkt vor dem Haupteingang ausrollen ließ. Sie sollten ihn sehen und sich fragen, was ein Bulle hier wollte. Am Hosenbund baumelten Handschellen, und über dem Shirt trug er ein Holster mit Waffe. Der Dienstausweis war eine gut gemachte Fälschung, die ihm schon manche Tür geöffnet hatte. Mit einem Blick aufs Tablet vergewisserte er sich, dass Mega noch immer im Sweet Heaven war. Der blaue Punkt blinkte seit Stunden am selben Fleck.

Der Kerl hatte den ganzen Tag keinen Schritt vor die Tür gemacht. Vermutlich hatte er die Hose gestrichen voll. In einer Stunde sollte seine Ablösung kommen, dann würde er nach München abdampfen. In ein Versteck, von dem er annahm, dass es sicher war.

Er stieg aus, zog die schwarze Lederjacke an, ließ sie aber offen, sodass die Waffe sichtbar war, und ging mit zügigen Schritten ins Sweet Heaven. Zwei Frauen probten auf der Bühne an den Stangen. Verwaiste Clubsessel und Sitzecken. Am anderen Ende des Raums war die Bar. Er steuerte auf den Mann dahinter zu und zückte den Ausweis. »Gero Salger, Rauschgiftfahndung. Ich würde gerne Beatrix Lehmann sprechen.«

Der Blick des Barmanns streifte den Ausweis, dann ihn und blieb kurz an der Waffe hängen. »Die kommt heute nicht. Ist krank.«

Er beugte sich vor. »Willst du mich verarschen? Ich weiß, dass sie hier ist.« Einen Moment maßen sie sich mit Blicken. »Ich kann auch Verstärkung holen. Dann durchsuchen wir die Bude, und wofür? Für nichts. Ich habe nur eine Frage an Trixi, dann bin ich wieder weg.«

Die Aussicht auf Uniformierte, die den Puff durchsuchten, gefiel dem Barmann nicht. Er rief eine der Frauen von der Bühne zu sich und bat sie, Trixi zu holen. Kurz darauf kam sie. Sie trug eine ausgewaschene Jeans, ein dünnes T-Shirt und an den Füßen Flipflops. Das Haar hielt ein Stirnband aus dem halb geschminkten Gesicht. Das Make-up war nötig. Auf dem Jochbein prangte ein blauer Fleck, der sich bereits lila färbte. Das Auge darüber war geschwollen und ebenfalls blutunterlaufen.

Mega folgte ihr auf dem Fuß. Er war einer dieser geschleckten Kerle mit den ausrasierten Frisuren der Fußballstars und ebenso viel Muskeln. Mit fetten Autos und scheißteuren Uhren am Handgelenk. Und all das bezahlten Mädchen wie Trixi. Mega wirkte fahrig, und er sah ein wenig blass aus. Gut so, dachte er. Scheiß dir in die Hose vor Angst. Ich stehe direkt vor dir, und du hast keine Ahnung, wer ich bin. Dein Tod! Ich könnte dich jetzt gleich hier abknallen. Du hättest keine Chance zu reagieren.

»Frau Lehmann. Guten Tag! Salger, Rauschgiftfahndung. Kein Grund, zu erschrecken. Es geht nur um ein paar Angaben in Zusammenhang mit einer Anzeige wegen Dealens.«

Megas heute ohnehin nicht sehr stabiles Pokergesicht verrutschte. »Wer hat sie angezeigt?«

»Wer sind Sie?«

»Ihr Verlobter.«

»Ach, nennt man das jetzt so?«

Mega war gleich auf hundertachtzig. »Willst du Ärger, Mann? Kannst du kriegen.«

Er hob die Hände. »Immer mit der Ruhe. Es liegt eine Anzeige gegen Frau Lehmann vor. Noch gilt sie nicht als Beschuldigte. Könnte ja auch üble Nachrede sein. Ich muss sie zu einer Befragung mitnehmen.«

»Ich habe aber nichts vertickt.« Vor Angst bebte Trixis Stimme. Er sah förmlich, wie sie die nächste Tracht Prügel fürchtete.

»Wenn das so ist, wird sich das herausstellen. Wollen Sie sich etwas anziehen? Es ist kalt draußen.«

»Trixi kann das morgen Vormittag auf der Wache erledigen«, sagte Mega.

»Nein. Sie kommt jetzt mit. In einer Stunde ist sie wieder da.«

Megas Handy klingelte. Er zog es aus der Hosentasche, sah aufs Display und meldete sich. »Ja, Joe, was gibt's?« Er lauschte eine Weile. Trixi musterte ihn. Sie schien etwas zu ahnen. Er nickte ihr zu. Mega telefonierte weiter. »Was soll der Scheiß? Du hast gesagt, heute Abend!«

»Kommen Sie«, sagte er und nahm sie am Arm. »Wir gehen jetzt.«

»Okay.«

Gemeinsam steuerten sie auf den Ausgang zu. Mega rief ihnen hinterher: »He, morgen, habe ich gesagt.«

»Frau Lehmann hat sich entschlossen, das heute hinter sich zu bringen.«

Offenbar waren Joes Neuigkeiten wichtiger, denn Mega erhob keinen weiteren Einwand. Sie steuerten den Golf an. Trixi ließ sich auf den Beifahrersitz fallen. Er startete den vor Dreck starrenden Wagen. Auf der Hinfahrt war er über einen schlammigen Feldweg gebraust, damit die Nummernschilder unleserlich wurden. Im Rückspiegel sah er Mega mit dem Handy am Ohr im Eingang des Sweet Heaven stehen.

»Haben Sie Ihr Handy dabei?«, fragte er, als sie den Parkplatz verlassen hatten.

»Ja.« Sie zog es aus der Hosentasche.

»Schalten Sie es aus, und entfernen Sie die SIM-Karte. Oder am besten werfen Sie es gleich aus dem Fenster.«

»Sie sind gar kein Polizist.«

»Richtig.«

»Sondern?«

»Ein Idiot. Das müssen wir jetzt nicht vertiefen. Ich werde Ihnen nichts erklären und keine Fragen beantworten. Ich mache Ihnen ein Angebot. Wenn Sie Ja sagen, bringe ich Sie nach München in ein Frauenhaus. Dort wird man sich um Sie kümmern und Ihnen auch einen Platz für den Entzug besorgen. Einzige Bedingung: kein Kontakt zu Joe und seinen Buddys. Absolut keinen. Keine Mail, kein Anruf, keine SMS. Er darf nicht wissen, wo Sie sind, sonst kocht er Sie weich und holt Sie zurück. Wenn Sie Nein sagen, kehre ich sofort um, dann haben Sie Ihre Chance vertan und werden enden wie die anderen Prinzessinnen. Als Crystal-Zombie in der Gosse oder auf dem Friedhof. Also: Ja oder Nein?«

»Ja, natürlich!« Plötzlich fing sie an zu zittern und dann zu heulen. Sie ließ die Seitenscheibe herab und warf das Handy aus dem Fenster. »Wieso ich?«

»Keine Fragen. Auf der Rückbank müsste ein Pulli liegen. Ziehen Sie den an.« Er drehte die Heizung auf. Sie erreichten die Autobahnauffahrt. Niemand folgte ihnen.

26
Videotagebuch

»Ich zappelte an seinen Fäden. Auch wegen der Drogen. Woher hätte ich sie bekommen sollen, wenn nicht von ihm? Und wie hätte ich sie bezahlen sollen, wenn nicht mit dem Geld, das ich im Sweet Heaven verdiente? Allerdings beherzigte ich jetzt Sylvies Rat. Ich zweigte jeden Tag einen kleinen Betrag für mich ab und versteckte das Geld in einer Socke.

Die Wochen vergingen. Es wurden Monate daraus. Aus Frühsommer wurde Sommer, der Herbst kam. Joes Schulden wurden langsam geringer. Wenn er bei mir war, war er lieb und zärtlich. Meistens jedenfalls. Meine Tage glichen sich wie ein Ei dem anderen. Ab Mittag arbeitete ich bis tief in die Nacht hinein. Koks und Crystal halfen mir, die Nächte zu überstehen. Vormittags schlief ich meist. Manchmal ging ich in die Stadt, immer einen Aufpasser an den Hacken. Ich sehnte die Wochenenden herbei, wenn Joe zu Besuch kam.

Herpes und Mega wechselten sich als Bewacher ab. Irgendwann tauchte noch ein dritter auf. Ein weiterer Buddy von Joe, den alle Big Bro nannten. Eines Nachts kam er in mein Zimmer und nahm sich, was er wollte. Mich. Ich habe mich gewehrt und ihn gekratzt und getreten. Ich hab um Hilfe geschrien, doch niemand kam. Ihn hat das erst recht angetörnt. Er hat gedacht, mir würde das Spaß machen. Und er hat mich Schlampe und Fotze genannt.

Am liebsten hätte ich mich umgebracht. Mich, nicht ihn. Ich war nur noch Dreck.

Der Gedanke tauchte damals zum ersten Mal auf: Schluss machen. Zu viel von dem Scheißcrystal nehmen ... Ach, das habe ich noch gar nicht erzählt. Von Herpes bekam ich jetzt nur noch Crystal. Keine Ahnung weshalb, er hat es mir nicht erklärt. Jedenfalls habe ich mir gedacht, ich nehme eine Überdosis von dem Zeug, und es wäre aus und vorbei. Aber es war nur eine flüchtige Idee. Noch war ich nicht so weit.

Manche Kunden waren eklig und widerlich, aber manche waren auch nett. Einer war dabei, der kam regelmäßig jeden Freitag. Er wollte meistens einen geblasen bekommen und dann reden. Bald kam er hauptsächlich zum Reden. Er hat mich manchmal für zwei Stunden bezahlt, und wir haben gequatscht. Das heißt, hauptsächlich hat er gequatscht. Von seiner Frau, die ihn verlassen und die Kids mitgenommen hat.

Irgendwann hat er dann begonnen, sich für mich zu interessieren. Ich sei so jung und viel zu hübsch und klug, um diesen Job zu machen. Und ich habe ganz lässig getan. Es sei ein Job wie alle anderen. Was er denn eigentlich machen würde? Peter Heisler hat er geheißen, sich aber Pete genannt. Zurzeit würde er wieder zu sich finden, hat er gesagt. Das sei ein Fulltimejob, allerdings von seinem Dienstherrn nur mies bezahlt. He?, habe ich gedacht. Wovon redet er? Es hat noch eine ganze Weile gedauert, bis er mir das erklärt hat. Posttraumatische Belastungsstörung. Sein Kollege war vor seinen Augen erschossen worden. Die Bilder bekam er nicht aus dem Kopf.

Jedenfalls fing Pete an, mich zu mögen. Er begann plötzlich davon zu reden, dass er mich rausholen würde aus diesem Milieu. Da habe ich dann die Reißleine gezogen und war für ihn nicht mehr da. Denn ich musste nicht gerettet werden. Ich brauchte keinen Kunden, der sich als Sozialarbeiter aufspielte, damit er sich besser fühlen konnte. Irgendwie war Pete ein schräger Vogel, ich wusste nicht, wie ich ihn einordnen sollte. Jedenfalls war es besser, auf Abstand zu gehen. Manchmal habe ich gespürt, dass etwas ganz dicht unter seiner Haut saß, das rauswollte. Eine unterschwellige Wut, und ich wusste, wenn er ausrasten würde, dann richtig.

Paul hat ihm dann erzählt, ich sei nicht mehr da. Was er natürlich nicht geglaubt hat und deshalb ausgeflippt ist. Es gab eine Schlägerei, und Pete erhielt Hausverbot. Er hat dann manchmal vor dem Sweet Heaven auf mich gewartet. Doch ich kam nie allein heraus und er nicht mehr an mich heran.

Anfangs erschien Joe jeden zweiten Tag, dann jedes Wochenende. Ich habe mich auf ihn gefreut wie Aschenputtel sich auf den Prinzen. Mein Leben war ein einziger Albtraum, bis auf ihn. Auf Joe, der mich da rausholen würde. Er war das Licht im Dunkel. Dass er mir diesen Albtraum eingebrockt hat, habe ich damals ausgeblendet. Ich liebte ihn und war voller Hoffnung auf eine gemeinsame Zukunft. Wie das funktionieren sollte, habe ich mich nicht gefragt. Das Wort *Entzug* habe ich in meiner Zeit in Passau nicht einmal gedacht. Und auch abzuhauen kam mir vorerst nicht wieder in den Sinn. Herpes hat mir sehr detailreich ausgemalt, was mir zustoßen würde, wenn ich das noch mal versuchte, und dabei sei das Veilchen, das er mir verpasst hatte, noch das Geringste.

Irgendwann im Herbst kam Joe einmal schon am Donnerstagabend, und zwar mit einer roten Rose. Er war so lieb zu mir. So zärtlich. Wir gingen bummeln und danach schön essen. Nicht Pizza, sondern ein Menü in einem Restaurant. Beim Dessert rückte er damit heraus, dass er einen besonderen Kunden für mich hätte. Einen reichen Mann mit etwas spezielleren Wünschen, der auf der Suche nach der passenden Partnerin dafür war. Also, unerfahren war ich ja nicht mehr. Doch in Pauls Club war ich für die biederen Sachen zuständig. Du weißt schon ... nichts Perverses. Dafür gab es andere Mädchen.

Wobei ... einmal ... Also, es gab vor der Sache mit dem *besonderen Kunden* schon mal einen Zwischenfall. Kann man das so nennen? Weiß nicht. Jedenfalls ist Sylvie dazwischengegangen. Ein Pärchen hatte mich gebucht. Sie wollte zusehen, wenn er es mit mir treibt. Ich fand das schon schräg. Aber gut, ich hab mich darauf eingelassen. Vereinbart war ganz normaler Sex mit Kondom. Doch auf dem Zimmer ist er dann auf mich losgegangen. Als Erstes hat er mir den Mund zugepappt, damit ich nicht schreien konnte, und dann hat er mich ... Also, er hat mich vergewaltigt. Und sie hat sich daran aufgegeilt. Sylvie war nebenan und hat an den Geräuschen erkannt, dass etwas nicht stimmt. Sie hat Herpes geholt, und der hat die beiden rausgeworfen.

Ein paar Tage später habe ich die Frau wiedergesehen. In einer Töpferei in der Altstadt. Die gehört ihr. Stell dir mal vor. Das Doppelleben einer biederen Töpferin. Ich bin ihr heimlich nachgegangen. Das pure Spießeridyll. Reihenhaus mit Geranien. Fehlten eigentlich nur die Gartenzwerge. Die Frau hat die Post aus dem Briefkasten genommen, und dabei ist ihr ein Kuvert runtergefallen. Das habe ich aufgehoben, als sie drinnen war. Oberstudienrat Bruno Sander. Ein Lehrer am Gymnasium. Wenn seine Schüler wüssten, was er so treibt ...

Und dann kam er. Er hat mich entdeckt und am Kragen gepackt. Ich solle verschwinden. Ein billiges Flittchen hat er mich genannt. Eine total abgestürzte Existenz. Abschaum. Wenn ich mich noch einmal bei ihm blicken ließe, würde er die Polizei rufen. Und ich habe gekontert, dass ich ihn wegen Vergewaltigung anzeigen könnte. Da hat er mich am Handgelenk gepackt und zugedrückt. Ich dachte, er zerquetscht mir die Knochen. Eine Hure könne man gar nicht vergewaltigen. Das sei ein Widerspruch in sich. Das hat er gesagt. Für den war ich nur ein Stück Scheiße.

Aber ich wollte ja von dem Fettsack erzählen. Also, Joe hatte einen Kunden mit besonderen Wünschen für mich. Aus heutiger Sicht glaube ich nicht, dass sich eines von den anderen Mädchen, die die härteren Sachen machten, für diese Nummer hergegeben hätte. Auch nicht für tausend Euro, die der Kunde bot. Joe erklärte mir, worum es ging. Um Atemkontrolle. So hat er das genannt.«

Leas Stimme brach. Wieder einmal versuchte sie die aufsteigenden Tränen wegzuwedeln. »Bei dem Wort *Atemkontrolle* hätten bei mir alle Alarmglocken schrillen sollen. Taten sie aber nicht, weil Joe mir das gut verkaufte. Alles sei safe. Ich bekäme dafür ein anderes Zimmer. Eines mit Alarmknopf. Außerdem würde er selbst vor der Tür stehen und auf mich aufpassen. Nichts konnte mir passieren. Tausend Euro in einer halben Stunde. Und wenn es dem Kunden gefiel, würde er wiederkommen. Wir wären unsere Schulden schneller los. Er hat echt *unsere Schulden* gesagt. Dabei waren es seine. Wenn er überhaupt Schulden hatte. Wenn es überhaupt einen Yussef gab. Ich war ein so dummes Huhn.

Und dann hatte ich eine Idee, wie wir noch schneller zu Geld kommen könnten. Davon habe ich Joe aber nichts gesagt, denn es war eine spontane Idee. Gar nicht richtig zu Ende gedacht. Eher intuitiv habe ich die Videofunktion gestartet, kurz bevor dieser spezielle Kunde mich besuchte. Ich habe das Smartphone dann so platziert, dass es alles aufnahm. Wenn der Kerl so reich war, könnte man ihn vielleicht mit diesem Filmchen erpressen. Das war die Idee, die mir durch den Hinterkopf schoss, und ich könnte endlich wieder ein normales Leben führen.«

Lea stoppte abrupt. Sie presste die Lippen aufeinander, bis sie weiße Striche waren, und ballte die Fäuste. Sie verkrampfte sich, um nicht loszuheulen.

»Shit! Also, ich erzähle dir jetzt nicht, was da gelaufen ist. Was Atemkontrolle bedeutet. Dieser widerliche fette Sack. Er hat mich fast umgebracht. Es hat nur so viel gefehlt. Wenn du es unbedingt wissen willst, kannst du es dir ansehen. Das Video ist noch auf dem Handy.« Mit Daumen und Zeigefinger zeigte sie, wie knapp es gewesen war. Sehr knapp. »Ich dachte, ich würde sterben. Ich hab den Alarmknopf nicht erreicht und bin total panisch geworden. Dann wurde ich ohnmächtig. Als ich wieder zu mir kam, war Joe da, und der fette Kerl war weg. Den hatte ich übrigens schon öfter in Pauls Club gesehen. Immer bei den Mädchen, die die härteren Sachen machten. Er sei der IT-Gott in einem Passauer Unternehmen, hat Sylvie gesagt. Ein übergewichtiger Nerd war er, der nicht wusste, was ein Deo ist. Aber Kohle ohne Ende.

Jedenfalls hat Joe mir das Leben gerettet. Das ist keine Übertreibung. Das ist so. Es gab ziemlichen Aufruhr. Sylvie hat den Notarzt gerufen, und der hat mich ins Krankenhaus gekarrt. Angeblich hatte ich einen Kreislaufkollaps. Stimmte ja, nur die Ursache kannte der Arzt nicht ...«

Sie sah direkt in die Kamera, als ob sie Blickkontakt suchte. »Atemkontrolle bedeutet nicht *würgen*, falls du das jetzt denkst. Es geht anders ... Ich sollte jedenfalls meinen Mund halten, hat Joe gesagt. Kein Wort über den Fettwanst. Joe durfte nicht mitfahren. Er war kein Angehöriger, und *Verlobter* ließ der Arzt nicht gelten. Obwohl ich noch halb weggetreten war, habe ich verstanden, dass er mich retten wollte. Vor Joe. Vor dem Puff.

Im Krankenhaus tauchte dann tatsächlich die Sozialarbeiterin auf, von der ich schon mal erzählt habe. Ach ja, und Pete kam auch. Mit einem Blumenstrauß. Woher er das gewusst hat ... keine Ahnung. Eigentlich war er süß. Ein Netter. Blumen hat mir noch nie jemand geschenkt, und es war ein so schöner Strauß. Wieder hat er davon angefangen, dass wir gemeinsam verschwinden könnten aus Passau. Dass er mich beschützen würde vor Joe. Hat nur noch der Heiratsantrag gefehlt. Doch ich Idiotin liebte Joe und habe Pete angeschrien, dass er aus meinem Leben ein für alle Mal verschwinden solle. Wäre ich doch nur mit ihm gegangen!

Kaum war er weg, erschien die Sozialtussi und faselte etwas von Entzug. Sie hat Joe einen Zuhälter genannt und mich sein Opfer. Und gesagt, dass ich noch nicht volljährig sei. Auch sie wollte mich aus *diesem Milieu* herausholen. Ich wollte aber nicht gerettet werden. Ich war kein Opfer. Bis zu meinem achtzehnten Geburtstag waren es nur noch ein paar Monate. Dann konnte ich ohnehin tun und lassen, was ich wollte.

Doch die Trulla rief Mam und freaky Rolf an. Sie kamen und holten mich ab. Ehe ich michs versah, saß ich in Regensburg in meinem Kinderzimmer und wusste nicht, was ich dort sollte. Sie drohten damit, Joe anzuzeigen. Weswegen?, habe ich sie gefragt. Weil er mich liebt? Das ist nicht strafbar. Sie wagten nicht zu fragen, was ich in Pauls Club getan hatte. Ich habe ihnen die Angst genommen und gesagt, dass ich hinter der Bar gearbeitet hätte. Bier zapfen, Drinks mixen und so. Sonst nichts. Und die einzigen Drogen, die ich nehmen würde, wären Nikotin und Alkohol. Da hätte Mam mir beinahe eine gescheuert. Für wie blöd ich sie halte. Jedenfalls wollte sie mein Handy konfiszieren, doch das war noch in meinem Zimmer in Pauls Club. Ich hab gesagt, das hätte man mir im Krankenhaus geklaut, und habe einen Riesenaufstand deswegen gemacht, damit sie mir das abnahmen. Dieses Handy durften meine Eltern nie in die Finger kriegen. Sie würden ausflippen.

Mam hat dann einen Termin bei unserem Hausarzt für mich ausgemacht und nach Entzugskliniken gegoogelt. Zu meiner großen Überraschung kam dann abends Trixi auf Besuch und brachte mir was. Gerade rechtzeitig, als das große Zittern begann. Cooler Schachzug von Joe. Für meine Eltern war Trixi nur eine Schulfreundin, die sich Sorgen um mich machte. Ich bat Trixi, Joe auszurichten, dass er mich am nächsten Tag bei unserem Hausarzt abholen solle.

Natürlich begleitete Mam mich zu dem Termin. Ich sagte, ich wolle alleine mit dem Arzt reden. Als ich aufgerufen wurde, blieb Mam also im Wartezimmer sitzen, und ich spazierte zur Praxis hinaus. Unten wartete Joe, und weg waren wir. Nach Passau konnte ich nicht mehr, Mam kannte die Adresse. Also fuhren wir nur kurz dorthin, holten meine Sachen, und für einen Moment dachte ich, ich hätte Trixi in einem der Zimmer verschwinden sehen. Aber das konnte ja nicht sein. Sie war in Regensburg und ging brav zur Schule.

Joes größte Sorge galt dem Fettsack. Ich hätte den hoffentlich nicht verpfiffen. Natürlich habe ich niemandem erzählt, was der Arsch mir angetan hat. Er sollte dafür bezahlen, und zwar nicht vor Gericht, sondern cash.

Wie, cash?, hat Joe gefragt, und ich habe ihn gebeten, mir mein Handy zu geben, und habe ihm das Video gezeigt. Das könnten wir uns doch vergolden lassen. Eine Weile hat Joe darüber nachgedacht und dann den Kopf geschüttelt. Das sei keine gute Idee. Es würde das Geschäft ruinieren, wenn bekannt wurde, dass wir die Freier erpressten.

Okay. Das habe ich eingesehen. Ich fragte Joe, wohin wir nun führen, und dachte an Urlaub und Freiheit und Abenteuer. Doch er sagte: *Nach Augsburg.*«

27

Am Freitagmorgen fand die große Präsentation der OFA im Soko-Raum der dritten Etage statt. Dem Reich der Mordkommissionen, heute Kirsten Tessmanns Revier.

Dühnfort kam mit Armin als einer der Ersten. Gleich neben dem Eingang stand ein Tisch mit Getränken. Dühnfort nahm sich eine Tasse Kaffee, Armin tat es ihm gleich. Eine lange Nacht lag hinter ihnen. Bis ein Uhr morgens hatten sie sich mit den Taten des Jägers beschäftigt, hatten sein Vorgehen analysiert, auf sein Motiv geschlossen und ein Täterprofil erstellt.

»Eigentlich solltest du die Präsentation übernehmen.« Armin stellte die geleerte Tasse ab. »Hast du Lust?«

»Du nicht?«

»Es steht dir zu. Du hast als Erster einen Zusammenhang zwischen den Taten erkannt, und du hast die Verbindung zwischen den Opfern entdeckt: Vanessa.«

»Daran war Manfred auch beteiligt.«

»Kommt ihr beide nun miteinander klar?«

»Es wird besser.« Manfred würde es vermutlich nicht gefallen, wenn er das Ergebnis ihrer Arbeit präsentierte. Aber er hatte Lust dazu. »Ich mach das gerne.«

Armin nickte. »Hoffentlich erfahren wir Vanessas wahre Identität noch heute.«

Erst musste Julia in Passau die Datenschutzhürde nehmen. Den richterlichen Beschluss zur Herausgabe der Patientendaten hatte sie gestern beantragt, denn die Klinik hatte sich geweigert, ihr einfach so Einblick zu gewähren. Der Datenschutz war zwar gut gemeint, doch er erschwerte regelmäßig ihre Arbeit. Obendrein mahlten die Mühlen der Bürokratie elend langsam, während der Soko die Zeit davonlief. Der Jäger würde es wieder tun. In diesem Punkt waren sich alle einig.

Kirsten kam herein und gesellte sich zu Alois, der die Mikros prüfte. Noch zehn Minuten bis zur Präsentation. Der Raum füllte sich. Ines Welling aus Augsburg war mit ihrem Team bereits da. Phillip Leis aus Regensburg ebenfalls mit seinen Leuten. Eichenauer würde nicht kommen. Er hatte mit der Begründung abgesagt, dass er heute fürs Schießtraining eingeteilt war. Die Sachbearbeiter trudelten ein und auch Dühnforts ehemalige Kollegen Moritz Russo und Nicolas Stahl, beide im Team der Soko Rotlicht.

Julia hatte ihre Teilnahme angekündigt, doch er konnte sie nirgends entdecken. Sicher versuchte sie noch in Passau an Vanessas Patientendaten zu kommen. Die Kollegen der OFA saßen bereits auf ihren Plätzen. Alle sahen übernächtigt aus. Armin klopfte Dühnfort auf die Schulter. »Viel Erfolg!« Er setzte sich. Dühnfort ging nach vorne zu Kirsten und Alois.

»Guten Morgen, Tino!« Kirsten trug ein dunkelblaues Kostüm und eine weiße Bluse. »Ich habe gehört, du präsentierst.« Ihr Blick ging zur Wanduhr. »Es ist Zeit. Fangen wir an. Erst ich, dann du.« Sie setzten sich. Das Gemurmel ebbte ab. Kirsten klopfte kurz gegen ihr Mikro. Es war eingeschaltet.

»Guten Morgen, Kolleginnen und Kollegen! Bisher haben wir nur miteinander telefoniert und Daten ausgetauscht. Das ist unser erstes persönliches Treffen, und ich hoffe, ihr habt euch alle schon beim Kaffee miteinander bekannt gemacht, dann kann ich mir die große Vorstellrunde jetzt sparen.« Sie sah ins Publikum. Niemand erhob Einwände.

»Es fehlt im Moment nur das Team aus Passau. Besser gesagt, die Kollegin Julia Jähnike, die die Passauer alleine vertritt und uns hoffentlich einen Namen mitbringen wird, wenn sie kommt. Auf die Fälle muss ich nicht groß eingehen. Da sind wir mittlerweile alle auf dem Laufenden, und dank der Kollegen von der OFA kennen wir seit vorgestern Abend den Link zwischen den Opfern. Sexueller Missbrauch, Vergewaltigung bis hin zur beinahe vollendeten sexuell motivierten Tötung einer jungen Frau, deren richtigen Namen wir noch nicht wissen. Sie hat unter dem Pseudonym Vanessa in einem Bordell in Passau gearbeitet. Mutmaßlich auch in Augsburg, und zwar in demselben, in dem auch Rebecca Welser vor anderthalb Jahren angeschafft hat und in dem Rippinger Kunde war. Sobald wir Vanessa gefunden haben, wird hoffentlich klar sein, wer sich stellvertretend für sie oder in ihrem Auftrag an ihren Peinigern rächt. Denn sie selbst ist es nicht. Weshalb wir sie als Täterin ausschließen können, erklärt uns jetzt unser ehemalige Kollege Tino Dühnfort, der uns leider verlassen hat und zur OFA gewechselt ist.« Kirsten schob das Mikro zu ihm hinüber.

»Guten Morgen, Kollegen!« Er sah in die Runde. »Wo fange ich an? Am besten beim Motiv. Was treibt den Jäger an? Wir vermuten Hass und Rache. Er tötet die Menschen, die sich an Vanessa vergangen haben. Warum tut er das und überlässt das nicht der Justiz? Vermutlich weil er nicht glaubt, dass unser Rechtssystem eine adäquate Strafe für die Täter finden würde. Es wird in den Medien und in der Öffentlichkeit ja immer wieder diskutiert, dass Vergewaltiger ungeschoren oder mit zu milder Bestrafung davonkommen – während er offenbar die Todesstrafe für angemessen hält und das gleich selbst in die Hand nimmt. Er tut das, weil er Vanessa nahesteht. Vielleicht nur emotional, vielleicht auch verwandtschaftlich. Eltern, Geschwister, ein bester Freund oder Liebhaber oder Ehemann kommen infrage. Er liebt sie und fühlt sich für sie verantwortlich. Vielleicht treibt ihn auch ein Schuldgefühl zu seinen Taten. Er konnte sie nicht beschützen. Er hat sie im Stich gelassen. Er hat versagt. Dass wir Vanessa als Täterin ausschließen, liegt an der Präzision, mit der die Morde begangen wurden.«

Dühnfort griff nach dem Glas und trank einen Schluck Wasser, dann fuhr er fort: »Wir haben zwei Videos von Vanessa. Ihr alle kennt sie. Sie ist nicht die Person, die sich durchsetzen kann, die sich erfolgreich wehrt. Außerdem ist es unwahrscheinlich, dass eine so junge Frau auf so vielfältige Weise töten kann. Mit hoher Wahrscheinlichkeit schließen wir auch aus, dass Vanessa einen Profi engagiert hat. Das liegt daran, dass bei den letzten drei Taten – bei dem Mord an Rebecca Welser in München und den beiden Dealern in Regensburg – das Nachtatverhalten plötzlich eskaliert ist. Der Täter demütigt seine Opfer posthum. Er präsentiert sie in entwürdigenden Posen, und im letzten Fall verstümmelt er das Opfer. Er schneidet ihm den Penis ab. Die Tötung alleine genügt ihm nicht mehr. Da sind persönliche Motive im Spiel. Davon sind wir überzeugt. Auch wegen der Warnungen, die er den Opfern schickt. Warum tut er das? Weil sie Angst haben sollen. Sie sollen sich fürchten, denn ihr Tod wird sekundenschnell sein. Sie werden es gar nicht richtig mitbekommen. Die Strafe fällt zu gering aus. Deshalb die Vorwarnung. Damit sie eine Zeit der Unsicherheit und Angst erleben. War das ein Scherz? Oder muss ich das ernst nehmen?«

Ines Welling rührte sich. »Weshalb entführt er sie nicht und foltert sie langsam zu Tode? Das wäre doch aus seiner Sicht die angemessenere Strafe.«

»Diese Frage haben wir uns auch gestellt und sind zu dem

Schluss gekommen, dass er im Foltern kein Experte ist. Im Töten aber schon. Außerdem ist er darauf bedacht, Spuren zu vermeiden, was bei Folter schwieriger ist als bei einer raschen Tötung. Was ihn kennzeichnet, ist eine gute Vorbereitung der Taten. Er spioniert seine Opfer aus und observiert sie, bis er weiß, wann und wo er am besten zuschlagen kann. Er entwirft einen Plan und führt ihn gnadenlos mit einer Präzision aus, die ich in meiner Zeit bei der Kripo nur einmal zuvor gesehen habe. Er hinterlässt keine Spuren. Er kann töten. Ob mit Armbrust, Pistole, Messer oder mit den bloßen Händen. Wir haben das gestern Nacht lange diskutiert. Ist er Soldat mit Nahkampfausbildung und vielleicht sogar Kriegserfahrung? Ist er im Kommando Spezialkräfte oder einer vergleichbaren Einheit? Oder ist er einer von uns, da er genau weiß, wie er Spuren vermeidet? Obendrein verfügt er über gute IT-Kenntnisse. Er hat zumindest bei zwei der Opfer mit infizierten Mails Remote- und Tracking-Apps auf deren Handys und Laptops geschleust. So konnte er sie abhören, ihren Mail- und Chatverlauf mitlesen und ihren Standort verfolgen. Um das hinzukriegen, muss man kein Hacker sein oder ein IT-Crack, es genügen gute Kenntnisse und die entsprechenden Apps. Die kriegt man im Internet und die Anleitung dazu, wie man sie einschleust, ebenfalls. Diese Tutorials sind allerdings nahezu alle in Englisch verfasst, wie uns der IT-Kollege vom LKA erklärt hat. Deshalb gehen wir davon aus, dass er über einen höheren Bildungsgrad verfügt. Sein Alter schätzen wir auf mindestens Mitte zwanzig bis Ende vierzig. Er ist emotional belastbar und reagiert in Stresssituationen bedacht. Er hat eine ablehnende Haltung gegenüber der Justiz und mutmaßlich auch der Polizei.«

»Und trotzdem denkt ihr, er könnte einer von uns sein?«, fragte Ines Welling.

»Etwas muss vorgefallen sein, das ihm den Glauben an den

Rechtsstaat genommen hat, sonst würde er nicht zur Selbstjustiz greifen. Er hat sehr viel Zeit auf die Vorbereitung der Morde verwendet. Er befindet sich auf einer Mission, und wir gehen davon aus, dass er noch nicht am Ende seiner Liste angekommen ist. Die letzten Taten unterscheiden sich von den ersten. Sein Handeln gewinnt an Dynamik. Er fühlt sich sicher und ist bereit, höhere Risiken in Kauf zu nehmen. Und die Abstände werden kürzer. Wir sollten uns also beeilen.«

Phillip Leis meldete sich. »Weshalb die unterschiedlichen Arten zu töten?«

»Wir denken, dass er für die Wahl der Waffe zwei Kriterien hat. Sie muss der Situation angemessen sein, siehe die Armbrustmorde. Er lag auf einem Garagendach inmitten einer Reihenhaussiedlung. Eine Pistole ist aus dieser Distanz nicht präzise genug. Ein Gewehr mit Schalldämpfer zu unhandlich. Eine Armbrust ist leicht, und man tötet mit ihr lautlos. Pfaller hätte er wie Rippinger mit einer Pistole mit Schalldämpfer töten können. Doch sein erstes Opfer bringt er mit einem Kampfsportgriff um. Vermutlich wählt er unterschiedliche Tötungsarten, damit die Serie nicht als solche erkannt wird. Die Opfer haben unterschiedliche soziale Hintergründe, unterschiedliche Wohnorte, unterschiedliches Alter und Geschlecht. Bis auf die beiden Dealer in Regensburg verbindet sie scheinbar nichts. Wenn sie auf unterschiedliche Weise getötet werden, ist die Wahrscheinlichkeit gering, dass die Serie erkannt wird. Hätte er die Sache mit den Mails gelassen und nicht zwei seiner Opfer durch Genickbruch getötet, wären wir vermutlich nicht darauf gekommen. Sobald wir wissen, wer Vanessa ist, und wir sie gefunden haben, sollte es kein Problem mehr sein, den Jäger zu identifizieren.«

»Kennen wir weitere potenzielle Opfer seiner Liste?«, fragte Ines Welling.

»Bisher eines. Ebenfalls ein Dealer aus Regensburg. Er gehört demselben Clan an wie die beiden anderen und hat sich an der Vergewaltigung beteiligt. Er ist der andere Kerl auf dem Video.«

Dühnfort sah zu Phillip Leis. Der stand auf. »Er heißt Fatih Kouri, wird von allen aber nur Mega genannt. Derzeit ist er nicht in Regensburg. Wo er ist, wollte sein bester Kumpel Jehan Birol, genannt Joe, mir nicht verraten. Aber er wollte die Warnung weitergeben. Natürlich kennt Joe weder Vanessa, noch hat er eine Ahnung, weshalb seine beiden Kumpel Big Bro und Herpes sterben mussten. Das Video hat er selbstverständlich nie gesehen, und er meinte sogar, es wäre gefakt. Seine Freunde würden so etwas nicht tun. Hätten sie nicht nötig und so weiter. Jedenfalls herrscht in der Szene derzeit Unruhe. Sie haben Angst, dass jemand unter den Dealern und Zuhältern aufräumt. Würde mich nicht überraschen, wenn die Birols bereits auf der Suche nach unserem Mann sind. Wir sollten ihn vorher finden.«

28

Conny war schon da, als er das italienische Restaurant im Glockenbachviertel betrat. Sie saß an einem Zweiertisch am Fenster. Die Kerze brannte. Es war eine gemütliche und romantische Atmosphäre, und er wusste, was sie sich von diesem Treffen erhoffte: am Ende dieses Abends mit ihm im Bett zu landen. Es wäre nicht das erste Mal. Nur dass sie mehr wollte als eine Nacht. Sie wollte gleich das ganze Leben. Jeden Tag, jede Stunde, jede Minute. Während er in ihr nie mehr gesehen hatte als einen Kumpel, mit dem man mal quatschen und ein Bier beziehungsweise ein Glas Wein trinken konnte. Conny trank nur Wein. Bei ihr war es schon immer mehr an Gefühlen gewesen. Er wusste nicht weshalb. Jedenfalls endeten ihre Abende häufig im Bett. Manchmal fühlte er sich deswegen schäbig, denn ihm ging es um den Sex, ihr um Liebe.

Den Kontakt zu Conny hatte er seit Leas Tod drastisch eingeschränkt. Genau wie bei allen anderen auch. Und nun erschien ein strahlendes Lächeln auf ihrem Gesicht, als sie ihn bemerkte.

»Grüß dich!« Sie stand auf. »Wie schön, dich zu sehen. Komm, lass dich umärmeln.« Das tat sie ausgiebig, zog ihn an sich und drückte ihn. Ihr Haar roch nach Wind und Regen und für einen Moment tröstlich.

»Gut siehst du aus.« Das war keine Worthülse. Conny war auf

eine altmodische Art attraktiv. Keine herkömmliche Schönheit, sondern eine bodenständige, erdige. Alles an ihr war rundlich. Die Hüften, der üppige Busen, das Kinn, die Wangen. Die Augen waren von einem tiefen Blau, und ihr Haar war wie ein Fuder Stroh.

»Wie geht's dir?«

»Ich komm zurecht«, sagte er.

Besorgt sah sie ihn an. »Wirklich? Hast du endlich eine Therapie begonnen?«

Er lachte. Was Frauen nur immer mit Therapien hatten? Als ob quatschen helfen würde. Handeln half. Sonst nichts. »Ja«, sagte er und nickte zur Bekräftigung.

»Wirklich? Das ist toll.« Ein Lächeln erschien auf ihrem Gesicht. Sie griff über den Tisch nach seiner Hand. »Und geht's dir damit besser?«

»Sagen wir so: Ich komme jetzt besser mit Leas Tod klar.« Das war nicht gelogen. Seine Art der Therapie half. Wenn auch nicht so umfassend, wie er sich das erhofft hatte. Etwas fehlte.

Der Kellner trat an den Tisch. Sie bestellten Vorspeisen und Pizza und für Conny ein Glas Wein. Für ihn nur Wasser. Er brauchte einen klaren Kopf.

Seit Tagen fühlte er sich so, als ob er zwischen Mühlsteine geraten wäre. Er wusste, dass falsch war, was er tat. Im rechtlichen Sinn sowieso. Im moralischen vermutlich auch. Er war kein Idiot. Trotzdem war es das einzig Richtige, das er tun konnte. Das war die eine Seite – und dann war da seit Kurzem die andere. Die ihn dazu gebracht hatte, Natalie zu warnen und Trixi aus dem Sweet Heaven zu holen. Diese spontanen Aktionen brachten seine Planung durcheinander. Am Ende würde es schiefgehen und er Joe nicht erwischen. Das durfte nicht passieren! Er atmete durch. Die Jungs in Regensburg hatte er an der langen Leine. Alles unter

Kontrolle. Auch wenn sie nicht lange brauchen würden, bis sie auf ihn kamen. Mit den beiden wurde er fertig. Sie waren nicht das Problem. Der weiße Fleck war die Kripo.

Das Essen und die Getränke wurden serviert. Sie stießen an. »Wir reden die ganze Zeit nur von mir. Wie geht's dir?«, fragte er.

Conny zog eine Schnute. »Immer das Gleiche. Keine großen Neuigkeiten. Seit vier Stunden habe ich Urlaub. Übermorgen fliege ich nach Madeira.«

»Klingt gut. Ab in die Sonne. Und wie geht es dir beruflich?«

»Da hat sich nichts getan. Immer noch Sachbearbeiterin bei der Mordkommission. Aber mir macht's ja Spaß. Die Daten in die Ermittlungsakten einzupflegen und den ganzen Kleinkram zu sichten, der so anfällt. Weißt du noch, wie ich den entscheidenden Hinweis auf einen Täter auf dem Kontoauszug des Opfers entdeckt habe?«

»Ja klar. Ohne dich würde ein Mörder frei herumlaufen.«

»Kann man so sagen. Das war bisher meine Sternstunde.«

»Habt ihr momentan einen spannenden Fall?«

»Und ob«, sagte sie mit vollem Mund. »Wir sind hinter einem Serientäter her. Nicht der übliche psychopathische Frauenmörder oder Vergewaltiger. Er ist echt raffiniert. Er schlägt in verschiedenen Städten zu und benutzt verschiedene Waffen. Auch seine Opfer sind grundverschieden. Er hinterlässt so gut wie keine Spuren. Beinahe wäre die Serie gar nicht erkannt worden. Unsere Leute von der OFA sind dahintergekommen. Aber auch erst, nachdem es bereits sechs Tote gab.«

»Das ist schrecklich. Warum tut er das?«

»Es geht um eine junge Frau. Vanessa hat sie sich genannt.«

Shit! Sie hatten Lea entdeckt.

»Gewissermaßen ein Künstlername. Eine drogenabhängige Prostituierte. Sie wurde mehrfach vergewaltigt und missbraucht.

Ein Freier hat sie beinahe gekillt. Jedenfalls tötet der Jäger diejenigen, die ihr das angetan haben.«

»Der ...« Seine Stimme wollte ihm nicht gehorchen. Er musste sich räuspern. »Der Jäger?«

»So nennen wir ihn.«

Sein Innerstes schrumpfte zu einem harten Klumpen. Sie hatten nicht nur die Serie erkannt, sondern auch das Motiv. »Und was sagt Vanessa dazu?«

»Wir haben sie noch nicht gefunden, hoffen aber, dass wir ihren richtigen Namen über eine Krankenakte in Passau bekommen. Sobald wir wissen, wer sie wirklich ist, dürfte es nicht allzu schwer sein, den Jäger zu finden. Er muss eine enge Bindung zu ihr haben.« Conny griff nach dem Weinglas. »Jetzt lass uns aber mal das Thema wechseln. Es soll ja ein schöner Abend werden. Hast du schon Pläne für deine Zeit nach dem Sabbatical?«

Er erzählte ihr, dass er an seinen Arbeitsplatz zurückkehren würde, ohne sich selbst richtig zuzuhören. Seine Gedanken überschlugen sich. Sobald sie die Krankenakte von Lea hatten, würde er auffliegen.

Nach dem Essen fragte Conny, ob sie noch auf einen Absacker gehen sollten, doch er wimmelte sie ab. Er müsse sich erst wieder an das Leben in der Stadt gewöhnen. An den Trubel, die vielen Menschen. Für heute sei es genug. Ein andermal. Sie *umärmelte* ihn wieder beim Abschied. Und wieder länger als nötig. Er spürte die Wärme ihres Körpers. Ihre weichen Rundungen. Sein Verlangen begann sich zu regen. Warum eigentlich nicht? In ihr versinken, alles vergessen, wenn auch nur für eine Stunde oder zwei. Und dann überrollte ihn – aus dem Nichts kommend – der Widerwille mit ungeheurer Wucht. Verdammter Sex! Welche Macht er über die Menschen hatte. Ein archaischer Trieb. Widerlich und grausam. Er machte sich von Conny los.

• • •

Verdammte Krankenakte! Ihm lief die Zeit davon. Seine Planung war nur noch Makulatur, und zum Teil war er selbst schuld daran. *Ist das jetzt deine neue Profession? Retter der Prinzessinnen?* Ihm schoss der Gedanke durch den Kopf, dass es tatsächlich eine Möglichkeit wäre. Einen Verein gründen. Aufklären über die Loverboys. Hilfe für den Ausstieg anbieten. Er würde darüber nachdenken, wenn es vorbei war.

Im dreizehnten Stock schloss er die Wohnungstür auf, warf die Reisetasche mit der alten Montur in die Ecke, die er für alle Fälle rasch noch geholt hatte.

Wie konnte er an Leas Krankenakte gelangen? Die IT einer Klinik war wesentlich besser gesichert als die Handys seiner Mitmenschen. Das überstieg seine Fähigkeiten. Obendrein konnte er nicht sicher sein, dass die Daten ausschließlich elektronisch vorlagen. Dennoch war es einen Versuch wert. Wen konnte er beauftragen, sich in die Klinik-IT zu hacken? Sven fiel ihm ein, doch der würde Fragen stellen. Vibes, eine Britin, die in Berlin lebte. Sie konnte die Klappe halten, war aber unzuverlässig. Schließlich entschied er sich für Laurențiu. Einen Rumänen, der sich seine Fähigkeit, sich überall hineinzuhacken, vergolden ließ. Ihn interessierte nicht, warum er einen Auftrag erhielt. Er führte ihn aus. Basta! Bezahlung im Voraus.

Also schickte er eine Mail an Laurențiu, ob er noch heute Nacht einen Job erledigen könne. Die Antwort kam zwei Minuten später. *Kein Problem. Kostet das Übliche plus hundert Prozent Panikzuschlag.*

Er schickte ihm die Daten und erklärte ihm den Auftrag.

Erst Cash, dann Hack. Laurențiu nannte seinen Preis, und er überwies den Betrag in Bitcoin über eine Blockchain. Die Bestätigung kam fünf Minuten später. *Okay. Ich lege los.*

Als Nächstes hörte er sich die Telefonüberwachung des Abends an. Um kurz nach zwanzig Uhr hatten Joe und Mega telefoniert.

»Ist Trixi wieder da?«, fragte Joe.

»Die Bitch hat sich in Luft aufgelöst.«

»Verdammt! Wie kannst du nur so blöd sein. Hast du dir überhaupt den Ausweis dieses *Bullen* zeigen lassen?«

»Das hat Pauls Barmann getan.«

»Trixi geht nicht an ihr Handy, und sie hat auch keinen Anwalt bei mir angefordert. Das habe ich ihr eingebläut. Bei Ärger mit der Polizei Anwalt anfordern! Die sehen wir nicht wieder. Das sage ich dir. Und dieser angebliche Bulle hat ihr geholfen. Wie ist sie an den gekommen? Ist er ein Freier? Hast du den schon mal im Sweet Heaven gesehen?«

»Der war noch nie hier. Vielleicht als Herpes oder Big Bro auf Trixi aufgepasst haben. Und wenn das nun ...« Mega verstummte. Offenbar stellten seine grundsätzlich langsam agierenden grauen Zellen gerade einen Zusammenhang her. »Wenn das nun Mr X war?«

»Mr X?«

»Na der Kerl, der Big Bro und Herpes kaltgemacht hat. Wenn er das war?«

»Dann mach ich ihn kalt. Den mach ich sowieso kalt. Diesen kleinen Scheißer! Was will der von uns?«

»Die Prinzessin rächen. Hat die Polizei dir doch erklärt.«

»Und warum entführt er dann Trixi?«

»Um uns zu ärgern.«

»Dieser verdammte Bastard.«

Joe fluchte noch eine Weile weiter, bis er sich beruhigt hatte und Mega ihn fragen konnte, was er über Leas Familie herausgefunden hatte. »Nichts, was uns hilft. Ihre Eltern haben nichts damit zu tun. Die sind nach Leas Tod ganz schnell wieder zur Tagesordnung übergegangen. Ihre Mutter hat allerdings eine Therapie gemacht. So einen Trauerbewältigungsscheiß. Jedenfalls sind sie nicht auf Vergeltung aus. Geschwister hat sie nicht. Alina kann sich auch nicht erinnern, dass Lea vor mir einen Freund hatte. Glaub ich auch nicht. Sie war ja noch Jungfrau. Vielleicht so eine Sandkastenliebe. Alina hört sich weiter um. Wenn wir ihn finden, wird er den Tag verfluchen, an dem er auf die beknackte Idee gekommen ist, sich mit uns anzulegen.«

29
Videotagebuch

»Ich fragte Joe, wohin wir nun fuhren, und etwas in mir hoffte auf Urlaub und Freiheit und Abenteuer. Doch er sagte: *Nach Augsburg*.

Augsburg ist genauso eine Provinzstadt wie Regensburg und Passau. Ich wechselte von Niederbayern nach ... Keine Ahnung, wozu Augsburg gehört, obwohl ich in Geografie eigentlich gut war. Schwaben vermutlich. Joe kannte dort ... Ja, du ahnst es schon ... Er kannte dort einen, der einen *Club* hatte.« Lea zeichnete Gänsefüßchen in die Luft. »Es ging also genau so weiter wie vorher. Als wäre nichts geschehen, als hätte mich dieser widerliche Fettsack nicht beinahe erstickt. Nur dass das Ambiente in diesem Club edler war und die Kundschaft aus den besseren Kreisen kam. Keine Handwerker und Aldiregaleinräumer. Keine kleinen Verwaltungsbeamten und Bankangestellten. Die Kundschaft hier saß eine Etage höher und bezahlte andere Preise. Am Ende blieb trotzdem nicht mehr übrig als in Passau. Denn mein Zimmer war entsprechend teuer, und auch Herpes hob die Preise fürs Crystal an.

Mein Zimmer.

Wenn ich das so sage, dann klingt es, als hätte ich mich irgendwo gemütlich eingerichtet. Habe ich aber nicht. Es war ein kleiner Raum mit Bett und Schrank. That's all. Ich habe im Bordell gewohnt und gearbeitet. Mein Leben hat sich mehr oder weniger dort abgespielt. Zwischen Freiern und Crystal Meth. Ab und zu ein Bummel durch die Stadt, mit Big Bro oder Mega oder Herpes als Schatten. Wer halt grad mein Aufpasser war.

Eines Tages war Pete wieder da. Er hatte mich aufgestöbert. Irgendwie war das süß, aber auch ein bisschen creepy. Er kam wie gewohnt jeden Freitag und gab eine Menge Geld fürs Quatschen aus. Und noch immer wollte er mich aus dem Puff holen. Hier würde ich nur vor die Hunde gehen. Ich hätte ein besseres Leben verdient und so weiter. In Wahrheit hat er wohl gedacht, es würde ihm besser gehen, wenn es mir besser ginge. Mir ging es aber gut. Ich hatte ja Joe.

Auch in Augsburg besuchte Joe mich regelmäßig. Jetzt allerdings nicht mehr an den Wochenenden, sondern donnerstags. Donnerstag war unser Tag. Ich hab ihm das Geld gegeben, das ich verdient hatte. Dann sind wir essen oder ins Kino gegangen. Er war lieb zu mir und hat vom Monsoon erzählt und von Yussef, dem er weiterhin Geld schuldete. Immerhin wurde der Schuldenberg langsam kleiner, obwohl Yussef abartig hohe Zinsen forderte. Joe erzählte, dass er eine hübsche Dreizimmerwohnung in der Altstadt von Regensburg in Aussicht hatte. Er zeigte mir Handyfotos, die er bei der Besichtigung gemacht hatte. Dort würden wir leben, wenn er mit Yussef quitt war.

So hielt er mich bei der Stange. Wenn er gut drauf war. Also wenn ich genügend Geld ablieferte. Das war nicht immer der Fall. Im Februar bekam ich eine schlimme Erkältung und konnte ein paar Tage gar nicht arbeiten. Das hat Joe nicht gefallen. Er war echt sauer und ist ausgeflippt. Doch es hat ihm auch gleich wieder leidgetan, und er hat sich entschuldigt und mir Medikamente in der Apotheke besorgt.

So vergingen der Winter und das Frühjahr. Der Sommer kam, und ich kriegte das eigentlich gar nicht mehr richtig mit. Ich war ständig dicht. Wenn ich nicht gearbeitet habe, habe ich getrunken und gepennt. Es ging mit mir bergab, und ich hab das nicht wirklich kapiert, sondern von einem Donnerstag bis zum nächsten gelebt. Meinen achtzehnten Geburtstag habe ich verpasst. Es fiel mir tatsächlich erst Tage später ein, als Joe mit Blumen kam und sein Geschenk für mich ein paar Gratisrationen Crystal waren. Ich war fertig. Ich war total durch. Meine Gedanken drehten sich jetzt weniger um Joe als um Crystal. Ich begann mich auch äußerlich zu verändern. Nur fiel mir selbst das nicht wirklich auf. Aber die Freier merkten es. Ab dem Spätsommer war ich nicht mehr wirklich gefragt, und Big Bro, der jetzt meistens auf mich achtgab, meinte, es sei ein Fehler von Joe gewesen, mir das Zeug zu geben. Nicht umsonst nannten es manche die Zombiedroge. Donnerstag für Donnerstag wurde die Summe kleiner, die ich Joe aushändigte, und er war deswegen sauer auf mich.

In Augsburg gab es keine Sylvie. Mit keinem der Mädchen dort bin ich richtig warm geworden. Bis auf Becks. Dabei habe ich sie anfangs nicht gemocht, und später dann ...« Leas Augen füllten sich mit Tränen. »Später dann habe ich kapiert, dass meine erste Abneigung gegen sie goldrichtig war. Ich komme noch dazu. Schön der Reihe nach. Also Becks war anfangs sogar eifersüchtig auf mich, weil ich mit Joe zusammen war. Eigentlich hieß sie Rebecca. Aber sie nannte sich Becks, und sie machte das freiwillig. Wobei ... Shit ... Freiwillig hab ich das ja auch getan. Jedenfalls am Anfang. Joe zuliebe ... Bis ich dann in diesem Teufelskreis aus Crystal und Geld und Geld und Crystal feststeckte und ... Shit!« Wieder wedelte sie die Tränen weg. Eine Geste, die ihm so vertraut war. Am liebsten hätte er sie in den Arm genommen und getröstet.

»Wo war ich? Ach ja, bei Becks. Wie Victoria Beckham. Joe hat ihr gefallen. Ich hab das gemerkt. Doch er fand sie nur nett. Sie tat ihm leid, und er hat ihr ab und zu zugehört oder ihr mal einen Rat gegeben. Jedenfalls wurden Becks und ich so etwas Ähnliches wie Freundinnen. Wir passten ein wenig aufeinander auf, denn die Freier hier waren im Grunde nicht anders als die in Passau. Sie hatten nur mehr Geld und nahmen sich mehr Freiheiten heraus. Sprich: Manche dachten, sie hätten uns gekauft und könnten mit uns tun, was ihnen beliebte.

Auf einen zweiten Fettsack bin ich nicht gestoßen, dafür aber auf einen, der Frauen von Grund auf verachtet. Er muss schlechte Erfahrungen gemacht haben und ließ das einmal, obwohl es nicht abgesprochen war, an mir aus. Er hat mich mit seiner Nummer völlig überrumpelt. Zuerst hat er mich ans Bett gefesselt. Das war ausgemacht, denn ich hab das Geld dringend gebraucht. Was dann folgte, nicht. Er hat mich angepisst und auf mich geschissen. Im wahrsten Sinn des Wortes. Er hat auf mich geschissen. Ich hab geschrien, und Becks kam mir zu Hilfe und dann auch noch Herpes. Der hat ihn rausgeworfen, aber vorher noch richtig abkassiert. Dieses Arschloch würde ich am liebsten umbringen. So viel Verachtung ist mir noch nie begegnet. Ich war ganz unten angekommen, und er hat das gewusst. Er hat es mir sogar gesagt. So wie der Lehrer in Passau. Abschaum. Dreck. Eine Fotze. Darauf hat er sich einen runtergeholt, und am nächsten Tag konnte ich sein Bild in der Zeitung sehen. Da war er dann der Biedermann. Der Politiker, der sich für Toleranz und Flüchtlinge einsetzte. Für die Schwachen und Bedürftigen. Er hat einen Preis für ehrenamtliche Helfer gestiftet und medienwirksam verliehen.

Kurz nach diesem Zwischenfall streikte mein Körper. Ich klappte zusammen. So konnte es nicht weitergehen. Etwas musste sich ändern. Und das tat es auch. Meine Tage blieben aus. Das Crystal, dachte ich. Doch meine Brüste spannten und waren total empfindlich, und beinahe jeden Morgen musste ich mich übergeben. Becks bekam das mit und besorgte in der Apotheke einen Schwangerschaftstest. Ich hab geflennt, als ich die beiden lila Striche sah. Ich war schwanger. Joe und ich erwarteten ein Kind. Es war von Joe. Ganz sicher. Ich musste ein neues Leben beginnen. Das war mir sofort klar. Raus aus dem *Club*. Rein in eine Entzugsklinik. Hoffentlich hatte das Crystal dem kleinen Würmchen nicht schon geschadet. Endlich bin ich aufgewacht.

Mir war auch bewusst, dass ich es Joe noch nicht sagen durfte. Nicht in den ersten drei Monaten. Er würde mich zu einer Abtreibung drängen. Das war mir trotz meiner Verliebtheit klar. Ich schmiedete kühne Pläne und traute mir zu, das Kleine notfalls auch alleine großzuziehen. Vielleicht würde Mam mich ja unterstützen. Außerdem gab es Frauenhäuser und solche Sachen. Plötzlich hatte ich wieder Pläne und war voller Hoffnung. Ich habe nach Entzugskliniken für Schwangere gegoogelt und Becks das Versprechen abgenommen, niemandem etwas zu sagen. Einen kalten Entzug wollte ich nicht probieren. Also reduzierte ich erst mal die Dosis und hoffte, dass es dem Kleinen nichts tat. Ich schrieb eine Mail an eine Klinik und erbat eine schnelle Antwort. Meine Versichertenkarte von der Krankenkasse war noch gültig. Hoffentlich übernahm die Kasse die Kosten. Es waren zwei Tage voller Hoffnung. Und dann kam Joe. Und Becks verpetzte mich. Sie muss ihn abgepasst haben, denn als er zu mir ins Zimmer kam, wusste er schon Bescheid. *Du bist also schwanger!*, hat er mich angeschrien. *Wie blöd kann man sein! Bezahle ich dir nicht Monat für Monat die Pille?!*

Es war wieder der wütende Joe, der unbeherrschte und zornige, der vor mir stand. Der Joe, dem sein Auftritt in einer halben Stunde leidtun würde. Ich habe mich also anbrüllen lassen und zugesehen, wie er Sachen gegen die Wand warf. Ich hab gewartet, dass er runterkam, und dann habe ich angefangen, von unserer

Zukunft zu reden. Er und ich und das Kind. Obwohl ich ja geahnt habe, dass er es nicht will. Dass er eine Abtreibung verlangen wird.

Hat er nicht. Er hat das nicht verlangt. Er hat ... Ich hab ihn noch nie so wütend gesehen. Schwanger könnte ich nicht mehr lange arbeiten. Das Geld würde ihm fehlen. Viel sei es ja ohnehin nicht mehr, was ich ablieferte. Ob ich daran mal gedacht hätte. Was eine Abtreibung kosten würde ...«

Lea sprang auf und verschwand aus dem Bild. Er hörte sie hin- und hergehen. Der dumpfe Klang von Schritten auf Holz. Er konnte hören, wie sie weinte. Schließlich kam sie wieder und riss ein Stück von der Klopapierrolle ab, die sie mitgebracht hatte, und schnäuzte sich.

»Also, er hat mich geschlagen. Verprügelt, genauer gesagt. Er hat mich in den Unterleib geboxt, und als ich am Boden lag, hat er mir in den Bauch getreten. Becks kam dazu. Diese Verräterin. Ohne sie wäre das nicht passiert. Ohne sie wäre ich heute vielleicht clean und schwanger und glücklich. Big Bro erschien in ihrem Schlepptau und meinte, jetzt sei es mal gut, und zog Joe zurück. Ich war beinahe ohnmächtig, doch ich weiß noch, dass ich dachte: Wahnsinn. Wieso ist Big Bro plötzlich auf meiner Seite? Doch dann habe ich es gesehen. All das Blut, das zwischen meinen Beinen hervorquoll. Joe hat keine Abtreibung verlangt. Er hat das gleich selbst erledigt.«

30

Dühnfort brachte Chiara zu Bett und las ihr die Geschichte von Max und den wilden Kerlen vor. »Noch mal«, bat sie und er begann von vorne, bis ihr die Augen zufielen und er seine Tochter zudeckte. Er ließ die kleine Nachttischlampe an und ging zu Gina ins Wohnzimmer.

Die Nachrichten endeten, der Wetterbericht begann, und sein Handy blieb stumm, während er wie auf Kohlen saß. Kirsten hatte versprochen, ihn auf dem Laufenden zu halten. Warum rief sie nicht an? Julia musste Vanessas Krankenakte doch längst bekommen haben.

Gina stand auf. »Ich hole uns was zum Knabbern. Magst du auch ein Glas Wein?«

»Ja. Warum eigentlich nicht?« Er war aufgekratzt und hellwach, seit er mit Manfred grünen Tee getrunken hatte. Gina kehrte kurz darauf mit einem Schälchen Nüsse und zwei Gläsern Wein zurück. »Wie war deine Präsentation eigentlich?«

»Ist gut gelaufen. Die Soko folgt unserer Hypothese. Bis auf Eichenauer natürlich. Der kocht nach wie vor sein eigenes Süppchen. Jetzt müssen wir nur noch Vanessa identifizieren, dann haben wir ihn.«

»Deshalb bist du so unruhig.«

»Das liegt eher am grünen Tee. Manfred hat mir eine Tasse

angeboten. Der würde ganz sacht pushen. Von wegen. Ich glaube nicht, dass ich heute Nacht schlafen werde.«

Am Nachmittag hatte er Manfred beim Teekochen in der Kaffeeecke angetroffen. Ein Thermometer lag neben der Teekanne, die bestenfalls eine Tasse fasste, daneben ein feines Sieb. »Sieht kompliziert aus«, hatte er gesagt.

»Ist halb so wild. Man muss nur auf die Temperatur und die Ziehzeit achten. Den hier sollte man bei siebzig Grad aufbrühen.« Manfred reichte Dühnfort die Teedose. »Er ist etwas Besonderes. Habe ich mir mal gegönnt. Ein Sakura-No Sencha. Dafür werden nur die feinsten Blätter und Knospen der Frühjahrspflückung verwendet. Ist besser als jeder Espresso. Pusht dich ganz sanft. Ohne das Herzrasen, das Koffein verursacht. Magst du mal probieren?«

»Ja. Gerne.« Dühnfort schaltete die Pavoni wieder aus und sah Manfred bei der Bereitung des Tees zu.

»Den ersten Aufguss nehme ich. Den zweiten bekommst du. Der ist besser«, erklärte Manfred. Das Kännchen fasste eine Tasse. Es war eine etwas umständliche Prozedur, da der Tee aber nur sechzig Sekunden beim ersten Aufguss und nur zehn beim zweiten ziehen musste, war er dann doch schneller fertig, als Dühnfort vermutet hatte.

Manfred reichte ihm eine Tasse, und er probierte. Ein zarter und leicht süßer Geschmack, mit einer grasigen Note. »Schmeckt erstaunlich gut.«

Sie tranken ihren Tee in kleinen Schlucken. Manfred musterte ihn. Etwas würde gleich noch kommen.

»Ich habe Sabine gestern gesagt, dass ich eine Therapie machen will, damit ich ihr helfen kann. Wie erwartet hält sie nichts davon. Das bringt uns Julian auch nicht zurück, hat sie gesagt. Als ob es darum ginge. Sie hat gar nicht verstanden, was ich meine. Aber ich ziehe das jetzt durch. Kennst du einen Therapeuten?«

Dühnfort hatte Manfred geraten, sich an Beatrice zu wenden. Sie konnte sicher jemanden empfehlen. Das Problem mit Manfred schien sich jedenfalls langsam zu lösen.

Der Wetterbericht war vorüber. Der Freitagabendkrimi begann. Und er wartete weiter auf Kirstens Anruf. Endlich summte sein Handy, doch es war Julia, die dran war.

»Mann, Mann, Mann! Dieser Richter!«

Er ging in die Küche, um Gina nicht zu stören. »Rückt er den Beschluss nicht raus?«

»Doch. Jetzt. Endlich. Das war mühsam. Da wir Vanessas Klarnamen nicht kennen, müssen die in der Klinik alle Daten der Patienten raussuchen, die an den fraglichen Tagen mit Notarzt eingeliefert worden sind. Sylvie ist sich zwar sicher, dass es das Septemberwochenende nach Schulbeginn war – da ist immer viel los –, aber nicht, ob Freitag oder Samstag. Jedenfalls meinte der Richter, dass das ein unverhältnismäßiger Eingriff in die Bürgerrechte sei, sich Daten von vielleicht hundert Leuten oder mehr anzusehen, wenn man nur nach einer einzigen Person sucht. Ich habe ihn dann mit einer Mischung aus Drohung und praktischem Vorschlag weichgeklopft.«

»Du hast einem Richter gedroht?«

»Na ja, nicht so direkt. Aber sobald wir den nächsten Toten haben und er hätte das verhindern können, will er seinen Namen sicher nicht auf der Titelseite der Blöd-Zeitung lesen. Ich habe ihn darauf aufmerksam gemacht, dass das durchaus passieren könnte.«

Dühnfort lachte. Julia traute sich was. »Und was hast du ihm vorgeschlagen?«

»Ärzte dürfen in Patientenakten gucken. Allerdings nur, wenn ein Grund vorliegt. Nicht einfach so zur Unterhaltung. Einen Grund haben wir. Also soll sich ein Arzt die infrage kommenden

Akten ansehen und uns dann sagen, welche junge Frauen im Alter zwischen etwa achtzehn und fünfundzwanzig betreffen, die mit einem Kreislaufkollaps eingeliefert wurden. Vanessa ist nämlich bei einem Atemkontrollspielchen kollabiert. Der Mistkerl hat ihr eine Latexmaske über den Kopf gezogen. Die hatte nur ein winziges Loch zum Luftholen, und das hat er zugehalten. Das ist einfach nur krank.«

Julia atmete durch. »Sorry, aber ich kann den Jäger beinahe verstehen. Ich nehme an, dass es nur eine oder zwei Akten gibt, auf die diese Kriterien zutreffen. Jedenfalls hat sich der Richter auf meinen Vorschlag eingelassen. Ich habe den Beschluss, und ich war auch schon in der Klinik. Es ist Freitagabend, sie haben dort nur ein paar Leute am Start. Vor morgen früh wird sich niemand mit den Patientenakten befassen können. Wir müssen uns also gedulden.«

»Gut gemacht, und danke für die Info! Weiß Kirsten schon Bescheid?«

»Ich rufe sie gleich an. Erst wollte ich dich informieren.«

Als er ins Wohnzimmer zu Gina zurückkehrte, sah sie ihn fragend an. »Wir werden erst morgen erfahren, wer Vanessa ist.«

»Ich frage mich, was passiert ist, dass ein so junges Mädchen in einem Bordell landet.«

»Vermutlich die Drogen.«

»Nach allem, was du erzählt hast, tut sie mir leid. Du musst dich darauf einstellen, einer traumatisierten jungen Frau zu begegnen.«

...

Der Samstagmorgen verging mit der üblichen Routine. Frühstücken. Fürs Wochenende einkaufen. Da es wieder einmal regnete, blieben sie zu Hause. Sie saßen am Küchentisch und bastelten Weihnachtssterne. Doch mit seinen Gedanken war Dühnfort in Passau bei Julia, die jetzt hoffentlich einem Arzt gegenübersaß, der die Akten für sie durchforstete.

»Papiii, du Uhu.« Chiara hielt ihm ein Gebilde aus Goldpapier entgegen, das ihn an einen zerdellten Golfball erinnerte. »Das ist ein sehr ungewöhnlicher Stern.«

»Ein Pipiratenstern natürlich.« Chiara lachte über ihren Witz. »Pipistern, Pipistern.« Hangelnd versuchte sie die Klebstofftube zu erreichen. Die hatte sie also gewollt. Er gab sie ihr. »Ein Himmel voller Pipisterne, und dann regnet's.« Kichernd spann sie ihre Idee weiter und erfand postwendend Pipischirme. Gina bemerkte, dass er nicht ganz bei der Sache war.

»Es liegt an Vanessa? Am liebsten würdest du selbst nach ihr suchen und mit ihr reden.«

»Julia könnte Unterstützung brauchen, nachdem ihr Vorgesetzter sie im Regen stehen lässt.«

»Pipiregen«, krähte Chiara.

»Wenn du nach Passau fahren willst, dann mach das.«

Das würde er tatsächlich gerne tun. »Und ihr beiden seid deswegen nicht sauer?«

»Wir basteln weiter Pipiratensterne. Und am Nachmittag können wir Oma und Opa besuchen.«

Chiara blickte auf. »Au ja! Zu Oma fahren.«

Dühnfort rief Julia an. Sie meldete sich sofort. »Hi, Tino! Ich wollte dich gerade anrufen.«

»Hast du den Namen?«

»Leider nicht. Unter den Patientenakten ist keine, die auf unsere Kriterien passt. Der Arzt war sogar so nett, die Notaufnahmen der Wochenenden davor und danach durchzusehen. Die haben das alles digital. Man kann nicht nur nach Namen und Geburtsdatum suchen, sondern auch nach Aufnahmedatum. Es gibt zwar einige junge Frauen, die eingeliefert wurden, aber aus anderen Gründen. Alkoholmissbrauch, Knochenbruch nach Sturz, akuter Blinddarm, solche Sachen.«

»Mist!«

»Und was machen wir jetzt?«

Etwas regte sich in seiner Erinnerung. »Hat Sylvie nicht von einer Sozialarbeiterin gesprochen, die Vanessa damals in der Klinik besucht hat?«

»Ja. Richtig. Dann suche ich die mal.«

»Das ist viel Arbeit. Wenn du Unterstützung brauchst, komme ich.«

Eine Sekunde überlegte Julia. »Das wäre schon gut. Was sagt deine Frau dazu?«

»Sie ist auch bei der Kripo und kennt das. Kein Problem also.«

»Prima. Dann beame dich mal rüber. Ich frage inzwischen Sylvie, ob sie sich erinnern kann, woher die Sozialarbeiterin kam.«

Dühnfort verabschiedete sich von seinen beiden Mädels und machte sich auf den Weg. Es war wenig Verkehr, und er erreichte Passau früher als gedacht. Bereits um halb zwei stellte er seinen Wagen auf dem Besucherparkplatz der Passauer Polizei ab und rief Julia an.

»Ich habe die Frau gefunden und komm runter.« Zwei Minuten später setzte sie sich zu ihm auf den Beifahrersitz. »Grüß dich!«

»Du bist ja schnell«, sagte er.

»Allzu viele Möglichkeiten gibt es in Passau nicht. Also habe ich mich ans Telefon gehängt und erst die Leiterin der Caritas-Suchthilfe in ihrem Wochenende gestört und dann beim Frauenhaus angerufen. Beide Male Fehlanzeige. Aber es gibt einen Verein, der Prostituierten hilft. Kyra e. V. Die Leiterin heißt Nicola Freyh. Sie kann sich an Vanessa erinnern, und sie hat das von Sylvie genannte Wochenende bestätigt. Komisch, dass die Patientenakte nicht zu finden ist.«

»Dann fahren wir jetzt zu Kyra e. V.« Dühnfort startete den Wagen.

Julia strahlte ihn an. »Am Ende wird Eichenauer sich ein Monogramm in seinen Allerwertesten beißen, wenn ich nicht nur meinen Fall löse, sondern auch seinen. Das wird er mir nicht verzeihen. Dann kann ich hier meinen Kram einpacken.« Es klang nicht so, als würde ihr das Sorgen bereiten.

»Dann wechselst du zu uns nach München. Gute Kolleginnen können wir immer brauchen.«

»Die OFA wäre was für mich. Wie kommt man da rein?«

Er erklärte es ihr, während sie ihn zu Kyra dirigierte. Das Büro des Vereins befand sich am Rande der Altstadt in einem Gebäude aus dem Mittelalter, das zwischen zwei ähnliche gequetscht war. Nur ein Fenster und eine Tür breit. Der Name stand in Klebebuchstaben auf der Scheibe. Licht brannte im Raum dahinter. Sie traten in ein funktional eingerichtetes Büro. Regale voller Bücher und Broschüren. Zwei Stühle vor einem Schreibtisch. Dahinter saß eine mollige Frau mit braunen Locken und blau gerandeter Brille.

»Sie sind sicher Frau Jähnike.« Sie reichte Julia die Hand. »Grüße Sie!«

»Hallo, Frau Freyh! Mein Kollege aus München, Tino Dühnfort. Prima, dass Sie Zeit für uns haben. Haben Sie Vanessas Unterlagen gefunden?«

»Es ist nicht viel. Nur eine Aktennotiz, die ich damals angelegt habe. Sie haben recht. Sie heißt nicht Vanessa, sondern Lea. Vorab eine Frage: Wissen Sie, was ein Loverboy ist?«

Julia zuckte mit den Schultern, und auch Dühnfort hatte keine Ahnung. »So etwas wie ein Callboy?«

»Ich erkläre es Ihnen. Denn auf so einen ist Lea reingefallen.« Nicola Freyh bot ihnen Platz in der Besprechungsecke an. »Die Masche der Loverboys ist perfide. Sie suchen sich gezielt in Internetforen, auf Schulhöfen oder in Einkaufszentren Mädchen aus, die bestimmte Kriterien erfüllen. Idealerweise sind sie nicht sehr selbstbewusst und stecken in einer familiären Krise. Scheidung der Eltern beispielsweise. Alkohol- oder Drogensucht eines Elternteils. Ein krankes Geschwisterkind, das alle Aufmerksamkeit auf sich zieht. Alleinerziehende oder überforderte Eltern oder einfach nur Eltern, die teilnahmslos und gleichgültig sind. Diese Mädchen fühlen sich ungeliebt und unzulänglich. Sie sind die idealen Opfer für einen Loverboy. Er pirscht sich an und ist supernett. Höflich, freundlich, aufmerksam. Ein verständnisvoller Zuhörer. Er ist der Traumprinz. Er macht ihr Geschenke und Komplimente. Er vergöttert sie. Angeblich.«

Nicola Freyh schüttelte mit einem Seufzen den Kopf. »Sie fallen auf ihn rein, weil sie ausgehungert sind nach Aufmerksamkeit und Zuwendung. Nach Liebe. Im ersten Schritt checkt er jedenfalls, wie empfänglich ein Mädchen für seine Masche ist, und baut Vertrauen auf. Er macht sie in sich verliebt, dann treibt er langsam einen Keil zwischen sie und ihre Familie und löst sie heraus. Da sind sie längst ein Paar. Zu Hause fliegen entweder irgendwann die Fetzen, und das Mädchen zieht zu ihm, oder es hält die Beziehung geheim und beginnt ein Doppelleben zu führen. Denn dem Loverboy geht es um etwas ganz anderes. Er macht das Mädchen von sich abhängig. Von seiner angeblichen Liebe. Er gaukelt ihr große Gefühle und eine gemeinsame Zukunft vor, setzt aber neue Grenzen. Wenn sie nicht spurt, gibt es Prügel und Liebesentzug, darauf folgen Reue und Versöhnung. Er gibt ihr Zuckerbrot und Peitsche, bis er sicher sein kann, dass sie tun wird, was er will.

Meistens spielen Drogen eine Rolle, um das Mädchen noch abhängiger zu machen.«

Sie wies auf die Aktennotiz. »Wie bei Lea alias Vanessa. Sobald ein Loverboy sich der Liebe seines Opfers sicher ist, gibt er vor, finanzielle Probleme zu haben, und bittet seine *Freundin*, sich für ihn zu prostituieren. Es wäre nur vorübergehend. Wenn sie ihn liebe, würde sie das für ihn tun. Das ist die eine Variante. Es gibt noch andere. Zum Beispiel das Erpressungsvideo. Der Loverboy setzt das Mädchen unter Drogen und lässt es von Freunden vergewaltigen. Er filmt den Missbrauch und droht damit, das Video an Schulfreunde oder Eltern zu schicken, wenn sie nicht für ihn auf den Strich geht. Ist ein Mädchen erst einmal in den Fängen eines Loverboys, kommt es kaum von ihm los. Ein Loverboy arbeitet nie allein. Er hat Komplizen, die die Mädchen bewachen und zu den Freiern fahren oder von einem Puff zum anderen. Der Kontakt zu Freunden oder Familie ist zu diesem Zeitpunkt längst abgebrochen. Es gibt niemanden mehr, dem sich die Mädchen anvertrauen können. In der Regel hat ein Loverboy mehrere *Prinzessinnen*, die für ihn anschaffen und die natürlich nichts voneinander wissen. Es ist eine ganz üble Masche, und der Ausstieg ist für die Mädchen auch deshalb so schwer, weil sie diese Arschlöcher lieben, die sie gehirngewaschen und abhängig gemacht haben. Selbst wenn es Eltern gelingt, ihre Tochter aus dem Puff zu holen, gehen sie oft zurück. So funktioniert also die Masche Loverboy. Jetzt wissen Sie das, und verbreiten Sie es bitte unter Ihren Kollegen. Denn seltsamerweise ist sie weitgehend unbekannt, obwohl sie schon seit mindestens fünfzehn Jahren grassiert wie die Pest.«

»Puh!«, sagte Dühnfort. Davon hörte er tatsächlich zum ersten Mal. Das Vergewaltigungsvideo auf Herpes' Handy war also ein

Erpressungsvideo. »Das ist echt übel. Und Lea ist demnach das Opfer eines Loverboys. Sind Sie sicher?«

»Sehr sicher. Eine Krankenschwester hat mich damals angerufen, als Lea Ellenstein mit Notarzt vom Sweet Heaven in die Klinik gebracht wurde. Unser Verein ist gut vernetzt. Ich habe Lea am nächsten Tag besucht und ihr Hilfe angeboten. Doch sie hat abgewiegelt, und nach dem Gespräch mit ihr habe ich geahnt, was läuft. Sie war noch so jung. Noch keine achtzehn, und deshalb war ich so frei und habe ihre Eltern informiert. Die haben sie dann aus der Klinik abgeholt.«

»Lea Ellenstein heißt sie also«, sagte Julia.

»Wissen Sie, was aus ihr wurde?«, fragte Dühnfort.

»Ich habe nie wieder etwas von ihr gehört. Alles, was ich habe, ist die Adresse der Eltern.«

• • •

Während der Fahrt nach Regensburg rief Julia Sylvie an. »Ich schon wieder. Ich habe noch eine Frage: Der Freund von Vanessa, heißt der Joe und stammt aus Regensburg?« Einen Moment lauschte sie und nickte dann. »Dachte ich mir. Danke!« Sie steckte das Handy ein. »Yep. Dieser Joe ist es.«

»Dann ist er in Gefahr, genau wie Mega«, sagte Dühnfort. Er rief Kirsten Tessmann an, um ihr Vanessas richtigen Namen und die Anschrift der Eltern mitzuteilen. Außerdem erklärte er ihr, was ein Loverboy war und dass Lea das Opfer eines solchen geworden war. »Die Fäden laufen in Regensburg zusammen. Hier hat Lea gelebt, von hier stammen zwei ihrer Vergewaltiger und auch ihr sogenannter Freund Joe. Der beste Kumpel von Herpes, Big Bro und Mega. Joe steht hundertpro auf der Liste unseres Jägers. Wir müssen ihn warnen. Obwohl es mir wie Julia geht. Langsam verstehe ich den Jäger.«

»Du bist also mit Julia auf dem Weg nach Regensburg, wenn ich das jetzt richtig verstanden habe«, sagte Kirsten. »Gefällt's dir bei der OFA nicht mehr?«

»Sie brauchte Unterstützung.« Er wollte seinen unkonventionellen Einsatz jetzt nicht weiter beleuchten. »Soll ich Phillip Leis informieren?«

»Ich kümmere mich darum. Vermutlich wird er mit Leas Eltern reden wollen. Ich lass ihren Namen mal durchs System laufen. Außerdem gibt es Neuigkeiten aus Augsburg. Vanessa – also Lea – hat in dem Puff gearbeitet, in dem Rippinger gelegentlich verkehrte. Und Meo hat herausgefunden, dass auch auf Pfallers Handy mal eine Spy-Software installiert war. Frag mich nicht, wie er das macht. Hat irgendwas mit Systemfiles zu tun.«

»Warum er die wohl gelöscht hat, die Drohmail aber nicht?«

»Vielleicht verrät er es uns, wenn wir ihn haben. Halte mich auf dem Laufenden.« Sie verabschiedeten sich.

Wenn wir ihn haben. Dieser Satz hallte einen Moment in ihm nach. Was, wenn sie ihn nicht rechtzeitig fassten? Dann würden Mega und Joe sterben. Außerdem war es möglich, dass es noch mehr potenzielle Opfer gab, die sie bisher nicht identifiziert hatten.

Er verließ die Autobahn am Kreuz Regensburg und ließ sich vom Navi in eine Straße hoch über dem Donauufer dirigieren. Ein Viertel für Besserverdiener. Alte Villen und dazwischen moderne Einfamilienhäuser. Vor einem Gebäude im Bauhausstil stoppte er.

Verwundert sah Julia sich um. »Ich hätte gedacht, dass sie aus einfachen Verhältnissen stammt. Man hat halt so seine Vorurteile«, fügte sie hinzu.

Vernachlässigung, Desinteresse und Lieblosigkeit gab es in

allen Schichten, ebenso wie Suchtkrankheiten. Eigentlich überraschte ihn der gehobene Lebensstil von Leas Eltern nicht. Im Rückspiegel bemerkte er einen Streifenwagen, der sich näherte. »Da kommt Phillip.«

Sie stiegen aus und begrüßten den Kollegen. »Lea Ellenstein hieß sie also«, sagte Leis.

»Hieß?« Julias Brauen stiegen in die Höhe.

»Sie ist im letzten November gestorben. Ich habe mich gleich an den Fall erinnert, als Kirsten mir den Namen genannt hat. Dem Notarzt war damals nicht klar, was passiert ist. Unfall, Mord, Selbstmord oder natürlicher Tod? Also wurden wir gerufen. Zwei Kollegen sind zu der Wohnung gefahren, in der sie lag. Ein übles Loch. Todesursache war eine Überdosis Koks. Fremdverschulden konnte ausgeschlossen werden. Blieben Unfall oder Selbstmord. Es gab zwar keinen Abschiedsbrief, aber die Auffindesituation und auch ihre persönliche Situation ließen vermuten, dass sie absichtlich zu viel von dem Zeug genommen hat. Sie hatte jede Menge Probleme. Ihre Sucht, die sie kaum noch durch Prostitution finanzieren konnte. Obendrein hatte sich ihr Freund von ihr getrennt.« Phillip breitete die Hände aus. »Ich hatte bis zu Kirstens Anruf vor fünf Minuten keine Ahnung, dass ihr Freund Joe Birol war und was er mit ihr gemacht hat. Also diese Loverboy-Nummer. Die kannte ich nicht.«

»Weißt du, wie ihre Eltern auf ihren Tod reagiert haben?«

Phillip lehnte sich an den Streifenwagen. »Ich habe deswegen gerade mit dem Kollegen telefoniert, der damals die Todesnachricht überbracht hat. Der Vater hat es erstaunlich gelassen zur Kenntnis genommen. Aber die Mutter hatte einen Nervenzusammenbruch. Er ist also eher nicht unser Mann. Und falls sie dahintersteckt, hat sie jemanden engagiert.«

»Ein Profi hätte Herpes nicht den Penis abgeschnitten«, wandte Dühnfort ein. »Da spielen Gefühle eine Rolle.«

»Es sei denn, das gehörte zu seinem Auftrag«, meinte Julia. »Einer rachsüchtigen Mutter wäre das zuzutrauen.«

Dühnfort gab ihr recht. Und für einen Moment konnte er den Hass des Täters in sich fühlen. Lea war ein junges Mädchen gewesen. Am Anfang seines Lebens. Alle Türen hatten ihr offen gestanden oder wenigstens genügend, um aus ihrem Leben etwas zu machen. Bis Joe aufgetaucht war und sie zu seinem Objekt geformt hatte. Zu einer von Crystal und seinen Gefühlen abhängigen willenlosen Marionette, die er erbarmungslos ausgebeutet und dann weggeworfen hatte. Wie ein Stück Müll.

»Reden wir mit ihnen«, meinte Julia. »Hoffentlich sind sie da.«

Dühnfort klingelte, dabei fielen ihm die Namen auf. Ellenstein und Jaeckel. Nach einer Weile knackte es in der Gegensprechanlage. »Ja, bitte.«

»Guten Tag, Frau Ellenstein! Dühnfort von der Kripo München. Ich bin mit einer Kollegin und einem Kollegen hier. Wir haben Fragen zu Lea.«

»Nach einem Jahr?«

»Es ist ein wenig kompliziert. Können wir reinkommen?«

Der Summer ertönte. Sie folgten einem gepflasterten Weg zur Haustür. Dort wurden sie bereits von Leas Mutter erwartet. Eine aparte Frau, die auf ihr Äußeres achtete. Dühnfort schätzte sie auf Ende vierzig. Sie trug eine schmale Designerjeans, einen dunkelblauen Kaschmirpullover und war barfuß. Sie bat sie ins Wohnzimmer.

Panoramafenster mit Blick auf den Fluss. Der Himmel stellte wieder einmal Wolkengebirge zur Schau. Vor der Glasfront saß ein etwas übergewichtiger Mann mit Stirnglatze in einem Sessel von Arne Jacobsen und las ein Buch. In einem modernen Kaminofen mit großer Sichtscheibe brannte ein Feuer. Edles Ambiente. Alles vom Feinsten. Materiell fehlte es hier an nichts. Wie hatten diese offenbar gebildeten und gut situierten Leute ihre Tochter derart abrutschen lassen können?

»Entschuldige, Rolf, die Polizei ist hier. Es geht um Lea.«

Rolf klappte das Buch zu und seufzte. »Sogar jetzt macht sie noch Ärger.« Der Mann stand auf. Dühnfort dachte, um sie zu begrüßen. Doch er wollte sich verabschieden. »Ich lass euch mal besser allein.«

»Sie bleiben hier«, sagte Dühnfort. Schärfer als beabsichtigt. »Wir haben Fragen, die auch Sie als Vater betreffen.«

»Stiefvater«, korrigierte ihn der Mann. »Lea war nicht meine Tochter. Sie stammte aus der ersten Ehe meiner Frau.«

»Ach.« Überrascht sah Dühnfort zu Leis, der hob die Schultern. »Und Leas Vater, wo finden wir ihn?«

»Er lebt in München«, sagte Gitta Ellenstein. »Können Sie langsam mal zur Sache kommen? Ich wollte heute noch ins Fitnessstudio.«

»Sie haben sicher von den Armbrustmorden in Passau gehört und auch von den Morden an den beiden Dealern hier in Regensburg.«

»Was hat das mit uns zu tun?«

»Diese Morde passierten wegen Lea. Jemand tötet ihre Peiniger.«

Leas Mutter wurde blass. »Das ist doch absurd. Sie ist seit einem Jahr tot.« Sie setzte sich aufs Sofa.

»Es hängt mit ihrem Freund zusammen. Und mit dem, was sie für ihn getan hat.« Dühnfort nahm ihr gegenüber Platz und entschied, sich langsam an die Wahrheit heranzutasten. Offenbar kannte sie die nicht. Oder jedenfalls nicht in vollem Umfang.

Er überlegte noch, wie er am besten beginnen sollte, als sie plötzlich aufsah. »Mit Peiniger meinen Sie ihre ... Sie meinen ihre Freier? Das Ehepaar in Passau ... Dieser Lehrer und seine Frau. Waren die etwa bei ihr im Sweet Heaven? Und die Dealer? Sind das Freunde von diesem Joe?«

Julia, die sich bisher im Hintergrund gehalten hatte, trat näher. »Woher kennen Sie das Ehepaar Sander?«

Gitta Ellenstein wandte sich um. »Aus einem Video. Lea hat es in den Tagen vor ihrem Tod aufgenommen. Eine Art Tagebuch. Sie erzählt darin ihre Geschichte. Wie sie Joe kennengelernt hat und was er mit ihr gemacht hat. Auch von einem Lehrer und seiner Frau berichtet sie. Wie er sich an ihr vergangen hat und sie ihn dabei anfeuerte. Es ist so ...« Von einem Moment auf den anderen verlor Gitta Ellenstein die Fassung, sie begann zu weinen. »Ich war eine miserable Mutter. Ich habe meine Tochter im Stich gelassen, als ich um sie hätte kämpfen müssen. Als dieser Joe sich in unser Leben gedrängt und alles kaputtgemacht hat.«

Rolf trat zu ihr und nahm sie in den Arm. »Es ist gut, Liebling. Es ist nicht deine Schuld.«

Dühnfort war wie elektrisiert. Julia und er tauschten einen Blick, und auch Phillip lag die Frage nach dem Video auf der Zunge. »Haben Sie das Video noch?«, fragte er. »Wir brauchen es.«

»Ja, natürlich. Es ist auf meinem Laptop.« Sie sah zu Rolf hoch.

»Ich kümmere mich darum«, sagte er und verließ das Zimmer.

»Hat Lea Ihnen das Video geschickt?«, fragte Dühnfort.

»Nein. Mein geschiedener Mann.«

»Und woher hat er es?«

»Ich nehme an, dass Lea es ihm gemailt hat.«

»Sie hätten damit zur Polizei gehen und Anzeige erstatten sollen.«

»Das hat mein Ex-Mann ja versucht. Doch weit ist er damit

nicht gekommen. Und es hätte ja auch nichts geändert. Niklas – also mein Ex-Mann –, er gibt mir die Schuld. Ich hätte ihn informieren müssen, als Lea auf die schiefe Bahn geraten ist. Dabei hat er den Kontakt zu ihr abgebrochen, wegen eines dummen Streits über eine Lappalie. Der Bruch mit ihm hat sicher mit dazu beigetragen, dass sie für Joes Avancen so offen war.«

»Was macht Ihr Ex-Mann beruflich?«

»Er ist Leiter der Unternehmenssicherheit bei einem Münchner Konzern.«

»Was hat er davor gemacht?«, fragte Julia. »Ich meine, welche Ausbildung? War er bei der Bundeswehr?«

»Natürlich. Er hat seinen Wehrdienst abgeleistet, und danach ist er zur Polizei. Zuletzt war er bei einem SEK. Bis ein Headhunter auf ihn zukam und er seine Beamtenlaufbahn aufgegeben hat.«

Rolf Jaeckel kehrte ins Wohnzimmer zurück und reichte Dühnfort einen USB-Stick.

• • •

Dühnfort saß in seinem Wagen mit Blick auf die weiße Bauhausvilla und telefonierte mit Kirsten, während Julia sich das Video auf ihr Tablet spielte.

»Lea ist tot.«

»Hab's grad gesehen«, sagte Kirsten. »Der Vorgang ist noch im System. Eine Überdosis. Furchtbar.«

»Leas Vater ist unser Mann. Niklas Ellenstein. Er war früher bei einem SEK.«

»Okay.« Sie dehnte die zweite Silbe. »Wieso bist du dir so sicher?«

»Weil ich selbst Vater bin. Wenn jemand das meiner Tochter antun würde …«

»Würdest du zum Killer?«

»Vermutlich nicht. Doch wer kann das schon sicher wissen? Ich schicke dir gleich ein Videotagebuch von Lea, das Ellenstein an seine Frau weitergeleitet hat. Darin benennt Lea offenbar die Opfer. Wir müssen herausfinden, ob noch weitere auf seiner Liste stehen. Julia sieht das Video gerade daraufhin durch. Und Phillip wird Joe und Mega aus der Schusslinie nehmen.«

»Leitest du jetzt die Ermittlung?«

Mit dieser Frage stoppte sie ihn. Er atmete durch. »Die Macht der Gewohnheit. Entschuldige!«

»Ist schon okay. Hat Phillip eine Wohnung zur Verfügung? Wenn nicht, können wir eine von unseren aus dem Zeugenschutzprogramm anbieten.«

»Er klärt das gerade.«

»Melde dich, wenn ihr eine braucht. Alois und ich statten inzwischen Ellenstein einen Besuch ab. Am besten mit seinen ehemaligen Kollegen vom SEK.«

»Ich weiß nicht, ob das eine gute Strategie ist.«

»Der Mann besitzt mutmaßlich ein Waffenarsenal. Da schicke ich natürlich erst ein SEK rein, bevor ich mit ihm rede.«

»Ich würde ihm mit Verständnis begegnen, sonst macht er dicht, und bei der dürftigen Spurenlage wirst du ein umfassendes Geständnis von ihm brauchen, um ihn vor Gericht zu bringen. Für jede seiner Taten.«

»Zeit habe ich nur, wenn Mega und Joe die einzig Verbliebenen auf seiner Liste sind. Jetzt gucken wir erst mal, wo er ist. Sag Bescheid, wenn die beiden Loverboys ... Wer hat sich eigentlich diesen verharmlosenden Begriff für eine so widerliche Masche ausgedacht? Also sag Bescheid, wenn die beiden untergebracht sind.«

Julia versuchte noch immer das Video zu starten. »Das System mountet den Stick nicht. Keine Ahnung, was da los ist. Ich versuch es an meinem Büro-PC und schicke es von dort an Kirsten, während ihr Mega und Joe in Sicherheit bringt.«

»Okay«, sagte Dühnfort. »Du kannst meinen Wagen nehmen. Ich fahr bei Phillip mit.« Er ging hinüber zum Streifenwagen. Phillip beendete gerade sein Telefonat. »Ich habe eine Unterkunft für die beiden. Dann holen wir sie mal ab.«

Sie fuhren in die Altstadt. Das Monsoon war eine modern eingerichtete Bar mit ein wenig orientalischer Deko. Es war früher Nachmittag und noch nicht viel los. Hinter der Bar wienerte ein Mann Gläser. An einem Tisch in einer Ecke saßen zwei Männer. »Das sind Birol senior und junior«, erklärte Phillip. »Lass mich das machen.«

Dühnfort nickte. Es war Phillips Revier.

Der ältere Birol trug einen gepflegten grau melierten Bart und Anzug. Nur die zahlreichen Goldringe an den Fingern passten nicht zum Bild eines seriösen Geschäftsmannes. Joe hatte Dühnfort sich unwillkürlich gut aussehend vorgestellt. Ein Kerl, auf den die Mädchen flogen. Doch er war von gedrungener Statur, und sein Profil eher gewöhnlich als klassisch. Gestylt war er im angesagten Look seiner Peergroup. Undercut mit ausrasiertem Muster an der Seite. Tattoos an Hals und Händen und wer wusste, wo sonst noch. Eine Breitling im Wert von sicher zwanzigtausend Euro am Handgelenk.

»Schönen guten Tag, die Herrn Birol!« Phillip sah vom Alten zum Jungen. »Das ist ein Kollege aus München. Wir müssen reden. Können wir uns dazusetzen?«

»Bitte«, sagte Joes Vater. »Gibt es ein Problem?«

»Das Problem kennen Sie. Jemand will Ihren Jungs ans Leder. Big Bro und Herpes hat er auf seiner Liste schon abgehakt. Als Nächste sind Mega und Ihr Sohn dran.« Leis sah zu Joe, der keine Miene verzog.

Der alte Birol lehnte sich zurück. »Dann machen Sie Ihre Arbeit. Finden Sie den Mann!«

»Worauf Sie sich verlassen können. Aber vorher nehmen wir Ihren Sohn und Mega aus der Schusslinie. Es gibt eine sichere Wohnung. Sie ist für die beiden bereit.«

Joe lehnte sich zurück. »Wir brauchen kein Kindermädchen, und ein Safe-House haben wir selbst.«

»Mega ist in Sicherheit«, sagte der alte Birol. »Wir kümmern uns um die Familie.«

»Hat er sein Handy dabei?«, fragte Dühnfort. »Wenn ja, dann ist er dort nicht sicher. Und Sie sind es auch nicht«, sagte er an Joe gewandt. »Der Mann ist Ihnen über.«

Joe lachte. »Mit dem werden wir schon fertig.«

»Mit dem werden *Sie* nicht fertig. Der ist aus anderem Holz geschnitzt.«

»Kürzen wir das Ganze ab«, sagte Phillip. »Wollen Sie nun Polizeischutz oder nicht?«

»Habe ich schon gesagt. Ich brauche keinen Babysitter.«

»Und ich brauche keine weitere Leiche in meinem Revier. Also machen wir es anders.« Phillip zog die Handschellen vom Hosenbund. »Jehan Birol, ich nehme Sie wegen des Verdachts auf Förderung der Prostitution gemäß Paragraf 181a StGb vorläufig fest.«

31

Das Fitnessstudio gehörte zu einer Kette, die vierundzwanzig Stunden am Tag, an sieben Tagen in der Woche, geöffnet hatte und nur ein paar Euro Monatsbeitrag kostete. Dafür gab es an Service nichts. Keine Trainer. Keine Bar. Keine Kurse. Nur einen Getränkeautomaten und die Geräte. Es war Samstagabend kurz nach acht. Nur noch zwei Kerle arbeiteten sich an den Geräten ab. Mega und sein Bodyguard Ramses. Neonlichter brannten. Es roch nach Schweiß. Mega war mit dem Training fertig und begann den Cool-down auf dem Laufband. Es quietschte. Er beschwerte sich, was das für ein Scheißstudio sei. Kein Komfort. Kein Luxus. Ohne Sauna. Ohne Pool. Nicht mal eine Bar. Die allerletzte Scheißhütte. Und außerdem kein Schwein hier.

Doch er irrte sich. Da war noch jemand. Langsam schob der Putzmann einen Rollcontainer mit Schmutzwäsche und den Wagen mit den Putzsachen in den Umkleideraum. Im Bereich dahinter befanden sich die Duschen. Er warf einen Blick hinein. Irgendwo tropfte Wasser. Sonst war hier nichts los.

Ihm war klar, dass Mega sich hauptsächlich ärgerte, weil er kein Publikum hatte, vor dem er protzen konnte. Mit seinen Muckis. Der teuren Uhr und den Goldketten. Dem dicken Auto in der Tiefgarage.

Langsam zog der Putzmann mit dem Wischmopp seine

Kreise. Seine Arbeitskleidung bestand heute aus einem weißen Overall mit dem Aufdruck einer Reinigungsfirma. Überzieher an den Sneakern, Latexhandschuhe. Haare unter einem Haarnetz und Basecap verborgen. Der Lieferwagen parkte im Hof. Videoüberwachung gab es hier nicht.

Drüben im Trainingsraum begann Mega über die Polizei in Regensburg zu schimpfen. Sie hatten Joe festgenommen. »Wegen Zuhälterei. Total abgefahren. Die Prinzessinnen tun das schließlich freiwillig. Aus Liebe. Der Anwalt wird ihn da rausholen.«

Bei dem Wort *Liebe* ballte er die Fäuste. Doch dass der Anwalt Joe bald rausholte, hoffte auch er. Im Knast kam er nicht an ihn heran.

»Und dann machen wir das Schwein kalt«, erklärte Mega. »Sobald wir ihn gefunden haben, gibt's Vergeltung.« Wortreich malte er aus, was sie alles mit ihm anstellen würden.

Noch hatte Joe ihn nicht enttarnt. Das war allerdings nur eine Frage der Zeit. Er musste lediglich mit ein paar Leuten reden. Die Sache mit dem Video war einerseits dämlich gewesen, andererseits hatte sie Natalie davor bewahrt, Prinzessin zu werden. Am Ende änderte diese Warnung nichts außer seinem Vorgehen. Diesmal keine Mail. Mega und Joe hatten die Hosen bereits gestrichen voll. Der alte Birol hatte auf einem Bodyguard bestanden. Dieser Ramses, der jetzt zusammen mit Mega im Trainingsraum keuchte und keine Ahnung hatte, dass er demnächst seinen Job verlieren würde. Vielleicht sogar sein Leben.

»Mir reicht's«, sagte Mega. »Ich geh duschen.«

»Bei mir dauert's noch fünf Minuten, okay? Oder soll ich mitkommen?«

»Nee. Mach fertig. Hier ist niemand.«

Es war so weit. Er stellte den Mopp in die Ecke, positionierte sich neben der Tür und zog das Messer hervor. Schritte näherten sich. Mega kam herein. Er ging zum Spind und zog den Schlüssel aus der Hosentasche. Lautlos trat er hinter ihn. Mega spürte wohl einen Lufthauch oder registrierte einen Schatten, denn seine Körperspannung veränderte sich.

Ehe er sich umdrehen konnte, verschloss er mit seiner Linken Megas Mund, rammte das Messer in seiner Rechten zwischen den Rippen hindurch direkt ins Herz. Ein Stöhnen war alles, was Mega noch von sich gab. *Schönen Gruß von Lea. Ich bin dein Tod. Mir entkommst du nicht.* Beinahe lautlos sackte Mega zusammen. Aus dem Trainingsraum drang das gleichmäßige Quietschen des Laufbands, während er Megas Leiche in den Container hob, mit Wäsche zudeckte und ihn zum Lift schob. Die Kabine war oben. Er hatte die Tür blockiert und schob seine Fracht hinein. Als sie sich schloss, verstummte das Quietschen.

32
Videotagebuch

»Der Gedanke lässt mich nicht los: Wie würde mein Leben heute aussehen, wenn Becks mich nicht verraten und Joe mir das Kind nicht aus dem Bauch getreten hätte? Was würde ich jetzt machen? Glücklich schwanger auf dem Sofa einer Entzugsklinik sitzen? Vielleicht. Wobei es nicht sehr wahrscheinlich ist. Vielleicht hätte das kleine Würmchen mich vorzeitig verlassen. Derart vergiftet, wie es durch meine Schuld war.

Diese spezielle Art der Abtreibung hat mir jedenfalls den Rest gegeben. Obwohl ... das stimmt nicht ganz. Es war eher der Anfang vom Ende.

Zwei Tage war ich im Krankenhaus. Sie haben das tote Kind aus mir herausgekratzt. Vorwurfsvolle Blicke. Getuschel hinter vorgehaltener Hand. *Ein Junkie. Eine Süchtige. Vielleicht ist es so ja das Beste. Treppensturz, haha! Sicher hat sie das absichtlich getan.*

Natürlich habe ich Joe nicht hingehängt. In der Notaufnahme habe ich gesagt, ich sei gestolpert und eine Treppe hinuntergefallen. Denn ich hab ja gehofft, dass alles gut werden würde. Dabei war schon lange nichts mehr gut in meinem Leben.

Am zweiten Tag ist dann tatsächlich Stalking Pete aufgetaucht, mein treuer Fan. Das war schon ein wenig schräg und trotzdem auch irgendwie nett. Wenigstens einer, der sich um mich Sorgen machte. Er hat wieder Blumen angeschleppt und

Schokolade und Multivitaminsaft. Er wollte mich noch immer aus dem Milieu holen. Milieu hat er das genannt. Doch ich dumme Kuh habe meine letzte Chance vertan. Trotz der Tritte und des Babys, das es nicht mehr gab, wollte ich nur eines: Ich wollte zu Joe und habe zu Pete gesagt, er solle endlich aus meinem Leben verschwinden.

Am nächsten Abend habe ich mich selbst entlassen, weil ich es nicht mehr ausgehalten habe. Joe hat mich nicht besucht, und er antwortete nicht auf meine Nachrichten und ging nicht an sein Handy. Ich musste ihn aber sehen. Also bin ich in den Club, hab die eiserne Reserve aus den Socken geholt und war froh, dass Big Bro nicht da war. Er war eigentlich dran mit Aufpassen. Aber er glaubte ja, ich wäre im Krankenhaus. Es war also ganz leicht, ihm zu entwischen.

Am Bahnhof hab ich noch kurz Schiss gehabt, dass er auftauchen würde. Doch weit und breit war keiner von Joes Buddys in Sicht. Woran das lag, habe ich erst später verstanden. Ich brauchte keinen Aufpasser mehr. Ich war durch. Ich war nichts mehr wert. Ich brachte nicht mehr genügend ein. Und dann noch die Schwangerschaft. Also hat Joe mich abgeschrieben. Nur wusste ich es noch nicht. Er hatte ganz vergessen, mir zu sagen, dass es aus war. Ich bin also zu ihm gefahren und war mir so sicher, dass es ihm leidtun würde. Er liebte mich doch, und ich liebte ihn. Ohne ihn konnte ich nicht leben. Und er nicht ohne mich. Wir brauchten uns gegenseitig.

Es war beinahe Mitternacht, als ich in Regensburg ankam. Ich bin zu Fuß zum Monsoon gelaufen, obwohl es mir echt nicht gut ging. Ich hatte überall blaue Flecken und jede Menge Prellungen. Mein Innerstes fühlte sich von der Ausschabung noch ganz wund an, und außerdem war mein Stoff alle. Ich brauchte Joe, und ich brauchte Crystal.

Das Monsoon war hell erleuchtet, und es erschien mir wie ein sicherer Hafen. Als ich kam, hingen nur noch ein paar Gäste herum. Herpes stand hinter dem Tresen und machte große Augen, als er mich erblickte. So nach dem Motto *Du dummes Huhn, das wird Ärger geben*. Und dann trat Joe aus dem Büro. Er sah mich, und er lächelte mich an. Mir ging das Herz auf. Alles wird gut, ich war mir so sicher. Doch das Lächeln gefror zu einer Maske. Er fragte, was ich hier wolle. Reden, habe ich gesagt. Es tue mir leid, dass ich schwanger geworden sei. Ich habe mich echt entschuldigt, doof, wie ich war. Ich wollte doch nur, dass alles wieder gut wird. Er durfte nicht sauer auf mich sein. Er durfte mich nicht verlassen. Und er sagt: *Sieh dich doch mal an*. Und dabei macht er so eine Geste von oben bis unten und tritt einen Schritt zurück, um mich zu mustern. *Wie du aussiehst, Prinzessin. Total abgefuckt*. Er schüttelt bedächtig den Kopf. So wie Heidi Klum bei GNTM: *Ich habe heute leider kein Bild für dich.*

Es ist vorbei, sagt Joe. *Das war's mit uns. Schade, dass es so enden muss.*

Und ich bekomme einen Heulkrampf. Das kann nicht sein. Wir lieben uns doch ... Und er macht eine Kopfbewegung zu Herpes. *Wirf sie raus!* Herpes zerrt mich durch die Hintertür in den stockdunklen Hof und bietet mir Crystal an. Mein ganzes Geld habe ich dafür ausgegeben. Ich brauchte einen Vorrat und stopfte mir die Taschen voll. Das mit dem Crystal sei ein Fehler gewesen, hat Herpes gesagt. Joe hätte bei Koks bleiben sollen. Das würde die Mädels nicht in Zombies verwandeln. Immerhin würde Joe sich jetzt an diesen Rat halten.

Wie, jetzt? Bei wem denn?, habe ich gefragt.

Na bei Trixi, hat Herpes geantwortet und ist im Monsoon verschwunden. Er knallte die Tür zu. Ich hörte noch den Schlüssel im Schloss knirschen. Bleib bloß draußen, sollte das heißen. Lass dich hier nie wieder blicken.

Das mit Trixi habe ich erst nicht kapiert. Was meinte Herpes? Der Groschen fiel ratenweise. Eigentlich erst, als ich bei Alina war. Ich klingelte Sturm bei ihr. Sie ließ mich ein, und wir setzten uns in die Küche. Dort lag ein Brief von einer Uni. Alina hatte echt das Abi gemacht und sich um einen Studienplatz beworben. Ich hatte keinen Nerv, mir ihre Erfolgsstory anzuhören, und habe sie nach Trixi gefragt. So erfuhr ich, dass Joe schon eine ganze Weile mit ihr zusammen war. Alina fragte ganz ungläubig, ob ich das denn nicht gewusst hätte. Nein, natürlich nicht. Woher auch? Mir wurde übel, und ich wurde so wütend. Nach allem, was ich für Joe getan hatte! Für ihren Bruder.

Ich merkte, wie sie langsam sauer wurde. Ob ich etwa behaupten wolle, ihr Bruder sei ein Zuhälter?, hat sie gefragt.

Ja, habe ich gesagt. *Wenn man das auf den Punkt bringen will, ist er das. Und eigentlich sollte ich ihn deswegen anzeigen*, habe ich noch gesagt. *Wer weiß, was Trixi für ihn tut? Vielleicht dasselbe. Vielleicht hat er auch sie so gehirngewaschen, dass sie für ihn auf den Strich geht.*

Das war ein beinahe analytischer Moment. Eine Sekunde der Erkenntnis, was Joe mir angetan hat. Aber so war es ja nicht. Ich war ja selbst schuld.

Alina hat mir prompt den Kopf zurechtgerückt. *Du hast das freiwillig getan*, hat sie gesagt. *Für ihn. Weil du ihn liebst.* Und sie hatte ja recht. *Es war deine Entscheidung. Und die Sache mit Trixi ... Das ist nichts Ernstes. Ich bin mir sicher, dass Joe nur dich liebt. Er spricht ständig von dir. Er kann dich nicht vergessen. Das ist bestimmt der Grund, weshalb er dich jede Woche besucht hat. Trixi weiß nichts davon.*

Alina hat mich richtig eingelullt und mir Hoffnungen gemacht. Sie wollte mit Joe reden und zwischen uns vermitteln. Alles würde wieder gut werden.

Es war spät. Alina bot mir an, für eine Nacht zu bleiben. Am nächsten Tag hat sie mir einen Schlafplatz bei einer Bekannten verschafft. Jenny. Sie ist so süchtig wie ich. Und hier bin ich nun. In diesem Palast. Ich hab es weit gebracht in meinem Leben.«

Lea nahm das Handy aus der Halterung und schwenkte durchs Zimmer.

Es war der Raum, in dem er ihr Handy gefunden hatte. Es war die Matratze, auf der sie gestorben war. Nur Stunden nachdem sie dieses Video aufgenommen hatte.

»Seit zwei Tagen bin ich jetzt hier. Gestern kam Alina. Sie war ganz bedrückt. Es tue ihr leid, aber sie hätte die Sache zwischen Trixi und Joe falsch eingeschätzt. Joe und sie würden heiraten. Das war ein Schlag, das kann ich dir sagen. Joe war doch mit mir verlobt. Ich versuche ihn zu hassen, doch ich hasse nur mich selbst. Ich habe es grandios vermasselt.

Alina konnte nicht lange bleiben. Es war ihr sichtlich unangenehm, sich in diesem abgeranzten Zimmer aufzuhalten. Mit mir. Ihrer total abgestürzten Freundin, während sie selbst Zukunftspläne schmiedete. Studium in München.

Zum Abschied gab sie mir ein kleines Schächtelchen mit Schleife. Ein Abschiedsgeschenk von Joe. Du kannst dir vielleicht denken, was drin war. Kein Crystal. Sondern Koks. *Bye, Prinzessin!* Das hat er auf eine kleine Karte geschrieben, die mit dabei lag.

Damit bin ich am Ende angekommen. Ciao, du da mit meinem Handy. Wer immer du auch bist: Danke, dass du mir zugehört hast!«

33

Am Montagvormittag kurz nach elf Uhr saß Dühnfort neben Kirsten in einem Ford Focus und behielt den Durchgang zum Hinterhaus des Anwesens in der Münchner Kaulbachstraße im Blick, in dem Niklas Ellenstein in der ersten Etage wohnte. Sie warteten darauf, dass Leas Vater von seiner Joggingrunde zurückkehrte, zu der er vor einer halben Stunde aufgebrochen war. Zwei Kollegen folgten ihm abwechselnd.

Niklas Ellenstein, siebenundvierzig Jahre alt, Leiter der Sicherheitsabteilung eines Unternehmens für Maschinenbau in Ismaning. Er befand sich seit zehn Monaten in einem einjährigen Sabbatical und würde Ende des Jahres an seinen Arbeitsplatz zurückkehren. Oder auch nicht, dachte Dühnfort. Wenn er der Jäger war, würde er hoffentlich in U-Haft sitzen.

Geortet hatten sie ihn, beziehungsweise sein Handy, bereits Samstag Nacht in seiner Wohnung. Seit dem Sonntagmorgen hatte er zwei Schatten. In der Früh war Ellenstein in die Berge gefahren. Die beiden Kollegen waren ihm bis Bad Wiessee gefolgt, dann aber im Tal geblieben, als er Richtung Fockenstein ging. Um diese Jahreszeit war auf dem Wanderweg wenig los. Sie wären aufgefallen. Am Nachmittag war er zurückgekehrt. Die Nacht hatte er in der Wohnung verbracht und war am Vormittag zum Joggen aufgebrochen.

Das Funkgerät ging knisternd in Betrieb. Einer der Kollegen meldete sich. »Der Mann ist definitiv unbewaffnet. Er hat gerade seine Dehnübungen gemacht. Bei der körpernahen Kleidung hätte ich eine Waffe sehen müssen. Ihr könnt ihn ansprechen. Er wird den Englischen Garten beim Milchhäusl verlassen und sich von Süden nähern.«

Kirsten dankte den Kollegen und sah erst zu Dühnfort hinüber und dann in den Rückspiegel. Am Sonntagnachmittag hatte er sie überzeugt, dass es besser war, auf leisen Sohlen daherzukommen anstatt mit einem SEK. Wenn sie Ellenstein überführen wollten, waren sie auf seine Kooperation angewiesen. Da baute man besser Brücken, statt Türen einzutreten.

»Da ist er.« Kirsten wies auf den Spiegel.

Ellenstein näherte sich. Bisher kannte Dühnfort ihn nur von Fotos. Er war etwa einen Meter fünfundachtzig groß, schlank und durchtrainiert. Vom Aussehen ein unauffälliger Durchschnittstyp. Jemand, der in der Menge unterging. Er trug enge Lauftights, Windbreaker und Mütze. Als er den Schlüssel hervorzog, um die Haustür aufzusperren, stiegen sie aus.

»Hallo, Herr Ellenstein«, sagte Kirsten. Es klang wie nebenbei, als würden sie sich kennen.

Er wandte sich um. »Grüß Gott …« Er stockte. »Tut mir leid … Ich weiß jetzt grad nicht, wohin ich Sie stecken soll.«

»Wir kennen uns nicht. Kirsten Tessmann. Kripo München. Mein Kollege Konstantin Dühnfort.«

»Oh!« Überrascht ließ Ellenstein seinen Blick zwischen ihnen pendeln. »Sie kommen sicher wegen dieser Sache mit Lea. Gitta hat mich angerufen. Jemand hat zwei von Joes Helfern umgebracht.«

»So ist es. Und darüber würden wir uns gerne mit Ihnen unterhalten.«

Er nahm die Mütze ab und fuhr sich durch die Haare. »Ja. Verstehe. Sie glauben, ich war das.«

»Ist kein so abwegiger Gedanke«, meinte Kirsten.

»Da haben Sie wohl recht. Aber ich habe nichts damit zu tun. Auch wenn es um die beiden nicht schade ist.«

»Können wir uns unterhalten? Nicht hier, sondern bei uns im Präsidium.«

Einen Moment zögerte Ellenstein und zuckte dann mit den Schultern. »Von mir aus. Ich ziehe mich nur rasch um.«

Dühnfort wechselte einen Blick mit Kirsten. *Wenn er abhaut?*

»Sie können gerne so lange hereinkommen. Aber in den verschwitzten Klamotten bin ich eine Zumutung.«

»In Ordnung«, sagte Kirsten.

Sie folgten Leas Vater in die Wohnung. Drei Zimmer, Küche, Bad. Er lebte seit der Trennung vor fünf Jahren hier. Das hatte seine Frau gesagt. Mutmaßlich alleine, hatte sie hinzugefügt. Der Kontakt war mehr als lose, und sie wusste nicht, ob er eine neue Partnerin hatte. Er hatte keine. Jedenfalls war im Melderegister nur er verzeichnet.

Die Wohnung war hell und modern eingerichtet. Und sie war sauber und aufgeräumt. »Sie können hier warten.« Ellenstein wies Richtung Wohnzimmer. »Ich gehe rasch unter die Dusche. Geben Sie mir zehn Minuten.«

Sie kannten den Wohnungsgrundriss. Das Badezimmer war fensterlos. Kirsten nickte. »Kein Problem.«

Ellenstein verschwand. Kirsten sah ihm nach, bis sich die Tür schloss, und senkte die Stimme. »Ich sehe mich mal um, während du aufpasst, dass er nicht doch verschwindet.«

Die Dusche begann zu rauschen. Dühnfort behielt die Tür im Auge, während er die Kommode im Flur inspizierte und Kirsten im Wohnzimmer verschwand. Er hörte, wie sie Schubladen öffnete und wieder schloss. Das Rascheln von Papier. Das Rücken eines Stuhls. In der Kommode im Flur befanden sich Schuhe und Schuhputzzeug, eine Kiste mit Werkzeug, eine Bohrmaschine und ein Akkuschrauber. Dühnfort war gerade in der Küche, als das Rauschen aufhörte. Rasch kehrte er in den Flur zurück. Einen Moment später erschien Ellenstein mit einem Handtuch um die Hüften und ging ins Schlafzimmer.

Dühnfort sah zu Kirsten ins Wohnzimmer. »Auf den ersten Blick nichts«, sagte sie.

»So leichtsinnig ist er nicht. Er hat das lange vorbereitet.«

Ellensteins Smartphone lag auf dem Couchtisch. Kirsten griff danach, doch es war mit einem Passwort geschützt. »Schade«, flüsterte sie. »Da hätte ich gern mal einen Blick hineingeworfen.«

Die Schlafzimmertür schlug zu. Sie legte das Handy zurück. Ellenstein trat ein. »Ich bin so weit.«

• • •

Es gab keine Beweise gegen Ellenstein, nur ein Motiv. Daher konnten sie ihn vorerst nur als Zeugen befragen. Als sie in der Hansastraße eintrafen, war der Vernehmungsraum vorbereitet. Kaffee, Wasser und Gebäck standen neben dem Mikrofon auf dem Tisch.

Kirsten führte Leas Vater hinein, bat ihn, einen Augenblick zu warten, und verschwand wieder. Sie gesellte sich zu Dühnfort, der im Nebenraum durch den Einwegspiegel ins Vernehmungszimmer sah. Ellenstein schob den Stuhl zurück, nahm Platz und streckte die Beine aus. Interessiert sah er sich um.

Kirsten beobachtete ihn. »Sollen wir ihn beide in die Mangel nehmen?«

»Am besten stellst du die Fragen. Ich halte mich erst mal im Hintergrund.«

»Das kann ein langer Tag werden. Am besten beginne ich mit Big Bro und Herpes. Weil er sie erwähnt hat.«

»Ich würde mit Lea anfangen. Was ihr Tod für ihn bedeutet. Wie er auf das Videotagebuch von ihr reagiert hat. Und warum er die Vergewaltiger nicht angezeigt hat.«

»Das Vergewaltigungsvideo, das Joe aufgenommen hat, kennt er nicht. Nehme ich jedenfalls an. Lea sagt in ihrem Video, dass sie sich nicht sicher ist, was in der Nacht passiert ist und ob es das Video überhaupt gibt.«

Er nickte. »Aber er weiß von der Vergewaltigung durch Sander. Warum hat er ihn nicht angezeigt? Jedenfalls solltest du über sie auf die Taten kommen. Langsam herantasten ist besser, als ihn gleich mit Vorwürfen zu konfrontieren. Zeige Verständnis für seine Situation. Es ist möglich, dass er sich schuldig fühlt, weil er für Lea nicht da war, als sie ihn brauchte. Er war ein schlechter Vater. Schuldgefühle könnten ein Grund für die Morde sein. Jetzt ist er für sie da. Jetzt bringt er alles in Ordnung. Eine Art Katharsis.«

»Okay. Dann lass uns reingehen.«

Ellenstein hatte sich mittlerweile eine Tasse Kaffee eingeschenkt und knabberte an einem Keks. Kirsten setzte sich ihm gegenüber, während Dühnfort seitlich mit ein wenig Abstand Platz nahm.

»Tut mir leid, dass Sie warten mussten«, begann Kirsten.

»Kein Problem. Der Kaffee ist gut.«

Sie lächelte. »Die Kollegen haben für eine Espressomaschine zusammengelegt. Kein Vergleich zu der Plörre, die es vorher hier gab. Ist es für Sie in Ordnung, wenn wir das Gespräch aufzeichnen?«

Ellenstein nickte. »Das wird eine Zeugenbefragung, nehme ich an.«

»Sicher.« Kirsten schaltete das Aufzeichnungsgerät ein. »Sollte sich im Laufe der Befragung Ihr Status ändern und wir Sie beschuldigen, teile ich Ihnen das umgehend mit. Ab diesem Zeitpunkt hätten Sie das Recht zu schweigen und könnten einen Anwalt hinzuziehen. Aber ich denke, das wissen Sie. Sie waren schließlich mal bei der Polizei.«

»Ist schon ein paar Jahre her.«

Kirsten beugte sich zum Mikro. »Zeugenbefragung von Niklas Ellenstein. Montag, 29. November. Beginn elf Uhr dreiundzwanzig. Durchgeführt von KHK Kirsten Tessmann, K 11 München, in Anwesenheit von KHK Konstantin Dühnfort, K 16 München.« Scheinbar entspannt lehnte sie sich zurück. Doch Dühnfort sah ihr die Konzentration an, mit der sie bei der Sache war.

»Warum sind Sie eigentlich in die freie Wirtschaft gewechselt?«, fragte sie.

»Ein Headhunter hat mich angesprochen. Er suchte einen Leiter für die Sicherheitsabteilung eines Unternehmens. Der Job ist wesentlich besser bezahlt, und die Arbeitszeiten sind geregelt. Also habe ich zugegriffen.«

»Ja, die Arbeitszeiten ... Meine Tochter macht mir immer Vorhaltungen, wenn ich am Wochenende oder mitten in der Nacht wegmuss. Was mich interessiert: Muss man als Sicherheitsexperte nicht IT studiert haben?«

»Nicht zwangsläufig. Die Netzwerksicherheit ist nur ein Aspekt unserer Arbeit. Dafür habe ich Mitarbeiter, die wissen, was sie tun. Auf deren Kompetenz verlasse ich mich.«

»Sie selber kennen sich mit Computern also nicht so gut aus?«

»Doch. Natürlich. Das gehört zum Job. Programmieren kann ich allerdings nicht.«

»Und wie steht es mit der Fernwartung von Computern?«

»Das ist keine Kunst. Wenn Sie wollen, können Sie das an einem Tag lernen.«

»Probiere ich vielleicht mal. Im Moment sind Sie in Urlaub. Genauer gesagt haben Sie sich eine Auszeit genommen. Ein Sabbatical von einem Jahr. Warum?«

»Haben Sie sich etwa bei meinem Arbeitgeber nach mir erkundigt?« Verärgert fuhr Ellenstein sich durchs Haar. »Das geht echt zu weit.«

»Die Info haben wir von Ihrer Ex-Frau.«

»Okay. Das ist etwas anderes.«

»Ich nehme an, dass der Selbstmord Ihrer Tochter der Grund für die Auszeit ist. Sie haben das nicht verkraftet und suchen nach einem Weg, damit fertigzuwerden.«

Eine Weile betrachtete Ellenstein seine Hände. »Jein«, sagte er schließlich. »Zum Teil hat es natürlich damit zu tun. Man kann nicht einfach so weitermachen, als wäre nichts geschehen, wenn das eigene Kind sich das Leben nimmt. Anstatt mich um Hilfe zu bitten. Ich habe das nicht verstanden, und ich verstehe es noch immer nicht. Sie hätte mich nur anrufen müssen, und ich wäre für sie da gewesen. Ich hätte sie da rausgeholt und dafür gesorgt, dass sie einen Entzug macht. Die Auszeit habe ich mir vor allem deshalb genommen, weil Leas Tod mir meine eigene Endlichkeit vor Augen geführt hat. Ich wollte herausfinden, was ich vom Leben noch erwarte. Der Job bei der Polizei war nicht die Erfüllung. Der jetzige ist es auch nicht.«

»Waren Sie eigentlich wütend auf Ihre Frau? Sie hat Sie anscheinend nicht informiert, als Lea Drogen nahm und mit Joe zusammengezogen ist. Als sie plötzlich weg war und dann eines Tages eine Sozialarbeiterin anrief, damit sie ihre Tochter aus einem Puff abholte.«

Ellenstein atmete scharf aus. »Aus dem Krankenhaus«, korrigierte er sie. »Gitta wusste nicht, dass Lea … dass sie in diesem Bordell nicht als Barfrau gearbeitet hat.« Wieder sah er auf seine Hände und knibbelte an der Nagelhaut herum, bevor er aufsah. »Na klar war ich wütend auf Gitta. Sie hätte diese Beziehung von Anfang an unterbinden sollen. Oder wenigstens mir Bescheid sagen, als Lea ihr mehr und mehr entglitten ist.«

»Und auf Joe?«

»Das fragen Sie jetzt nicht im Ernst.«

»Doch.«

»Das können Sie sich doch denken. Dieser Joe hat aus meiner Tochter eine drogenabhängige Hure gemacht. Er hat sie benutzt und sie fallen lassen, als sie nicht mehr genug einbrachte. Und als sie ganz unten war, hat er ihr ein Abschiedsgeschenk geschickt. Ausreichend Koks für einen Selbstmord. *Den bringe ich um!*, das war mein erster Gedanke, nachdem ich Leas Video gesehen hatte. Und ich war froh, dass ich nicht mehr bei der Polizei war und daher keine Waffe hatte. Sonst hätte ich es getan.«

Kirsten nickte. »Verstehe ich.«

»Wären Sie nicht auch außer sich, wenn ein Kerl das mit Ihrer Tochter machen würde?«

»Ich sagte ja, dass ich Sie verstehe. Ich würde durchdrehen, wenn jemand meinem Kind etwas antäte. Noch dazu so etwas. Leas Video …« Kirsten beugte sich vor und suchte Blickkontakt. »Es ist unerträglich. Ich konnte es mir nur in Etappen ansehen. Warum sind Sie gegen Joe nicht vorgegangen?«

»Das habe ich versucht. Ich bin mit dem Video zur Polizei in Regensburg, um Anzeige zu erstatten. Der Beamte hat gar nicht richtig zugehört. Der Fall sei abgeschlossen. Eindeutig Selbstmord. Eine Süchtige, die sich für den nächsten Kick verkauft hatte, würde ganz sicher keinen Cent an ihren Lover abgeben.

Also könnte man nicht von Zuhälterei reden. Nicht schade drum, ein Problem weniger in dieser Stadt.«

»Das hat er gesagt?«

»Nein. Aber gedacht.«

»Das ist heftig. Erinnern Sie sich an den Namen?«

Ellenstein schüttelte den Kopf und fuhr sich über die Augen.

Dühnfort entschloss sich zu einem Überraschungsangriff. »War das der Moment, in dem Sie verstanden haben, dass Sie selbst für Gerechtigkeit sorgen müssen?«

Ellenstein fuhr herum. »Was? Das ist Unsinn. Wobei ...« Er suchte wieder nach einer entspannten Haltung. »Also gut. Zugegeben: Danach habe ich kurz darüber nachgedacht, ob ich mir eine Waffe besorge und dieses Arschloch abknalle.«

»Sie hätten sich einen Anwalt nehmen können, um Anzeige zu erstatten. Oder zu einer anderen Dienststelle gehen. Oder gleich zur Staatsanwaltschaft. Sie waren Polizist. Sie kennen die Anlaufstellen. Sie haben sicher noch Kontakte. Warum haben Sie die nicht genutzt, sondern haben den Schwanz eingezogen und sich von dem einen abspeisen lassen, der sich quergestellt hat?«

»Weil es ... weil ich damals psychisch nicht in der Verfassung dafür war. Und später ist es mir sinnlos erschienen.«

»Bullshit«, sagte Dühnfort. »Weil Sie das Vertrauen in Polizei und Justiz verloren haben und beschlossen haben, das selbst zu regeln.«

»Mein Vertrauen ist futsch. Zugegeben. Was aber nicht heißt, dass ich zur Selbstjustiz greife. Joe geht's gut, oder etwa nicht?«

Einen Augenblick maßen sie sich mit Blicken, und plötzlich umspielte ein Lächeln Ellensteins Mund. Er versuchte es zu unterdrücken, doch es gelang ihm nicht sofort.

Dühnfort entschloss sich zur nächsten Attacke. »An den kommen Sie nicht ran. Wir haben ihn in Sicherheit gebracht.«

Damit konnte er Ellensteins Ruhe nicht erschüttern. Joes Handy hatte Leis beschlagnahmt. Meo hatte es bereits gefilzt und keine Spy-Software darauf entdeckt. Allerdings war das Systemupdate erst nach Joes Festnahme erfolgt. Der Jäger wusste also Bescheid.

Wieder flackerte Unruhe in Dühnfort auf. Mega war nicht in Sicherheit, solange er sein Handy benutzte. Doch Joe und sein Vater hatten das nicht kapiert. Angeblich wussten sie nicht, wo Mega sich aufhielt. Kirsten hatte mehrfach versucht, ihn auf dem Handy zu erreichen. Fehlanzeige. Es war ausgeschaltet. Was bedeuten konnte, dass Joe ihm klargemacht hatte, dass er es wegwerfen musste – oder dass der Jäger schneller gewesen war.

»Polizeischutz für einen Verbrecher. Toll. Anstatt ihm das Handwerk zu legen. Wie viele *Prinzessinnen* hat er denn inzwischen auf dem Gewissen?«

Kirsten räusperte sich. »Vergessen wir mal Joe. Lassen Sie uns über Arfan Kobisch reden.« Es war eine Falle für Ellenstein, denn Lea nannte Big Bros richtigen Namen im Video nicht.

»Arfan Ko …?« Leas Vater drehte die Handflächen nach oben. »Kenne ich nicht. Sollte ich?«

»Sie kennen ihn als Big Bro aus Leas Video. Er ist mutmaßlich einer ihrer Vergewaltiger.«

Ein Schnauben war die Antwort. »Vor allem war er ihr Gefangenenwärter und ihr Dealer und einer der Kerle, die sie verprügelt haben, wenn sie nicht spurte. Ich weiß von Gitta, dass er erschossen wurde. Finde ich ziemlich klasse. Zugegeben. Aber nicht von mir.«

»Den Namen Ole Liebsch kennen Sie sicher auch nicht.«

»Ich kombiniere jetzt einfach mal, dass das einer der beiden anderen ist. Mega oder Herpes?«

»Herpes«, bestätigte Kirsten. »Jemand hat ihn erstochen und ihm den Penis abgeschnitten und in den Mund gesteckt.«

»Bravo!« Ellenstein deutete ein Klatschen an. »Aber auch damit habe ich nichts zu tun.«

»Ist schwer zu glauben«, meinte Kirsten. »Sie sind ein ausgezeichneter Schütze. So steht es jedenfalls in Ihrer Bundeswehrakte und auch in Ihrer Personalakte der Polizei. Obendrein haben Sie eine Nahkampfausbildung. Und Sie haben ein verdammt gutes Motiv.«

»Trotzdem.« Bedauernd hob er die Hände.

»Wie schaut's denn mit einem Alibi aus?« Kirsten nannte die Daten. Ellenstein schüttelte den Kopf. »Das ist Wochen her. Keine Ahnung, wo ich da war.«

»Na, so lange liegt das noch nicht zurück. Denken Sie nach.«

»Ich hatte keine Termine in den letzten Wochen.«

»Und was machen Sie die ganze Zeit?«, fragte Kirsten.

»Wandern. Joggen. Biken. Ich gehe viel in die Berge. Prüfen Sie doch einfach meine Handydaten, wenn Sie wissen wollen, wo ich war.«

»Werden wir machen. Besitzen Sie Waffen?«

»Nein. Keine Schusswaffen. Keine Messer. Außer Küchenmesser.«

»Eine Armbrust?«

Überrascht sah Ellenstein auf. Für einen Augenblick machten sich Zweifel in Dühnfort breit. Konnte man so gut schauspielern? Vorhin war Leas Vater das nicht gelungen, als er gelächelt hatte, obwohl er nicht wollte.

»Nein. Keine Armbrust. Keine Harpune. Kein ... was weiß ich.« Mit den Händen fuhr Ellenstein sich übers Gesicht. »Wissen Sie was? Durchsuchen Sie doch einfach meine Wohnung. Ich erlaube es Ihnen. Meinetwegen auch noch das Auto, und dann ist es gut.«

Wennschon, dennschon, dachte Dühnfort. »Wie sieht es mit einer freiwilligen Speichelprobe aus?«

Ein kurzes Zucken zeigte sich auf Ellensteins Gesicht. Schließlich nickte er. »Meinetwegen. Und dann haken wir die Sache ab. Leas Video kennen vielleicht auch andere. Nicht nur meine Frau und ich. Haben Sie daran schon gedacht?«

• • •

»Brücken bauen. Vertrauen gewinnen. Es war deine Strategie, und dann grätschst du einfach mit einer Provokation dazwischen.« Kirsten stand mit Dühnfort im Nebenraum des Vernehmungszimmers, während sie durch den Einwegspiegel beobachteten, wie Ellenstein die Speichelprobe abgenommen wurde.

Er wandte sich um. »Ich fand es in dem Moment angebracht«, entgegnete er. »Hast du sein Lächeln gesehen, als er gesagt hat, dass es Joe gut geht? Er ist unser Mann. Mir macht nur Sorgen, dass er das unbedingt durchziehen will. Obwohl wir ihn im Visier haben.«

»Das ist dein Eindruck?«

»Er fühlt sich absolut sicher. Unantastbar, sonst würde er uns seine DNA nicht geben.«

»Vielleicht ist er der Falsche. Daran schon mal gedacht?«

»Er passt zum Täterprofil wie die Faust aufs Auge.«

Kirsten zog die Stirn kraus. »Als wäre es für ihn geschrieben.«

»Was soll das jetzt heißen?«

»Nichts. Es ist nur ... Mir geht das beinahe zu glatt.«

»Er hat Joe auf seinem Zettel. Den spart er sich bis zum Schluss auf. Ellenstein zieht das durch, wenn wir ihn nicht daran hindern. Wir brauchen einen Grund, um ihn festzusetzen. Sonst müssten wir ihn rund um die Uhr observieren. Aber dafür werden wir von keinem Richter den Segen bekommen, solange wir nichts gegen ihn in der Hand haben.«

»Wir durchsuchen jetzt seine Wohnung. Wenn wir dort nichts finden, müssen wir uns intensiv mit Leas Leben befassen. Wer rächt ihren Tod? Da käme ein Verflossener infrage. Jedenfalls jemand, der ihr nahesteht.«

»Beispielsweise der Vater«, konterte Dühnfort. Er hörte den Sarkasmus in seiner Stimme und bremste sich. »Ellenstein war beim SEK, er hat eine Nahkampfausbildung, und er ist nicht blöd. Er lässt uns nur in seine Wohnung, weil er sicher ist, dass wir dort nichts finden.«

»Wir werden sehen. Ich mache jetzt mit meinen Leuten die Durchsuchung. Meo wird sein Handy checken, wann es wo eingeloggt war. Wenn seine Alibis wackeln, nehme ich ihn vorläufig fest, und dann konfrontieren wir ihn auch mit den anderen Taten.«

Dühnfort ging nach oben in die vierte Etage. Die Abteilung war verwaist. Mittagszeit. Auf seinem Handy war eine Nachricht von Gina. Ob sie sich bei dem Italiener treffen wollten, der um die Ecke eröffnet hatte. Sie war fünfzehn Minuten alt. Er rief seine Frau an. »Magst du nachkommen?«, fragte sie. »Ich bestelle grad Tagliatelle mit Pilzen. Für dich auch eine Portion?

»Ja, das wäre fein. Ich bin gleich da.«

Als er ein paar Minuten später das Restaurant betrat, wurde ihr Essen gerade serviert.

»Grüß dich, Schatz! Das ist ein Mistwetter heute«, sagte sie.

»Aber das Lokal ist ein Lichtblick.« Er sah sich um, während er den Mantel auszog und sich setzte. Es war im Retrostil eingerichtet und hatte was von guter alter Zeit. Helles Holz, karierte Tischdecken. Fehlten nur die Chiantiflaschen im Baströckchen.

Das Essen schmeckte. Sie fragte, wie es in seinem Fall voranging, und er erzählte ihr von Ellensteins Selbstgewissheit.

»Hochmut kommt bekanntlich vor dem Fall. Jeder macht Fehler. Wenn er der Jäger ist, wird Kirsten ihm das nachweisen, und zwar mit eurer Hilfe. Ich sag das nur, weil ich dir ansehe, wie gerne du jetzt selbst vor Ort wärst. Ihr macht da oben im vierten Stock eine tolle Arbeit.«

»Trotzdem bin ich mir nicht sicher, ob ich am richtigen Platz bin.« Die Zweifel gewannen wieder die Oberhand.

»Du bist dort oben goldrichtig mit deiner Fähigkeit zum Seelenlagentieftauchen«, sagte Gina. »Mit deinem Gespür dafür, was Menschen umtreibt. Ohne dich wäre die Serie des Jägers vermutlich nie als Serie erkannt worden. Jetzt mach dich nicht klein.« Sie griff nach seiner Hand.

»Ich mache mich nicht klein. Mir fehlt allerdings die tägliche Ermittlungsarbeit.«

»Daran wirst du dich schon gewöhnen. Übrigens, bevor ich es vergesse: Ich habe mit deiner Mutter telefoniert. Am Sonntag sind wir bei ihr eingeladen. Sie veranstaltet einen Workshop für Freunde in ihrem Atelier. Chiara darf auch mitmachen und freut sich schon wie die Schneekönigin.«

»Das ist nett.« Für einen Augenblick sah er seine Tochter mit farbbekleckstens Händen vor sich. Sein Handy summte. Im Display stand Phillips Nummer. »Entschuldige! Da muss ich rangehen.«

»Joe ist raus«, sagte Phillip. Der Haftrichter hat keinen Grund gesehen, ihn in U-Haft zu nehmen.«

»Mist! Und jetzt?«

»Personenschutz lehnt er nach wie vor ab. Observieren können wir ihn nicht lückenlos. Nicht ohne Beschluss, und den habe ich nicht bekommen.«

»Habt ihr inzwischen Kontakt zu Mega?«

»Nee, der rührt sich nicht. Diese Arschgeigen halten sich für superschlau. Sollen sie sich doch abknallen lassen, wenn sie es nicht anders wollen. Und bei euch? Was tut sich mit Leas Vater?«

»Er glaubt, er wäre uns überlegen.« Dühnfort erzählte Phillip von dem Gespräch und der gerade stattfindenden Wohnungsdurchsuchung. »Die wird nichts bringen. Wir müssen ihn anders kriegen. Er kann nicht sechs Morde begangen haben, ohne einen Fehler zu machen. Den müssen wir finden. Eine DNA-Spur. Einen Fingerabdruck. Ein Überwachungsvideo, auf dem er verewigt ist. Irgendetwas in der Art.«

»Vielleicht sollten alle Teams noch mal ihren ganzen Krempel durchgehen«, schlug Phillip vor. »Jedes Stück Papier. Jeden Hinweis aus der Bevölkerung. Jedes Foto vom Tatort.«

»Das ist ein guter Vorschlag.«

»Nur Eichenauer in Passau wird sich wieder sperren.«

»Frag Julia, sie wird das sicher gerne übernehmen. Die arbeitet für drei.«

34

Der Regen perlte an den Scheiben im dreizehnten Stock ab. Dahinter existierte nichts mehr, nur eine Wolkenwand. Er fühlte sich losgelöst von allem, während er das Telefonat zwischen Joe und Ramses noch einmal anhörte, das sie nach Megas Verschwinden geführt hatten. Es hob seine Laune.

»Wie, weg?«, fragte Joe. »Was soll das heißen?«

»Weg eben«, sagte Ramses. »Mega ist eine Minute vor mir zum Duschen. Als ich kam, war er nicht mehr da. Ich habe ihn überall gesucht. Sein Krempel ist da. Klamotten, Auto und so.«

»Der Wichser hat ihn entführt. Ich glaub's nicht!« Im Hintergrund knallte etwas, und er stellte sich vor, wie Joe voller Wut gegen die Wand schlug.

»Da war niemand. Nicht mal eine Maus oder Spinne.«

»Natürlich war da jemand. Mega haut nicht einfach ab! Ohne was zu sagen. Ohne sein Auto. Mr X hat ihn. Das ist Fakt. Du bist sein Bodyguard. Mann! Wie kann der da lässig reinmarschieren und Mega kidnappen! Und du kriegst nichts mit!«

»Da war niemand!«

»Dann hat er sich also weggebeamt! Mann! Mann! Mann!« Joe schnaubte wie ein Pferd. »Wenn Mega tot ist ... Wenn der den kaltgemacht hat, dann ...«

»Dann was!«

»Dann such dir einen Ort, an dem ich dich nicht finde!« Joe drückte das Gespräch weg.

Ramses sagte noch einmal: »Da war echt keiner.«

Er lachte. Er war also keiner.

Die Polizei hatte Joe gehen lassen, und er klinkte sich wieder ins Gespräch ein, das derzeit im Monsoon stattfand.

Krisenmeeting. Joe diskutierte mit seinem Vater und Bagol, was sie nun tun sollten. Schließlich unternahmen sie einen weiteren Versuch, Mega auf seinem Handy zu erreichen. Doch es war ausgeschaltet. Natürlich war es das. Genau genommen war es nicht mehr zu benutzen. Das Wasser der Isar war ihm sicher nicht gut bekommen.

»Wir können es orten lassen«, schlug Joe vor. »Karim kennt einen, der das kann.«

»Das geht nur, wenn es eingeschaltet ist«, wandte Bagol ein. »Und jetzt ist es aus.«

»Mega schaltet sein Handy nie aus«, erklärte Joe. »Er ist tot. Der Wichser hat ihn abgestochen. Genau wie Herpes. Ich weiß es einfach! Mann! Mann! Mann! Woher wusste der, wo Mega ist?«

»Er überwacht euch«, sagte der Senior. »Er klebt entweder wie ein Schatten an euch – dazu braucht er Leute. Oder er hat Wanzen angebracht. Hier. In euren Wohnungen. In den Autos bestimmt auch GPS-Sender. Eure Handys ...«

»Wir haben uns schon neue besorgt«, fiel Joe ihm ins Wort. »Wir müssen die Wanzen und die Sender finden. Wenn ich den Hurensohn kriege! Den mach ich fertig. Der wird sich wünschen, nie geboren zu sein.«

»Dafür musst du ihn erst haben.« Die sonore Stimme von Birol senior. »Weißt du inzwischen, wer er ist?«

»Ein Scheißphantom, das ist er. Wir haben mit allen geredet, die Kontakt zu Lea hatten. Es gibt niemanden. Keinen heimlichen

Freund. Keine Freundin außer Alina. Keinen Bruder. Keinen Lover.«

»Ein Freier vielleicht, der sich in sie verguckt hat? Wäre ja nicht das erste Mal.«

»Ich sag doch, weder Sylvie noch Jenny erinnern sich an einen. Auch Paul nicht. Vielleicht Becks, doch die ist auch tot. Er bringt sie alle um. Der ist völlig irre.«

»Vielleicht hat die Mutter einen Killer angeheuert«, meinte Bagol.

»Unwahrscheinlich«, entgegnete Joe. »Alina sagt, dass sie nur an ihrer Karriere interessiert ist. Wir könnten mit Leis reden. Wen der so auf dem Schirm hat.«

»Das wird er dir nicht verraten.«

Der alte Birol schätzte das sicher realistisch ein.

»Sprich noch mal mit deiner Schwester. Sie kannte Lea am besten. Mädchen reden anders miteinander. Wenn es einen gibt, der ihretwegen diesen Krieg veranstaltet, dann weiß sie das. Vielleicht ohne dass es ihr klar ist.«

Er drehte den Ton leiser. Alina würde sich irgendwann erinnern, dass es da noch jemanden gab. Eigentlich war ihm das recht. Dann würde Joe zu ihm kommen. Die Frage war nur, ob sie noch in der Lage sein würde, ihrem Bruder seinen Namen zu nennen. Den Plan für sie hatte er geändert. Der neue war besser als der ursprüngliche. Sie selbst hatte ihm den Tipp dafür auf Facebook gegeben. Ein langsamer Tod. Qualvoll. Ohne Vorwarnung diesmal. Und mit einer besonderen Waffe.

35

Dühnfort sah sich zum wiederholten Male Leas Videotagebuch an, während die Mitglieder der Soko noch einmal die Ermittlungsakten durchgingen. Sie waren auf der Suche nach einem Fehler, den Ellenstein hoffentlich begangen hatte. Nach etwas, das ihm in die Quere gekommen war, so wie die erst am Tattag angebrachte Videokamera in Augsburg, die er nicht bemerkt hatte. Oder gab es etwas, das sie übersehen oder falsch interpretiert hatten?

Das Video war kaum zu ertragen, und Dühnfort fragte sich, weshalb so gut wie niemand die Masche der Loverboys kannte, obwohl sie seit mindestens fünfzehn Jahren in Deutschland gang und gäbe war und es unzählige Opfer geben musste. Warum schlug niemand Alarm? Warum sprangen die Medien nicht darauf an? Weshalb hatte er selbst bisher nichts davon gehört? Man sollte in den Schulen darüber aufklären, dachte er. Oder eine Fernsehserie drehen, die das Thema aufgriff. So könnte man die Zielgruppe dieser Mistkerle erreichen und warnen.

Vielleicht lag es daran, dass man den Mädchen die Schuld gab. Sie prostituierten sich schließlich *freiwillig*. Dass sie auf perfide Weise dazu gebracht wurden, war auf den ersten Blick nicht zu erkennen. Sie selbst erkannten ja oft nicht, welches Spiel mit ihnen gespielt wurde. Und wenn ihnen irgendwann klar wurde, was da ablief – so wie Lea –, kamen sie von dem Kerl nicht los. Denn er gab ihnen, wonach sie suchten: Liebe. Auch wenn sie nur geheuchelt war, sie glaubten ihm. Weil sie ihm glauben wollten. Und selbst wenn sie den Absprung versuchten, gelang das nicht, denn sie waren Gefangene. Sie wurden überwacht und geschlagen. Sie waren Leibeigene. Sie waren Sklaven. Für einen Moment konnte Dühnfort Ellensteins Hass auf Joe in sich spüren. Heiße Wut stieg in ihm auf, und eine Sekunde lang wünschte er sich, dass Leas Vater Joe kriegte. Dass er ihn einfach abknallte.

Er atmete durch und sammelte sich. Was dachte er denn da? Sie mussten Ellenstein überführen, bevor er Joe erwischte. Das war es, was er wollte. Einen weiteren Mord verhindern. Wieso einen?, dachte er plötzlich. Zwei natürlich. Mega. War er wirklich in Sicherheit? Etwas stieg in ihm auf. Wie eine Blase, die etwas umschloss. Eine Idee, einen Namen. Sie trieb nach oben und blieb stecken.

Er sah sich das Video weiter an. Augsburg. Rippinger. Die Schwangerschaft und die Hoffnung, die Lea in sie gesetzt hatte. Schwanger mit achtzehn. Von einem Freier oder von Joe? Im Grunde war eines so schlimm wie das andere. Doch für sie war es ein Funken Hoffnung gewesen, bis Joe ihr das Kind aus dem Leib getreten hatte. Leas Video gab Anlass für einige Ermittlungsverfahren. Nicht nur wegen Zuhälterei. Phillip könnte Joe wegen der Tritte und ihrer Folgen wieder festnehmen.

Und dann tauchte Stalking Pete mit seinen Blumen bei Lea auf. Wie hatte er sie in Augsburg gefunden, dieser quasselnde Fan? Plötzlich wurde Dühnfort bewusst, dass sie tatsächlich etwas übersehen hatten. Diesen Pete mit seiner Posttraumatischen Belastungsstörung. An einer Stelle zitierte Lea ihn und verwendete das Wort »Dienstherr«. Das war ein Begriff aus dem Beamtenrecht. War Pete Beamter? Einer seiner Kollegen war vor seinen Augen erschossen worden, das sagte Lea jedenfalls in ihrem Video. War Pete etwa früher Polizist gewesen?

Jemand klopfte ihm auf die Schulter. Dühnfort fuhr herum. Manfred stand hinter ihm. »Ich glaube, wir haben wirklich etwas übersehen.« Nachdenklich zupfte er sich am Ohrläppchen.

»Ja, haben wir.« Dühnfort wies auf das Standbild von Leas Videos. »Diesen ...«

»Creepy Pete«, ergänzte Manfred.

»Genau.«

Manfred zog seinen Stuhl in Dühnforts Karree und setzte sich. »Ich habe mal nach Peter Heisler gesucht. Er hat bei einem Sicherheitsunternehmen gearbeitet und ist vor vier Jahren in einen Überfall auf einen Geldtransporter geraten, bei dem er in Notwehr einen der Angreifer erschossen hat. Der Vorgang ist noch im System. Sein Partner wurde damals tödlich getroffen und er selbst schwer verletzt. Anfangs stand er unter Verdacht, an dem Überfall beteiligt gewesen zu sein. Jedenfalls ist Pete seither arbeitsunfähig. Posttraumatische Belastungsstörung.«

»Was hat er gemacht, bevor er bei dem Sicherheitsunternehmen angeheuert hat?«

Manfred ließ die Knöchel knacken. »Er war bei der Bundeswehr. Berufssoldat.«

»Mit Waffen kann er also umgehen. Er war in Lea verschossen. Er könnte unser Mann sein.«

»Falls er das Video kennt.«

»Richtig. Sie hat ihn nicht gemocht. Weshalb hätte sie ihm das Video mailen sollen?«

»Vielleicht weil sie doch nicht wollte, dass ihr Schicksal ungehört verhallt. Vielleicht weil sie Petes Vergangenheit kannte und hoffte, dass er für sie in den Krieg zieht.«

»Eine posthume Rache?« War das möglich? »Wir sollten Pete überprüfen.«

»Nicht wir. Die Soko«, meinte Manfred. »Bei mir hat es auch gedauert, bis ich dem Ermittlerleben nicht mehr nachgetrauert habe.«

Es war beruhigend, das zu hören. Trotzdem ging ihm das alles zu langsam. Die Abstände wurden kürzer. Mega war vielleicht längst tot, dann war Joe der Nächste. Sie mussten schneller sein. »Phillip könnte Joe wieder festnehmen. Die Sache mit dem *Schwangerschaftsabbruch* ist justiziabel. Schwere Körperverletzung. Vielleicht sogar Totschlag, wegen des ungeborenen Kindes. Wir müssen ihn aus der Schusslinie nehmen.«

»Nicht wir«, wiederholte Manfred. »Die Soko. Wir sollten das mit Armin besprechen und dann bei der Soko in die Pipeline geben.«

Armin leitete die Abteilung. Er entschied letztlich. Sie berichteten ihm von ihren Erkenntnissen. Er folgte ihrer Auffassung und informierte Kirsten. Alles ging seinen Gang. Alles ging zu langsam.

Aus Nachmittag wurde Abend. Phillip rief irgendwann an. Joe hatte sich in Sicherheit gebracht. Angeblich wusste sein Vater nicht, wo er war. Phillip nahm an, dass Joe bei einem seiner zahlreichen Verwandten untergeschlüpft war.

Die Dunkelheit senkte sich gegen fünf über die Stadt. Die Räume im vierten Stock leerten sich. Auch Dühnfort suchte seine Sachen zusammen, als eine Nachricht von Kirsten kam. Sie war zurück, und er suchte sie in ihrem Büro auf. Als er eintrat, wusste er, dass er recht behalten hatte. Sie hatten in Ellensteins Wohnung nichts gefunden. Der Frust stand ihr ins Gesicht geschrieben.

Müde strich sie sich über die Stirn. »Wie du vermutet hast. Seine Wohnung ist clean. Meo hat die Handydaten gecheckt.

Während der Morde an Herpes und Big Bro war Ellenstein daheim. Oder vielmehr sein Handy.«

»Ihr habt keinen Hinweis auf eine andere Wohnung gefunden oder ein Wohnmobil, einen Campingplatz? Irgendeinen Ort, an dem er seine Taten plant?«

Kirsten schüttelte den Kopf.

»Wobei ich mir mittlerweile nicht mehr so sicher bin, dass Ellenstein unser Mann ist. Den Hinweis auf Creepy Pete habt ihr bekommen?«

Kirsten nickte. »Wir überprüfen ihn.«

36

Alina wohnte in der Nähe des Bonner Platzes in einem Altbau. Zweite Etage. Drei Zimmer, Küche, Bad. Die teilte sie sich mit zwei Studentinnen. Vor einer Stunde hatte er den Golf vor dem Haus in eine Parklücke rangiert. Seither beobachtete er den Hauseingang.

Eine der Mitbewohnerinnen war nicht da. Sie lebte mittlerweile mehr bei ihrem Freund als in der WG. Alina und die andere waren in der Wohnung. Bald würde sie herauskommen.

Auf dem Tablet sah er, dass Charlie versuchte, ihn auf dem Handy zu erreichen, doch er wollte sich nicht ablenken lassen und nahm das Gespräch nicht an. Kurz darauf ging eine WhatsApp ein. Seine Schwester schrieb, er solle sich mal wegen Vater melden.

Ich mache mir Sorgen. Er hat einen schlimmen Husten und will nicht zum Arzt. Rede du mal mit ihm.

Und wegen Trixi: Das hast du gut gemacht. Sie hat mir erzählt, wie du sie da rausgeholt hast. Natürlich habe ich ihr nicht gesagt, wer du bist. Du hast mich ja darum gebeten, auch wenn ich nicht verstehe, warum. Jedenfalls habe ich einen Platz in einer Entzugsklinik für sie organisiert. Dort wird sie auch psychologisch betreut. Sie ist auf einem guten Weg. Sie wird es schaffen. Dir ist ein Platz im Himmel sicher, Bruderherz. Love you!

Ganz sicher nicht. Eher in der Hölle. Er legte das Tablet auf den Beifahrersitz und hätte in diesem Moment am liebsten abgebrochen. Aufhören. Es war genug. Doch der Moment der Schwäche ging vorüber. Er riss sich zusammen. Er war es Lea schuldig. Zwei noch.

Die Geräusche im Kopfhörer veränderten sich. Die Mitbewohnerin verabschiedete sich. Sie traf sich mit einer Freundin im Kino und fragte, ob Alina mitkommen wolle. Es ging nicht, denn heute Abend war ihr Sprachkurs. Sie gab jede Menge Geld aus, um in einem Institut Chinesisch zu lernen. Die Sprache der Zukunft. Finanziert wurde das alles vom alten Birol. Doch in Wahrheit baute Alina ihre Zukunft auf dem Elend der Prinzessinnen auf. Wobei sie kaum noch Zukunft hatte. Nur noch ein winziger Rest davon war übrig.

Die Freundin trat vors Haus, kettete ihr Rad los und fuhr davon. Ein paar Minuten später erschien Alina. Die Baskenmütze, die sie trug, hatte sie geklauft. Obwohl sie genügend Geld hatte. Regeln waren für andere da. Nicht für sie. Sie dachte, sie stünde über allem. Dabei war sie nur Dreck.

Zielstrebig steuerte sie auf ihren Wagen zu und stieg ein. Als sie um die Ecke bog, nahm er den Rucksack vom Beifahrersitz und stieg aus. Die Haustür war offen. Er ging nach oben in die zweite Etage. Es gab nur eine Nachbarwohnung. Darin lief ein Fernseher. Ansonsten war es still im Haus. Er zog die Latexhandschuhe über, nahm den Elektropick aus der Tasche und öffnete die Tür. Es dauerte keine zehn Sekunden, bis er sie hinter sich schloss.

37

Kaum hatte Dühnfort die Wohnungstür hinter sich geschlossen, stürmte Chiara in den Flur. »Papiii! Ich bin ein Engel.«

»Tatsächlich.« Sie trug Engelsflügel aus weißem Karton. Offenbar selbst ausgeschnitten. Sie glichen eher Paddeln. »Die sind toll.« Er wollte sie auf den Arm nehmen. Doch sie wehrte ab. »Du machst sie taputt.« Also ging er in die Hocke und gab ihr einen Kuss. »Hier riecht es sehr himmlisch.«

»Weil wir Plätzchen backen.«

Er folgte Chiara in die Küche und traf dort auf Dorothee, seine Schwiegermutter, die Teig auswalkte und erklärte, dass Gina irgendwo in der Wohnung sein müsse. Dühnfort fand sie im Wohnzimmer auf dem Sofa. Zu seiner großen Überraschung strickte sie. Wollknäuel in verschiedenen Farben lagen neben ihr auf dem Sofa und eine Strickanleitung auf dem Couchtisch. »Grüß dich, Liebes«, sagte er. »Was wird das?«

»Vordergründig hoffentlich eine Mütze für Chiara.«

»Und hintergründig?«

»Entspannung und Gelassenheit.« Mit einem Lachen legte sie das Strickzeug beiseite. »Im Moment eher das Gegenteil. Ich kämpfe noch. Ist zu lange her. Aber ich komm sicher wieder rein. Alles gut bei dir?« Musternd sah sie ihn an.

»Nicht wirklich.« Er setzte sich neben sie. Sie nahm das Strickzeug wieder auf, und er erzählte ihr von seinem Tag.

Gina hörte zu, während er seine Gedanken und Gefühle sortierte, und er konnte sich plötzlich nicht mehr vorstellen, dass es jemals anders gewesen war und er allein und im Grunde einsam. Ganz unerwartet durchströmte ihn ein Gefühl von Glück und Freude, von Dankbarkeit über dieses Geschenk, geliebt zu werden und zu lieben. Eine Familie zu haben. Sollte jemand sie zerstören ... er wäre zu allem fähig.

»Und weshalb suchst du nach Gelassenheit?«, fragte er.

Sie sah auf. »Es ist wegen Hermine. Ich komme in ihrem Fall nicht weiter. Kein neuer Ermittlungsansatz in Sicht. Ich werde nie herausfinden, was damals passiert ist. Ihre Eltern verlassen sich auf mich. Ich kann sie doch nicht enttäuschen.«

Er zog sie an sich, sog den zarten Apfelduft ihrer Haut ein. »Manchmal ist das so. Kann ich dir irgendwie helfen?«

»Vielleicht. Weiß nicht.« Und dann machte sie sich los. »Obwohl? Vielleicht schon. Ihr habt eine andere Herangehensweise. Ich könnte euch anfordern. Kann ja nicht schaden.«

»Wenn du damit vielleicht warten könntest, bis wir den Jäger haben?«

»Ein paar Wochen mehr oder weniger spielen jetzt auch keine Rolle mehr.«

Chiara kam ins Wohnzimmer. »Abendessen, ihr Tartoffeln.«

»Ui! Das ist ja eine Überraschung«, sagte Gina. »Was gibt's denn?«

»Plätzchen natürlich.«

Sie entschieden, dass es die Plätzchen als Nachtisch geben würde. Dorothee räumte die Küche auf und das Feld für Dühnfort. Er kochte Spaghetti mit Blattspinat und Pinienkernen für alle. Es wurde ein netter Abend, und doch saß noch immer etwas quer in ihm. Diese aufsteigende Blase, die auf halber Strecke stecken geblieben war. Schon zum zweiten Mal. Etwas hatten sie übersehen.

Er schlief unruhig und sah im Traum Megas Leiche in einem See aus Blut treiben. Davon wachte er auf und ging in die Küche. Es war kurz nach sechs. Er zog sich die Fleecejacke über und trat auf den Küchenbalkon. Unter ihm lag der Friedhof in Dunkelheit. Über ihm zeichnete sich ein silbriger Streifen Dämmerung am Himmel ab. Die Blase stieg weiter auf und platzte. Alina, dachte er plötzlich. Joes Schwester musste auch auf der Liste stehen. Wie hatten sie das nur übersehen können! Denn sie hatte Lea rekrutiert und gemeinsam mit Joe manipuliert. Sie hatte sie benutzt und belogen, an den Fäden gezogen, und am Ende hatte sie ihr die ausreichende Menge Koks für eine Überdosis gebracht.

Dühnfort ging hinein, griff zum Telefon und rief Kirsten an. Sie meldete sich nach dem fünften oder sechsten Klingeln. »Tino, kannst du nicht schlafen?«

»Wir haben Alina übersehen. Sie ist auch ein potenzielles Opfer.«

»Keine Panik. Sie hat seit gestern Nacht Bewacher. Wir sind selbst darauf gekommen.«

Natürlich. Sie war die Soko-Leiterin und ihm nicht über jeden Schritt Rechenschaft schuldig. Dennoch hätte er sich diese Information von ihr erwartet.

»Ich wollte es der OFA heute Morgen mitteilen. Außerdem lasse ich Ellenstein observieren, solange das rechtlich ohne Beschluss zulässig ist. Vorerst haben wir ihn also unter Kontrolle. Und wir suchen nach Pete. Alles geht seinen Gang. Wir sehen uns später.«

Dühnfort legte auf und starrte einige Minuten auf seine chromblitzende Espressomaschine, ohne sie wirklich zu sehen.

38

Alina stand unter der Dusche und wusch sich das Shampoo aus den Haaren. Ihre Laune war nicht die beste, seit gestern Nacht eine Kommissarin bei ihr aufgetaucht war, um ihr zu erklären, dass es reichte, wenn es zwei Tote und einen Vermissten in Alinas Umfeld gab. »Ich halte Sie für gefährdet, weil Sie es waren, die Lea für Joe klargemacht hat. Als sie abspringen wollte, haben Sie sie bei der Stange gehalten. Mit einer Mischung aus Lügen und Drohungen.«

»So ein Schwachsinn«, hatte Alina entgegnet. »Als hätte ich sie gezwungen. Es war ihre Entscheidung. Sie hat das gern getan. Für Joe.«

»Ist mir egal, wie Sie sich diese Nummer schönreden. Ziemlich sicher stehen Sie auf der Liste des Mannes, der Lea rächt, und ich werde nicht zusehen, wie er Sie ermordet. Ab jetzt haben Sie Aufpasser.« Sie war zum Fenster gegangen und hatte ihr den anthrazitgrauen Golf gezeigt, der vorm Haus stand. Zwei Bullen saßen darin.

Alina stieg aus der Duschkabine. Die Kerle lungerten seit gestern Nacht in ihrem Wagen herum, denn reingelassen hatte sie sie nicht. So weit kam es noch, Bullen in die Wohnung zu lassen. Freiwillig.

Der Wasserdampf stand wie eine Wand im Bad. Fenster und

Spiegel waren beschlagen. Mit geübten Griffen wand sie ein Handtuch um ihr nasses Haar, wickelte es zu einem Turban und schlüpfte in den Bademantel, den sie erst vor ein paar Tagen in einer Boutique an der Maximilianstraße gekauft hatte. Ein Baumwoll-Seiden-Gemisch, wie ihr die Verkäuferin ehrfürchtig erklärt hatte. Über zweihundert Euro hatte sie dafür bezahlt. Weich schmiegte sich der Stoff an ihre nackte Haut.

Barfuß ging sie in die Küche. Sylke war auch schon auf und saß im Schlafanzug mit Kaffeebecher und angezogenen Beinen auf der Bank am Fenster. Die Ohren zugestöpselt. Ihre Füße wippten im Takt. Sie winkte Alina zu und ließ dabei die Finger tanzen. Sylke war eine unverwüstliche Frohnatur und ein Morgenmensch, während Alina noch halb schlief. Sie füllte den Wasserkocher und löffelte Kaffeepulver in die Stabfilterkanne. Das Gespräch mit Joe kam ihr wieder in den Sinn. Kurz bevor die Kommissarin aufgetaucht war, hatte er angerufen und wollte wissen, ob sie etwas von Mega gehört hatte. Seit Samstag war er spurlos verschwunden.

»Wie ›spurlos verschwunden‘?«, hatte Alina gefragt.

»Er war mit Ramses im Fitnessstudio, und dann war er plötzlich weg. Hat er sich bei dir gemeldet?«

»Nein. Wieso auch?«

Er hatte keinen Grund. Seit sie in München studierte, hatte sie sich aus dem Geschäftsfeld der Prinzessinnen zurückgezogen. Es war hier nicht so einfach wie in Regensburg, ein passendes Mädchen zu rekrutieren. Die Entfernungen waren zu groß. Joe müsste ständig pendeln. Jedenfalls in der ersten Phase, bis er die Prinzessin richtig am Haken hatte. Allerdings war Dealen hier ein Kinderspiel, und darauf konzentrierte sie sich nun. In nicht mal einem Jahr hatte sie sich einen zuverlässigen Kundenstamm aufgebaut. Kids reicher Eltern, mit üppigem Budget.

»Dieser Irre hat sich Mega geschnappt. Das wird er bereuen.«

Alina hörte die Angst in der Stimme ihres Bruders. »Mega wird schon wieder auftauchen. Er war doch noch nie besonders zuverlässig.«

»Es wäre besser, wenn du für ein paar Tage aus München verschwindest. Vielleicht hat er auch dich im Visier.«

»Quatsch. Ich war immer nett zu Lea. Außerdem achtet seit gestern die Polizei auf meine Sicherheit.«

»Shit! Echt jetzt? Ich kann dir jemanden von unseren Leuten schicken.«

»Ist doch eigentlich ganz originell. Polizei beschützt Dealerin.«

»Okay. Wenn das für dich kein Problem ist.«

»Ach wo.«

»Ist dir noch jemand eingefallen?«

»Du meinst einen, der Lea geliebt hat? So sehr, dass er alle umbringt, die sie in ihrem Videotagebuch anschwärzt?«

»Macht da irgendwas klick bei dir?«

Alina horchte wieder in sich hinein. Lea hatte viel geredet. Eigentlich ständig, und sie, Alina, hatte meistens nur mit halbem Ohr zugehört. »Nee. Leider nicht.«

»Es ist wichtig. Denk nach! Es muss jemand sein, der alles für sie tun würde. Hat sie echt keinen Bruder oder Halbbruder?«

»Wenn, dann hat sie den nie erwähnt.«

»Irgendwo da draußen rennt aber einer rum und killt ihretwegen Leute.«

»Ihr werdet ihn schon kriegen. Oder die Polizei. Pass auf dich auf, ja?«

»Klar. Und du durchforstest deine grauen Zellen. Ruf Leute an, die Lea kannten.«

»Trixi vielleicht …«

»Vergiss Trixi!«

»Wieso?«

»Die hat gekündigt.«

»Shit! Vielleicht siehst du dir mal Leas Facebook-Profil an. Meistens hat sie öffentlich gepostet.«

»Gute Idee. Weißt du was? Ich komme morgen nach München und helfe dir beim Nachdenken, und ich bringe Bagol mit. Er soll bleiben und auf dich aufpassen.«

Und plötzlich war ihr eingefallen, wer für Lea in den Krieg zog. Natürlich! Lea hatte von ihm gesprochen. Wenn auch nur einoder zweimal.

Der Wasserkocher schaltete sich aus. Alina brühte den Kaffee auf. Lea, diese dämliche Kuh. Wie kam sie dazu, sie derart anzuschwärzen. Sie war ihr immer eine gute Freundin gewesen. Immer für sie da. Immer ein offenes Ohr. Bei ihr hatte sie sich ausgeheult, und sie hatte Leas Tränen getrocknet. Lea hatte keinen Grund gehabt, sich über sie zu beklagen. Echt nicht.

Alina nahm einen Becher Joghurt aus dem Kühlschrank und das Schraubglas mit Müsli vom Regal. Einen Moment wunderte sie sich, weil das Etikett zur Seite gedreht war. Vermutlich hatte Sylke sich wieder etwas von ihrem Müsli gemopst. Denn sie selbst achtete darauf, dass das Etikett immer vorne war. Das war so eine Macke von ihr.

Sie löffelte Müsli in den Joghurtbecher, gab Honig darauf und setzte sich mit ihrem Frühstück zu Sylke. Der heiße Kaffee tat gut. In langsamen Schlucken trank sie die Tasse leer und spürte, wie sie wacher wurde.

Gedankenverloren rührte sie den Honig unter und schob einen Löffel voll Müsli in den Mund. Das Einsetzen der allergischen Reaktion spürte sie Sekunden später. Eine heiße Welle, die in ihr aufstieg. Das Prickeln der Schleimhäute, die anschwollen. In rasender Geschwindigkeit verschlossen sich ihre Atemwege, quollen ihre Augen zu. Erdnüsse! Wie zum Teufel kamen Erdnüsse in ihr Müsli! Panik erfasste sie. Nach Luft ringend sprang sie auf, der Becher fiel ihr aus der Hand und kollerte über den Boden. Sie rannte zum Regal. Griff nach dem Notfallset mit der rettenden Adrenalinspritze. Doch es war nicht da. Es war weg. Sylke sah auf. »Alina? Alles okay?«

Keuchend versuchte sie Luft einzusaugen, beugte den Oberkörper nach vorne, stützte die Hände auf die Arbeitsfläche. Das Handtuch löste sich von ihrem Kopf. Ihr Herz trommelte wie verrückt. Ihr Hals fühlte sich an, als würde eine eiserne Faust ihn zudrücken. Luft! Sie brauchte Luft! Wo war die Spritze? Sie fegte Gläser, Dosen und Teller vom Regal. Wo war die Spritze! Sie musste hier irgendwo sein!

»Alina!« Sylke sprang auf. »Was ist?«

Japsend deutete sie auf ihren Hals, und Sylke verstand. Sie zerrte das Handy aus der Tasche ihrer Jogginghose und brüllte ins Telefon. »Das ist ein Notfall. Allergischer Schock. Meine Freundin kriegt keine Luft mehr. Sie müssen kommen. Schnell. Sie erstickt!« Sie nannte die Adresse, warf das Handy weg. »Wo ist dein verdammtes Notfallset, Alina? Wo ist es?«

Bunte Punkte begannen vor ihren Augen zu tanzen. Ihr wurde schwindlig. Die Panik und der Sauerstoffmangel. Gleich würde sie das Bewusstsein verlieren. Sie brauchte die Spritze, sonst würde sie sterben.

39

Als Dühnfort an diesem Morgen das K 16 betrat, fühlte er zum ersten Mal Vertrautheit, und das, nachdem er nur zwei Stunden zuvor während des Gesprächs mit Kirsten gezweifelt hatte, ob er jemals richtig im vierten Stock ankommen würde.

Manfred sah auf, als Dühnfort sein Karree ansteuerte. »Hast du einen Moment für mich?«

»Hallo, Manfred! Gleich.« Er hängte den Mantel auf den Bügel, startete den PC und ging dann zu Manfred hinüber. »Was gibt's?«

»Das ist die Akte zum Raubüberfall auf den Geldtransporter, bei dem es zwei Tote gab. Den Partner von Heisler und einen der beiden Täter. Heisler hat ihn in Notwehr erschossen. Das wurde vor Gericht anerkannt.«

»Aber etwas beschäftigt dich?«, fragte Dühnfort.

»Heisler hat auch auf den zweiten Täter geschossen. Der lag verletzt auf dem Boden und sagte aus, ich zitiere ...« Manfred griff zu einem Computerausdruck und las vor: »*Der Typ ist krank. Ein Psychopath. Der hat meinen toten Kollegen mit dem Fuß angestupst und ihm erklärt, er sei selbst schuld. Er hätte nur bekommen, was ihm zustand. Das hat er gesagt und dabei so komisch gelächelt. Das war echt gruslig. Dann hat er sich an mich gewandt, und ich habe gedacht, jetzt bin ich dran. Der erschießt mich einfach. Er hat wieder so komisch gegrinst und mir erklärt, dass er mich auch abknallen sollte, es wäre nur gerecht.«* Manfred ließ den Ausdruck sinken.

»Nur gerecht?«, wiederholte Dühnfort. »Er scheint ja eine sehr eigene Vorstellung davon zu haben.«

»Die Soko sucht jedenfalls schon nach Creepy Pete. Derzeit ist er nirgendwo gemeldet. Seine letzte Adresse ist Passau. Doch von dort ist er vor einem Jahr verschwunden. Im November. Kurz nach Leas Selbstmord.«

»Man sollte seine Familie befragen. Verwandte. Ehemalige Nachbarn. Arbeitskollegen. Freunde, wenn er welche hat. Irgendwer wird wissen, wo er ist. Er bezieht doch Sozialleistungen. Wohin werden die überwiesen?«

»Kirsten ist schon dran.«

»Ja, natürlich.« Da war er wieder, der Moment des Frusts, weil er nicht aktiv werden konnte, sondern hier in diesem Büro mit Blick auf Kleingartenanlage und Wertstoffhof saß. Er hielt es nicht aus und ging hinunter zu Kirsten.

Als er kam, warf sie sich gerade den Mantel über und marschierte mit grimmigem Blick Richtung Aufzug. »Was ist los?«

»Alina. Es gab einen Anschlag auf sie.« Sie drückte den Liftknopf. »Obwohl sie Personenschutz hat. Er muss vorher in der Wohnung gewesen sein.«

»Er hat sich dort versteckt und auf sie gewartet?«

»Er hat Erdnüsse in ihr Müsli gemischt. Irgendwann in den letzten vierundzwanzig Stunden. Denn gestern hat sie auch davon gegessen. Auf Erdnüsse reagiert sie hochallergisch. Anaphylaktischer Schock. Wenn ihre Mitbewohnerin nicht da gewesen und geistesgegenwärtig reagiert hätte, wäre Alina tot. Ich fahr jetzt zu ihr ins Krankenhaus.«

»Buchholz ...«

»Ist mit seinen Leuten schon in der Wohnung. Wenn der Mistkerl auch nur eine Hautschuppe verloren hat, dann findet Frank sie, und dann haben wir ihn, ob Ellenstein oder Peter Heisler. Dessen DNA ist Gott sei Dank noch in der Datenbank.«

»War Ellenstein die ganze Zeit daheim?«

Kirsten nickte. »Aber wir observieren ihn ja erst seit gestern Nacht. Es ist also möglich, dass er nach dem Gespräch mit uns und vor Beginn der Überwachung bei Alina eingebrochen ist und ihr Müsli präpariert hat. Ich wette, Frank findet auch in anderen Lebensmitteln Spuren von Erdnüssen.«

Der Lift kam. Kirsten stieg ein und verschwand aus seinem Blickfeld.

40

Seit Julia zur Präsentation der OFA nach München gefahren war, tat Eichenauer, als wäre sie Luft. Ihr Vorgesetzter sah sie nicht an, er sprach sie nicht an und reagierte unwirsch und kurz angebunden, wenn sie das tat. Für ihn war sie eine Verräterin. Ein paar Kollegen hatten sich ihm stillschweigend angeschlossen. Einige verhielten sich neutral, manche redeten hinter ihrem Rücken, und nur einer hatte den Mut zu sagen, was Sache war. Dass Eichenauer den Fall der Armbrustmorde grandios verbockt hatte.

Der Schreiner war aus der Untersuchungshaft entlassen worden. Der Staatsanwalt war sauer, nachdem das Gericht sich geweigert hatte, bei dieser dürftigen Beweislage ein Verfahren zu eröffnen. Einen Einbruch mit Diebstahl würde er verhandeln, hatte der Richter erklärt. Dafür reichten die Beweise. Dafür gab es ein Geständnis. Und bis dahin war der Schreiner auf freiem Fuß. U-Haft überflüssig. An diesem Tag war Eichenauer mit rotem Schädel über die Flure gestapft. Der Groll, den er seither in sich trug, saß dicht unter der Haut und entlud sich bei jeder sich bietenden Gelegenheit.

Julia war sich dessen bewusst, als sie an diesem Morgen mit mehr oder weniger eingezogenem Kopf an ihrem PC saß, denn sie wilderte in Eichenauers Revier. Sprich: Sie durchforstete die Ermittlungsakte im Fall der Armbrustmorde. Und das war der Fall ihres Chefs, der nun im näheren Umfeld der Opfer nach dem Täter suchte. Wusste der Geier, wie er auf diese Idee gekommen war.

Von Kirsten Tessmann aus München war die Bitte an alle teilnehmenden Mordkommissionen ergangen, sich noch einmal alles anzusehen. Jedes Fitzelchen Papier, jedes Foto, jede Aussage, jeden Hinweis, und sei er noch so obskur. Julia war mit ihrem Fall durch. In der Akte Pfaller hatte sie nichts gefunden, das einen Hinweis auf den Täter lieferte. Vielleicht gab die Ermittlungsakte der Armbrustmorde mehr her. Doch Eichenauer ignorierte die Aufforderung der Soko-Leiterin. Er hielt die Theorie der OFA für Schwachsinn und tat, als ginge ihn das alles nichts an.

Deshalb klickte sie sich nun durch den Fall Ranghild und Bruno Sander und saß wie auf Kohlen. Wenn Eichenauer sie erwischte, würde er einen cholerischen Anfall bekommen, und falls einer der beiden Kollegen im Raum bemerkte, womit sie sich befasste, würde es zumindest dumme Bemerkungen geben. Daher lauschte sie ständig mit einem Ohr, was um sie herum geschah. Mit vorgebeugtem Oberkörper versuchte sie die Sicht auf ihren PC zu verdecken. Sie konnte sich nicht wirklich konzentrieren, und dann war da noch das Gefühl, dass im Fall Sander tatsächlich etwas übersehen worden war.

Sie las die Obduktionsberichte noch einmal von A bis Z. Sie studierte die Spurenmappe von der ersten bis zur letzten Seite. Sie sah die Zeugenaussagen durch, obwohl sie die nahezu auswendig kannte. Und sie betrachtete die Tatortfotos, obwohl ihr davon beinahe übel wurde. Die kriminaltechnische Untersuchung des Hauses war gut gelaufen, da konnte ihnen niemand etwas am Zeug flicken.

Und plötzlich wusste Julia, was sie übersehen hatten.

Eichenauer hatte sie ausgelacht, als sie mit dem Fitzelchen der Blisterpackung angekommen war. Das könne seit Jahren auf dem Garagendach gelegen haben, und woher sie überhaupt wissen wolle, dass es von einer Verpackung für Armbrustpfeilspitzen stamme. Könnte auch von einer Kondompackung sein, hatte er gewitzelt. Als sie ihm den Link zur Website des Lieferanten gemailt hatte, auf dem die Packung zu sehen war, hatte er abgewinkt. Das wäre nicht relevant. Und deshalb waren die Kollegen der Spurensicherung nie auf dem Garagendach gewesen.

Julia sprang auf, griff nach ihrer Jacke, schloss noch rasch die Datei und verließ den Raum. Die Augenpaare ihrer beiden Kollegen folgten ihr. Sie spürte sie im Rücken. »Brennt's irgendwo?«, rief ihr der Moser hinterher. Den Kommentar vom Hinteregger verstand sie schon nicht mehr. Die Tür fiel zu. Sie marschierte Richtung Lift. Als er oben ankam, stieg Eichenauer aus und lächelte sie an. Was nichts Gutes bedeuten konnte.

»Das Fräulein Jähnike. Das trifft sich gut. Zu Ihnen wollte ich gerade.«

Sie war drauf und dran zu sagen, dass es im Moment nicht passte. Doch er war ihr Chef, und sie bremste sich. »Ja, weshalb?«

»Ein Fall von häuslicher Gewalt. Man könnte auch sagen, Frau prügelt Mann halb tot. Jetzt liegt er im Krankenhaus und will eine Anzeige machen. Darum kümmern Sie sich.«

»Wie schlimm ist es denn?«

»Etliche Knochenbrüche und ein Riss in der Milz. Musste operiert werden.«

Der Mann lief ihr also nicht weg. »Wird erledigt.« Sie stieg in den Lift.

»Aber gleich. Ich will das bis Nachmittag auf meinem Tisch haben.«

Julia nickte. Die Lifttüren schlossen sich. Vorher war das Garagendach dran.

Sie fuhr zur Reihenhaussiedlung am Dornröschenweg und

stieg aus dem Wagen. Der Himmel war bleigrau. Es war kalt, und der Geruch von Schnee lag in der Luft, obwohl es nieselte. Die Handschuhe hatte sie am Morgen daheim vergessen. Es musste ohne gehen. Sie zog die Kapuze hoch und sah sich um. Die Laubbäume auf dem Garagenplatz waren kahl geworden und die Stauden in den Gärten vertrocknet. Genau wie die Rosen, die sich an einem Spalier bis aufs Garagendach gerankt hatten. Überall verrottende Blätter.

Julia klingelte bei dem Rentnerpaar, das ihr bereits bei ihrer ersten Besichtigung eine Leiter geliehen hatte, und borgte sie sich erneut.

Etliche Augenpaare hinter Gardinen beobachteten ihr Treiben. Sie konnte sie beinahe spüren, als sie die Leiter aufstellte und hinaufkletterte. Die Dächer waren mit Kies bedeckt, der nun unter einer Decke von welkem Laub verborgen lag. Julia kletterte wieder hinunter, klingelte noch mal bei dem Rentnerpaar und lieh sich einen Laubrechen aus.

Auf dem mittleren der Dächer hatte sie das Stück der Blisterpackung gefunden. Dort begann sie und arbeitete sich in Bahnen voran, die sie behutsam von links nach rechts zog. Hatte sie einen Streifen freigelegt, ging sie in die Hocke und suchte, wonach auch immer. Sie wusste es nicht. Ebenso inspizierte sie jede Portion Laub, die sie beiseitegerecht hatte.

Bald lag das Laub vom Garagendach in einer ordentlichen Reihe auf der zwei Fuß breiten Blecheinfassung, die die Garagendächer trennte, und sie hatte im Kies nichts gefunden außer ein paar Vogelfedern und jeder Menge Bucheckern. Also machte sie mit den Nachbardächern weiter. Ihre Jeans wurde erst klamm, dann feucht und schließlich nass. Ihre Finger verwandelten sich in kalte Zapfen. Es wurde Mittag und dann Nachmittag. Mit jedem Quadratmeter Dachfläche, den sie säuberte, schwand ihre Hoffnung, etwas zu finden, das ihre Mühe belohnen und diesem verdammten Fall die entscheidende Wendung bringen würde.

Nach beinahe drei Stunden war alles Laub gerecht und sie bis auf die Knochen durchfroren. Eine Nullaktion. Das hätte sie sich sparen können. Frustriert stieg sie vom Dach, brachte Leiter und Rechen zurück und bekam von dem Ehepaar nicht nur bedauernde Blicke, sondern auch eine Tasse Tee angeboten. So verlockend das war, sie lehnte ab. Sie wollte nach Hause, um eine heiße Dusche zu nehmen, sich umzuziehen und dann ins Krankenhaus zu dem verprügelten Mann zu fahren, bevor Eichenauer mitkriegte, dass sie noch nicht dort gewesen war. Missmutig stapfte sie zu ihrem Auto, vorbei an den Rosen. Im September hatten sie noch prächtig geblüht. Jetzt hingen die Blütenreste in matschigen Knollen an den Zweigen. Das Laub vermoderte in Klumpen auf der Erde und in dem Spalt zwischen dem dornigen Buschwerk und den Spalierleisten. Sie war schon fast daran vorbei, als sie zwischen all dem Braun etwas Blaues sah.

41

Dühnfort fragte sich, woher der Täter von Alinas Erdnussallergie wusste, denn Lea erwähnte sie in ihrem Tagebuch nicht, als Manfred mit seinem Stuhl in sein Karree rollte.

»Ich habe mit Creepy Petes ehemaligem Vorgesetzten beim Bund telefoniert«, sagte er. »Er beschreibt Heisler als Einzelgänger mit Problemen, sich in die Truppe einzufügen. Außerdem kann er schlecht mit Kritik umgehen. Da knallen dann schon mal Türen. Spontan, impulsiv, zu Jähzorn neigend. So hat er ihn beschrieben. Was für uns noch interessant ist: Er ist ein ausgezeichneter Schütze und hat während seiner Zeit beim Bund auch Kampfsport trainiert.«

Dühnfort war sich nicht sicher, ob Heisler ihr Mann war. »Er hat einen Hauptschulabschluss, wir gehen aber von jemandem mit höherem Bildungsgrad aus.«

»Er kann töten. Er ist Kampfsportler. Zumindest war er das während seiner Zeit als Soldat«, entgegnete Manfred. »Und er hatte einen Narren an Lea gefressen, konnte sie aber nicht retten. Er passt ins Profil. Wir sollten mit ihm reden.«

Damit hatte Manfred zweifellos recht. »Die Soko sucht nach ihm.« Dühnforts Smartphone summte. Phillip meldete sich.

»Ich habe dir gerade ein Foto gemailt«, sagte er. Im selben Moment erklang der Signalton für eine eingehende E-Mail.

»Ja, kommt gerade.«

»Preisfrage: Wer ist darauf zu sehen? Wir sind uns nicht einig.«

»Einen Moment.« Dühnfort öffnete die Mail und das angehängte Foto. Es war eine Schwarz-Weiß-Aufnahme einer Verkehrsüberwachungskamera. Ein weißer Lieferwagen, beinahe frontal aufgenommen. Ein Münchner Kennzeichen. Das Fahrzeug war mit Tempo vierzig in einer Dreißigerzone geblitzt worden, und zwar am fünfundzwanzigsten November um null Uhr dreiundfünfzig. Am Steuer saß ein Mann mit Basecap. Der Schirm verschattete die Augen, dennoch rührte sich etwas in Dühnfort. »Sieh mal einer an. So ganz perfekt ist er dann doch nicht. Das könnte Ellenstein sein.«

»Das vermute ich auch. Doch wirklich zu erkennen ist er nicht.«

»Damit allein kriegen wir ihn jedenfalls nicht.«

Manfred beugte sich zum Monitor und betrachtete die Aufnahme.

»Das Foto stammt aus der Nacht, in der Herpes starb«, fuhr Leis fort. »Es ist nur einen Kilometer vom Tatort entfernt aufgenommen worden. Ich maile das jetzt noch an die Soko-Leitung.«

»Wer ist der Halter?«

»Wissen wir nicht. Die Kennzeichen gehören zu einem anderen Wagen. Sie wurden auf einem Flughafenparkplatz von einem VW geklaut.«

Auf Ellenstein war nur ein Wagen zugelassen, ein dunkelblauer Audi. Der Lieferwagen konnte gestohlen oder gemietet sein. Wenn das Ellenstein war. »Haben wir die Rohdaten der Aufnahme?«

»Sind angefordert. Hoffentlich lässt sich das Bild so nachbearbeiten, dass der Fahrer besser zu erkennen ist.«

»Ein bisschen Glück können wir allmählich brauchen.«

Sie verabschiedeten sich. Manfred starrte noch immer auf den Monitor. »Das ist nicht Ellenstein. Die Kinnpartie ist viel zu breit.«

42

Er lag auf einer Isomatte auf einem Flachdach gegenüber dem Klinikum Großhadern. Das Präzisionsgewehr war bereit und die Gefahr, entdeckt zu werden, gering. Keines der umliegenden Gebäude war höher, außerdem gaben ihm die Aufbauten für Klimaanlage und Lüftung Sichtschutz. Ein permanentes leises Surren erfüllte die Morgenluft. Vor einer halben Stunde war die Sonne aufgegangen, und es wurde hell. Der Wind zog kalt um die Ecken. Seine Finger wurden langsam steif und er nervös. Die Zeit lief ihm davon. Obwohl er es hasste, zu improvisieren, musste er das heute zu Ende bringen. Die Alternative wäre, Alina davonkommen zu lassen.

Oder die Nerven zu bewahren, Zeit vergehen zu lassen. Einen Moment spielte er mit dem Gedanken, sich zurückzuziehen und abzuwarten, bis Gras über die Sache gewachsen war und Alina und Joe sich in Sicherheit wähnten. Und erst dann zuzuschlagen. Es wäre die bessere Möglichkeit.

Doch seit Alina mit dem Notarztwagen in die Klinik gebracht worden war, saß eine Unruhe in ihm, die ihn zum Handeln zwang. Vor allem, weil sein Draht zu Joe gekappt war. Als Joe vom anaphylaktischen Schock seiner Schwester erfahren hatte, hatte er sein Smartphone weggeworfen, als wäre es ein glühendes Stück Kohle. Doch es half ihm nichts. Sobald er sich ein neues besorgte und seine Daten über die Cloud synchronisierte, würden sich die Überwachungs-Apps von selbst wieder installieren. Es sei denn, er besorgte sich eine neue Nummer, doch so schlau waren die Jungs bisher nicht gewesen.

Eine Krähe landete fünf Meter entfernt auf der Blecheinfassung des Flachdachs. Ihre Krallen kratzten übers Metall. Ein Geräusch, das ihm durch Mark und Bein ging, und die Zuversicht verließ ihn. Am liebsten wäre er von hier verschwunden. Doch er wollte das jetzt zu Ende bringen. Seit gestern wusste Joe, wer er war, und würde ihn finden. Genau genommen war das nicht schlecht. So würde Joe zu ihm kommen.

Quietschend hielt der Gelenkbus an der Haltestelle gegenüber der Klinik. Distanz vom Dach bis zum Haupteingang etwa achtzig Meter bei freier Sicht. Unter ihm füllte sich allmählich der Parkplatz. Durch das Fernglas beobachtete er den Eingang.

In der Regel fanden Entlassungen am Vormittag statt. Er musste hier also noch eine Weile ausharren, bis Alina herauskam. Nicht allein. Entweder würde Bagol sie begleiten oder ein Polizist. Der Bodyguard der Birols wäre ihm lieber, denn der konnte keine Ringfahndung auslösen, die ihm binnen Minuten jeden Polizisten der Stadt auf den Hals hetzte.

Das linke Bein schlief ein. Er verlagerte sein Gewicht, streckte sich und massierte die Finger in den dünnen Handschuhen, während er mit dem Fernglas den Eingang im Auge behielt. Der Parkplatz füllte sich allmählich. Im Zehnminutentakt fuhren Busse vor und wieder ab. Menschen strömten in die Klinik. Kaum jemand kam heraus. Die Wolken verzogen sich. Die Sonne brach durch. Zwei Männer in orangen Warnwesten leerten die Abfallbehälter auf dem Parkplatz, steckten Mülltüte für Mülltüte in ihre Rollwagen. Ein schwarzes BMW-Cabrio mit geschlossenem Verdeck erregte seine Aufmerksamkeit. Es rollte in eine Parkbucht. Regensburger Kennzeichen. Joe war da. Das Arschloch holte seine Schwester höchstpersönlich ab. Damit hatte er nicht gerechnet. Die Erleichterung traf ihn mit Wucht. Beide auf einmal erledigen. Es endlich zu Ende bringen. Und dann wieder leben.

Er sah durchs Zielfernrohr. Joe stieg aus. Das Fadenkreuz direkt an seiner Schläfe. Er müsste nur abdrücken. Jetzt. Sofort. Doch er wollte beide und nahm den Finger vom Abzug. Unten auf dem Platz zog Joe ein Handy hervor und machte ein Selfie. Er hatte also ein neues. Automatisch wurde das Bild in seinem Fotoordner und in der Cloud gespeichert und so die Daten synchronisiert. Im selben Moment erklang ein leiser Signalton auf dem Tablet, das neben ihm lag. Die Remotesoftware installierte sich. Es dauerte nur zwei Minuten. Als Joe im Krankenhaus verschwand, erschien auf dem Tablet die WhatsApp, die er gerade seiner Schwester geschickt hatte. Mit dem Selfie vom Parkplatz.

Sein Adrenalinspiegel stieg. Der Herzschlag beschleunigte, und alle Sinne schärften sich. Die Müllmänner setzten sich auf eine Bank und holten Brotzeitdosen hervor. Der Strom der Menschen, die von der U-Bahn kommend das Klinikum ansteuerten, wurde dichter. Vor dem Eingang bildeten sich Gruppen.

Die Minuten vergingen. Zehn. Fünfzehn. Zwanzig. Endlich erschien Alina in seinem Blickfeld. Zögernd trat sie ins Freie. Neben ihr ging Joe, und beiden folgte ein Mann in Zivil, dem man den Bullen ansah. Alle drei blieben stehen und sahen sich um. Eine kurze, heftige Diskussion folgte. Joes Körpersprache war aggressiv. Er musste den Polizisten loswerden, seinen natürlichen Feind, den er nicht an den Hacken haben durfte, wenn er Leas Rächer kaltmachen wollte. *Den Wichser.*

Der Beamte zückte sein Handy, führte ein kurzes Telefonat und ging dann Richtung U-Bahn. Joe und Alina steuerten den Parkplatz an. Er nahm das Gewehr in Anschlag, visierte Alina an, als sich plötzlich etwas Orangefarbenes ins Schussfeld schob. Ein Mülllaster. Er stoppte und verdeckte die beiden und den BMW. Die Müllmänner schoben ihre Rollwägen zum Heck und warfen die Abfallbeutel in den Einwurfschacht. In aller Seelenruhe! Verdammt! Als das orange Ungetüm endlich weiterfuhr, waren Joe und Alina verschwunden. Sie saßen im Wagen. Die Rückfahrlichter flammten auf, Joe rangierte den Wagen aus der Lücke. Kurz erschien sein Profil im Visier.

Er drückte ab. Ein leises Plopp erklang. Das Geschoss durchschlug das Verdeck. Für den Bruchteil einer Sekunde leuchteten die Bremslichter auf, dann gab Joe Gas. Der Motor heulte auf. Das Heck brach aus. Der zweite Schuss traf das Blech. Joe bekam den Wagen wieder unter Kontrolle. Mit quietschenden Reifen schoss der BMW vom Parkplatz. Verflucht! Er rang den Impuls nieder, hinter den beiden herzuballern, und auch den, das Gewehr aufs Dach zu werfen. Er würde diesen verdammten Hurensohn und seine Schwester kriegen. Und wenn es das Letzte war, das er tat.

43

Dühnfort saß wie auf Kohlen. Hatte die Bearbeitung der Rohdaten des Verkehrsüberwachungsfotos zu einem besseren Ergebnis geführt? Was hatte die Spurensicherung in Alinas Wohnung ergeben? Hatte man Heisler inzwischen aufgetrieben, und was machte Ellenstein? Er war nur durch ein Stockwerk von der Soko getrennt und fühlte sich doch wie auf einem anderen Planeten.

Und dann geriet er auch noch mit Manfred aneinander, der sich zu ihm gesellte und wiederholte, dass auf dem Verkehrsüberwachungsvideo irgendwer zu sehen war, aber nicht Ellenstein. Seiner Meinung nach.

»Wieso fixierst du dich auf Leas Vater? Er kann es nicht sein. Lea erwähnt die Allergie im Video nicht. Der Täter muss Lea im Jahr vor ihrem Tod häufiger getroffen haben und wahrscheinlich auch Alina. Es war das Jahr, in dem sich die Mädchen kennenlernten und Leas Leben aufs falsche Gleis geriet. Es war das Jahr, in dem sie *keinen* Kontakt zu ihrem Vater hatte.«

»Er kann die Information auch aus einer anderen Quelle haben«, konterte Dühnfort. »Er spioniert seine Opfer aus. Er überwacht sie. Heute postet jeder in den sozialen Medien. Alle posaunen alles hinaus. Nichts ist mehr privat. Weder Glück noch Unglück. Auch Krankheit und Elend nicht. Der Tod. Grenzerfahrungen. Das Sterben. Alles wird geteilt. Hauptsache, man steht für ein paar Minuten im Rampenlicht. Alina wird es nicht anders machen.«

»Ist ja gut.« Manfred hob die Hände, als ob er sich verteidigen wollte. »Ich meine ja nur ... Sei nicht enttäuscht, wenn du dich geirrt hast.«

Doch Dühnfort wusste es, seit Ellenstein sein Lächeln nicht in den Griff bekommen hatte. Das war allerdings seine höchstpersönliche Interpretation dieser Mimik. Kein unwiderlegbarer Fakt, mehr Bauchgefühl.

Er setzte sich wieder an seinen PC und klickte sich durch Alinas Social-Media-Aktivitäten. Twitter und Instagram hatte er bereits durchforstet. Nun ging es weiter mit Facebook. Ein Feld, das Alina im letzten Jahr mehr oder weniger hatte brachliegen lassen. Es gab nur ein halbes Dutzend Postings. Offenbar war Facebook nicht mehr cool in ihrer Generation.

Er war schnell im Vorjahr angekommen. Alina postete Selfies ohne Ende, jedes neue Make-up, jedes neue Kleidungsstück und jedes neue Design der künstlichen Fingernägel wurde präsentiert. Es wurde über Schule und Lehrer gemotzt und über Kiff-Erfahrungen berichtet. *Nichts für mich*, schrieb Alina. *Von dem Zeug wird mir schlecht*. Und weiter schrieb sie, dass Drogen ohnehin nicht ihr Ding seien. *Das macht die Leute kaputt*. Doch sie hatte Pläne für ihr Leben, wollte nach München ziehen und studieren. *Ich versaue mir meine Träume nicht mit Drogen*. Das schrieb sie in einem Posting vom Dezember 2017. Nur zwei Monate später hatte sie Lea angequatscht, und die beiden waren beste Freundinnen geworden. Ein abgekartetes Spiel, vom ersten Wort an, vom ersten geklauften Bikini an, vom ersten gemeinsamen Schwimmbadbesuch an. Nichts als Berechnung.

Wieder stieg Wut in Dühnfort auf, ein beißender Zorn. Er scrollte weiter und fand schließlich, wonach er gesucht hatte. Ein

Selfie von Alina in einem Krankenhausbett. *Hab Besuch vom Sensenmann gehabt*, schrieb sie. Und sie schrieb auch, was passiert war und dass sich kein Arzt erklären konnte, woher die plötzlich aufgetretene Erdnussallergie kam. Die würde sie nun ihr Leben lang begleiten. Das sei sicher, schrieb Alina.

Er machte einen Screenshot, schickte ihn an Manfred und lehnte sich im Stuhl zurück. So war Ellenstein also an die Information zur Allergie gekommen.

Ohne professionellen Personenschützer war Alina in Gefahr. Doch den hatte sie fortgeschickt. Es war ihr gutes Recht. Sie vertraute auf ihre Familie. Auf ihren Bruder. Doch Joe war nicht in der Lage, seine Schwester zu beschützen. So wenig wie sich selbst. Nicht vor Leas Vater.

Auch wenn er das anders sah. Sicher schmiedete er Rachepläne. Doch erst musste er herausfinden, wer alle tötete, die sich an Lea vergangen hatten. Die sie missbraucht, vergewaltigt und für ihre sexuellen Fantasien benutzt hatten. Die sie manipuliert, zu einer Süchtigen gemacht und verkauft hatten. Die eine Geldmaschine in ihr gesehen hatten und keine Sekunde einen Menschen. Ein junges Mädchen an der Schwelle zum Erwachsenwerden, das Träume hatte und Pläne für die Zukunft. Das am Beginn seines Lebens gestanden hatte. All das hatten sie ihr genommen. Für eine Sekunde war da wieder dieser archaische Gedanke: Soll Ellenstein Joe doch erwischen! Soll er ihn einfach abknallen.

»Okay«, rief Manfred aus dem Nachbarkarree. »Ein Punkt für dich.«

Es ging nicht um Punkte. Mehr um Puzzleteile. Die Unruhe kehrte zurück, und er besuchte wieder einmal den dritten Stock und das K 11.

Etwas war anders. Etwas lag in der Luft, eine angespannte Nervosität. Durch die Glasfront des Besprechungsraums sah er

Kirsten mit dem Team im Meeting. Conny kam gerade von der Toilette. Braun gebrannt. »Hallo, Conny!«

»Grüß dich!« Ihr Lächeln wirkte maskenhaft.

»Gut schaust du aus. Warst du in Urlaub?«

»Auf Madeira. Bin grad zurück.« Ihr Blick pendelte zwischen Besprechungsraum und ihm, und er hatte den Eindruck, dass sie noch etwas sagen wollte, doch dann meinte sie, sie müsse zurück ins Meeting.

»Gibt's Neuigkeiten?«

»Wahrscheinlich haben wir seine DNA.«

»Was? Woher denn?«

»Julia Jähnike war noch mal auf dem Garagendach in Passau. Sie hat einen Latexhandschuh gefunden. Könnte vom Täter sein. Jetzt warten alle gespannt auf die Analyse.«

Ein möglicher Durchbruch, und sie da oben im vierten Stock wussten nichts davon. Erst leisteten sie die Vorarbeit, um die Ermittlungen zusammenzuführen, und dann waren sie außen vor. Ein Gefühl von Leere breitete sich in ihm aus.

»Gibt es von Heisler Neuigkeiten?«, fragte er Conny.

»Er lebt seit einem Jahr in München. Kirsten will noch die Analyse abwarten und dann entscheiden, ob wir ihm einen Besuch abstatten.« Conny sah wieder zum Besprechungsraum. »Ich muss.«

»Natürlich.« Sie verschwand, und er ging weiter zu Gina. Ihr Büro befand sich am Ende des Flurs. Sie saß alleine an ihrem Schreibtisch und sah auf, als er eintrat. »Ui!«, sagte sie. »Was hat dir denn die Petersilie verhagelt?«

»Ich fühle mich heute ein wenig fehl am Platz. Außerdem wälze ich seltsame Gedanken.«

»Wie wäre es mit Schoki gegen den Frust?« Sie zog die Schublade auf und nahm zwei Riegel heraus. »Verrätst du mir, welche seltsamen Gedanken das sind?«

Er wickelte das Papier von der Schokolade. Achtzig Prozent Kakaoanteil. Eine bittere Süße breitete sich in seinem Mund aus. »Ich habe mich dabei ertappt, dass ich Ellenstein Erfolg in Sachen Joe wünsche«, sagte er mit vollem Mund. »Soll er ihn doch abknallen. Das habe ich tatsächlich gedacht.«

»Aber nicht gemeint.«

»Natürlich nicht. Aber es erschreckt mich. Als hätte ich kein Vertrauen mehr in unser System.«

»Na ja, so ganz billig wird Joe nicht davonkommen. Als Zuhälter einer Zwangsprostituierten – und nichts anderes war Lea – drohen ihm zehn Jahre Knast. Das ist nicht ohne.«

»Aber sie ist tot.«

»Und? Willst du jetzt etwa die Scharia in Bayern einführen? Oder ganz alttestamentarische Rache befürworten? Aug um Aug und so weiter. Das meinst du nicht ernst?«

»Selbstverständlich nicht. Aber ich verstehe ihn. Stell dir vor, jemand würde das Chiara antun. Ich würde durchdrehen, ich würde ihn umbringen.« Er wusste, dass es so war.

»Chiara gehört aber nicht zur Zielgruppe dieser Arschlöcher. Sie hat liebende Eltern, die immer für sie da sein werden. Während diese Mistkerle sich labile Mädchen in schwierigen Lebensphasen aussuchen, die kaum Rückhalt im Elternhaus haben. Ich denke, Ellenstein kompensiert sein eigenes Versagen. Das ist sein grundlegendes Motiv. Nicht Rache, sondern ... Ich weiß nicht, wie ich das nennen soll.«

»Scham«, sagte er. »Schuld. Er fühlt sich verantwortlich, weil er nicht für sein Kind da war. Durch seinen Rachefeldzug beweist er sich, dass er doch ein guter Vater ist. Ich hab das schon kapiert.

Deshalb verstehe ich ihn ja. Ich hoffe, ich habe mich kompliziert genug ausgedrückt«, fügte er mit einem Lächeln hinzu.

Wieder einmal hatte Gina ihn geerdet. Sein Handy summte. Kirsten war dran. »Hallo, Tino! Wir haben seine DNA. Hast du Zeit? Ich würde gerne mit dir das Vorgehen abstimmen, wie wir ihn uns am besten holen, ohne dass es ein Blutvergießen gibt.«

44

Seit gestern war Conny aus dem Urlaub zurück. Doch es gab noch immer keine Antwort von ihr. Er starrte aufs Handydisplay und tippte dann auf die WhatsApp, die er ihr vor Stunden geschickt hatte. *Hi, Conny, hattest du eine gute Zeit auf Madeira? Lass uns heute Abend essen gehen, und du erzählst mir davon.* Sie hatte die Nachricht noch nicht gelesen. Warum? Verdammt!

Er musste wissen, was die Polizei wusste. Wie nah sie an ihm dran waren. Während ihres Urlaubs konnte viel geschehen sein. Weshalb ging sie nicht an ihr Smartphone?

Der dreizehnte Stock des Hochhauses war in Nebel gehüllt. Er blickte in formloses diffuses Grau – nicht fassbar und doch undurchdringlich – und folgte dem Gespräch zwischen Joe und Ramses, das in Alinas vorübergehender Wohnung stattfand. Denn Joe hatte seine Schwester in Sicherheit gebracht. Oder das, was er dafür hielt. Ein Airbnb-Appartement. Es amüsierte ihn, was für Trottel die beiden waren. Sie besprachen, wie sie ihn kriegen wollten, während Alina sich im Wellnessstudio gegenüber von ihrem Schock erholte. Bagol passte dort auf sie auf. Er war nicht besser dafür qualifiziert als Ramses, der die Chance erhielt, seinen Fehler mit Mega wettzumachen, indem er Joe half, *diesen verdammten* Wichser zu eliminieren. Sie nannten ihn noch immer so, obwohl sie von Alina seinen Namen kannten und inzwischen herausgefunden hatten, wo er wohnte.

»Der Wichser hat auf mich geschossen!«, sagte Joe empört, als wäre es eine bodenlose Frechheit, ihm dergleichen anzutun. Seit gestern regte er sich darüber auf.

Nur leider nicht getroffen, dachte er. Dieser verdammte Mülllaster. Zu Beginn seiner Mission war alles gut gelaufen. Bei Pfaller. Bei den Sanders. Bei Rippinger. Geradezu unheimlich reibungslos. Da hatte er sich auch noch an seine Planung gehalten. Doch seit einiger Zeit improvisierte er, und das war nicht gut.

»Mich kriegt er nicht, der Scheißer«, erklärte Joe. »Nur erschießen ist zu wenig. Ich werde ihn foltern, bis er winselt und um Gnade fleht. Waterboarding. Das wäre es! Googel mal, wie das geht. Und dann ... Pimmel um Pimmel. Ich schneide ihm sein Ding ab. Ganz langsam. Mit einem stumpfen Messer. Oder besser, ich leih mir den Mastiff von Drago. Der beißt ihm die Eier ab. Ich mache ihn kalt. Und diese miese Nummer mit Alina ... Dafür wird er bezahlen. Doppelt und dreifach. Ich kill ihn.«

»Yo«, sagte Ramses. »Hab ich verstanden.«

Joe spuckte noch ein Weilchen Gift und Galle und malte sich in den buntesten Farben aus, was er *diesem Wichser* alles antun würde. Schließlich meinte Ramses, dass es nun reichte. »Erst müssen wir ihn kriegen. Wir brauchen einen Plan. Dann brauchen wir einen Raum, wo du ihn foltern kannst. Deshalb brauchen wir ein Auto. Oder willst du deine Karre nehmen? Und dann brauchen wir eine Idee, wie wir uns die Leiche vom Hals schaffen, Alter. Also cool down, Zeit für deinen Hass hast du später genug.«

»Punkt eins ist doch ganz einfach«, meinte Joe. »Wir warten vor seiner Wohnung, bis er rauskommt, und dann schnappen wir ihn uns.«

»Und wie genau? Schlagen wir ihn nieder? Betäuben wir ihn? Oder wie stellst du dir das vor?«

»Ich halt ihm meine Knarre an den Schädel. So stell ich mir das vor.«

»Und jemand sieht uns und ruft die Bullen. Coole Idee.«

»Ist mir doch egal. Bis die kommen, sind wir weg.«

»Womit?«

Joe stöhnte. »Mit einem Lieferwagen vom Waschsalon. Den fackeln wir später ab und melden ihn als geklaut.«

»Okay«, sagte Ramses. »Das könnte funktionieren.«

»Wir fesseln und knebeln ihn im Laderaum und ... Wohin schaffen wir ihn?«

Ja, das war die Frage. Sie wurde eine Weile diskutiert, bis sie sich entschieden hatten, ihn ins Wäschereilager nach Regensburg zu bringen. Dort gab es einen Keller, der für ihre Zwecke ideal war. Gut eine Stunde Fahrt. Ramses würde hinten aufpassen, dass der Wichser keinen Ärger machte.

Er hörte noch eine Weile zu, wie sie ihren Plan weiter ausfeilten, und überlegte, wie er darauf reagieren konnte, als eine WhatsApp einging. Endlich eine Antwort von Conny.

Lösche alle meine Nachrichten. Ich lösche auch deine. Und melde dich nie wieder bei mir!

Es war wie ein Schlag. Es dauerte einige Sekunden, bis er sich fing. Sie hatten ihn also. Nicht in Verdacht. Sie hatten etwas gegen ihn in der Hand. Bei Verdacht würde Conny zu ihm halten, bis seine Unschuld bewiesen war. Oder seine Schuld. Erst in diesem Moment würde sie ihn fallen lassen.

45

Kirsten beendete die Videokonferenz mit den zuständigen Ermittlern in Regensburg, Augsburg und Passau, als Dühnfort den Soko-Raum betrat. Wobei in Passau wieder Julia allein die Mordkommission vertrat.

»Darf ich kurz?«, fragte Dühnfort und wies auf den Bildschirm, auf dem sie noch zu sehen war.

»Na klar.« Kirsten trat zur Seite.

»Hallo, Julia! Das war klasse Arbeit. Ohne deine Hartnäckigkeit wäre das entscheidende Beweisstück nicht gefunden worden.«

»Ich hatte ja auch einen tollen Mentor. Und damit meine ich nicht meinen Chef.«

Er lachte. »Dachte ich mir. Wir sehen uns.« Er verabschiedete sich.

Kirsten schaltete die Monitore ab. »Julia macht einen guten Job. Wir sollten ihr eine Stelle bei uns anbieten.«

»Darüber haben wir schon gesprochen. Es zieht sie allerdings in den vierten Stock. Zur OFA.«

»So wie dich. Schade, dass du weg bist.«

»So richtig weg bin ich nicht.«

»Aber aus der Tagesarbeit bist du verschwunden. Du fehlst hier.«

Kirstens Worte versetzten ihm einen Stich. Obwohl er der Tagesarbeit überdrüssig gewesen war. Dieses ständige Kleinklein, während ihn die Zusammenhänge interessierten, die Hintergründe, das Große und Ganze.

»Also«, sagte Kirsten. »Wir wissen, wer er ist. Jetzt holen wir ihn uns. Und wie wir dabei am besten vorgehen, das möchte ich mit dir abstimmen.«

»Habt ihr inzwischen Kontakt zu Joe und Alina?«

»Alina hat weiteren Personenschutz abgelehnt. Ihre Familie beschützt sie.« Kirsten breitete die Hände aus. »Ich kann sie nicht zwingen.«

»Ja. Ich weiß. Aber ihre Familie kann das nicht.«

»Erzähl ihr das.«

»Würde ich gerne. Hast du ihre Nummer?«

»Kannst du haben. Probiere dein Glück. Aber du wirst dir die Zähne ausbeißen.« Sie schrieb ihm die Nummer auf ein Post-it.

»Danke! Gib mir fünf Minuten.«

Er stellte sich ans Fenster und wählte. Alina meldete sich erst nach dem sechsten oder siebten Läuten. »Ja, wer ist da?«

»Dühnfort, Kripo München. Wir kennen uns nicht, aber ich bin mit Ihrem Fall vertraut. Wie geht es Ihnen?«

Sie antwortete nicht.

»Sind Sie allein?«

»Nein. Mir geht es gut. Ich brauche keinen Aufpasser.« Eine Mischung aus Trotz und Angst lag in ihrer Stimme.

»Sie haben aber einen.«

»Ja, stimmt.« Es kam zögerlich.

»Und das hat einen Grund.«

Schweigen.

»Jemand will Sie töten. Jemand, der das kann. Ein Profi. Dem ist Ihr Aufpasser nicht gewachsen.«

»Sie wissen, wer er ist?«, fragte sie überrascht.

»Ja.«

»Dann sagen Sie es mir.«

»Das kann ich nicht. Sie sind in Gefahr und Joe auch. Ist Ihnen das nicht klar?«

Stille und dann ein kurzer Schluchzer. »Er hat auf mich geschossen.«

»Er hat was?! Wann ist das passiert und wo?«

»Joe ... Er will ... Wir wollen nichts mit den Bullen zu tun haben.«

»Wenn Sie diesen Mist hier überleben wollen, brauchen Sie Schutz, und zwar nicht vom Türsteher einer Shishabar oder Ihrem Bruder, der keine Ahnung hat, mit wem er sich da anlegt. Sie brauchen uns *Bullen*. Und jetzt sagen Sie mir, wo Sie sind. Denn er weiß es. Er kann Sie orten. Im Gegensatz zu mir.«

Wieder wurde es still am anderen Ende.

»Ihr Bruder kann Sie nicht beschützen. Aber wir können es.«

Er hörte, wie sie sich leise mit jemandem besprach, bevor sie sich wieder meldete. »Danke fürs Angebot. Aber wir kommen alleine klar.«

»Kommen Sie nicht, verdammt!« Er atmete durch. »Also gut. Sie sehen meine Nummer?«

»Ja.«

»Schreiben Sie sich die auf, und dann werfen Sie Ihre Handys weg. Sie, Ihr Bruder und Ihr Bewacher. Ausschalten genügt nicht. Besorgen Sie sich keine neuen mit denselben Nummern. Wenn schon, dann Prepaidhandys. Und dann verschwinden Sie so schnell wie möglich von dem Ort, an dem Sie gerade sind. Hauen Sie ab! Haben Sie das verstanden?«

»Ja.«

»Gut. Und falls Sie es sich mit dem Personenschutz anders überlegen, haben Sie meine Nummer.«

Er steckte das Handy ein und wandte sich zu Kirsten um. Sie zuckte mit den Schultern. »Ich habe es dir ja gesagt.«

»Ich hoffe, dass sie wenigstens meinem Rat folgen. Sie ist doch nicht in ihrer Wohnung, oder?«

»Nein. Sonst hätte ich sie längst festgenommen. Immerhin spielt sie eine nicht unerhebliche Rolle in einem Fall von Zwangsprostitution. Und jetzt lass uns einen Plan machen, wie wir ihn stellen.«

»In diesem Fall ist ein SEK wohl am besten«, sagte Dühnfort. »Wobei wir in Betracht ziehen müssen, dass er eine Festnahme vielleicht nicht überleben will und für diesen Fall ein finales Szenario hat. Vielleicht erschießt er sich selbst oder jagt die Bude in die Luft. Vielleicht will er sich auch erschießen lassen und dabei einen von uns mitnehmen.«

Kirsten sah auf die Uhr »Rudkowski und Schindler werden gleich hier sein.« Der eine leitete ein Mobiles Einsatzkommando, der andere ein SEK. Das MEK sollte die Observierung übernehmen und das SEK den Zugriff. Eines war für Dühnfort klar: OFA hin oder her. Er wollte dabei sein.

46

»Los, rein damit!« Aus dem Kopfhörer drang neben Alinas Stimme das Rauschen von Wasser. »Ich glaube dem Bullen. Wir müssen hier weg.«

»Verfickter Schwachsinn.« Joe klang allerdings nicht mehr so selbstsicher wie noch zuvor.

»Versenke es! Und dann raus hier.« Er hörte etwas platschen. Das Signal von Alinas Handy verschwand zwei Sekunden später vom Monitor. Sie hatte es ins Wasser geworfen. Ramses war als Nächster dran. Joe weigerte sich noch. »Das ist paranoid. Wir haben neue Handys. Ich habe nicht eine Mail oder SMS mit Anhang bekommen. Ich habe nichts angeklickt. Er kann uns nicht auf dem Radar haben. Der Kerl hat dir Angst gemacht, damit du zu Kreuze kriechst. Kapierst du das nicht?«

»Schmeiß das Ding rein! Sicher ist sicher.«

Joe stöhnte. »Also gut. Kaufen wir uns diesen Prepaidmist.« Es gluckerte, und dann verschwand auch Joes Handy vom Monitor.

Verfluchte Scheiße!

Er stand auf, tigerte in der Wohnung hin und her und schlug mit der flachen Hand gegen die Wand und dann noch einmal und noch einmal. Wenn das so weiterging, würde er dieses elende Miststück und ihren Hurensohn von Bruder nicht kriegen. Diese beiden Stück Scheiße! Weil dieser Bulle sie auf ihre perfekte Überwachung hingewiesen hatte. Hatte er das geraten? Oder woher wusste er davon?

Die Polizei konnte ihm jedenfalls nichts anhaben. Er hatte keine Spuren hinterlassen. Außer einer. Mutmaßlich in Passau. Nach seinem Besuch bei dem Lehrer und seiner Frau hatte einer der Handschuhe gefehlt. Er war zurückgefahren und hatte danach gesucht, doch nichts gefunden. Also hatte er ihn doch auf dem Parkplatz an der Bundesstraße verloren, wo er sich im Laderaum umgezogen hatte und anschließend zum Pinkeln ins Gebüsch gegangen war. Dabei musste der Handschuh verloren gegangen sein. Zwanzig Kilometer vom Tatort entfernt. Kein wirkliches Problem. Wenn er ihn nicht fand, dann fand ihn auch die Polizei nicht. Er war sich so sicher gewesen. Doch etwas mussten sie gegen ihn in der Hand haben, und dieser verdammte Handschuh war das Einzige, das ihm einfiel.

Er ging hinaus auf den Balkon und sah dreizehn Stockwerke in die Tiefe. Er brauchte einen neuen Plan, und im Grunde war es ganz einfach. Vorausgesetzt, er war bereit, vorerst auf Alina zu verzichten. Sie konnte er sich auch später noch holen, wenn die Lage sich beruhigt hatte.

Im Moment war die Kripo ihm allerdings auf den Fersen und machte vermutlich gerade ihr SEK startklar, um ihn im Morgengrauen abzuholen. Genau genommen war das nicht schlecht, vielleicht konnte er den Trubel nutzen.

Ein vager Plan nahm Gestalt an. Aus der Schublade holte er die Glock mit Schalldämpfer und drei Magazine. Er warf alles in die Reisetasche zu seiner alten Montur. Wenn der Prophet nicht zum Berg kam, dann eben umgekehrt.

Mit dem Lift fuhr er in die Tiefgarage und mit dem Golf nach Pasing zur Garage, in der der Lieferwagen stand. Zuerst wechselte er die Kennzeichen. Dann zog er sich um. Schließlich nahm er noch zwei Flaschen Wasser und einen Packen Energieriegel aus dem Regal und warf sie auf den Beifahrersitz. Wer wusste schon, wie lange er warten musste.

Eine halbe Stunde später fuhr er zum vierten Mal die Straße entlang, auf der Suche nach einem Parkplatz. Diesmal hatte er Glück. Ein Sprinter parkte aus. Er rangierte den Lieferwagen in die Lücke und sah sich um. Wo waren Joe und Ramses? Er entdeckte keinen Lieferwagen der Regensburger Wäschereikette. Sie mussten ihn erst noch holen.

47

Es war halb drei Uhr morgens, als Dühnfort durch Schwabing fuhr. Nur vereinzelt begegneten ihm Fahrzeuge. Ein Obdachloser schlief, in seinen Schlafsack gerollt, im Eingangsbereich eines Ladens. Eine Katze sprang über eine Mauer und verschwand in einem Vorgarten. Die Stille der Nacht lag über dem Viertel wie eine Decke. Am Parkplatz eines Bürogebäudes hatte der Sicherheitsdienst die Schranke für das SEK geöffnet. Dühnfort ließ den Wagen neben Kirstens Skoda ausrollen.

Im Licht der Laternen parkten dort außerdem zwei VW-Busse mit getönten Scheiben sowie ein Rettungswagen für alle Fälle und ein Streifenwagen. Schindler war mit seinem SEK bereits da. Er stand mit Kirsten und Rudkowski vom MEK zusammen. Sie besprachen die Lage. »Sein Wagen steht auf dem gemieteten Stellplatz«, erklärte Rudkowski. »Handyortung in der Wohnung. Wir sind mal ins Haus gegangen und haben an der Tür gelauscht. Der Fernseher lief bis kurz vor elf. Seither keine Vorkommnisse. Ich denke, er schläft. Gesehen haben wir ihn allerdings nicht. Die Rollläden sind unten und waren das schon, als wir mit der Observierung begonnen haben.«

»Gut«, sagte Schindler. »Dann gehen wir es noch mal durch.« Die Wohnung lag etwa achtzig Meter entfernt auf der anderen Straßenseite im ersten Stock eines Hinterhauses. Sie verfügte über einen Balkon zur Hofseite, der über ein Garagendach zu erreichen war. »Ein Zweimannteam steigt übers Garagendach auf den Balkon. Zwei andere sichern bereits die Rückseite des Hauses, damit uns die Zielperson nicht mit einem Sprung aus dem Fenster entkommt. Vier werden vorne reingehen, zur Haustür. Zwei davon mit Ramme.«

Schindler wies sein Team martialisch vermummter Gestalten ein. Dühnfort erinnerten sie in ihrer Schutzkleidung aus Hightechmaterialien an moderne Ritter.

Es war Aufgabe des SEK, die Zielperson zu überwältigen, zu entwaffnen und die Wohnung zu sichern. Erst dann konnte die Kripo hinein. So lange mussten Kirsten und er sich im Hintergrund halten.

An Kirstens Nasenwurzel erschien eine scharfe Falte, unwillkürlich zog sie die Schultern hoch. Es war ihr erster Einsatz als Soko-Leiterin. »Wird schon gut gehen«, sagte er.

»Hoffentlich.« Sie schaltete ihr Funkgerät ein. Da er nur Beobachter war, hatte er keines.

Schindler gab das Zeichen zum Aufbruch. Helmvisiere wurden heruntergeklappt, Waffen aufgenommen, Funkgeräte gingen knisternd in Betrieb. Erstaunlich leise entfernte sich das SEK. Lindner und seine Männer wechselten die Straßenseite und verschwanden im Hinterhof des Zielobjekts. Kirsten, die Kollegen aus dem Streifenwagen und der Rettungssanitäter sahen ihnen nach. Dühnforts Handy begann zu summen. Er ging damit nach vorne zur Straße. Es war Gina, die fragte, ob alles geklappt hatte. »Es fängt gerade erst an. Ich melde mich in zehn Minuten bei dir.«

»Ja, mach das. Sonst kann ich nicht schlafen.«

»Versprochen.« Er steckte das Handy ein. Die Straße lag ruhig vor ihm. Doch er wusste, dass es nur noch Sekunden dauern würde, bis das Schlagen der Ramme und martialisches Gebrüll erklang. Irgendwo wurde die Schiebetür eines Lieferwagens geschlossen. Dühnfort wartete darauf, dass auch die Wagentür zuschlug und der Motor ansprang. Doch nichts tat sich. Etwa fünfzehn Meter entfernt bewegte sich plötzlich etwas. Ein Schatten im Halbdunkel der Straßenlaternen. Dühnfort erkannte einen der SEKler. Er ging den Gehweg entlang, kehrte dabei Dühnfort den Rücken zu und näherte sich der Heckseite eines blauen Lieferwagens. War das etwa einer der beiden, die die Hausrückseite sichern sollten? Was tat er hier? Mit gezogener Waffe in der Hand? Einer Pistole mit Schalldämpfer.

Dühnforts Blick erfasste das Kennzeichen des Lieferwagens. Regensburg. Ehe er verstand, was er tat, riss er die Dienstwaffe aus dem Holster, schloss zu Ellenstein auf und suchte Deckung hinter einem Baum. »Polizei! Waffe weg!«

Ellenstein reagierte nicht.

»Herr Ellenstein! Stehen bleiben! Legen Sie die Waffe auf den Boden! Oder ich schieße!«

Die Tür des blauen Lieferwagens flog auf. Joe sprang heraus. Ebenfalls eine Pistole im Anschlag. »Ich mach dich kalt, du Wichser«, schrie er und zog den Abzug durch. Ein ohrenbetäubender Knall. Das Projektil traf Ellensteins Schutzweste. Mit einem Scheppern fiel es zu Boden. Ellenstein wich nur einen Schritt zurück.

»Waffen weg! Alle beide! Oder ich schieße!«, brüllte Dühnfort. Sein Puls raste. Sein Herz jagte in wilden Sprüngen.

Hinter sich hörte er Schritte. Kirsten kam mit gezogener Waffe angelaufen.

Joe kriegte sich nicht ein. Er fuchtelte mit seiner Pistole herum. »Mich kriegst du nicht, du Arschloch.« Er zielte auf Ellenstein, der nicht schoss, sondern langsam die Waffe senkte. Die

Frage *Warum?* wirbelte kurz durch Dühnforts Kopf. »Waffe weg, Joe! Ich schieße, wenn du sie nicht sofort auf den Boden legst.«

Joe zielte weiter auf Ellenstein. »Der Wichser hat meine Freunde auf dem Gewissen. Dafür wird er bezahlen.«

»Aber nicht so! Du gehst dafür dein Leben lang in den Bau. Willst du das?«

Kirsten bezog Stellung zwischen zwei geparkten Autos. »Das wird nichts, Herr Birol«, rief sie. »Geben Sie auf!«

Dühnfort spürte den Schweiß über seinen Rücken laufen. Inzwischen bückte Ellenstein sich langsam und legte seine Waffe auf den Boden. Dühnfort sah wie in Zeitlupe, dass Joe seinen Zeigefinger an den Abzug legte, dass er ihn langsam krümmte, und hob seine Waffe. »Zum letzten Mal, leg die verdammte Knarre auf den Boden!«

Joe reagierte nicht. Dühnfort zielte auf Joes Oberschenkel und drückte ab. Der Knall zerriss die Stille, brach sich an den Hauswänden und hallte nach. Mit einem Aufschrei fiel Joe auf die Knie und ließ endlich seine Waffe fallen, bevor er zu Boden ging.

Ellenstein stand reglos da, wie in Stein gemeißelt. Die Arme von sich gestreckt. Eine Statue. Joe hielt sich wimmernd das Bein. Blut sickerte aus der Wunde und färbte die Jeans dunkel.

Kirsten kam aus der Deckung und nahm Ellensteins Waffe auf, während Dühnfort Joes sicherte und Kirsten mit gezogener Waffe zu Joes Lieferwagen ging. Sie richtete sie auf das Beifahrerfenster. »Aussteigen! Und zwar so, dass ich Ihre Hände sehen kann.« Da war noch einer. Dühnfort hatte ihn nicht bemerkt. Ihm wurde ganz flau. Mit erhobenen Händen stieg Joes Buddy aus.

Vom Hinterhof kam Schindler angelaufen. Zwei seiner Leute folgten ihm, die Waffen im Anschlag. »Lage unter Kontrolle«, rief Kirsten.

Dühnfort sammelte sich und ging zu Leas Vater. »Nehmen Sie die Hände runter und den Helm ab! Es ist vorbei.«

Ellenstein schob das Visier hoch und sah ihn an. Ein kalter Funke flackerte in seinen Augen auf. Eine mühsam gezügelte Wut. Er war so kurz davor gewesen, sein Ziel zu erreichen. Er hätte Joe erschießen können. Weshalb hatte er aufgegeben? Die Frage stand unausgesprochen zwischen ihnen, und plötzlich verzog sich Ellensteins Gesicht wieder zu diesem Lächeln, das er nicht im Griff hatte.

• • •

Als er nach Hause kam, brannte im Wohnzimmer Licht. Gina hatte sich einen seiner Pullover über den Schlafanzug gezogen, saß mit einem Becher Chai-Tee auf dem Sofa und sprang auf, als er eintrat. Sie umarmte ihn. »Geht's dir wirklich gut? Wie konnte Ellenstein draußen auf der Straße sein? Ich dachte, er wurde observiert?«

»Alles in Ordnung«, sagte er. »Mir geht es prima. So viel zum ersten Teil deiner Fragen.« Lachend gab er ihr einen Kuss, obwohl er sich noch immer ein wenig flau fühlte. Von der Schusswaffe hatte er in seinen vielen Dienstjahren bisher nur selten Gebrauch machen müssen. »Und zum zweiten Teil: Ellenstein hat uns erwartet und seine Anwesenheit in der Wohnung vorgetäuscht. Er wusste Bescheid, ergo muss er einen Informanten bei uns haben.«

Gina ließ sich aufs Sofa plumpsen. »Ich glaub's nicht. Was für ein Mistkerl, Kollegen ans Messer zu liefern.«

»Wir werden ihn finden, und dann war's das mit dem Polizeidienst für ihn.«

»Und Ellenstein ist echt in seiner alten SEK-Montur aufgetaucht?«

»Die ideale Tarnung, eigentlich.«

»Entschuldige, das ist größenwahnsinnig. Das grenzt an Hybris.«

Sein Mund war trocken. Er griff nach Ginas Teebecher und trank einen Schluck. »Komisch ist nur, dass er sich sofort ergeben hat. Ich verstehe es nicht. Er hat den Kerl, den er unbedingt töten will, direkt vor der Mündung. Er weiß, dass er für den Rest seines Lebens in den Bau gehen wird. Acht Morde, da kommt es auf den neunten auch nicht mehr an. Warum drückt er nicht ab? Warum lässt er ausgerechnet Joe davonkommen? Und das in einer Lage, die ein schlauer Anwalt als Notwehrsituation interpretieren würde. Joe hat auf ihn geschossen. Und er legt die Waffe weg. Warum?«

Gina nahm ihm den Teebecher ab und nippte dran. »Vielleicht weil Alina noch fehlt. Und weil ihr ihm die Morde nachweisen müsst. Hat Kirsten dafür inzwischen genügend gegen ihn in der Hand?«

Das hatte sie nicht, und jetzt verstand Dühnfort auch dieses unkontrollierte Lächeln. Gina hatte recht. Es bedeutete: Ihr müsst mich früher oder später laufen lassen, und dann bringe ich das zu Ende. Sie hatten nichts, nichts, nichts. Bis auf einen blauen Latexhandschuh mit Ellensteins DNA, der erst Wochen nach den Morden gefunden worden war. Und ein nicht aussagekräftiges Verkehrsüberwachungsfoto.

Ellenstein würde eine Erklärung für den Handschuh finden, und das Foto brauchten sie vor Gericht gar nicht erst vorzulegen. Mit viel Glück konnten sie ihn vielleicht wegen des Doppelmords in Passau belangen und wegen dieser irren Nummer heute Nacht. Wie war das zu bewerten? Als Mordversuch? Allerdings hatte er den Versuch abgebrochen. Am Ende würde er erklären, er habe aus sentimentalen Gründen einen Nachtspaziergang in seiner alten SEK-Montur gemacht und zufälligerweise die Waffe mit sich geführt. Für die er tatsächlich einen Waffenschein besaß. Das Ganze war ein einziger verdammter großer Mist.

Gina zog die Füße aufs Sofa. Sie sah müde aus und angestrengt. Plötzlich war er beunruhigt. »Bist du nur auf, weil du auf mich gewartet hast? Oder gibt es noch einen anderen Grund?«

Gina seufzte. »Du kennst mich gut.«

»Sollte ich auch. Oder nicht? Ich bin dein Mann, und ich liebe dich.«

»Ich konnte nicht schlafen. Natürlich wegen des SEK-Einsatzes, aber da ist noch etwas anderes. Ich hab dir doch von dem Brief erzählt, den wir als Mietergemeinschaft an die beiden Erbinnen geschrieben haben.«

»Haben sie geantwortet?«

»Ihr Anwalt. Die beiden wollen keinen Streit und auch keinen Stress mit uns ...«

»Klingt doch gut.«

»Ist es aber nicht. Sie haben sich aufgrund unseres Widerstands entschlossen, das Haus zu verkaufen. An einen Investor, der den Umgang mit renitenten Mietern gewohnt ist und sein Ding durchziehen wird.«

»Mist! Und jetzt?«

»Jetzt werden wir erst recht kämpfen. Wir werden uns einen Anwalt nehmen. Oder willst du dich etwa auf diesem kranken Wohnungsmarkt auf die Suche nach einem Dach über dem Kopf für uns begeben?«

Das wollte er nicht. Er wollte, dass alles so blieb, wie es war. Doch das war ein Kinderwunsch.

•••

»Wir haben ihn. Und wir haben ihn auch nicht.« Mit diesen Worten eröffnete Kirsten am nächsten Vormittag das Soko-Meeting, zu dem die Münchner Ermittler, die Teams der Sachbearbeiter und der OFA sowie die Kollegen aus Augsburg, Passau und Regensburg gekommen waren. Julia strahlte. Phillip Leis saß nachdenklich an seinem Platz, ebenso Ines Welling. Eine tiefe Falte zog sich quer über ihre Stirn.

»Denn in seiner Wohnung ist nichts Belastbares zu finden«, fuhr Kirsten fort. »Er hat also einen Ort, an dem er die Taten vorbereitet. Eine Zweitwohnung, einen Schuppen, ein Haus. Etwas in der Art. Die gute Nachricht ist, wir kommen problemlos hinein.« Sie hob einen Schlüsselbund hoch und ließ ihn klimpern. »Die schlechte: Wir suchen noch die passende Tür.«

»Hat er den etwa mit sich herumgetragen?«, fragte Phillip Leis.

»Nee, so dumm ist er nicht. Sicher hat sich längst herumgesprochen, dass er in seiner alten SEK-Ausrüstung aufgetaucht ist, um Joe zu erschießen. Eine beinahe perfekte Tarnung. Doch so kann er sich unmöglich länger im Freien aufgehalten haben, um auf Joe zu warten. In seiner Wohnung war er aber nicht. Dort lag nur sein Handy und täuschte seine Anwesenheit vor, ebenso wie der Fernseher, den er über eine App ein- und ausgeschaltet hat. Also haben wir nach einem Wagen mit offener Tür gesucht, denn Ellenstein hatte keinen Wagenschlüssel bei sich. Wir haben das Fahrzeug gefunden. Nur dreißig Meter vom Haus entfernt. Ein weißer Lieferwagen. Dasselbe Modell wie auf dem Überwachungsfoto. Aber andere Kennzeichen. Mutmaßlich geklaut oder Doubletten. Jedenfalls lagen im Handschuhfach diese Schlüssel. Und auf dem Beifahrersitz ein Tablet und ein Handy. Prepaid. Ziemlich neu, so gut wie nichts an Daten darauf. Unser IT-Spezialist sieht es sich gerade genauer an. Vielleicht führen uns die

Log-in-Daten des Handynetzes zu seinem geheimen Ort. Ellenstein selbst äußert sich nicht. Seit seiner Festnahme hat er nur zwei Worte gesagt. Ja und Nein. Ja, er will einen Anwalt, und nein, er werde zu den Vorwürfen keine Stellung nehmen. Er macht von seinem Recht zu schweigen Gebrauch. Den werden wir erst zum Reden bringen, wenn wir ihm Beweise auf den Tisch knallen.«

Kirsten sah in die Runde. »Und dann müssen wir noch ein anderes Thema klären. Ein unangenehmes. Ellenstein wusste, dass wir kommen. Er wollte unseren Einsatz nutzen, um Joe zu töten. Im Laderaum seines Transporters hat er einen Schrank eingebaut. Er hätte sich nach der Tat innerhalb von Sekunden darin verstecken können, und wir hätten ihn nicht gefunden, selbst wenn wir auf der Suche nach ihm in geparkte Fahrzeuge geleuchtet hätten. Wer hat unseren Einsatz ausgeplaudert? Das ist die Frage. Ich glaube nicht, dass er uns gehackt hat. Mein Handy und PC sind jedenfalls sauber. Meo hat das gleich heute Morgen geprüft, und er hat mir glaubhaft versichert, dass unsere IT nur für absolute Spezialisten zu hacken wäre. Da brauchte es noch deutlich mehr an Fähigkeiten, als Ellenstein bisher gezeigt hat. Ich frage mich also: Woher wusste er von dem bevorstehenden SEK-Einsatz? Er war früher ein Kollege, sicher hat er noch Kontakte. Einen hat er genutzt. Und das wird Konsequenzen haben.«

Kirsten ließ wieder ihren Blick durch den Raum schweifen, als ob sie die undichte Stelle hier vermutete. »Wenn jemand was zu beichten hat, kann er mich in meinem Büro aufsuchen. Und zwar heute. Ansonsten geht das an die Abteilung für Interne Ermittlungen.« Forschend sah sie in die Runde und fuhr dann fort. »Ellenstein hat sich beinahe ein Jahr Zeit genommen, um seine Mordserie vorzubereiten. Wenn wir ihn überführen wollen, müssen wir seine Zweitwohnung finden. Das hat jetzt erste Priorität.« Mit diesen Worten beendete Kirsten das Meeting.

Doch die Suche gestaltete sich schwierig. Die folgenden Tage vergingen ergebnislos. Auch im Lieferwagen fanden sich keine Spuren oder Hinweise, die sie weiterbrachten. Ellenstein hatte seine beiden Leben fein säuberlich getrennt, und Kirsten hatte an dem Tag, an dem der Richter über die Untersuchungshaft entscheiden sollte, nicht mehr gegen Ellenstein in der Hand als den Latexhandschuh, das nichtssagende Foto und den abgebrochenen Mordversuch an Joe. Doch es reichte, um ihn in Untersuchungshaft zu nehmen. Der Richter folgte Kirstens Argumentation, Ellenstein könnte anderenfalls Beweise vernichten oder fliehen. Sein Anwalt sah das anders und kündigte postwendend Beschwerde an.

Erst einmal war Zeit gewonnen. Die Auswertung der Handydaten ergab keinen Hinweis auf die Zweitwohnung. Nun dachte Kirsten über einen Aufruf in den Medien nach, der allerdings möglicherweise Ellensteins Persönlichkeitsrechte verletzte. Die Unschuldsvermutung war ein hohes Rechtsgut, und ihn medial zum Täter zu stempeln, ohne das beweisen zu können, war eine Gratwanderung.

An dem Tag, an dem Kirsten darüber nachdachte, traf Dühnfort im Treppenhaus auf Conny. Sie stand am Fenster des Treppenabsatzes und wandte ihm den Rücken zu, ihre Schultern zuckten, als ob sie weinte.

»Hallo, Conny! Alles in Ordnung?«

Sie wandte sich um. Ein verkrampftes Lächeln erschien. »Ja. Alles gut. Geht schon wieder.«

»Wirklich?«

»Ja. Es ist nur ... ach ... nichts.«

»Immer noch unglücklich verliebt in diesen ... Jetzt habe ich doch tatsächlich den Namen vergessen. Rick? Oder?«

»Nik.«

»Stimmt. Nik. Schieß ihn in den Wind. Er hat dich nicht verdient.«

48

Ellenstein lag auf der Pritsche seiner Zelle und starrte die Decke an. Feine Risse zogen sich durch den Verputz, wie die Landkarte eines unerforschten Kontinents. Mit den Augen folgte er den Linien und versuchte, nicht an Lea zu denken. Wenn er an sie dachte, zog sich etwas in ihm zusammen und wollte sich gleichzeitig öffnen. Ein Abgrund tat sich auf. Eine bodenlose Tiefe, die ihn zu verschlingen drohte. Ein dunkler Strudel, der ihn mit sich reißen und fortspülen wollte. Es war ein überwältigendes Gefühl von Schuld. Von Ohnmacht und Versagen.

Vielleicht wäre es besser gewesen, es zu Ende zu bringen, als die Möglichkeit dazu bestand? Joe abknallen und sich erschießen lassen. Von einem Cop. Finaler Rettungsschuss. Er kannte das doch. Dann wäre es jetzt vorbei. Erledigt. Beinahe. Denn Alina wäre noch am Leben.

Doch er wollte beide kriegen. Erst dann wäre es vorbei. Er ballte die Fäuste, setzte sich auf die Pritsche und starrte auf den Boden. Er musste hier raus. Und deshalb musste er jetzt nach vorne blicken und nicht in sich hinein. Die Nerven bewahren, sich nicht aus der Reserve locken lassen. Doch das war leichter gedacht als getan, während diese Zeitbombe tickte. Sobald sie sein Lagenzentrum entdeckten, war er geliefert. Lebenslänglich war ihm dann sicher, und er hatte kaum eine Chance, je wieder in Freiheit zu kommen, während Joe und Alina auf Leas Grab tanzten.

Deshalb hatte er die Waffe abgelegt. Damit er hier herauskam und das zu Ende bringen konnte.

Sein Anwalt war heute Vormittag hier gewesen, und er war guter Dinge, dass er ihn hier bald rausholen würde. Maximal vier bis fünf Wochen.

Er lachte auf. Jeder Tag hier drinnen war zu viel. Wenn die Kripo mit seinem Foto an die Öffentlichkeit ging, würden sie das Lagezentrum finden. Obwohl er immer mit Basecap unterwegs gewesen war und jeden Kontakt zu seinen Nachbarn gemieden hatte. Jemand würde sich an ihn erinnern. Und er saß hier und konnte nichts tun. Es war zum Verrücktwerden. Er musste hier raus. Oder jemanden finden, der die Bude für ihn ausräumte. Vielleicht Sorin, ein Rumäne, der ihm einen Gefallen schuldete. Allerdings würde er sich dadurch erpressbar machen. Ellenstein starrte weiter auf den Boden. Und wenn schon, dachte er. Das Problem mit Sorin könnte er später lösen, falls es eines werden sollte. Ein Smartphone hatte er sich inzwischen organisiert, aber in seiner Zelle hatte es keinen gottverdammten Empfang. Also musste er zusehen, dass er in einen Raum mit Netzzugang kam.

Das Klimpern von Schlüsseln riss ihn aus seinen Gedanken. Die Tür wurde geöffnet. Ein Justizbeamter steckte den Kopf herein. »Besuch für Sie.«

»Ich erwarte niemanden.«

»Es ist jemand von der Polizei.«

»Mit denen rede ich nicht. Sagen Sie ihm das.«

»Habe ich *ihr* schon gesagt. Sie lässt sich nicht abwimmeln.«

»Die Tessmann soll sich zum Teufel scheren.«

»Es ist Frau Schöll, und sie meinte, Sie würden sie sehen wollen.«

Conny war hier? Seine Rettung. Er konnte es kaum glauben und stand auf. »Warum sagen Sie das nicht gleich?«

Während er dem Wärter zum Besuchsraum folgte, war er sich plötzlich nicht mehr sicher, ob sie auf seiner Seite stand. Es kam darauf an, ob sie guthieß, dass er Leas Tod gerächt hatte. Dann würde sie ihm helfen. Anderenfalls würde sie ihn verraten.

Sie stand am Fenster, als er hereingeführt wurde, und drehte sich um. »Hallo, Nik«, sagte sie. Nur diese zwei Worte, doch der Klang ihrer Stimme ließ ihn ruhig werden. Sie klang wie immer, ganz wie Conny, immer bereit, sich auf ihn einzulassen. »Grüß dich, Conny!« Sie umarmten sich und setzten sich an den Tisch.

»Rufen Sie mich, wenn Sie fertig sind oder mich brauchen. Ich stehe direkt vor der Tür.« Sein Aufpasser verschwand. Conny griff nach seinen Händen. »Du machst Sachen.«

»Sachen?« Er lachte. »Das hast du nett formuliert.«

»Du hättest mich von Anfang an einweihen können, statt mich hintenherum auszufragen.«

Ihr Blick hielt seinem stand. »Du verstehst das?«

Sie schnaubte. »Ich verstehe, warum du das getan hast. Was nicht bedeutet, dass ich dir dazu geraten hätte, falls du mich um Rat gefragt hättest. Es ist der falsche Weg. Aber du bist ihn nun mal gegangen. So ist das. Das akzeptiere ich.«

»Und deine SMS neulich? Lösche alle meine Nachrichten und so weiter.«

»Das war eine spontane und daher blöde Reaktion. Ich habe mich von dir benutzt gefühlt. Es tut mir leid. Wir sind Freunde seit so vielen Jahren, und ich lass dich nicht im Stich, jetzt, wo es schwierig für dich wird.«

»Du bist nicht hier, um ein Geständnis von mir zu kriegen?«

»Quatsch. Ich bin als deine Freundin hier. Ganz privat. Auch wenn ich mir mit meinem Dienstausweis Zugang zu dir verschafft habe. Wie geht es dir? Brauchst du irgendwas?«

Er lehnte sich zurück, hielt sie aber weiter an den Händen gefasst. »Für ein paar Wochen lässt es sich aushalten. Sie müssen mich gehen lassen, wenn sie nichts finden. Und sie werden nichts finden.«

»Dann ist es ja gut.« Conny klang ehrlich erleichtert. »Bei der Soko sind sie überzeugt, dass sie dich an den Eiern haben, sobald sie den Ort entdecken, an dem du das alles vorbereitet hast. Sie suchen wie die Verrückten.«

»Sollen sie. Sie werden nichts finden«, wiederholte er.

»Die Tessmann überlegt sogar, einen Medienaufruf zu starten. *Wer kennt diesen Mann? Wo wurde er gesehen?*«

Seine Hände verkrampften sich. Genau das durfte nicht geschehen. Jemand würde sich erinnern. Beinahe ein Jahr war er in dem Hochhaus ein und aus gegangen, auch wenn er nie den Lift benutzt hatte, um möglichst wenigen Leuten zu begegnen. Auch wenn er keinen Kontakt zu seinen Nachbarn gesucht und selten zweimal im selben Geschäft eingekauft hatte.

Conny registrierte seine Reaktion und schloss ihre Hände fester um seine. Einen Moment sahen sie sich in die Augen. »Bist du sicher, dass sie nichts finden werden?«

Konnte er ihr vertrauen?

Conny war immer für ihn da gewesen. Als Gitta ihn vor die Tür gesetzt hatte, als Lea in die Pubertät gekommen war und nur noch Probleme machte. Als die Nachricht von ihrem Selbstmord kam. Stets war sie an seiner Seite gewesen, wenn er sie brauchte, und er schämte sich beinahe, dass er immer nur von ihr genommen hatte. Ihre Zeit, ihre Zuneigung, ihr Verständnis, ihren Körper. Ihre Liebe und Freundschaft. Nichts hatte er ihr zurückgegeben. Die Waagschalen ihrer Zuneigung befanden sich in einem dramatischen Ungleichgewicht. Trotzdem hielt Conny zu ihm, und dafür war er ihr unsagbar dankbar. Sie war seine einzige Chance. Er musste sie nutzen. »Nicht ganz. Da ist etwas, das du für mich tun könntest.«

49

Dühnfort klopfte kurz an Kirsten Tessmanns Tür und trat ein, als sie »Herein!« rief. Mit dem Telefon am Ohr ging sie vor dem Fenster auf und ab und gab ihm ein Zeichen, dass sie gleich für ihn da wäre. Dem Gespräch entnahm er, dass sie mit Christoph Leyenfels sprach, dem zuständigen Staatsanwalt.

»Von mir aus kann sein Anwalt ihn für unschuldig halten. Das ist schließlich sein Job. Aber es ändert nichts daran, dass Ellenstein mit gezogener Waffe durch Schwabing spaziert ist, um den Loverboy seiner Tochter zu erschießen.« Kirsten seufzte. »Ja, ich weiß, wir brauchen Beweise. Ist nur noch eine Frage der Zeit, bis wir die haben.« Mit einem Augenrollen verabschiedete sie sich und legte den Hörer auf. »Hallo, Tino! Was gibt's?«

»Ich habe eine gute Nachricht für dich und eine weniger gute.«

»Ich könnte jetzt eine gute brauchen.«

»Ich habe die Adresse von Ellensteins Zweitwohnung.«

Ihre Augen weiteten sich. »Nee. Ist nicht wahr. Woher?«

»Das hängt mit der weniger guten Nachricht zusammen. Ich habe sie von der Frau, die Ellenstein zweimal mit Infos versorgt hat. Beim ersten Mal nicht ahnend, dass sie ausgehorcht wurde. Beim zweiten Mal hatte sie gerade erfahren, dass er unsere Zielperson ist. Sie war geschockt und auch wütend und hat ihm spontan eine Nachricht geschrieben, dass er sich nie wieder bei ihr melden soll. Ihr ist erst danach klar geworden, dass sie ihm dadurch verraten hat, dass wir ihn enttarnt haben. Nach ihrer SMS konnte er sich den SEK-Einsatz ausrechnen. Es tut ihr leid. Sie hat es wiedergutgemacht. Von ihr habe ich die Adresse. Er hat sie ihr verraten, damit sie dort aufräumt.«

»Gut. Das war auch nötig. Wer ist sie?«

»Ich habe ihr versprochen, ihren Namen rauszuhalten, wenn das irgendwie geht.«

Mit einem Kopfschütteln lehnte Kirsten sich ans Fensterbrett. »Wie lange bist du jetzt dabei?«

»Sie ist zuverlässig und leistet normalerweise gute Arbeit. Mit einer Abmahnung in ihrer Personalakte versaust du ihr die anstehende Beförderung.«

»Zuverlässig ist sie ganz offensichtlich nicht. Sie hat Dienstgeheimnisse verraten. Das kann ich nicht unter den Teppich kehren. Also, wer ist sie?«

»Du könntest es bei einem Gespräch bewenden lassen. Eine Ermahnung, und gut ist es. Ellenstein und sie sind seit Jahren befreundet. Wobei es von ihrer Seite wohl mehr war. Jedenfalls vertraut er ihr. Sie hat ihn besucht, und er hat sie gebeten, sein *Lagezentrum* auszuräumen.«

Kirsten seufzte. »Also gut. Ich versuche es mit einem Gespräch und entscheide danach, ob das alles ist.«

Mehr konnte er für Conny nicht tun. Er nannte Kirsten ihren Namen und auch die Adresse in Neuperlach, die Ellenstein Conny gegeben hatte.

»Na dann«, sagte Kirsten. »Lass uns dorthin fahren. Ich nehme jedenfalls an, dass du gerne mitkommen würdest.«

Damit lag sie richtig. Während der Fahrt durch München fragte sie, wie es ihm bei der OFA gefiel. »Gut«, sagte er zu seiner eigenen Überraschung. Und es stimmte, stellte er fest. Er mochte die neuen Kollegen. Sogar Manfred, der nicht so ein Miesepeter war, wie es anfangs den Anschein gehabt hatte, und mit dem ihn mehr verband als zunächst gedacht. Er mochte die Herangehensweise an Fälle und die Zusammenarbeit mit den Kollegen aus anderen Kommissionen. Der analytische Ansatz gefiel ihm, obwohl er auch diesmal seinen Bauchgefühlen Raum gegeben hatte. Es schien so, als wäre er tatsächlich im vierten Stock angekommen.

Kirsten parkte den Wagen vor einem Hochhaus mit siebzehn Etagen im Zentrum von Neuperlach. Ein Stadtteil mit über siebzigtausend Einwohnern. In manchen Häusern befanden sich hundert Wohnungen und mehr. Es war der ideale Ort, wenn man anonym bleiben wollte.

Unter dem Namen Mark Ullmann hatte Ellenstein das Appartement gemietet. Sie fanden ihn auf einem Klingelschild für die dreizehnte Etage. Im Hausflur zog ein Mitarbeiter einer Reinigungsfirma mit dem Wischmopp seine Runden. Ein gelber Pylon vor dem Aufzug warnte vor Rutschgefahr. Sie fuhren nach oben und suchten nach dem richtigen Flur. Es dauerte einen Moment, bis sie sich orientiert hatten und schließlich vor der Tür der Wohnung 1307 standen. Kirsten zog den Schlüssel hervor und sperrte auf. Er folgte ihr in Ellensteins Lagezentrum.

Ein enger Vorplatz. Ein kleines Bad. Daneben die Küche. Kirsten stieß die Tür zum Wohnzimmer auf. Es lag im Dunkeln. Dühnfort registrierte winzige grüne, gelbe und rote LED-Leuchten. Das leise Surren von Festplatten, Monitoren und Rechnern war zu hören. Kirsten betätigte den Schalter. Licht fiel auf PC und Laptop, auf Speicherplatten, Router und Monitore, auf Tablets und ein Handy, direkt neben einer Tastatur. All das befand sich auf zwei Schreibtischen. Einer direkt vor dem Panoramafenster, dessen Jalousien herabgelassen waren, der andere im rechten Winkel daneben.

Kirsten zog Latexhandschuhe über und betrachtete die Hardware. »Er hat sich seinen Rachefeldzug richtig was kosten lassen«, sagte sie und nahm das Handy hoch. »Wetten, dass es eine lettische SIM-Karte hat?«

»Ich wette nicht dagegen.« Dühnforts Blick fiel auf ein Foto, das Ellenstein mit Klebestreifen an den Rand eines Monitors geheftet hatte. Abgestoßen und mit Knickstellen. Es zeigte die Familie Ellenstein vor etwa zehn bis zwölf Jahren beim Skifahren. Gitta mit kürzeren Haaren und roten Wangen, Niklas mit einem strahlenden Lachen und Lea als Neun- oder Zehnjährige im gletscherblauen Skianzug und mit Pferdeschwanz. Sie lehnte an ihrem Vater und streckte dem Fotografen die Zunge heraus. Das Foto einer fröhlichen und glücklichen Familie, die es nicht mehr gab.

An der gegenüberliegenden Wand befand sich eine Magnettafel. Zehn Fotografien hingen dort nebeneinander. Über jeder war eine Nummer angebracht. Nummer eins zeigte Pascal Pfaller. Die Nummern zwei und drei Bruno und Ranghild Sander. Nummer vier Dirk Rippinger, und so ging es weiter bis zur Nummer neun und zehn. Alina und Joe. Ihre Bilder waren die beiden einzigen, die Ellenstein nicht mit einem dicken schwarzen Marker ausgeixt hatte. Auch das von Mega war durchgestrichen. Er war also tot. Ob sie seine Leiche je finden würden?

Kirsten kam zu ihm. »Das sieht doch gut aus. Jetzt haben wir ihn und nageln ihn fest. Danke für deine Unterstützung, Tino!«

»Unsere. Das war ich nicht allein.«

»Es gibt viel zu tun. Legen wir los.« Kirsten zog das Handy aus der Tasche und rief Frank Buchholz an, den Leiter der Spurensicherer.

• • •

Dühnforts Arbeit war getan. Früher hätte er jetzt richtig losgelegt und die Nacht durchgearbeitet. Er verabschiedete sich von Kirsten und machte sich mit der U-Bahn auf den Heimweg. Am Marienplatz stieg er aus und fuhr mit der Rolltreppe an die Oberfläche. Der Christkindlmarkt war seit vergangenem Wochenende aufgebaut. In der gesamten Fußgängerzone roch es nach Glühwein und Lebkuchen. Vorm Kaut-Bullinger saß ein Obdachloser mit seinem Hund auf einer Decke. Dühnfort warf einen Euro in den Plastikbecher und ging weiter zu Marcello. Die kleine Espressobar war wie immer voll. Als Marcello ihn entdeckte, rief er ein »Ciao« herüber und beantwortete sich die Frage nach dem Espresso gleich selbst. »Deine Doppio kommte sofort!« Alles war wie immer. Alles war gut. Doch das stimmte nicht ganz.

Etwas lag Dühnfort seit Wochen im Magen. Der Kampf um die Wohnung, mit dem er Gina alleine gelassen hatte. Das war nicht richtig. Wenn er mit seiner Familie weiter hier leben wollte, musste er dafür kämpfen – und plötzlich hatte er eine Idee, wie es gehen könnte. Sie kam aus dem Nichts. Ein bisher nie zu Ende gedachter Gedanke. Eine Weile grübelte er darüber nach und kam zu dem Ergebnis, dass er weder ungeheuerlich war noch ein Tabu. Er musste das mit Gina besprechen, vor allem aber mit seiner Mutter, die schon immer unkonventionell gewesen war und links. Und obendrein eine Pragmatikerin. Er konnte das am Sonntag mit ihr bereden. Nach dem Workshop, an dem auch Chiara teilnehmen durfte.

Als er zwanzig Minuten später die Wohnung betrat, waren seine beiden Mädels schon daheim. Er fand sie im Bad. Gina füllte die Waschmaschine. Chiara half ihr dabei und stürzte sich auf ihn, als er eintrat. »Papi!« Er nahm sie auf den Arm und gab ihr einen Kuss. »Hallo …« Beinahe hätte er Prinzessin gesagt. Doch dieses Wort würde er nie wieder benutzen können, ohne an Lea und die Masche der Loverboys zu denken. »Hallo, mein Goldstern!« Er gab ihr einen Stups auf die Nase.

»Hallo, du Käsemond!« Kichernd schlang sie ihre Arme um seinen Hals.

Gina startete die Waschmaschine. »Du siehst so zufrieden aus.«

»Wir haben Ellensteins Lagezentrum gefunden. Der Rest ist jetzt ein Klacks.«

Sie gratulierte ihm. Gemeinsam machten sie Abendessen und brachten danach Chiara zu Bett. Er las ihr eine Gutenachtgeschichte vor, deckte seine Tochter zu und dachte wieder einmal, welch ein Glück es war, dass er sie und Gina hatte. Leise stand er auf und gab seiner Tochter einen Kuss auf die Stirn, als sie die Augen wieder aufschlug und grinste. »Du hast es vergessen, Papi.«

»Was denn?«

»Na, unser Pipiratenessen.«

»Aber nein. Das machen wir morgen.«

»Versprochen?«

»Versprochen.«